SIDNEY CHAMBERS
ET L'OMBRE DE LA MORT

DU MÊME AUTEUR

SIDNEY CHAMBERS ET L'OMBRE DE LA MORT, Actes Sud, 2016 ; Babel noir n° 182.
SIDNEY CHAMBERS ET LES PÉRILS DE LA NUIT, Actes Sud, 2017.
SIDNEY CHAMBERS ET LE PROBLÈME DU MAL, Actes Sud, 2018.

Le traducteur remercie Gabriel Merle pour son aide précieuse.

Titre original :
Sidney Chambers and the Shadow of Death
Éditeur original :
Bloomsbury Publishing, Londres

ISBN 978-2-330-11694-1

JM

JAMES RUNCIE

SIDNEY CHAMBERS ET L'OMBRE DE LA MORT

LES MYSTÈRES DE GRANTCHESTER

roman traduit de l'anglais
par Patrice Repusseau

BABEL NOIR

L'OMBRE DE LA MORT

Le chanoine Sidney Chambers n'avait jamais songé à devenir détective. En fait cela se fit tout à fait par hasard, après un enterrement, quand une belle femme d'un âge indéterminé exprima ses doutes sur la mort récente d'un notaire de Cambridge ; il ne se serait pas agi d'un suicide, comme on l'avait annoncé partout, mais d'un meurtre.

C'était un matin d'octobre 1953, en semaine, et les pâles rayons d'un soleil bas d'automne tombaient sur le village de Grantchester. Les gens qui avaient assisté à l'enterrement de Stephen Staunton se protégeaient les yeux contre la lumière en se joignant à la queue qui se rendait au Red Lion pour la collation. C'étaient des amis, des collègues et des proches qui étaient venus de la ville de son enfance, en Irlande du Nord, et marchaient en silence. Les premières feuilles d'automne tremblaient en tombant des ormes. C'était une trop belle journée pour un enterrement.

Sidney avait passé son costume et son col de pasteur et il s'apprêtait à rejoindre ses ouailles quand il remarqua une dame élégante qui attendait dans les ombres du porche de l'église. Ses hauts talons lui donnaient une taille peu ordinaire, et elle portait une robe noire qui lui arrivait aux mollets, une étole en renard et une toque munie d'une voilette à pois. Sidney l'avait remarquée pendant le service pour la simple raison que c'était la personne la plus chic de l'assemblée.

"Je ne pense pas que nous nous connaissions ?" demanda-t-il.

La dame tendit une main gantée. "Je m'appelle Pamela Morton. Stephen Staunton travaillait avec mon mari.

— Quelle tristesse", fit Sidney.

La dame tint à éviter les formalités. "Y a-t-il un endroit où nous pouvons parler ?"

Sidney était récemment allé voir le film *La Femme aux chimères* et il se dit que la voix de Mme Morton avait la même chaleur étouffante que celle de Lauren Bacall. "On ne va pas vous attendre à la réception ? s'enquit-il. Et votre mari ?

— Je lui ai dit que j'avais besoin d'une cigarette."

Sidney hésita. "Il faut moi-même que j'y aille, bien sûr…

— Ça ne prendra pas longtemps.

— Dans ce cas nous pouvons aller au presbytère. Je ne crois pas déjà leur manquer."

Sidney était un homme grand et mince qui avait un peu plus de la trentaine. Amateur de bière chaude et de jazz hot, passionné de cricket et lecteur insatiable, il était connu pour sa discrète élégance cléricale. Son grand front, son nez aquilin et son menton assez long étaient adoucis par des yeux noisette et un aimable sourire qui donnait à penser qu'il était toujours enclin à voir le meilleur chez les gens. Il avait eu la bonne fortune sacerdotale de naître le jour du sabbat et avait été ordonné peu après la guerre. Après avoir occupé brièvement la cure de Coventry et rempli quelque temps les fonctions d'aumônier de l'évêque d'Ely, il avait été nommé pasteur de l'église de St Andrew et St Mary en 1952.

"Je suppose que tout le monde vous demande… commença Pamela Morton, en évaluant du regard l'entrée minable.

— Si j'aimerais mieux habiter le vieux presbytère : qui inspira un poème à Rupert Brooke ? Oui, je le crains. Mais ça me convient très bien ici. En fait, l'endroit est plutôt trop grand pour un célibataire.

— Vous n'êtes pas marié ?

— Les gens ont remarqué que je n'existais que pour mon travail.

— Je ne saurais dire au juste ce qu'est un chanoine.

— C'est un titre honorifique, qui m'a été donné par une cathédrale en Afrique. Mais c'est plus simple de se dire que je suis un homme d'Église ordinaire ou un prêtre banal." Sidney tapa ses pieds sur le paillasson et ouvrit la porte qui n'était pas fermée à clé. “Le mot « chanoine » fait simplement meilleure impression. Entrez, je vous en prie.”

Il introduisit son invitée dans le petit salon aux sofas en chintz et aux gravures anciennes. Les yeux sombres de Pamela Morton parcoururent la pièce. “Je suis désolée de vous retenir.

— Ne vous inquiétez pas. J’ai remarqué que personne ne sait quoi dire à un ecclésiastique après un enterrement.

— Ils ne peuvent pas se détendre tant que vous êtes là, répondit Pamela Morton. Ils pensent qu’ils doivent se comporter comme s’ils étaient encore à l’église.

— Je leur rappelle peut-être trop la mort ? interrogea Sidney.

— Non, je ne pense pas que ce soit ça, chanoine Chambers. Je crois plutôt que vous leur rappelez leurs nombreux péchés et leur méchanceté.”

Pamela Morton eut un demi-sourire et inclina la tête d’un côté, ce qui fit retomber une mèche de cheveux noirs comme jais devant son œil gauche. Sidney comprit qu’il était en présence d’une dangereuse femme d’une quarantaine d’années et que ce seul geste pouvait avoir un effet dévastateur sur un homme. Il n’imaginait pas que son interlocutrice eût beaucoup d’amies femmes.

Mme Morton enleva ses gants, son étole et son chapeau et les posa sur le dos du sofa. Quand Sidney lui proposa une tasse de thé, elle eut un léger frisson. “Vraiment désolée de paraître effrontée, mais n’auriez-vous pas par hasard quelque chose de plus fort ?

— J’ai du xérès, bien que je n’en raffole pas moi-même.

— Du whisky ?”

C’était ce que Sidney préférait boire ; un breuvage dont il ne faisait usage, du moins essayait-il de s’en convaincre, qu’à des fins médicinales.

“Comment le prenez-vous ? s’enquit-il.

— Comme Stephen. Un peu d’eau. Pas de glace. Il buvait du whisky irlandais, bien sûr, mais j’imagine que le vôtre est du scotch.

— Tout à fait. J’aurais tendance à avoir un penchant pour le pur malt, mais je ne peux vraiment pas me le permettre.

— C’est tout à fait compréhensible pour un pasteur.

— Vous connaissiez bien M. Staunton, j'imagine ?

— Cela ne vous ennuie pas que je m'assoie ? fit Pamela, avançant vers le fauteuil près du feu. Je pense que ça va être un peu pénible."

Sidney servit le Johnnie Walker et s'en versa lui-même un fond de verre pour tenir compagnie à son invitée. "C'est assurément une histoire délicate.

— Nous ne sommes pas à l'église, chanoine Chambers, mais je présume qu'ici les secrets du confessionnal sont également bien gardés.

— Vous pouvez compter sur ma discrétion."

Pamela se demanda si elle allait continuer. "Ce n'est pas une chose que j'aie jamais imaginé confier à un homme d'Église. Même maintenant je ne suis pas sûre de vouloir le faire.

— Vous pouvez prendre votre temps.

— Il se peut qu'il m'en faille."

Sidney tendit le whisky à son invitée et s'assit. Il avait le soleil dans les yeux, mais une fois installé, il jugeait impoli de bouger. "J'ai l'habitude d'écouter, dit-il.

— Stephen et moi avions toujours été bons amis, commença Pamela Morton. Je savais que son mariage n'était pas aussi heureux que par le passé. Sa femme est allemande ; non que ça explique quoi que ce soit…

— Non…

— Bien que les gens aient fait des remarques. Cela semblait un choix curieux pour un aussi bel homme. Il aurait pu choisir presque n'importe qui à son goût. Épouser une Allemande si tôt après la guerre était courageux, je suppose." Pamela s'arrêta. "C'est plus difficile que je ne pensais…

— Continuez, je vous en prie.

— Il y a quelques mois, je suis allée chercher mon mari au bureau. À mon arrivée je me suis aperçue qu'il avait dû s'absenter à cause d'un coup de fil. Des embarras autour d'un testament. Stephen était seul. Il a dit qu'il allait travailler tard, mais ensuite il a proposé de sortir prendre un verre. Ça semblait parfaitement innocent. Il était l'associé de mon époux, et je le connaissais depuis plusieurs années. J'avais toujours eu de l'affection pour lui et je voyais bien qu'il y avait un problème.

J'ignorais si c'était sa santé, son argent ou son mariage. Je pense que c'est ce qui inquiète le plus les hommes…

— Assurément.

— Nous avons pris la voiture et nous sommes allés à Trumpington, où Stephen imaginait sans doute que nous risquions moins de rencontrer des gens de notre connaissance et où nous n'aurions à expliquer à personne pourquoi nous prenions un verre ensemble. Quand j'y repense à présent, je suppose que tout a commencé par une forme de complicité."

Sidney commençait à se sentir mal à l'aise. En tant que prêtre, il avait l'habitude des confessions impromptues, mais il ne parvenait jamais à se résigner au fait qu'elles regorgeaient souvent d'une quantité de détails. Il lui arrivait de souhaiter que les gens ne lui en disent pas tant.

Pamela Morton poursuivit. "Nous étions assis dans un coin tout au fond du pub, à l'écart des autres. J'avais entendu dire que Stephen aimait bien boire à l'occasion, mais la vitesse m'a étonnée. Il était à cran. Au début il m'a parlé de choses et d'autres comme dans une conversation normale, puis il a changé. Il m'a dit à quel point il était fatigué de sa vie. C'était une chose étrange à dire ; l'intensité de ses émotions éclatait si brusquement. Il m'a avoué n'avoir jamais eu le sentiment d'appartenir à Cambridge. Avec sa femme, ils étaient tous deux des exilés. Il dit qu'il aurait dû retourner directement en Irlande après la guerre, mais que le travail était ici. Il ne voulait pas donner l'impression de ne pas être reconnaissant à mon mari de le lui avoir donné et, qui plus est, sans ce travail, il n'aurait jamais fait ma connaissance. Quand j'ai entendu ça, j'ai commencé à m'inquiéter. Je me suis demandé ce que j'aurais à raconter à mon mari, et pourtant il y avait quelque chose d'irrésistible dans sa façon de s'exprimer. Il y avait une urgence, un désespoir et un charme dans ses paroles. Il avait le don des mots. J'ai toujours admiré ça. J'ai fait du théâtre, vous savez. Modestement. Avant de me marier.

— Je vois, dit Sidney, se demandant bien où elle allait en venir.

— En dépit du baratin, je savais qu'il me disait que sa vie était sens dessus dessous. Quelqu'un qui l'aurait entendu parler se serait dit qu'il était suicidaire, mais c'eût été une grossière erreur d'appréciation."

Pamela Morton s'arrêta.

"Vous n'êtes pas obligée de tout me raconter, répondit Sidney.

— Si. C'est important. Stephen m'a confié son ardent désir de s'en aller et de recommencer ailleurs. Puis, alors que nous étions encore dans le pub, il m'a regardée droit dans les yeux pendant un long moment avant de me parler et… oh… est-ce que ça vous gêne que j'en reprenne une goutte ? La bouteille donne du courage, vous savez.

— Bien sûr.

— Vous devez trouver ça plutôt minable. Vous savez ce que je vais dire, n'est-ce pas ?"

Sidney versa le whisky. "Non, je ne pense pas, dit-il doucement. Continuez, s'il vous plaît." Il avait appris à ne jamais couper les gens, une fois lancés.

"Stephen m'a avoué qu'il n'arrêtait pas de penser à moi ; que, sans moi, chaque instant de sa vie était à pleurer ; et qu'il m'aimait. Je n'en croyais pas mes oreilles. Il ajouta que c'était un vrai miracle que nous ayons l'occasion d'être seuls pour qu'il puisse me parler. Il ne vivait que pour les moments où nous nous voyions et où nous pourrions être ensemble, alors sa vie aurait un but et un sens et il boirait moins et serait heureux."

Pamela Morton leva les yeux, s'attendant à ce que Sidney lui demande ce qu'elle avait fait. "Continuez… dit-il.

— Tandis qu'il parlait, poursuivit Pamela, je sentais cette étrange chaleur en moi. J'ignore d'où elle provenait. J'ai cru m'évanouir. Ma vie semblait m'avoir abandonnée. Je n'y avais jamais pensé avant, mais il exprimait tous les sentiments que j'éprouvais moi-même. Je voyais que ma vie pouvait être autre chose qu'une impasse dans une petite ville de province. Je pouvais repartir de zéro. Nous pourrions nous enfuir, échapper à notre propre passé et vivre comme si l'histoire n'existait pas, en faisant comme s'il n'y avait pas eu d'histoire, que nous n'avions pas perdu d'amis et n'avions pas de famille. Nous pourrions simplement être deux personnes avec l'avenir devant elles. Nous pourrions partir, n'importe où, disait Stephen. Il avait mis de l'argent de côté et tout ce que j'avais à faire, c'était d'y réfléchir.

Il ne voulait pas me bousculer. Tout ce qu'il voulait, c'était que je dise oui…

— Et c'est ce que vous avez fait ?

— Je me suis dit que c'était insensé et impossible. J'avais peur et en même temps j'étais fascinée. Il a parlé de retourner à la voiture et de s'en aller sur-le-champ, de filer jusqu'à la côte, et de traverser la Manche en ferry. J'en étais interdite. Il me demanda d'imaginer à quel point nous ririons en pensant aux ravages que nous aurions causés. Nous pourrions traverser la France en voiture, et descendre dans des hôtels éperdument romantiques tandis que, là-bas, à Cambridge, tous les autres poursuivraient leurs existences monotones. Nous serions libres. Nous irions à Nice et sur la Côte d'Azur, nous nous mettrions en grande toilette et, par de chaudes nuits, nous danserions sous les étoiles. C'était à la fois fou et merveilleux et même si nous savions que nous ne pouvions pas nous enfuir comme ça, tout de suite, ce n'était sûrement qu'une question de temps. Il n'y avait pas de limites. Absolument tout pouvait changer.

— Quand était-ce ? demanda Sidney.

— Juste après le couronnement. Le pub avait encore ses drapeaux et ses banderoles. Il y a quatre mois.

— Je vois.

— Je peux comprendre ce que vous pensez.

— Je ne vous juge pas le moins du monde, repartit Sidney, ne sachant pas trop quoi penser. J'écoute.

— Mais vous devez vous interroger. Si nous étions aussi impétueux, pourquoi avoir attendu tout ce temps ? Mes enfants sont partis de la maison, mais je pensais quand même à eux. Et puis, dès que je suis revenue chez moi, j'ai pris peur en pensant à tout ce que cela signifiait. J'ai commencé à perdre courage. Je n'arrivais pas à croire à ce qui s'était passé. Il s'était peut-être agi d'un rêve et Stephen n'avait jamais prononcé ces paroles, mais ensuite nous avons commencé à nous rencontrer en cachette et je savais que c'était la seule chose qui comptait pour moi. J'étais obsédée. Je n'arrivais pas à croire que personne n'avait remarqué de changement chez moi. « Ils s'en sont sûrement aperçus ! » me disais-je. J'osais à peine croire que je pouvais m'en tirer à aussi bon compte. Plus ça durait et plus il me tardait de partir. Je n'étais plus moi-même. En fait, je ne savais pas qui j'étais, mais je dis à Stephen qu'il fallait s'assurer de bien avoir tout réglé avant de se lancer dans une entreprise aussi risquée, et qu'il faudrait partir à la nouvelle année.

— Et il était d'accord ?

— Tant qu'il me voyait, m'assurait-il, il croyait qu'absolument tout était possible. Et nous étions heureux.

— Et personne d'autre n'avait vent de vos projets ?

— J'ai une amie à Londres. Elle... c'est difficile à avouer, chanoine Chambers. Elle m'a laissée prétendre que je logeais chez elle...

— Quand en réalité ?

— J'étais dans un hôtel avec Stephen ? Je crains que oui. Vous devez avoir une bien piètre opinion de moi."

Sidney était décontenancé par sa franchise. "Ce n'est pas à moi de juger, madame Morton.

— Pamela. S'il vous plaît, appelez-moi Pamela..."

C'était trop tôt pour une telle familiarité. Sidney décida d'essayer de ne pas offrir un autre verre à son invitée.

"Vous voyez donc pourquoi je suis venue, chanoine Chambers ?"

Sidney ne voyait rien du tout. Pourquoi cette femme lui racontait-elle tout ça ? Il se demanda si elle s'était mariée à l'église, si elle avait jamais songé à ses vœux matrimoniaux et si elle s'entendait bien avec ses enfants. "Que voulez-vous que je fasse ? demanda-t-il.

— Je ne peux pas aller raconter ça à la police.

— Non, bien sûr que non.

— Je ne peux pas compter sur eux pour garder un secret. Mon mari va forcément découvrir la vérité et je ne tiens pas à éveiller sa méfiance.

— Mais il s'agit de toute évidence d'une affaire privée. En quoi cela concerne-t-il la police ?

— Il faut la faire intervenir, chanoine Chambers.

— Mais pourquoi ?

— Vous ne devinez pas pourquoi ? Je ne peux pas croire que Stephen se soit suicidé. C'est complètement insensé. Nous allions nous enfuir ensemble.

— Alors qu'est-ce que vous suggérez ?"

Pamela Morton se redressa sur son siège et se tint bien droite. "Que c'est un meurtre, chanoine Chambers. Qu'il s'agit bel et bien d'un meurtre." Elle eut beaucoup de mal à trouver un mouchoir dans son sac à main.

"Mais qui voudrait commettre un tel crime ?

— Je l'ignore."

Sidney était complètement dépassé. Venir le trouver pour confesser ses péchés, c'était une chose, mais une accusation de meurtre, c'était une tout autre affaire. "Voilà une supposition bien dangereuse, madame Morton. Êtes-vous sûre de penser une chose pareille ?

— Certaine.

— Et vous n'en avez parlé à personne d'autre ?

— Vous êtes le premier. Pendant le service, quand je vous ai entendu parler de la mort et du deuil, j'ai su que je pouvais vous faire confiance. Vous avez une voix rassurante. Je suis désolée, mais je ne vais plus à l'église. Après la mort de mon frère pendant la guerre, j'ai eu du mal à conserver la foi.

— C'est difficile, je sais."

Pamela Morton donnait l'impression d'avoir dit tout ce qu'elle avait à dire. "Ce que j'ai dit est la vérité, chanoine Chambers."

Sidney imagina son invitée réprimant son chagrin pendant toute la durée de la cérémonie funèbre. Il se demanda si, en quête de suspects, elle avait observé les autres membres de l'assistance. Mais pourquoi quelqu'un aurait-il voulu tuer Stephen Staunton ?

Pamela Morton comprit que Sidney avait besoin d'être convaincu. "Il est absurde de penser qu'il ait pu se supprimer. L'avenir nous réservait tant de choses. C'était comme si nous allions retrouver notre jeunesse et pouvoir devenir ceux que nous voulions être. C'était un nouveau départ. Nous allions connaître une vie que nous n'avions jamais connue. Ce sont les dernières paroles qu'il m'a adressées : « Nous vivrons comme nous n'avons jamais vécu. » Ce ne sont vraiment pas les paroles d'un homme qui va se tirer une balle dans la tête !

— Assurément.

— Et maintenant c'en est fini. De tout cet espoir. Tout cet amour gaspillé." Pamela Morton prit son mouchoir. "Ça m'est insupportable. Je suis désolée. Je ne voulais pas pleurer."

Sidney alla à la fenêtre. Comment diable était-il censé réagir à cette histoire ? Cela ne le regardait en aucun cas ; mais il lui revint alors que, en tant que pasteur, *tout* était de son ressort. Il n'était pas de recoin du cœur humain dont il ne fût responsable. De plus, si Pamela Morton avait raison, et que Stephen Staunton n'avait pas commis ce que nombre de gens prenaient toujours pour le péché de suicide, alors un innocent avait été injustement tué et son meurtrier courait toujours.

"Que voudriez-vous que je fasse ? demanda-t-il.

— Que vous parliez aux gens, répondit Pamela Norton. Sans cérémonie si possible. Je souhaite que personne ne sache que je suis mêlée à tout ça.

— Mais à qui parler ?

— Aux gens qui le connaissaient.

— Je ne vois pas ce que je peux leur demander.

— Vous êtes un prêtre. Les gens vous racontent des choses, non ?

— Effectivement.

— Et vous pouvez poser presque n'importe quelle question, même très intime ?

— Il faut se montrer prudent.

— Mais vous voyez bien ce que je veux dire…

— Oui, fit Sidney, aussi prudemment que possible.

— Alors en gardant présent à l'esprit ce que je vous ai dit, vous pourriez peut-être, à l'occasion, poser une question que, sinon, vous n'auriez jamais posée ?

— Je ne suis pas certain de pouvoir faire des promesses. Je ne suis pas détective.

— Mais vous connaissez les gens, chanoine Chambers. Vous les comprenez.

— Pas tout le temps.

— Enfin, j'espère que vous me comprenez.

— Oui, répondit Sidney. Vous avez été très claire. J'imagine que cela a dû être terrible. De ne pouvoir s'en ouvrir à personne…"

Pamela Morton rangea son mouchoir. “Ça l’est effectivement. Mais j’ai dit ce pour quoi je suis venue vous trouver. Êtes-vous sûr que je peux compter sur votre discrétion ? dit-elle, levant les yeux vers lui, à nouveau vulnérable. Vous ne mentionnerez pas mon nom ?

— Bien sûr que non, repartit Sidney, se demandant déjà pendant combien de temps il pourrait garder ce secret.

— Je suis infiniment désolée de tout ça, poursuivit Mme Morton. J’ai honte, vraiment. Je ne voyais pas comment vous raconter ça ni les mots que j’allais employer. Je ne sais rien pour l’instant et j’ai dû garder le silence. Je n’ai pu me confier à personne. Merci de m’avoir écoutée.

— C’est ce qu’on attend de moi”, dit Sidney, se demandant aussitôt si c’était vrai. C’était son premier cas d’adultère et, bien évidemment, de meurtre.

Pamela Morton se leva. Sidney remarqua que, malgré ses larmes, son mascara n’avait pas coulé. Elle rejeta sa mèche en arrière et lui tendit la main.

“Au revoir, chanoine Chambers. Vous me croyez vraiment, n’est-ce pas ?

— C’était courageux de votre part de m’en dire autant.

— Le courage. Stephen disait que c’était une qualité qui me manquait. Si vous découvrez ce qui lui est arrivé alors j’espère que vous m’en informerez en premier.” Elle eut un sourire triste, une fois de plus. “Je sais où vous trouver.

— Je suis toujours ici. Au revoir, madame Morton.

— *Pamela*…

— Au revoir, Pamela.”

Sidney ferma sa porte d’entrée et regarda la montre que son père lui avait offerte à son ordination. Après tout, il aurait peut-être le temps de passer faire un tour à la collation. Il retourna dans son petit salon aux meubles fatigués que ses parents lui avaient achetés à une vente aux enchères locale. Il se dit que la pièce avait vraiment besoin d’être égayée. Il prit les verres, alla les mettre dans l’évier de la cuisine et tourna le robinet d’eau chaude. Il aimait faire la vaisselle ; le simple fait de nettoyer avait immédiatement des résultats visibles. Il s’arrêta un instant à la fenêtre et observa un rouge-gorge qui sautillait sur la corde à linge. Bientôt il faudrait qu'il se colle à ses cartes de Noël.

Il remarqua les traces de rouge à lèvres au bord du verre à whisky de Pamela Morton, et lui revint un poème d'Edna St. Vincent Millay qu'il avait lu dans le *Sunday Times* :

Quelles lèvres mes lèvres ont embrassées,
Et où et pourquoi, je l'ai oublié,
Et quels bras sont restés sous ma tête jusqu'au matin ;
Mais la pluie de ce soir est remplie de fantômes…

Quel gâchis les gens font de leurs vies, pensa-t-il.

L'inspecteur Keating, ami de Sidney, ne trouva pas ça drôle. "Ça pourrait difficilement être plus limpide, soupira-t-il. Un homme reste au bureau après que tout le monde est rentré chez soi. Il entame une carafe de whisky, puis se fait sauter la cervelle. La femme de ménage le trouve le lendemain matin, appelle la police, nous arrivons, et le tour est joué : c'est clair comme de l'eau de roche."

Les deux hommes étaient assis à leur table préférée, dans le bar de la RAF de l'Eagle, pub commodément situé non loin du commissariat de St Andrews Street. Ils s'étaient liés d'amitié après que Sidney eut célébré l'enterrement du prédécesseur de l'inspecteur, et ils se retrouvaient maintenant sans cérémonie tous les jeudis après le travail pour déguster deux pintes de bière pression, faire une partie de backgammon et partager des confidences. C'était l'un des rares moments de détente de la semaine où Sidney pouvait enlever son col d'ecclésiastique, enfiler un pull-over et feindre de ne pas être prêtre.

"Parfois, fit-il remarquer, les choses peuvent paraître plutôt trop claires.

— Je suis d'accord, dit l'inspecteur, qui lança les dés et fit un cinq et un trois, mais, dans cette histoire, les faits sont clairs comme le jour." Il s'exprimait avec un léger accent de Northumbrie, seul vestige d'une région qu'il avait quittée à l'âge de six ans. “Au point que je m’étonne que vous envisagiez de vous lancer sur une fausse piste.

— Je ne le suggère nullement.” Sidney s’alarma de ce que son ami pût prendre ses propos pour une requête en bonne et due forme. “Je me permets de tiquer, sans plus.”

L’inspecteur Keating défendit son point de vue. “L’épouse de Stephen Staunton nous a dit que son mari souffrait de dépression. Autre chose, il buvait trop. C’est une tradition irlandaise, bien sûr. Sa secrétaire nous a appris que notre homme s’était mis à aller à Londres chaque semaine et qu’il passait moins de temps au bureau qu’il n’aurait dû. Il a même fallu qu’elle le remplace pour certaines de ses tâches les plus simples ; transmission de biens, et cetera. Et puis il y a la petite affaire de ses retraits bancaires récents ; de grosses sommes en espèces dont sa femme n’a jamais vu la couleur et dont personne ne sait où elles sont passées. Cela suggère…”

Sidney fit un double cinq et déplaça quatre de ses pions. “J’imagine que cela vous donne à penser que le notaire jouait de l’argent…

— Certainement. Et je suis aussi en droit d’imaginer qu’il a peut-être utilisé de l’argent de l’étude pour couvrir ses dettes de jeu. S’il n’était pas mort, il faudrait sans doute que je commence à enquêter sur lui pour fraude.” L’inspecteur fit un quatre et un deux, et heurta l’un des blots. “J’imagine donc que quand les dettes se sont accumulées et qu’il était sur le point d’être découvert, il s’est fait sauter la cervelle. C’est monnaie courante, mon vieux. Vous rejouez ?

— Bien sûr, Sidney lança à nouveau les dés. Ah… Je pense pouvoir réintégrer la partie.” Il plaça son pion sur le point 23. “A-t-il laissé une note ?”

La question irrita l’inspecteur Keating. “Non, Sidney. Il n’a pas laissé de note.

— Il existe donc une marge d’erreur ?”

L’inspecteur se pencha en avant et agita à nouveau le gobelet. Il pensait avoir gagné la partie, mais à présent il voyait bien que Sidney n’allait pas tarder à l’emporter. “Il n’y a pas de place pour le doute dans cette affaire. Tous ceux qui se suicident ne laissent pas de note…

— La plupart le font.

— Mon beau-frère travaille dans la police près de Beachy Head*. Là-bas, ils ne laissent pas beaucoup de notes, je vous le garantis. Ils se précipitent dans le vide, un point c'est tout.

— J'imagine.

— Notre homme s'est donné la mort, Sidney. Si vous ne me croyez pas, allez donc rendre à la veuve une de vos visites pastorales. Je suis sûr qu'elle apprécierait. N'allez pas vous mettre martel en tête.

— Je n'y songerais pas un instant", mentit son compagnon, savourant à l'avance une victoire improbable sur le tablier.

La vie de Sidney à Grantchester était liée au vieux collège de Corpus Christi où il avait étudié la théologie et où il était maintenant directeur d'études et jouissait du droit d'y prendre ses repas. Il appréciait que son travail lui permette de joindre l'académique au clérical, mais il lui arrivait de s'inquiéter de ce que ses activités universitaires l'empêchent de consacrer suffisamment de temps à ses fonctions pastorales. Il parvenait à administrer sa paroisse, instruire des étudiants, visiter les malades, préparer des enfants à la confirmation et des couples au mariage, mais il se sentait fréquemment coupable de ne pas en faire suffisamment pour les gens. À vrai dire, Sidney regrettait parfois de ne pas être un meilleur prêtre.

Par exemple, il savait que sa responsabilité envers les gens affligés par le deuil dépassait de loin la simple organisation d'un enterrement. En fait, ceux qui pleuraient un être cher avaient souvent besoin de davantage de réconfort une fois disparu le choc initial de la mort, quand leurs amis avaient repris leurs existences quotidiennes et que la période publique du deuil était terminée. C'était le devoir d'un prêtre d'offrir une consolation constante, d'aimer et de servir ses paroissiens quoi qu'il pût lui en coûter. Par conséquent, le lendemain matin, en se

* Beachy Head, en français cap Béveziers, promontoire de craie sur la côte sud de l'Angleterre, près de la ville d'Eastbourne, où les falaises sont particulièrement hautes. *(Toutes les notes sont du traducteur.)*

rendant à Cambridge, Sidney n'hésita pas à s'arrêter chez la veuve de Stephen Staunton.

Il s'agissait d'un bâtiment de la fin de l'époque victorienne au milieu d'une rangée de maisons identiques d'Eltisley Avenue, rue située en bordure des Meadows. C'était le genre de demeure où emménageaient les familles lorsqu'elles attendaient leur deuxième enfant. Le quartier était parfaitement convenable, mais Sidney ne put s'empêcher de penser qu'il manquait de charme. C'étaient des logements fonctionnels qui avaient échappé aux bombardements de la guerre mais ne donnaient pourtant pas l'impression d'appartenir à une époque quelconque ni de posséder une identité locale. Bref, en avançant dans cette rue, Sidney eut le sentiment qu'il aurait pu se trouver n'importe où en Angleterre.

Hildegard Staunton était plus pâle que dans le souvenir qu'il avait d'elle à l'enterrement de son mari. Ses cheveux courts étaient blonds et frisés ; ses yeux grands et verts. Ses sourcils étaient dessinés au crayon et elle n'avait pas de rouge à lèvres ; en conséquence, ses sentiments semblaient avoir déserté son visage. Elle portait un peignoir vert olive foncé, avec un col châle et des manches à revers que Sidney ne remarqua que lorsqu'elle se toucha les cheveux ; s'inquiétant peut-être de ce qu'elle avait besoin d'un shampoing et d'une mise en plis, sans trouver le courage d'aller au salon de coiffure.

Hildegard était restée immobile tout en étant attentive pendant le service, mais à présent elle ne tenait pas en place, se levait dès qu'elle s'était assise, incapable de se concentrer. Quiconque l'eût observée par la fenêtre aurait probablement pensé qu'elle avait perdu quelque chose, ce qui était effectivement le cas. Sidney se demanda si son médecin lui avait prescrit des médicaments pour l'aider dans son chagrin.

"Je suis venu voir comment vous alliez, commença-t-il.

— Je fais semblant de croire qu'il est toujours ici, répondit Hildegard. C'est la seule façon pour moi de survivre.

— Je suis sûr que ça doit faire une très singulière impression." Au courant de l'adultère de son mari, sans parler d'un crime possible, Sidney était déjà mal à l'aise.

"Être dans ce pays m'a toujours semblé étrange. Il m'arrive de penser que je vis la vie d'une autre.

— Comment avez-vous connu votre mari ? demanda Sidney.

— À Berlin après la guerre.

— Il était militaire ?

— Avec les fusiliers de l'Ulster. Le Foreign Office britannique envoyait des gens pour nous « aérer », je me demande ce que ça pouvait bien vouloir dire, et nous allions tous à des conférences sur l'*abendländische Kultur*. Mais nous n'écoutions que d'une oreille. Ce que nous voulions, c'était aller danser."

Sidney essaya d'imaginer Hildegard dans une salle de bal allemande défoncée par les bombes, dansant parmi les ruines. Elle changea de position sur le canapé et ajusta le bas de son peignoir. Peut-être ne voulait-elle pas raconter son histoire, s'interrogea Sidney, mais le fait qu'elle ne veuille pas le regarder dans les yeux le persuada qu'elle avait l'intention de continuer. En dépit de leur douceur, ses paroles exigeaient de l'attention.

"Nous allions parfois à la campagne où nous passions la nuit à boire du vin blanc sous les pommiers. Nous leur apprenions à chanter *Jadis sur le Rhin* et, de leur côté, les hommes de l'Ulster entonnaient *L'Étoile du comté de Down*. J'aimais la façon dont Stephen chantait cette chanson. Et quand il parlait de chez lui en Irlande du Nord, il évoquait si bien son pays que je me disais que je pourrais y trouver refuge pour échapper à tout ce qui s'était passé pendant la guerre. Nous vivrions au bord de la mer, disait-il, à Carrickfergus, peut-être. Nous irions nous promener sur les rives du Lough Neagh, et écouter le cri des courlis volant au-dessus de l'eau. Sa voix avait tellement de charme. Je croyais tout ce qu'il me racontait. Mais en fait nous ne sommes jamais allés en Irlande. Les perspectives d'avenir étaient ici. Et notre mariage n'a donc pas commencé comme je m'y attendais. Je ne m'étais jamais imaginé que nous habiterions un village anglais. Être allemande ne facilite bien sûr pas les choses.

— Vous parlez très bien anglais.

— Je m'y efforce. Mais les gens se méfient des Allemands, je suis sûre que vous le savez. Je vois bien ce qu'ils pensent encore, si peu de temps après la guerre. Comment le leur reprocher ? Je ne peux pas confier à tous ceux que je rencontre que mon père n'a jamais été un nazi, qu'il a été abattu à une manifestation communiste quand j'avais six ans. Je crois n'avoir rien fait de mal. Mais la vie est difficile pour nous après une guerre pareille.

— Elle est dure pour tout le monde."

Hildegard s'arrêta, et lui revint ce qu'elle avait oublié. "Voudriez-vous du thé, chanoine Chambers ?

— Ce serait aimable.

— Je ne sais pas très bien le préparer. Stephen trouvait ça amusant. Il buvait plus souvent du whiskey.

— J'ai moi-même un penchant pour le scotch.

— Le sien était irlandais, bien sûr.

— Ah oui, se souvint Sidney. Le goût est différent et l'orthographe aussi."

Hildegard poursuivit. "C'était du Bushmills. Stephen affirmait que c'était le plus vieux whiskey du monde. Il lui rappelait son pays : un whiskey protestant, précisait-il toujours, du comté d'Antrim. Son frère en envoie deux caisses par an, une pour l'anniversaire de Stephen et une autre à Noël. C'est-à-dire, deux bouteilles par mois. Ce n'était pas suffisant. C'est peut-être pourquoi il est allé à Londres avant de mourir. Ce n'était pas pour affaires. C'était pour faire le plein de whiskey. Nous ne trouvions pas de Bushmills à Cambridge et il ne voulait rien boire d'autre.

— Jamais ?

— Il disait qu'il aimerait mieux boire de l'eau. Ou du gin. Et quand ça lui arrivait, en tout cas il avalait ça comme de l'eau." Hildegard eut un sourire triste. "Peut-être préféreriez-vous du xérès plutôt que du thé. Je crois que les prêtres boivent souvent du xérès."

Sidney ne voulut pas expliquer qu'il n'aimait pas ça. "Ce serait avec plaisir…"

Mme Staunton se dirigea vers la vitrine du buffet où étaient rangés les verres. Il n'y avait pas beaucoup de livres, se dit Sidney, mais il remarqua un piano droit Bechstein et quelques reproductions de paysages de bon goût. Il y avait également une collection de porcelaines allemandes, parmi lesquelles un violoneux faisant la cour à une danseuse, et un Arlequin tordant la queue d'un chien carlin. La plupart des figurines représentaient des enfants : un garçon en paletot rose jouant de la flûte, une fillette au haut de même couleur avec une corbeille de fleurs, une petite ballerine, des frères et des sœurs partageant une table de pique-nique.

Sidney se souvint de la raison pour laquelle il était venu. “Désolé si je vous dérange. Mais j’aime à penser que vous êtes une de mes paroissiennes…

— Comme vous le savez, je suis luthérienne. Nous ne sommes pas pratiquants.

— Vous seriez toujours bienvenue.

— *Kinder, Küche, Kirche.*” Hildegard sourit. “La tradition allemande. Je crains de n’exceller dans aucun de ces domaines.

— Je pensais que si je pouvais faire quelque chose…

— Vous vous êtes occupé de l’enterrement de mon mari. C’est suffisant, surtout étant donné les circonstances.

— Particulièrement pénibles.

— Et après tant de morts pendant la guerre. Choisir de mourir de façon si délibérée quand on a survécu. C’est dur à comprendre. Je suis sûre que vous désapprouvez.

— Nous croyons effectivement que la vie est sacrée, un don de Dieu.

— Et que c’est donc à Dieu de la reprendre.

— Je crains que oui.

— Et s’il n’y a pas de Dieu ?

— Je ne peux pas imaginer une chose pareille.

— Effectivement. Pour un prêtre, ce serait de mauvais ton.” Hildegard sourit pour la première fois.

“Assurément, de très mauvais ton.”

Hildegard Staunton tendit son xérès à Sidney. Il se demanda pourquoi il s’était fourré dans toute cette affaire. “Allez-vous retourner en Allemagne ? demanda-t-il.

— À en croire certains, il n’y a plus d’Allemagne. Mais ma mère est à Leipzig. J’ai également une sœur à Berlin. Je ne pense pas que je puisse rester ici.

— Vous n’aimez pas Cambridge ?

— Cambridge peut être déprimant. Est-ce le mot qui convient ? Le temps et le vent.”

Sidney se demanda si le mariage Staunton avait jamais été heureux. “Je me disais, commença-t-il avec circonspection, votre époux partageait-il vos sentiments ?

— Je pense que nous nous sentions tous deux des étrangers ici.

— Il était déprimé ?

— Il est de l'Ulster. Qu'en pensez-vous ?

— Je ne pense pas que tous les hommes de l'Ulster soient dépressifs, madame Staunton.

— Bien sûr que non. Mais quelquefois avec l'alcool…" Hildegard laissa la phrase retomber entre eux dans le silence. "Je sais… ça n'aide pas.

— Pourquoi avez-vous posé cette question ? poursuivit Hildegard.

— Je vous présente mes excuses. C'était importun, je sais. Je me demandais seulement si vous craigniez que cela n'arrive un jour.

— Non, pas du tout.

— Ce fut donc un choc ?

— Oui. Mais enfin rien ne m'étonne, chanoine Chambers. Quand vous avez perdu presque tous les vôtres pendant la guerre, qu'il ne reste rien dans votre vie, et que le seul espoir que vous possédiez se volatilise, alors qu'est-ce qui pourrait bien vous choquer ? Vous avez fait la guerre ?

— Oui.

— Alors je pense, peut-être, que vous comprenez."

Si Sidney avait été un meilleur chrétien, se dit-il, il aurait essayé de parler à Hildegard de la consolation de sa foi, mais il savait que ce n'était pas le bon moment.

La conversation était troublante parce qu'une quantité de sujets lui traversaient l'esprit : la nature de la mort, l'idée du mariage et le problème de la trahison. Se concentrer sur n'importe laquelle de ces questions risquait d'indisposer Hildegard, aussi tenta-t-il de maintenir la conversation aussi neutre que possible.

"Et vous êtes de Leipzig ? continua Sidney.

— Oui.

— La ville de Bach.

— Je joue sa musique tous les jours. J'ai étudié à la *Hochschule* de Berlin avec Edwin Fischer. Il était comme un père pour moi. Peut-être avez-vous entendu parler de lui ?

— Je me demande si ma mère n'a pas un de ses enregistrements.

— C'est probablement *Le Clavier bien tempéré*. Son jeu était aérien et plein de joie. C'était un homme merveilleux. Mais, en 1942, il est allé à Lucerne et j'ai perdu ma confiance.

— La guerre, je suppose.

— C'était beaucoup de choses.

— Et vous enseignez ?

— En Allemagne j'avais beaucoup d'élèves. Vous savez que le travail est notre arme contre la mélancolie.

— *Weltschmerz.*

— Vous connaissez le mot ?" Hildegard sourit à nouveau. "Je suis impressionnée, chanoine Chambers. Mais ici, il n'est pas si facile de travailler. Quand je rentrerai en Allemagne alors, peut-être, j'enseignerai tous les jours. J'ai besoin de travailler. J'ignore ce que mon mari faisait de l'argent.

— Il n'a pas laissé de testament ?

— Je ne pense pas.

— Peut-être que l'associé de votre époux attendait que l'enterrement soit passé pour vous en parler ?

— Je ne le connais pas bien. Mon mari parlait fort peu de son travail. Il me disait qu'il était peu satisfaisant. Tout ce que je sais de façon certaine, c'est que Clive Morton pensait de même. Je pense qu'il s'intéressait plus au golf qu'au droit.

— Je pourrais peut-être l'interroger de votre part, si ça peut vous être utile ?

— Je ne voudrais pas vous déranger.

— Ça ne me dérange pas, dit Sidney.

— Cela n'a rien d'urgent… poursuivit Hildegard Staunton. Je possède mon propre compte bancaire et j'ai suffisamment d'argent pour l'instant. C'est seulement que je suis si fatiguée. Je pense que ça doit être la tristesse. C'est comme de regarder dans une cage d'ascenseur. Le puits est sombre. Ça descend et vous n'en voyez pas le fond."

Sidney s'assit à côté d'elle. "Je suis désolé, madame Staunton, je n'aurais peut-être pas dû venir."

Hildegard chercha son regard. "Non, je suis contente. Je ne suis pas bien. J'espère que vous voudrez bien m'excuser.

— Vous avez subi une terrible perte.

— Je ne m'attendais pas à ce que ça soit si violent. Je savais que Stephen avait gardé le revolver qu'il avait pendant la guerre. Il me confiait qu'il lui arrivait de penser à ce qu'il avait fait avec. Aux gens qu'il avait tués. Il avait des problèmes de conscience. Je pense que c'était trop pour lui, le souvenir de ce conflit. Peut-être qu'en m'épousant il a essayé de compenser ce qui s'était passé, mais je crois que ça n'a fait qu'empirer les choses. Il n'arrêtait pas de se dire qu'il avait peut-être tué des gens que j'avais connus ; des professeurs, des amis, des gens de ma famille. Il était difficile de savoir quoi lui dire. Ce n'était pas bon."

Sidney se souvint de sa propre guerre, de sa dernière année passée à combattre avec les Scots Guards, des longues périodes d'attente, des nuits blanches avant les moments de violence, de risque et de mort. Il repensait moins au fait de tuer qu'à la culpabilité et à la disparition : des hommes comme Jamie Wilkinson, "Wilko", qu'il avait envoyé en éclaireur, observer les lignes ennemies, et qui n'était jamais revenu. Il revoyait la peur sur les visages ; la violence des assauts et puis, ensuite, l'inhumation rapide et brutale d'amis. Personne n'en parlait et pourtant Sidney savait que tous avaient continué à penser aux choses qui s'étaient passées en espérant que leurs pensées et leurs peurs s'estomperaient. Le reste de leurs vies se passerait dans l'ombre de la mort et ils consacreraient du temps à des activités qui auraient probablement moins d'impact que tout ce qu'ils avaient bien pu faire pendant ces années de guerre.

"Est-ce que vous écoutez ?"

Sidney se souvint de l'endroit où il se trouvait. "Je suis confus."

Hildegard s'amusa presque de son manque d'attention. Sidney la vit esquisser un sourire. Il aimait sa bouche.

"Vous étiez peut-être en train de rêver, chanoine Chambers. Le genre de chose qui est normal pour moi, encore plus que ce qui est réel."

Sidney se souvint de la raison de sa visite. Ça n'allait pas être facile de continuer, mais il devait faire de son mieux pour découvrir la vérité. "J'avais l'intention de vous poser une question. J'espère que ça ne vous dérange pas.

— J'espère pouvoir y répondre.

— Je sais que ça peut paraître étrange, commença Sidney non sans hésitation. Mais pensez-vous que quelqu'un aurait pu chercher à nuire à votre mari ?

— Quelle question !

— Je regrette de l'avoir posée.

— Pourquoi lui aurait-on voulu du mal ? Il réussissait parfaitement à se faire du mal tout seul.

— Oui, je le vois bien.

— Tout le monde aimait mon mari, chanoine Chambers. C'était un homme charmant."

Sidney finit son xérès. "Je regrette de ne pas l'avoir connu."

Il s'apprêtait à trouver un prétexte pour prendre congé quand Hildegard Staunton poursuivit. "Bien sûr, vous devriez également parler à sa secrétaire.

— Pourquoi « bien sûr » ?

— Vous avez rencontré Mlle Morrison ?

— Je ne pense pas.

— Elle était à l'enterrement. Elle organisait sa vie et connaissait tous ceux qui voyaient mon mari. Elle pourrait répondre à votre question si vous allez l'interroger à propos du testament. Ils passaient tout leur temps ensemble au travail. Et moi, je restais assise dans cette maison." Hildegard détourna les yeux en prononçant ces paroles.

Sur la tablette de la cheminée Sidney aperçut une autre figurine en porcelaine, celle d'une petite fille donnant à manger aux poules. *Mädchen füttert Hühner*, disait une inscription en vieil allemand sur le socle. Il se demanda qui la leur avait donnée, ou si elle avait appartenu à la famille d'Hildegard et qu'on l'avait achetée quand elle était enfant. Il y avait tant de questions qu'il ne pouvait pas poser.

"Nous ne pouvions pas avoir d'enfants, dit-elle, comme pour lui répondre.

— Je suis désolé. Je n'avais l'intention ni de vous attrister ni d'être indiscret, dit-il.

— Je ne sais pas pourquoi j'ai dit ça. Il m'arrive de penser que les gens qui vivent en Angleterre préfèrent leurs animaux familiers à leurs enfants. Mais ça ne me préoccupe plus. Je vais essayer de venir dans votre église. C'est gentil à vous de vous être chargé de l'enterrement ; vous avez un visage doux.

— Merci, dit Sidney, si c'est vrai.

— Repassez, proposa Hildegard, une fois que vous aurez rendu visite à Mlle Morrison. Si vous la voyez, alors peut-être vous en dira-t-elle plus."

Hildegard Staunton avança sa main et Sidney la prit. Sa poignée de main était ferme et elle adressa à son invité un regard franc qui ne faiblit pas. "Merci d'être venu. Repassez me voir, s'il vous plaît.

— Ce serait un honneur."

Sidney retourna à l'église, en proie à une tristesse indicible. Il y avait quelque chose qui n'allait pas du tout. Il pensa à un champ dans un pays étranger, à un soir d'été, à du vin blanc et à des pommiers, à un jeune Irlandais et à sa petite amie allemande au début de leur aventure ensemble et à un homme en train de chanter :

De la baie de Bantry au quai de Derry,
Et de Galway à Dublin,
Nulle part je n'ai trouvé l'égale
De la fille que j'ai connue dans le comté de Down.

Il y avait eu un temps où ils avaient eu tout l'avenir devant eux.

L'étude des notaires associés Morton & Staunton était située au rez-de-chaussée d'un immeuble à un étage contigu à la loggia aux briques jaunes de la gare ferroviaire de Cambridge. Sur la gauche se trouvaient une salle d'attente et le bureau de Mlle Morrison et, sur la droite, les pièces des deux associés, Clive Morton et Stephen Staunton.

En arrivant, Sidney fut quelque peu étonné par l'apparence de la secrétaire de la victime. Il ne se souvenait pas de l'avoir vue à l'enterrement et était à présent coupable de présomption. Il s'était attendu à un cliché : une femme en jupe de tweed vert aux cheveux tirés en arrière en un chignon parfaitement fixé par des épingles ; une femme qui avait fait ses études à Girton et vivait maintenant avec sa mère en compagnie de deux chats. En fait il découvrit une femme menue et élégante proche de la quarantaine aux yeux vifs et aux traits fins et harmonieux. Elle était entièrement vêtue en noir et blanc et portait des bijoux en argent assortis à ses cheveux gris à la coupe élégante.

"Mademoiselle Morrison... Je ne pense pas que nous nous connaissions.

— Je me suis sauvée après le service, je le crains. C'était beaucoup trop pénible, je suis sûre que vous comprenez parfaitement.

— Je le crois sans peine", commença Sidney, regrettant déjà d'être venu.

Pourquoi se trouvait-il mêlé à tout cela? se dit-il. En tant qu'ordinand, il s'était imaginé mener la vie paisible d'un pasteur de campagne sans problème, mais voilà qu'à présent il fourrait son nez dans les affaires des autres et se trouvait mêlé à des histoires qui, de toute évidence, le dépassaient complètement. Il lui fallut se concentrer sur la raison officielle de sa visite : l'obtention du testament de Stephen Staunton.

"J'espère ne pas arriver à une heure qui ne convient pas? demanda-t-il.

— Il reste encore tellement de rangement à faire. Mais j'ai deux fois moins de travail que par le passé et je ne suis pas sûre que nous prenions un autre associé..."

Sidney regarda le bureau de Mlle Morrison, avec ses papiers éparpillés à côté d'une machine à écrire qui avait beaucoup servi. Un sachet de bonbons au citron reposait au sommet de ce qui semblait être un épais roman russe.

"Que puis-je faire pour vous? s'enquit-elle.

— Je viens de la part de Mme Staunton", commença Sidney. Jusque-là c'était, peu ou prou, exact. "Comme vous l'imaginez, elle ne se sent pas particulièrement en forme en ce moment. Je me suis proposé de venir vous demander si son mari avait laissé un testament.

— J'y ai songé, chanoine Chambers et, chose curieuse, il n'en a pas laissé. Comme beaucoup de notaires, ils savent peut-être très bien rédiger des instructions pour les autres, mais ils sont distraits quand il s'agit de s'occuper d'eux-mêmes.

— Et M. Staunton avait un peu besoin qu'on s'occupe de lui ?

— Mon employeur n'était pas la plus méthodique des personnes.

— Mais vous teniez son agenda, vous gériez ses rendez-vous, ce genre de choses ?

— Bien sûr.

— Vous organisiez sa vie ?

— Pas entièrement.

— Je ne comprends pas.

— Il aimait parfois être mystérieux.

— Je suppose que la plupart des gens aiment avoir un jardin secret. Je sais que c'est mon cas."

Mlle Morrison commença à expliquer : "M. Staunton tenait son propre agenda de poche et donc si des gens s'adressaient directement à lui, alors il le notait dans cet agenda personnel, ce qui portait souvent à confusion. S'il décidait d'une chose le soir, par exemple, sans m'en parler le lendemain matin, nous nous retrouvions souvent avec deux rendez-vous à la même heure ; mais, en général, nous nous accordions finalement très bien.

— Il ne vous disait donc pas toujours tout ?

— Il désirait préserver sa vie privée. Et il n'aimait pas être coincé par trop de rendez-vous."

Sidney trouva peu convaincant ce ton terre à terre. "Je regrette de devoir vous demander cela, mademoiselle Morrison, mais votre employeur était-il un homme difficile ?

— Il n'était pas facile, mais quand vous côtoyez quelqu'un pendant longtemps, vous vous faites à ses manières."

Sidney s'apprêtait à poser une question essentielle sur l'état mental de Stephen Staunton au moment de sa mort, mais un train à vapeur passa dans un fracas si épouvantable que les vitres tremblèrent. "Juste ciel ! s'exclama-t-il.

— C'est seulement le rapide. Il n'en passe un que toutes les deux heures, ce n'est donc pas si terrible que ça. On s'y fait."

Sidney envisageait de reprendre ce qu'il espérait être un interrogatoire subtil quand Clive Morton passa voir sa secrétaire.

C'était un homme de grande taille aux cheveux blonds grisonnants rejetés en arrière ; ils étaient enduits de lotion et avaient besoin d'être coupés. Vêtu d'un blazer bleu et d'un pantalon de flanelle gris, d'une chemise oxford blanche et d'une cravate du Savage Club, il était clair qu'il se considérait comme le visage public de sa firme.

"Chanoine Chambers, commença-t-il. Je ne pense pas vous avoir revu depuis l'enterrement ? J'espère bien que ma secrétaire a su répondre à toutes vos attentes."

Mlle Morrison l'interrompit. "Il m'interrogeait sur l'existence d'un testament."

Le notaire parut étonné. "Je ne savais pas que c'était votre partie ?

— De la part de Mme Staunton..."

Clive Morton semblait déjà avoir des soupçons sur les motifs de la visite de Sidney. "Je vois."

C'était l'homme que Pamela avait voulu quitter. Le savoir mit Sidney mal à l'aise. "Je ne faisais que passer quand...

— La paperasse, ce n'était pas son fort, à notre Stephen. Il avait une certaine tendance à travailler à la va-vite. Je ne pense pas qu'il ait pris la peine de faire un testament. Il n'a même pas eu la courtoisie de laisser une note pour expliquer son geste épouvantable. Pauvre Mme Hughes...

— Je vous demande pardon ?

— Notre femme de ménage. C'est elle qui l'a trouvé.

— Il n'y a donc manifestement aucune explication à son geste ?

— Il n'est guère besoin d'expliquer un tel drame. Il a avalé suffisamment de whisky pour se donner du courage et il est parti.

— Vous étiez associés depuis longtemps ?

— Ça allait faire cinq ans tout juste. Nous avions fait des études de droit à Trinity, et nous avons repris contact après la guerre.

— Vous étiez donc amis ?

— La plupart du temps. Il y avait bien sûr de temps à autre d'inévitables accrochages, mais rien de bien grave. Même s'il faut bien avouer que Stephen pouvait être d'une humeur vraiment massacrante. L'Irlandais de l'Ulster qui boit trop, puis déclare que c'est absolument sans espoir ; vous voyez le genre..."

La présence de Clive Morton envahissait la pièce. Mlle Morrison hocha un peu la tête et s'en alla. Elle semblait contrariée. "Si vous voulez bien m'excuser..."

Sidney continua sur sa lancée. "Lui arrivait-il de se mettre en colère ?

— Oh, s'il piquait des crises ? Certainement ! Je me souviens de lui avoir fait remarquer un jour que c'était assez amusant qu'un homme qui avait épousé une Allemande ait dû faire imprimer « SS » en tête de tout son papier à lettres. Il est devenu fou furieux !

— Je peux le comprendre.

— Il ne prenait jamais bien les plaisanteries, notre Stephen." Clive Morton se dirigea vers la table sur laquelle étaient posées des bouteilles et commença à ouvrir une bouteille de xérès. "Voudriez-vous prendre un verre, chanoine Chambers ? C'est presque l'heure de déjeuner et, ici, la situation est plutôt délicate depuis quelque temps, comme vous vous en doutez.

— Je ne devrais pas...

— Allons...

— Un petit whisky peut-être.

— Oh, Clive Morton observa un temps d'arrêt. Je vous avais pris pour un buveur de xérès.

— Comme la plupart des gens... mais je préfère du whisky si c'est possible.

— Comment le prenez-vous ?

— Sec, s'il vous plaît, directement de la carafe.

— Stephen avait un grand faible pour le whiskey ; celui qui prend un *e*. Je serais plutôt amateur de gin tonic. Je suis sûr que Mlle Morrison va apporter de la glace. Elle sait qu'il me faut un petit remontant avant le déjeuner."

Sidney prit une petite gorgée du whisky qui lui avait été versé de la carafe. Il avait exactement le même goût que celui qu'il avait chez lui. "Est-ce que ça vient des réserves de Stephen Staunton ?

— Je ne saurais vous dire. Mlle Morrison s'occupe d'approvisionner le placard. En général nous offrons du gin ou du xérès. Si un client est particulièrement bouleversé, nous avons aussi du cognac médicinal. Mais Stephen s'en tenait toujours à son whiskey."

Sans être un aficionado, Sidney avait passé suffisamment de temps avec ses amis des fusiliers de l'Ulster pour savoir que ce n'était pas au whiskey préféré de Stephen Staunton qu'il venait de goûter. Il n'avait pas cet arôme fumé, cette douceur fruitée qui faisait penser à la vanille et au caramel au beurre salé. Bref, ce n'était pas du Bushmills.

"Bien sûr, Stephen buvait beaucoup trop, poursuivit Clive Morton. Et ça finit toujours par vous rattraper. Je l'ai vu chez tant d'amis, surtout ceux qui n'ont pas pu se remettre de la guerre. De retour chez eux, ils sont incapables d'expliquer ce par quoi ils sont passés. Et donc ils boivent pour se remonter le moral, l'alcool les déprime, et ensuite ils boivent encore davantage pour se sortir de la dépression. Avez-vous combattu vous-même, chanoine Chambers, ou étiez-vous aumônier ?

— J'ai combattu, monsieur Morton. Avec les Scots Guards…" La réponse fut plus appuyée qu'il n'en avait eu l'intention, mais Sidney n'avait nullement l'intention d'être traité avec condescendance.

"Bravo !" fit son hôte.

Sidney revit les entraînements à la baïonnette sur les Meadows, les courses qui finissaient en éventrant des sacs de sable ; il se souvint qu'on leur répétait à quel point il était important de haïr son ennemi. Il n'avait jamais excellé dans ce genre d'exercice, mais il pensait avoir vu plus souvent la mort de près que Clive Morton.

"C'est tout ce qui reste ? demanda-t-il. Dans cette carafe ?

— Pourquoi ? Vous en voulez un autre ?" Son hôte partit à rire.

Sidney se souvint des paroles d'Hildegard Staunton. "On ne trouve pas de Bushmills à Cambridge et il ne voulait rien boire d'autre." "Oh non , dit-il. C'est très bien comme ça."

Il y eut un silence. Tout en sachant qu'il lui fallait s'en aller, Sidney pensait que s'il laissait le silence durer un peu plus, Clive Morton pourrait peut-être se montrer plus bavard.

"Pensez-vous que les affaires de M. Staunton soient compliquées à régler ?" s'enquit Sidney, et il eut l'impression de s'être compromis et se sentit coupable d'avoir utilisé le mot "affaire" en présence du mari de Pamela Morton. Il se demanda si l'adultère de sa femme avait été une forme de secrète revanche.

"Les hommes de loi sont un peu comme les médecins, chanoine Chambers. Nous négligeons nos propres vies, peut-être parce que nous pensons être immortels. Un risque professionnel.

— Mais dans le cas de Stephen Staunton…

— Eh bien, je suppose que c'était inévitable… continua Clive Morton.

— Vous le pensez ?

— Ne vous méprenez pas, poursuivit Clive Morton. J'aimais cet homme. Autrefois nous étions proches, mais, comme je vous l'ai laissé entendre, ces derniers temps il était devenu de plus en plus distant : inabordable et d'une humeur tout aussi impossible. Et il n'est pas possible de travailler avec un associé qui est éméché après le déjeuner.

— Je me demande si Mlle Morrison n'a pas eu à le couvrir ?

— Bien vu, chanoine Chambers. Ça en devenait ridicule. J'ai dit à Stephen que j'étais prêt à fermer les yeux le soir, mais on ne peut pas employer un homme qui peut se soûler deux fois par jour.

— C'en était à ce point-là ?

— Parfois. Je ne dis pas qu'il était alcoolique. C'est qu'il n'était pas à l'affaire dont il s'occupait. J'ai dû le prévenir, bien sûr.

— Qu'il risquait de perdre son travail ?

— Oui. Même si nous étions associés, il fallait faire quelque chose.

— Et il le savait ?

— Bien sûr qu'il était au courant. C'est moi qui le lui ai dit.

— Et pensez-vous que la perspective de tout perdre aurait pu le plonger dans le désespoir ?

— Je ne vais pas me sentir responsable de la mort de Stephen si c'est ce à quoi vous voulez en venir, chanoine Chambers. Il a eu plein d'occasions de mettre de l'ordre dans sa vie. Je ne vais pas prétendre que c'était facile, mais je l'ai toujours traité équitablement – même s'il allait souvent à Londres ou disparaissait sans prévenir personne. Au moins Mlle Morrison gardait un œil sur lui. On pouvait toujours compter sur elle pour finir la paperasse et nous dire où il était en cas d'urgence. Il ne semblait avoir aucun problème avec elle. C'est le reste des affaires qui souffrait de son attitude plutôt cavalière. Mais, si vous voulez bien m'excuser, c'est mon après-midi de golf.

— Vous pratiquez le golf ?

— Tous les mercredis. Ça aide à couper la semaine. Il m'arrive de l'associer à mes activités professionnelles. C'est beaucoup plus facile quand on n'est pas au bureau…

— Et jouiez-vous au golf l'après-midi où votre collègue est mort ?

— L'après-midi ? Il est mort après le travail, n'est-ce pas ? Nous fermons toujours boutique de bonne heure le mercredi. C'est ainsi que Stephen s'est assuré que personne ne pourrait l'en empêcher. C'est une histoire épouvantable. Quand un homme décide de commettre un acte aussi radical, il n'y a rien qu'on puisse faire pour l'en empêcher, vous ne croyez pas ?

— Je le crois aussi, repartit Sidney. Et il n'y avait pas de grosses disputes avec des clients, ce genre de chose ? Personne susceptible de lui en vouloir ?

— Pas à ma connaissance. Les notaires peuvent parfois découvrir le mauvais côté des choses, mais je n'étais pas inquiet : Stephen pouvait toujours user de son charme pour se tirer d'une situation délicate. Où voulez-vous en venir ?"

Sidney marqua un temps d'arrêt. "Ce n'est rien, j'en suis sûr, répondit-il. Je regrette de vous avoir autant accaparé.

— Ce n'est pas grave. Je ne veux pas vous presser, mais je ne pense pas que nous vous attendions. Nous recevons rarement la visite d'ecclésiastiques à l'étude…

— Et j'avoue que, à l'église, nous recevons rarement les hommes de loi…" fit Sidney, avec plus d'humeur qu'il n'en avait eu l'intention.

Il n'avait jamais éprouvé autant de répugnance pour un homme et il s'en sentit aussitôt coupable. Il entendit son vieux directeur d'études théologiques lui dire : "Il existe, chez chacun d'entre nous, quelque chose qu'il est impossible d'aimer naturellement.

Quand nous pensons à autrui, il faut se rappeler que cela nous concerne aussi."

En sortant de l'étude, Sidney eut honte de sa grossièreté. Il s'inquiéta du genre d'homme qu'il devenait. Il avait besoin de reprendre ses fonctions officielles.

Il se rendit à Corpus à vélo et arriva juste à temps pour son premier séminaire du trimestre. Il s'agissait d'une étude sur les Évangiles synoptiques : dans quelle mesure la vie du Christ relatée dans les récits de Matthieu, Marc et Luc dépendait d'une source commune plus ancienne connue sous le nom de "Q".

Sidney était bien décidé à rendre son enseignement utile. Il expliqua comment, même si "Q" était perdu, et si les plus anciens récits évangéliques qui avaient survécu n'avaient pu être écrits qu'environ soixante-cinq après la mort du Christ, cela ne représentait pas forcément un laps de temps si long que ça. C'était comme si ses étudiants écrivaient sur leur arrière-grand-père qui avait vécu juste avant le tournant du siècle. En rassemblant les preuves et en interrogeant ceux qui l'avaient connu, il serait parfaitement possible d'obtenir une relation réaliste d'un homme qu'ils n'avaient jamais rencontré. Il n'était besoin que d'un examen minutieux des faits.

Sidney s'exprimait en termes familiers car il s'était aperçu que les étudiants qui découvraient Cambridge avaient autant besoin d'encouragements que de cours académiques. En arrivant, ceux qui avaient été brillants à l'école ne tardaient pas à connaître une situation pour eux inhabituelle ; ils se retrouvaient entourés de condisciples qui étaient aussi, sinon plus, intelligents qu'eux. À cela s'ajoutait la supériorité des étudiants de troisième cycle chargés de cours qui n'aimaient pas vraiment enseigner, si bien que les étudiants de première année étaient souvent sujets à une vertigineuse chute de confiance. Le décalage entre leur attente en matière de vie académique et leur expérience ultérieure pouvait s'avérer décourageant. En même temps, l'université elle-même faisait preuve de peu de compassion pour leur erreur d'orientation, estimant que ceux dont elle avait la charge devaient comprendre que c'était un privilège d'être à Cambridge et qu'il leur fallait ou bien se reprendre au plus vite ou alors retourner pleurer chez leur mère.

En conséquence, Sidney estimait de son devoir de manifester aux étudiants de premier cycle les plus vulnérables davantage de compassion que ses collègues, surtout à ces étudiants en théologie qui trouvaient que l'examen rigoureux de certaines des sources bibliques les moins fiables représentait un défi pour leur foi. Comme dans bien d'autres domaines de sa vie, Sidney devait veiller à ce que ceux dont il avait la charge considèrent la vie à long terme et tiennent le coup. Ce n'est pas toujours ceux qui sont rapides qui remportent la course, ni ceux qui sont forts qui gagnent la bataille, se disait-il. Le temps et le hasard jouaient pour tous et, par-dessus tout, l'essentiel était de maintenir le cap.

C'était une leçon qu'il avait toujours besoin d'apprendre lui-même.

Sidney avait beau savoir qu'il verrait l'inspecteur George Keating pour leur habituelle partie de backgammon le lendemain, il n'en éprouva pas moins la nécessité de téléphoner à son ami, quitte à s'attirer ses foudres ; ce qui ne manqua pas d'arriver. Par le passé l'inspecteur avait bien précisé qu'il n'aimait jamais remettre en question les cas flagrants et il ne s'était pas encore remis de la défaite de l'équipe nationale de football battue par la Hongrie la veille au soir.

"6-3 ! Quand on pense que c'est nous qui avons inventé ce sport, Sidney ! Le stade de Wembley est le berceau du football, et a-t-on jamais entendu dire qu'on pouvait nous mettre six buts ? Incroyable !

— Je ne sais pas pourquoi vous aimez tant le football, repartit son ami. C'est toujours une source de déception. Le cricket, voilà un sport…

— Pas en hiver…

— Alors le rugby à quinze. Même peut-être le hockey…

— Le hockey ! s'exclama l'inspecteur Keating. Vous pensez que je devrais commencer à m'intéresser au hockey ? Et, bon sang, pourquoi pas ensuite au badminton. Mon vieux, pourquoi me téléphonez-vous ?

— Je souhaite vous parler de quelque chose.

— Ça ne peut pas attendre demain ?
— Si, mais je ne voudrais pas que ça gâche notre partie de backgammon…"

L'inspecteur poussa un interminable soupir. "Dans ce cas, il vaudrait mieux passer me voir à mon bureau. Si vous pouvez me caser entre deux offices…
— Je pense que vous êtes plutôt plus occupé que moi.
— Alors venez à St Andrews Street."

Sidney n'avait jamais été invité à pénétrer dans le saint des saints du commissariat de police et il s'était attendu à quelque chose de beaucoup plus organisé, moderne et scientifique que le spectacle qu'il découvrit à son arrivée. L'espace personnel de l'inspecteur George Keating n'avait rien du centre méthodique d'où opérait une force organisée pour la lutte contre la criminalité ; c'était un capharnaüm de dossiers dans des enveloppes en papier kraft, de documents, de notes, de schémas, de sacs en papier et de vieilles tasses de thé recouvrant absolument tout l'espace disponible : bureaux, chaises et étagères. Les fenêtres étaient légèrement embuées par la condensation due à un radiateur électrique à deux tubes, le cendrier était plein et l'ampoule de la lampe du bureau avait grillé. Dans son ensemble cette pièce aurait pu facilement passer pour le bureau d'un professeur d'université, effet que l'inspecteur n'avait nullement recherché.

Sidney se demandait souvent s'il devrait parler de l'allure de son ami. C'était un homme qui faisait cinq centimètres de moins que la taille qu'il aurait souhaitée, ce qui n'était pas sa faute, et son pantalon avait besoin d'être repassé, ce qui l'était. Sa cravate était de travers, ses chaussures, éraflées, et les cheveux blond-roux qu'il commençait à perdre ne fréquentaient pas aussi souvent le peigne qu'ils l'auraient dû. Les exigences du métier, trois enfants au foyer et une épouse qui surveillait de près les dépenses familiales commençaient peut-être à peser. Il y avait des moments où Sidney était content d'être toujours célibataire.

Sachant qu'il abusait un peu en venant voir l'inspecteur, il se sentait de plus en plus coupable, mais il avait des doutes sur la conscience et il éprouvait le besoin de les partager. Il rapporta ce qu'il avait découvert et fit part de son souci quant au whisky.

“L’épouse de Stephen Staunton m’a bien spécifié que son mari ne buvait que du Bushmills, lequel possède, comme vous le savez peut-être, un goût caractéristique de fumé, de vanille et de caramel au beurre salé. Pourtant, le whisky de l’étude était d’un genre plus ordinaire, ou basique. Du Johnnie Walker, je suppose…

— Ce qui vous amène à conclure ?

— Que le whisky a été placé sur le bureau de Stephen Staunton pour faire croire qu’il avait trouvé du courage dans la bouteille, mais qu’il n’en a pas bu la moindre goutte…

— Et, comme j’imagine que vous vous apprêtez à me dire, qu’il n’a pas du tout placé le revolver dans sa bouche pour se donner la mort ?

— Je crois me rappeler qu’il n’y avait pas d’empreintes sur le revolver, inspecteur ?”

Sidney n’allait pas appeler son ami par son prénom dans son bureau.

“Aucune. Nous avons bien vérifié.

— Et ne pensez-vous pas que cela aussi est louche ?

— Vous suggérez que l’arme à feu a été essuyée pour effacer toute trace ?

— Ce n’est pas impossible. Avez-vous examiné la carafe ?”

À présent Geordie Keating était, si tant est que cela fût possible, encore plus irrité. “Pas avec une attention particulière. Nous n’en voyions pas vraiment la nécessité. Il vous faudra fournir plus de preuves que ça, Sidney. Ce que vous m’avez dit n’est tout simplement pas suffisant. De toute façon, qui aurait voulu tuer Stephen Staunton ? Quel était le mobile ? Il n’avait aucun ennemi, pour autant que nous sachions. C’était simplement un notaire d’Irlande du Nord qui était dépressif et buvait beaucoup. Un point, c’est tout.

— Oui, inspecteur, sauf que je ne pense pas que ça soit le fin mot de l’histoire.

— Eh bien, il vous faudra trouver de nouveaux indices quelque part si vous voulez que j’en tienne compte…

— Mais si j’y parviens, vous livrerez-vous à de nouvelles investigations ?

— Bien sûr, si de nouveaux éléments venaient à émerger ;

mais en attendant je dois m'occuper d'un adolescent fugueur, de deux cambrioleurs et d'une sombre histoire de chantage.

— Dans ce cas, je regrette de vous avoir importuné.

— Ne soyez pas ridicule, Sidney. S'il y avait du nouveau, alors bien sûr nous relancerions l'enquête. Il faut que vous sachiez que, pour aller de l'avant, nous avons besoin de plus d'éléments que ça. Dites-moi, Jésus ne s'est pas contenté d'accomplir un ou deux miracles ! Il a continué jusqu'à ce qu'il y ait suffisamment de preuves pour que les gens croient.

— J'ai le sentiment que nous sommes bien éloignés de Jésus, inspecteur."

Après avoir quitté le commissariat, Sidney enfourcha sa Raleigh Roadster, se lança dans Downing Street et passa devant l'église St Bene't. Ce faisant, il ne voulut pas songer à ce qu'Isaiah Shaw, le pasteur actuel, penserait de ses activités du moment. Sidney sentait bien la réprobation de cet homme non seulement lors de chacune de leurs rencontres, mais chaque fois qu'il passait devant son église. Car Isaiah avait fait savoir qu'il n'était pas d'accord avec le fait que son collègue soit monté si rapidement dans la hiérarchie de l'Église d'Angleterre.

Sidney était obligé de convenir qu'Isaiah n'avait pas tort. Il avait, assurément, eu de la chance. À la suite du décès prématuré de son prédécesseur, le nouvel évêque d'Ely, qui avait fait ses études à Corpus, avait voulu installer son propre aumônier personnel à la place de Sidney, et l'avait donc promu et nommé dans la paroisse fortuitement vacante de Grantchester. Cette promotion à un poste aussi privilégié à l'âge relativement jeune de trente ans, suivie de son obtention d'un titre de chanoine seulement deux ans plus tard, était considérée avec énormément de jalousie par des collègues d'un âge semblable qui voyaient dans les rapports d'amitié qu'entretenait aisément Sidney avec le haut clergé rien moins qu'un affront à leur piété et à leur dur travail. Les fonctions de prêtre, soutenaient-ils, ne devaient pas se limiter à une entreprise de séduction comme pour leur rival qui usait facilement de son charme.

Par conséquent, Sidney estimait qu'il ne devait pas seulement faire ses preuves envers ses paroissiens, mais aussi vis-à-vis de ses rivaux. Il lui fallait gagner son titre de pasteur de Grantchester *sur le terrain.* Ce n'était pas toujours facile, et il se lançait donc de lui-même dans toutes sortes de situations, en faisant son possible pour apporter une perspective chrétienne aux événements de tous les jours.

Il tourna dans Trumpington Street. Là, bien que parfaitement conscient que son appétit pût en pâtir pour le déjeuner à venir, il décida de s'arrêter chez Fitzbillies pour se réconforter d'un pain aux raisins. Il se demanda ce que Mme Maguire, sa femme de ménage, avait bien pu lui laisser au presbytère. Le mercredi, c'était en principe des saucisses. Sans qu'il pût s'expliquer pourquoi, il n'avait pas envie de saucisses, mais alors qu'il en était à la moitié de son pain aux raisins, il s'aperçut que le sucré ne lui disait rien non plus. Il n'était pas dans son assiette.

Il retourna à sa bicyclette et s'engagea dans Mill Lane en direction des Grantchester Meadows. Il comptait sur le vent de face pour le requinquer un peu, mais rien ne semblait efficace. Un groupe d'étudiants en duffel-coats et longues écharpes aux couleurs de leurs collèges allaient en cours en parlant fort ; ils descendirent du trottoir et passèrent sur la chaussée sans faire attention aux cyclistes. Un peintre en lettres repeignait la façade de la boucherie et un laveur de vitres était à l'œuvre au-dessus de la nouvelle banque. Leurs deux échelles enjambaient toute la largeur du trottoir, si bien que les passants superstitieux qui ne voulaient pas passer dessous les contournaient et se mêlaient à la circulation. Combien tout cela était éloigné du monde désespéré du suicide ou, plus vraisemblablement, du meurtre, se dit Sidney.

Il passa devant chez Hildegard Staunton et prit à travers champs en direction de Grantchester. Quand il arriva chez lui, ce qu'il trouva ne l'étonna nullement. Mme Maguire avait opéré certains de ses célèbres rangements, déplaçant des papiers que Sidney avait soigneusement classés en tas séparés et organisés sur le plancher, et elle les avait empilés tous ensemble afin de pouvoir passer l'aspirateur. Dans la cuisine il y avait des saucisses dans un plat en pyrex et des pommes de terre qu'elle avait épluchées et laissées dans de l'eau froide. Il trouva également une note :

"Racheter du Vim, s'il vous plaît. Et du Harpic. Demain poisson. Pas vendredi."

Sidney avait du mal à répondre à ces préoccupations. Il alluma la radio et écouta les informations. La reine venait d'arriver au Canada à l'occasion de sa tournée du Commonwealth. On venait de prouver que l'homme de Pitdown était un canular ; et l'Armée du Salut s'apprêtait à ouvrir un snack-bar en Corée. Sidney écouta, mangea sa saucisse et se demanda quel impact toutes ces informations auraient sur les habitants de Cambridge.

Alors qu'il débarrassait la table et envisageait la possibilité d'une tasse de café avec la deuxième moitié de son pain aux raisins – il aurait même quelques précieuses minutes pour écouter un peu de son jazz bien-aimé – on frappa à la porte.

En ouvrant, Sidney trouva Mlle Morrison sur le seuil. "J'espère que je ne vous dérange pas", s'excusa-t-elle. Elle portait un élégant imperméable noir et ses cheveux mouillés avaient été décoiffés par le vent. "J'ai aperçu le bus de Grantchester et je l'ai pris aussitôt."

Sidney n'avait pas remarqué qu'il s'était mis à pleuvoir. "Quelle surprise, fit-il.

— J'espère qu'elle n'est pas désagréable.

— Bien sûr que non. Je vous en prie, entrez…

— Je ne vais pas rester si vous n'y voyez pas d'inconvénient. C'est simplement que j'ai quelque chose qu'à mon avis vous devriez voir…

— Qu'est-ce que c'est ?"

Mlle Morrison sortit un morceau de papier de son sac à main, mais parut répugner à le lui remettre. "Je regrette infiniment. C'est une preuve. J'aurais dû vous en parler plus tôt. En fait j'aurais dû en faire part à la police, mais c'est personnel. J'espère que je n'aurai pas d'ennuis.

— Qu'est-ce que c'est ?

— Une lettre ; ou plutôt une note…

— Qui vous est adressée ?

— Oui. Elle m'est adressée. Une note de M. Staunton.

— Puis-je la voir ?

— Oui. Mais j'apprécierais beaucoup que vous vous contentiez de la lire et que vous me la rendiez. C'est plutôt ennuyeux.

— Je vois…" Sidney prit la note. "Où l'avez-vous trouvée ?

— M. Staunton l'a laissée sur mon bureau. Elle est très courte. Mais elle ne laisse aucun doute sur ce qui a dû se passer.

— Vous êtes sûre de ne pas vouloir entrer ?

— J'aimerais mieux ne pas m'attarder si ça ne vous dérange pas."

Debout dans l'embrasure de la porte, Sidney commença à lire :

A,

Je ne puis vous dire à quel point je regrette que nous en soyons arrivés là. Je sais que vous allez en être très affectée et j'aimerais pouvoir faire quelque chose pour arranger les choses. Je ne peux plus continuer. Je le regrette – infiniment. Vous savez à quel point ça a été dur et qu'il est impossible de continuer.

Pardonnez-moi

S

La pluie avait repris et il était absurde qu'ils restent tous deux plantés sur le seuil du presbytère, mais la secrétaire de Stephen Staunton ne quittait pas son attitude de défi justifié.

"Je me rends bien compte à quel point ça doit être gênant, mademoiselle Morrison, mais il aurait été utile que vous montriez ça à la police. Je remarque qu'il s'adresse à vous par votre initiale : A. Était-ce son habitude ?

— Nous paraphions tous deux de nos initiales les documents que nous avions lus. Il signait d'un seul « S » pour moi, et d'un double « S » les pièces destinées à M. Morton – enfin, jusqu'au jour où M. Morton l'a plaisanté à ce propos. Ils ne s'entendaient pas aussi bien que par le passé…

— Et « A » ?

— Je m'appelle Annabel, chanoine Chambers."

Elle attendit que Sidney lui rende la note. Il n'en fit rien.

"Mademoiselle Morrison, la mort de votre employeur est entourée de caractéristiques inhabituelles qui intéressent la police."

Sidney savait qu'il exagérait le niveau de préoccupation de l'inspecteur Keating, mais il décida que c'était le seul moyen d'obtenir de Mlle Morrison qu'elle lui accorde ce qu'il s'apprêtait à lui demander.

“Vraiment ?” Mlle Morrison eut l’air choquée. “Je ne comprends pas.

— Je ne pense pas qu’il y ait lieu de s’inquiéter, mais j’espère beaucoup que vous m’autoriserez à conserver cette note afin que je puisse la montrer, confidentiellement, à mon ami l’inspecteur Keating pour le tranquilliser. Dès que je l’aurai fait, je vous la rendrai. Puis-je obtenir votre permission ? Je puis vous assurer que l’information demeurerait confidentielle.

— Dites-moi, je ne vais pas avoir d’ennuis ?

— Je pense que c’est peu probable. La police est convaincue que M. Staunton s’est donné la mort, et cette note semble aller dans ce sens.

— Semble ? Elle l’indique très clairement.

— Effectivement, reconnut Sidney. Et je suis donc persuadé qu’elle vous sera rendue sous peu. La seule chose curieuse c’est qu’il n’en soit question que maintenant.

— Je vous ai expliqué. C’est personnel. J’étais très affectée. Et c’est à moi seule. Ça ne s’adresse à personne d’autre.”

Sidney se rendit compte qu’il lui faudrait donner la note à l’inspecteur Keating et accepter la réalité de ce qui s’était passé. Ses interventions n’avaient fait que compliquer une affaire toute simple et que susciter le doute. Il n’aurait jamais dû écouter les soupçons de Pamela Morton et se laisser embringuer par son charme. C’était évident : Stephen Staunton n’avait pu supporter la tension de l’infidélité et il avait choisi la seule échappatoire à sa disposition.

Et pourtant, pour des raisons qu’il ne s’expliquait pas vraiment, les soupçons ne lâchaient pas Sidney. Pourquoi, par exemple, Stephen Staunton avait-il laissé une note à sa secrétaire, mais pas à sa femme ? Pourquoi Mlle Morrison hésitait-elle autant à fournir des renseignements à la police ? Et, à l’étude, qui avait remplacé le whiskey ?

Annabel Morrison le regarda droit dans les yeux. “Je vous en prie, rendez-moi la note dès que possible.

— Bien sûr.

— J’espère que vous comprenez à quel point ça a été pénible, chanoine Chambers…

— Oui, mademoiselle Morrison. Ça a été pénible pour tout le monde.

— Je suis contente que vous vous en rendiez compte… Bonne journée à vous, chanoine Chambers."

Sidney ferma la porte d'entrée et retourna dans le couloir. Il tenait toujours la note. Il baissa la tête, mais sans pouvoir se concentrer sur les mots. Et puis, spontanément, il imagina la veuve de Stephen Staunton, Hildegard, assise seule avec ses figurines de porcelaine, qui allait bientôt recevoir des cartes de Noël de gens qui ignoraient encore la mort de son mari.

Le dimanche suivant, avant le déjeuner, ayant assisté au dernier service de communion, et le plus court, Pamela Morton vint frapper à la porte du presbytère. Elle portait un manteau bleu marine et un chapeau à larges bords en forme de soucoupe qui faisait extraordinairement habillé, même pour l'église. Elle annonça à Sidney qu'elle prendrait un tout petit whisky, mais qu'elle ne pouvait pas rester longtemps. Elle allait déjeuner à Peterhouse*. Un chauffeur attendait.

Une fois assise, elle manifesta son impatience. "Vous me décevez quelque peu, chanoine Chambers, commença-t-elle, d'une voix beaucoup plus stridente que Sidney n'en avait le souvenir. J'espérais que vous auriez déjà des nouvelles pour moi. Avez-vous trouvé quelque chose ?

— Pas grand-chose", répondit Sidney. Malgré les charmes impérieux de son invitée, il était beaucoup moins sensible à son épreuve depuis sa rencontre avec Hildegard Staunton. Si dans cette sombre affaire quelqu'un avait besoin de son temps et de sa compassion, c'était sûrement la veuve plutôt que la maîtresse.

"Alors qu'avez-vous découvert ? s'enquit Pamela.

— Je crains fort que, malgré mes efforts, vos soupçons d'acte criminel ne soient difficiles à prouver. Stephen Staunton a laissé une note.

— Vous l'avez ?

— Oui.

* Fondé en 1284, Peterhouse est le plus ancien collège de Cambridge.

— Puis-je la voir ?"

Sidney traversa la pièce, prit le bout de papier sur son bureau et le tendit à la maîtresse du défunt. Il savait que c'était une violation de la vie privée de Mlle Morrison et qu'il aurait dû immédiatement donner cette preuve à la police comme il l'avait promis, mais il voulait voir ce que Pamela Morton avait à dire.

Elle se montra moins intéressée qu'il ne l'avait espéré. En fait cela la laissa de marbre. "Pas de date, je vois."

Sidney fut presque irrité de son total désintérêt pour le seul fait qu'il avait découvert. "C'est bien l'écriture de Stephen Staunton ?

— Oui…

— Vous hésitez à en certifier l'authenticité."

Pamela Morton réfléchissait. "Sa secrétaire a très bien pu l'écrire elle-même. Elle savait certainement contrefaire sa signature.

— Comment le savez-vous ?

— Stephen me l'a dit. C'était un accord tacite entre eux. Il la laissait rentrer chez elle de bonne heure le mercredi après-midi – je pense qu'elle allait voir sa mère – et puis, les autres jours, s'il fallait qu'il parte avant qu'elle ait fini de taper ses lettres, il lui faisait confiance pour les relire entièrement et signer à sa place en vitesse. Cela lui donnait davantage de temps pour me voir, disait-il, et puis il pouvait rentrer plus tôt chez lui sans éveiller les soupçons de son épouse mal fagotée.

— Vous trouvez qu'elle est mal fagotée ?

— Je ne dirais pas qu'elle a du chic. Et personne ne prétendrait qu'elle est mince."

Sidney se sentit soudain très triste. Pamela Morton n'avait pas besoin de parler ainsi. Il avait été ému et obnubilé par sa visite à la veuve de Stephen Staunton, et il n'avait pas cessé d'y repenser : son profil harmonieux en regardant par une fenêtre ; sa façon de s'arrêter au milieu d'une phrase comme s'il lui revenait brusquement autre chose ; le fait qu'elle se soit tournée vers Bach pour se consoler. Il était contrarié que Pamela Morton pût se montrer si dédaigneuse.

"Vous ne semblez guère apprécier les autres femmes que M. Staunton avait dans sa vie ! dit-il.

— Pourquoi devrais-je les apprécier ? Elles ne le rendaient pas heureux. En fait, elles ont contribué à son malheur…

— Je ne suis pas sûr qu'on puisse accuser Mlle Morrison d'une chose pareille…

— Elle n'a rien à voir là-dedans, chanoine Chambers.

— Bien qu'elle semble plutôt bien renseignée sur son employeur. Elle savait où il allait et lui trouvait certainement des excuses quand il était dans des endroits où il n'aurait peut-être pas dû être. Êtes-vous sûre que votre liaison fût un secret ?

— Je ne pense pas que cette petite Mlle Moribonde ait su quoi que ce soit. Seule mon amie Helen, de Londres, était au courant. Personne n'aurait pu s'en douter sinon, peut-être, un de ces barmen d'exception, roi du « déjà-vu ».

— Et vous êtes convaincue que votre mari ne soupçonnait rien ?

— Je ne suis pas une imbécile, chanoine Chambers. Je sais garder les secrets. Avez-vous entendu parler de Tupperware ?"

Sidney fut décontenancé par ce brusque changement de cap. Il lui revint une chose que lui avait dite Mme Maguire en remplissant le garde-manger. "Ce n'est pas eux qui organisent ces réunions à l'américaine entre femmes mariées ?

— Ce ne sont pas les réunions qui m'intéressent. Ce sont des boîtes en plastique qui gardent la nourriture fraîche sans que les aliments se mélangent. Pas de contamination possible. Rien n'entre ; rien ne sort.

— Et donc vous « tupperwarez » votre vie ?

— C'est exact, chanoine Chambers. Je ne mélange pas les choses. C'est comme quand on fait des meringues…"

Tout en comprenant l'allusion, Sidney n'était pas certain que le fait de séparer le blanc du jaune d'un œuf pût se comparer à l'adultère.

"Il faut que les choses conservent leur fraîcheur, Sidney, poursuivit Pamela avec sa métaphore liée aux œufs, et leur discrétion. Il faut qu'elles demeurent distinctes sans pour autant manquer de distinction si vous voyez ce que je veux dire. Certains ne sont pas sensibles à ces subtilités de langage. Je préconise donc les deux, pour une sécurité accrue. Ainsi personne n'est blessé."

Sidney ne se souvenait pas d'avoir autorisé Pamela Morton à l'appeler par son prénom mais, tellement étonné par le regard qu'elle portait sur le comportement humain, il ne le releva pas. Il décida de la défier. "Il y a une faille… bien sûr.

— Laquelle ?

— Eh bien, s'il y a deux personnes, alors il faut que l'une et l'autre veillent avec la même attention à la bonne utilisation des Tupperware, ou, assurément, des blancs d'œufs. La moindre trace de jaune…

— C'est exact. Mais Stephen était très prudent. Connaissez-vous l'existence de l'agenda personnel ?

— Sa secrétaire en a parlé.

— Eh bien, il veillait évidemment à ce qu'*elle* ne le voie jamais. Il le gardait dans la poche de son veston. C'était celui qui pouvait indiquer ce qui se passait vraiment.

— Mais sa secrétaire avait bien un agenda à l'étude…

— C'était pour sauver les apparences. Ce qu'il pensait vraiment et ce qu'il fabriquait vraiment était consigné dans le carnet personnel. Mlle Morrison ne le connaissait pas aussi bien qu'elle le pensait.

— Je n'en suis pas si sûr. Mais je m'étonne que vous ne sembliez pas accepter l'idée que cette note soit authentique."

Pamela Morton hésita. "L'avez-vous montrée à la police ?

— Pas encore.

— Mais vous allez le faire.

— Évidemment.

— Alors j'espère que vous serez sceptique comme il convient de l'être.

— Je n'ai pas encore décidé quoi penser", repartit Sidney, mais il savait qu'il allait devoir rendre à nouveau visite à la veuve de Stephen Staunton.

Il était toujours difficile, pour un pasteur, de décider quand passer voir ses paroissiens. Traditionnellement, les heures de visite étaient entre trois et cinq, avant les vêpres et la préparation soit du goûter dînatoire soit du dîner ; mais il était évident que ces heures ne convenaient pas pour les gens qui avaient un emploi et Sidney savait qu'Hildegard Staunton donnait parfois des cours particuliers de piano à des enfants après l'école. Il décida donc de risquer une visite à six heures trente, supposant qu'elle serait chez elle et qu'il était peu probable qu'elle fût en train de dîner ou de recevoir des gens. Cela s'avéra exact.

Quand il arriva, on donnait *Je vous raccompagnerai à nouveau, Kathleen* de Josef Locke, à la radio. Hildegard éteignit le poste et lui offrit du thé.

Son hôtesse portait le même peignoir vert et paraissait nerveuse ; voire embarrassée. "Je suis désolée pour la dernière fois ; j'étais dans un rêve quand vous êtes passé. C'est regrettable. J'ai pu parler aux gens après l'enterrement parce que c'était tôt et je savais qu'il fallait que je le fasse. Et puis après… c'était le choc, je pense.

— Je n'ai pas pensé que vous étiez dans un rêve.

— J'ai été impolie, j'en suis sûre. Et parfois, quand je suis triste, mon anglais disparaît. Vous parlez allemand ?

— *Nur ein wenig… Können Sie mir den Weg zur nächsten Stadt zeigen ?*"

Hildegard rit.

"Ça vient de la guerre. *Sie sind eine sehr anziehende junge Dame. Spielen Sie Fußball ?*

— Non, chanoine Chambers, je ne joue pas au football. *Würden Sie gerne tanzen ?*

— *Ach, ich bin kein Tänzer.* Malheureusement, je ne suis pas danseur.

— *Was für eine Schande.* Avez-vous découvert s'il y avait un testament ? demanda-t-elle.

— Il ne semble pas y en avoir, je le crains. Mais, en tant que son épouse, vous en serez certainement bénéficiaire. Cette maison, ses économies…

— Il est plus vraisemblable qu'il y ait des dettes, j'en ai bien peur. Mlle Morrison me le dira sans doute.

— J'ai l'impression que vous n'aimez pas trop Mlle Morrison.

— Je ne l'ai pas vue suffisamment pour me faire une opinion. Je pense qu'elle estimait être plus responsable du bien-être de mon mari que je ne l'étais moi-même. Ça ne me gênait pas trop. Je n'ai jamais trouvé la jalousie utile…

— Bien qu'elle ait pu être jalouse de vous, évidemment? commença Sidney.

— Je pense qu'il est peu vraisemblable qu'elle ait été amoureuse de mon mari si c'est ce que vous voulez dire. Mais elle tenait à savoir tout ce qui se passait.

— Je n'ai pas de mal à le croire, repartit Sidney. Mais j'ai cru comprendre qu'il avait un agenda personnel. Il était donc impossible qu'elle soit au courant de tout…

— Comment avez-vous appris ça?

— Elle me l'a dit.

— Il n'y a pas grand-chose dans cet agenda. La police me l'a rendu avec ce qu'ils ont appelé ses « effets ». Je n'ai pas compris ce qu'ils voulaient dire par là.

— Les avez-vous rangés en lieu sûr?

— Ils sont ici, répondit Hildegard. Voulez-vous que je vous les montre?

— Vous n'êtes pas forcée de le faire."

Hildegard sortit une boîte du buffet. "Ça me fait une impression très bizarre maintenant. Comme quelque chose dans un musée, les rares biens qui restent d'une vie : un portefeuille, un agenda, des cigarettes et un crayon avec une gomme au bout. Il m'arrive de penser que mon mari pourrait encore revenir et qu'il trouverait la maison comme il l'a quittée. Je fais comme s'il n'était pas mort. Un matin j'ai versé deux tasses de thé avant de prendre conscience qu'il m'en fallait seulement une.

— Je suis désolé…" compatit Sidney.

Hildegard se leva et ouvrit la boîte. "La police a également demandé si je voulais garder le revolver. Que ferais-je d'une arme à feu?" Elle tendit à Sidney l'agenda de son mari.

"Qu'est-ce que cette vie, dit-elle, sinon des jours enfuis? Mon mari notait les choses dont il devait se souvenir au crayon et ensuite, à la fin de chaque journée, il effaçait ce qui s'était passé.

— Une habitude originale…

— La première fois que je l'ai vu faire ça il a souri et m'a dit qu'un autre jour s'était écoulé. Il avait l'air soulagé. Il gommait sa vie. Il lui arrivait de quitter la maison tard le soir, et d'aller marcher. Il pouvait s'absenter pendant des heures. Je n'ai jamais su où il allait. Il pouvait disparaître, le matin ou le soir, et quand je l'interrogeais il me disait qu'il voulait simplement tenir la déprime à distance. Je pense qu'il préférait la nuit, quand il n'y avait personne pour l'embêter. C'est pourquoi il dormait dans la journée – une façon de perdre une heure de plus.

— Il dormait dans la journée ?

— Après déjeuner ; une sieste d'exactement une heure, même pendant les heures de bureau. Il restait le soir pour compenser et il était toujours le dernier à partir et à fermer. Il était souvent en retard pour dîner, ou préoccupé, et il m'arrivait de ne pas savoir quoi faire ni quoi dire pour lui venir en aide. Je lui ai demandé si ça ne rendait pas la vie plus difficile, de se réveiller deux fois dans la journée…"

Sidney ouvrit l'agenda. Il était de petite taille et relié en cuir ; ses feuilles étaient en papier bible et un crayon terminé par une gomme était glissé dans la charnière. Les pages étaient si fragiles que certaines avaient été déchirées à force d'avoir été effacées à la gomme. À l'intérieur de la couverture, figurait le nom du propriétaire en italique : S. Staunton. Sur une page il lut le mot "Anniversaire" et, le 1er août, "Anniversaire d'H". Les seules autres marques visibles étaient les divisions, tracées au crayon, entre matin et après-midi – A. M. et P. M.*. Sidney se dit qu'il s'agissait peut-être de vestiges de rendez-vous avant et après sa sieste de l'après-midi.

"Et il dormait partout ? demanda Sidney.

— C'était systématique. Tous les jours à quatorze heures. Son dernier rendez-vous se terminait chaque matin à midi et demi. Déjeuner. Sieste. Et ensuite il reprenait ses rendez-vous à quinze heures quinze. On aurait dit une machine. Il pouvait dormir dans n'importe quelles conditions. Une bombe aurait pu exploser qu'il n'aurait rien remarqué. Je me disais parfois que si jamais il était amené à conduire à quatorze heures il s'endormirait au volant, et j'étais inquiète ; il aurait un accident et se tuerait. Finalement, il n'a pas eu besoin d'une voiture pour trouver la mort…"

* En Angleterre le système horaire est de douze heures. Les douze premières heures sont *ante meridiem* ou A. M. (avant midi) et les douze suivantes, *post meridiem* ou P. M. (après-midi).

Sidney feuilleta l'agenda. Il n'y voyait rien de remarquable, mais il se dit qu'il pourrait peut-être l'examiner plus à loisir chez lui quand il aurait davantage de temps. Il pourrait peut-être alors retrouver ce qui avait été effacé. "Voyez-vous un inconvénient à ce que je l'emprunte ?

— Il n'y a rien à voir.

— J'aimerais y réfléchir un peu plus. Ce pourrait être la base d'un sermon, ça n'est pas impossible ; la disparition des jours...

— Car ils sont semblables à l'herbe."

Sidney se souvint tout à coup. "*Denn alles Fleisch, es ist wie Gras. Un requiem allemand* de Brahms.

— Vous le connaissez ?

— Je l'ai entendu à Heidelberg, juste après la guerre. Je l'ai trouvé très émouvant : le chant à l'unisson au début du second mouvement, le voyage de la souffrance vers la consolation.

— Ce passage était populaire dans toute l'Allemagne. Ça faisait penser à une marche funèbre."

Sidney tenait toujours l'agenda. "Je sais que ça doit avoir une valeur sentimentale.

— Nous n'étions pas des gens sentimentaux.

— Je ne suis pas certain d'être de votre avis. Votre mari se souvenait de votre anniversaire et, semble-t-il, de votre anniversaire de mariage.

— Il était bon dans ce domaine. Il se souvenait facilement des choses. Alors, il pouvait se sentir en confiance. C'était un homme bon qui voulait plaire aux gens. Je n'ai pas pu l'aider autant que j'aurais voulu. J'aurais dû être une meilleure épouse.

— Il ne faut pas vous culpabiliser.

— Comment ne pas le faire ? Mon mari s'est lui-même donné la mort.

— Mais il devait avoir des amis ?

— Vous êtes venu à l'enterrement. Ils étaient là. Mais nous ne fréquentions pas beaucoup de gens. Mon époux n'appréciait pas la politesse des dîners. Il n'aimait pas être obligé de bien se conduire. Il préférait voir les gens tout seuls...

— Et en dehors des heures de bureau ?

— Mon mari pouvait rencontrer qui il voulait ; ça m'était égal. Je ne posais pas de questions. Il était gentil avec moi. Nous avions cette maison. Nous avions de quoi manger. J'étais au chaud. Et je pouvais jouer du piano autant que je voulais sans être dérangée. Ce n'était pas compliqué. Tout ce que je voulais dans la vie, c'était quelqu'un de bon envers moi, et je l'avais trouvé. Nous n'étions pas heureux tout le temps, mais je pense que nous n'étions jamais tristes. Maintenant, évidemment, c'est terminé…"

Sidney se demanda si Hildegard était sur le point de pleurer, puis il se rendit compte que c'était lui qui était au bord des larmes. Il ressentit une immense pitié et pourtant il ne voyait pas comment l'exprimer ou lui apporter du réconfort. "Vous avez vos souvenirs, dit-il doucement.

— Oui, bien sûr." Hildegard essaya d'accepter le cliché de Sidney. "J'ai mes souvenirs. Non que tous soient bons. Et maintenant il faut que je reparte de zéro.

— Si je peux faire quelque chose ?"

Sidney savait que sa proposition manquait de force, mais il fut étonné par la promptitude de la réaction d'Hildegard Staunton. "Vous pouvez prier pour moi, chanoine Chambers. Ce serait utile. Et vous pouvez également prier pour mon époux. J'aimerais savoir que vous le faites ; que quelqu'un prendra soin de nous. Vous savez qu'il y a des gens qui croient que ceux qui se donnent la mort n'iront jamais au ciel ?

— Je n'en fais pas partie, dit Sidney. Et ce n'est pas à moi de juger. Nous vivons comme nous pouvons. Si nous ne pouvons pas concrétiser nos espérances et répondre à nos attentes, alors notre existence laisse à désirer. C'est, si vous voulez bien me pardonner, le lot du chrétien. Nous ne sommes pas ce que nous pourrions être…"

Hildegard eut l'ombre d'un sourire. "N'est-ce pas une très longue façon de dire que personne n'est parfait ?

— Tout à fait, dit Sidney. Peut-être devriez-vous être prêtre vous-même…

— Oh, je ne pense pas que j'en aurais le droit.

— Vous pourriez être diaconesse…

— Voilà que vous me taquinez…

— J'aime vous voir sourire, dit Sidney, avec audace.

— Et j'aime que vous me fassiez sourire", repartit Hildegard.

L'un des avantages de la fonction de pasteur, décida Sidney, c'est que vous pouviez disparaître. Entre les offices, nul ne savait au juste où vous étiez, à qui vous pouviez bien rendre visite, ou ce à quoi vous vous occupiez : et donc, la plupart du temps le lundi, son jour officiel de congé, il partait à bicyclette à quelques kilomètres de la ville, empruntait les chemins vicinaux de Trumpington et de Shelford, puis rejoignait la route romaine en direction de Wandlebury Ring et des forts de l'âge de fer des collines de Gog Magog. Dans le paysage si plat du Cambridgeshire, Sidney aimait le doux moutonnement des collines, les itinéraires préhistoriques alentour, le sentiment d'appartenir à une histoire plus longue et plus lointaine, de tumulus, de vortex et de lignes de ley. C'était un paysage d'avant l'ère chrétienne qui vous reliait à une ancienne tradition folklorique, avec ses récits d'apparitions de revenants, de meutes spectrales de chiens et de formes gigantesques gravées dans le sol crayeux.

Sidney s'asseyait à cet endroit, avec le sandwich au jambon et la bouteille Thermos de thé préparés par Mme Maguire, puis il laissait les pensées venir à lui. C'était une forme de prière, avait-il décrété. Il ne s'agissait pas de demander ou de parler, mais d'attendre et d'écouter.

La vue n'était pas aussi spectaculaire que celle des collines d'Antrim que Stephen Staunton avait dû connaître enfant, mais Sidney se contentait de cette beauté anglaise plus modeste ; une série de perspectives qui se déployaient dans la mesure et que le jeu du soleil à travers les nuages modifiait sans cesse. Il trouvait subsistance et consolation dans ce qu'il en était arrivé à appeler des "vues cicatrisantes". Il n'y avait personne pour le déranger ; pas d'appels téléphoniques, pas de lettres importunes, aucun coup frappé à la porte.

L'automne était le moment de l'année qu'il préférait, pas simplement pour ses couleurs changeantes, mais pour la fraîcheur de l'air et l'acuité de la lumière. Avec la chute des feuilles, le paysage se révélait, tel un tableau que l'on nettoie ou un bâtiment que l'on restaure. Il pouvait voir la forme sous-jacente des choses. C'est cela qu'il voulait, avait-il tranché : des moments de clarté et de silence.

Après la pluie matinale, l'herbe et les champs étaient trempés. Puisqu'il ne pouvait pas s'asseoir, Sidney s'accouda à une barrière à cinq rondins et c'est ainsi qu'il mangea son sandwich et but son thé en laissant vagabonder ses pensées. Quand il eut fini, il décida de grimper à la barrière, de se percher sur le dernier rondin, comme s'il était encore un enfant qui dispose d'une journée entière devant lui sans rien à faire sinon l'occuper à sa guise. Considérant la campagne alentour, il se demanda combien d'autres personnes avaient contemplé ce panorama au fil du temps, et il se dit que cette terre était son pays et qu'il était chez lui ; c'était l'Angleterre.

Il se mit à songer à l'affaire à laquelle il se trouvait mêlé. Il était convaincu que Pamela Morton avait raison de s'interroger sur la mort de Stephen Staunton, et qu'il ne fallait pas se fier aux apparences, mais comment pourrait-il donner poids et substance à ses soupçons ? Pourquoi un homme que tant de gens tenaient à présenter comme un candidat évident au suicide ne se serait-il pas donné la mort ? Et s'il avait été assassiné, qui aurait pu commettre le crime ? Clive Morton aurait pu avoir un motif financier et Hildegard Staunton avait certainement de quoi avoir de la rancœur.

Sidney était perturbé par ses sentiments. En approchant de chez les Staunton il s'était senti déprimé et mal à l'aise, mais dès qu'il s'était assis avec Hildegard il n'avait pas voulu s'en aller. Sa tragédie lui avait-elle fait prendre cette femme en pitié, ou éprouvait-il plus que de la compassion pour le destin qui l'avait frappée ? Il se demanda si l'affection qu'il avait maintenant pour elle l'empêchait de croire qu'elle avait pu rendre un homme malheureux au point de vouloir se supprimer ?

Sidney regarda la lumière crue du jour commencer à décliner et disparaître derrière les arbres, et il se souvint que sa bicyclette n'avait pas de phares.

Il allait devoir rentrer.

De retour chez lui, il se versa la plus petite dose de Johnnie Walker suffisante pour chasser le froid de la nuit, et examina à nouveau la note qu'avait laissée Stephen Staunton avant son suicide. Alors, tandis que le whisky prenait soin de ses inquiétudes, les prémices d'une idée commencèrent à germer.

Il prit l'agenda de poche et considéra les arrangements de matins et d'après-midi qui avaient été ajoutés au crayon, apparemment au hasard.

Comment avait-il pu être si long à la détente ? Cela l'irritait au plus haut point. Dire qu'il avait pris au pied de la lettre ce qu'on lui avait raconté ; qu'il avait cru ce que les gens voulaient lui faire avaler ! Comment avait-il pu se laisser prendre ainsi ?

Il se rendit compte qu'il avait besoin de revoir Pamela Morton, et de toute urgence, mais quand il téléphona ce fut son mari qui décrocha. Soudain pris de trac, Sidney raccrocha.

Le lendemain, il lui envoya un mot, mais elle ne passa le voir en personne qu'à la fin de l'après-midi suivant. Après avoir versé à chacun une tasse de thé, il se pencha en avant sur sa chaise et dit : "Après tout ce temps, je crois peut-être avancer."

Chose étonnante, Pamela Morton se montra toujours aussi peu reconnaissante. "Eh bien, voilà qui changerait agréablement.

— Ça n'a pas été facile, madame Morton, et je pense vraiment que les choses auraient été plus simples si vous étiez allée directement trouver la police plutôt qu'un pasteur mal armé devant ce genre d'affaires…

— Inutile d'être sur la défensive, chanoine Chambers. Je sais que vous ne m'auriez pas fait venir chez vous si vous n'aviez rien à me raconter. Y a-t-il la moindre chance que vous me croyiez vraiment ?

— Je vous ai toujours crue, madame Morton…

— Je vous l'ai déjà dit. *Pamela*…"

Sidney ne releva pas. "Bien qu'il me faille absolument connaître vos allées et venues…

— Le jour du meurtre ? Vous ne pensez pas que je sois suspecte ? Ça serait le comble.

— Non, je ne dis pas cela.

— Mais vous pourriez tout de même *le laisser entendre*.

— Enfin, ce serait une bonne façon d'égarer un détective que de suggérer un meurtre que nul n'a considéré comme tel, que d'ouvrir une enquête que personne n'aurait ouverte. Peut-être ne ferait-on cela que pour monter un mauvais coup contre quelqu'un d'autre ?

— Et vous pensez que c'est peut-être ce que j'ai manigancé ?

— Je ne souhaite pas vous offenser, madame Morton…

— Vous y réussissez pourtant assez bien pour l'instant…

— Il me faut envisager toutes les possibilités : votre mari, par exemple.

— Oui, je vois bien pourquoi on pourrait le soupçonner, mais je peux vous assurer qu'il ne sait rien. Le golf l'accapare trop. Il en est obsédé. C'est pire que s'il jouait à des jeux d'argent.

— Peut-être bien. Mais j'ai besoin de savoir que vous êtes à la fois précise et honnête.

— C'est bien ma ligne de conduite.

— Dans ce cas je dois vous demander de vous rappeler où vous étiez les soirs du 1er septembre, du 2, du 8, du 15 et du 22, et les deux nuits du 5 et 6 octobre.

— Vous pensez que je vais me souvenir de tout ça ?

— C'est très important… Pamela…

— Et vous voulez le savoir maintenant ?

— Il y a une seule chose en rapport avec ces dates qui m'intéresse…

— Le 6 octobre est la veille de la mort de Stephen. Je l'ai vu ce jour-là. Je ne l'oublierai jamais. Je lui ai dit qu'il nous suffisait d'attendre la fin de l'hiver. Si nous pouvions patienter jusqu'à Noël, alors il n'y aurait plus aucun problème.

— Et les autres dates ?

— Dites-moi, je n'ai pas à justifier de toutes mes allées et venues ?

— Il vous suffit de me dire si ce sont les jours où vous avez vu Stephen Staunton. Le 1er septembre, le 2, le 8, le 15 et le 22 septembre, et les deux nuits du 5 et du 6 octobre."

Pamela Morton réfléchit un moment. "Je ne peux pas être catégorique sans mon propre agenda, mais je peux vous dire que nous nous sommes effectivement vus deux jours de suite parce que mon mari était absent et que c'était probablement les nuits que vous mentionnez. Si les autres jours étaient des mardis, alors la réponse est oui. Je prends toujours le train de 10 h 04 pour Londres le mardi. Stephen m'y rejoignait plus tard. Nous prenions des trains différents. Nous étions très prudents, chanoine Chambers. Je tiens à ce que vous le compreniez. Pourquoi voulez-vous le savoir ?

— Ça éclaircirait tout, madame Morton. Absolument tout…"

À maintes reprises au cours de son enquête, le chanoine Sidney Chambers songea encore une fois combien il avait négligé ses fonctions. La prière, les Écritures, les sacrements et l'amitié étaient censés constituer le moyeu sacré de la vie du prêtre et pourtant il avait été défaillant dans toutes ces activités. Il en avait plutôt été distrait. Il avait assisté à des réunions de l'Union des mères, de l'Institut des femmes et du conseil pastoral. Il avait organisé le roulement des responsables de la décoration florale, et tapé à la machine un emploi du temps destiné aux bedeaux, aux sacristains, et aux volontaires pour astiquer les cuivres. Il avait préparé le mensuel du magazine paroissial, continué à diriger chaque semaine le groupe d'études bibliques, et animé une série de classes de confirmation. Il avait même emmené un groupe de scouts et de louveteaux en randonnée, supervisé la construction de la crèche, fait répéter la chorale de Noël, et mis en place la recherche d'un chat perdu. En même temps il avait continué à donner des cours à Corpus. Aucun archidiacre venu vérifier ses activités n'aurait trouvé à redire, mais Sidney savait qu'il n'était pas irréprochable. Il n'avait pas rendu visite aux malades aussi souvent qu'il l'avait espéré, il avait trois semaines de retard dans sa correspondance et n'avait même pas commencé à écrire le grand sermon de l'Avent qu'il devait donner dans la chapelle de King's College.

Il lui fallait aussi penser à ses parents. Son père, médecin dans le nord de Londres, se plaignait toujours des exigences de la Sécurité sociale. Sa mère avait téléphoné récemment pour dire à quel point le frère et la sœur de Sidney lui donnaient du souci. Apparemment, Jennifer voyait un homme qui était "sacrément trop commun" et Matthieu faisait maintenant partie d'un groupe de skiffle constitué d'"une belle racaille". Leur frère aîné pourrait peut-être venir leur faire entendre raison, s'interrogeait-elle. Sidney estimait que ça ne le regardait pas vraiment, mais la vérité c'est que, même avant de s'être engagé dans cette enquête criminelle, il ne savait déjà pas où donner de la tête. Il se montrait plus laxiste en matière d'exigences et avait mis le renouveau quotidien de sa foi en veilleuse. Il pensa à la confession générale : "Nous avons négligé ces choses que nous aurions dû faire ; et nous avons fait ces choses que nous n'aurions pas dû faire…"

Il commença à dresser une liste en plaçant tout en haut de celle-ci, comme on le lui avait appris au séminaire, ce qu'il était le moins disposé à accomplir. "Commencez toujours par ce que vous redoutez le plus", lui avait-on dit. "Alors le reste paraîtra moins rebutant." Plus facile à dire qu'à faire, pensa Sidney en regardant sur la liste la première de ses obligations.

"Tout raconter à l'inspecteur Keating."

C'était un mercredi matin et il savait qu'une visite au commissariat de police de St Andrews Street n'allait pas être bien accueillie, mais Sidney était tellement convaincu de l'exactitude de ses déductions qu'il se dit que la vérité importait davantage que l'impatience de Geordie Keating.

"J'espère que ça ne va pas devenir une habitude, l'avertit son ami en poussant une vieille tasse de thé sur une pile de papiers tachés et en en entamant une nouvelle.

— Pas du tout, inspecteur. J'ai vraiment de nouvelles informations que je juge importantes.

— Ma vie est un fleuve de « nouvelles informations », Sidney. J'aimerais bien parfois que quelqu'un y construise un barrage. Je présume que vous voulez parler du suicide du notaire.

— Effectivement.

— Alors vous feriez mieux de vous asseoir."

Sidney se demanda s'il n'aurait pas dû répéter ce qu'il allait dire, et même s'il n'aurait pas dû l'écrire, mais il n'avait pas eu de temps à consacrer à pareille préparation. Par conséquent ses pensées jaillirent d'un coup. "J'ai réfléchi aux circonstances du crime, aux personnes concernées et à la nature de l'amour.

— Oh Seigneur, mon vieux…

— Et je ne peux tout bonnement pas croire que Stephen Staunton avait l'intention de se tuer. Je sais que tout donne à penser qu'il s'est supprimé, mais je ne crois pas que ce soit le cas. Et je ne crois pas davantage qu'il ait bu une goutte du whisky qui se trouvait sur son bureau…

— Alors qu'est-ce qu'il faisait là ?

— C'était pour brouiller les pistes, inspecteur. C'était même, peut-être, une façon de pointer du doigt Clive Morton, un homme qui, en matière de whisky, n'en sait peut-être pas autant qu'il le devrait…

— Ça n'en fait pas un assassin pour autant…

— Je ne pense pas qu'il en soit un…

— Eh bien, quel soulagement… ! Le seul problème, c'est qu'on peut maintenant soupçonner tous les habitants de Cambridge. Je suppose que la victime ne peut plus être tenue pour responsable de sa propre mort ? Qu'on ne peut plus parler d'une affaire de suicide ?

— Vous vous souvenez de notre toute première conversation sur ce sujet, quand je vous avais laissé entendre que les choses étaient peut-être trop claires ?

— Tout à fait. C'était un peu culotté de votre part, si je peux me permettre.

— Permettez-vous. Mais c'était là l'erreur de l'assassin. Sachant que j'étais sur l'affaire, elle a commencé à être prise de panique. En fait elle s'est tellement affolée qu'elle a été forcée de produire son atout : une note de suicide.

— Elle ?

— Oui… « Elle »…

— Vous suggérez que notre homme a fait rédiger par sa secrétaire sa propre note de suicide ? Vous êtes cinglé.

— Pas du tout, inspecteur.

— Alors que suggérez-vous ?

— Je suggère que la lettre n'est pas une note de suicide…

— Oh, Sidney…

— Regardez à nouveau, Geordie."

Pendant que l'inspecteur Keating examinait le bout de papier, Sidney récita le texte qu'il avait appris par cœur.

A,

Je ne puis vous dire à quel point je regrette que nous en soyons arrivés là. Je sais que vous allez en être très affectée et j'aimerais pouvoir faire quelque chose pour arranger les choses. Je ne peux plus continuer. Je le regrette – infiniment. Vous savez à quel point ça a été dur et qu'il est impossible de continuer.

Pardonnez-moi

S

“Ça me semble très clair, repartit l'inspecteur Keating.

— Trop clair ; et là encore, pas suffisamment clair. Car ce n'est pas une note écrite par un homme qui s'apprête à se tuer. C'est la note d'un homme qui met un terme à une liaison.

— Oui, je vois que ça pourrait être…

— Et vous vous souvenez de l'agenda personnel, celui avec les inscriptions au crayon que M. Staunton effaçait tous les jours ?

— Celui où les jours indiquaient les matins et les après-midi ? Celui qui pourrait receler quelques rendez-vous qu'il voulait tenir secrets ? Je vois bien où vous voulez peut-être en venir.

— Mais il y a plus. Regardez à nouveau ces rendez-vous.” Sidney sortit l'agenda.

“A. M. et P. M., matin et après-midi. Je ne vois pas ce qui cloche.

— Matins et après-midi n'apparaissent jamais le même jour. Et vous remarquerez que les initiales A. M. reviennent moins fréquemment lorsque les initiales P. M. augmentent.

— Ce qui signifie ?

— Annabel Morrison et Pamela Morton. Leurs initiales. Elles correspondent aux rendez-vous galants.

— Vous suggérez donc que notre ami notaire n'avait pas une, mais deux maîtresses ?

— Je le crains.

— Où trouvait-il l'énergie ?

— Cela ne nous regarde pas, Geordie…

— Mais deux lignes à l'eau en même temps ! Sans parler d'une épouse. Dieu sait que ce n'est déjà pas facile quand on est marié depuis un petit bout de temps. À votre avis, quel était le secret de Stephen Staunton ?

— Le charme.

— C'est tout ?

— Ça et sa qualité d'écoute. Il faisait attention. D'après Pamela Morton, quand il parlait aux gens, ses interlocuteurs avaient le sentiment d'être les seuls qui comptaient au monde.

— Est-ce ce que veulent les femmes ?

— Apparemment. Mais, en tant qu'homme marié, vous êtes mieux placé que moi pour le savoir.

— Je n'en suis pas si sûr.

— Mais en ce qui nous concerne…"

L'inspecteur Keating hésita à poursuivre. "J'essaie toujours de bien tout comprendre. L'homme entretenait des relations avec trois femmes – si nous comptons son épouse. Guère étonnant que ça ait fini par faire trop. Vous suggérez, je crois comprendre, que quand sa liaison avec Mme Morton est devenue plus intense, il a décidé de mettre un terme à sa relation avec Mlle Morrison ?

— Exactement.

— Et vous pensez qu'elle…

— J'en ai bien peur.

— C'est de la folie."

Sidney poursuivit. "Vous n'avez pas oublié que, chaque jour, M. Staunton faisait une sieste après déjeuner. Vous vous souvenez également que tous les mercredis après-midi M. Morton joue au golf, ce qui ne laisse que deux personnes à l'étude le jour du meurtre…

— Annabel Morrison et Stephen Staunton.

— Mlle Morrison a reçu le mot de M. Staunton notifiant la fin de leur liaison. Qui plus est, elle subodore qu'il a une nouvelle maîtresse. Elle ne peut pas en être sûre, mais elle est dans une telle fureur, et son refus est tel, qu'elle décide qu'aucune autre rivale ne profitera des attentions de l'homme qu'elle aime. Nous savons que M. Staunton dort très profondément. Sa femme m'a dit qu'une fois qu'il était endormi rien ne pouvait le réveiller ; peut-être même pas le train de Norwich de 14 h 35. Car c'est à ce moment-là que Mlle Morrison introduit le revolver dans sa bouche ouverte et appuie sur la détente de l'arme qu'elle a sortie d'un tiroir du bureau. La détonation est masquée par le bruit du rapide. Elle place ensuite une carafe de whisky à moitié vide sur le bureau, en ne se souciant guère qu'il s'agit d'un whisky que son employeur ne boirait jamais tant il semble évident qu'il s'agit d'un suicide. C'est seulement quand nous commençons à avoir des doutes qu'elle présente le mot, se rendant compte que cette lettre de rupture peut passer pour une explication du suicide. C'est très bien joué."

L'inspecteur Keating ne félicita pas son ami autant que, pensa-t-il, son raisonnement l'eût mérité. "C'est bien joli, Sidney, mais ce n'est là que présomptions. Comment diable allons-nous prouver tout ça ?

— Vous ne pensez pas que ça soit suffisant ?

— Il serait difficile d'obtenir une condamnation sur ces seuls indices.

— Dans ce cas je vais rendre une petite visite à Mlle Morrison.

— Sous quel prétexte ?

— Pour lui rendre sa note.

— Et alors, je suppose, ne me dites rien, que vous essaierez de prouver votre théorie en manigançant une confession ?

— Je ne sais pas ce que je vais faire au juste. Mais la vérité finira forcément par éclater.

— Vous êtes bien sûr de vouloir faire tout ça ?

— Je n'ai pas le choix.

— Et il n'y a rien que je puisse faire pour vous en empêcher ?

— Absolument rien, inspecteur."

Sidney fut soulagé de découvrir qu'Annabel Morrison était seule quand il se rendit à l'étude des notaires associés Morton & Staunton, et elle lui fut reconnaissante qu'on lui rende la note.

"J'espère que la police est satisfaite ? demanda-t-elle.

— Assurément, mademoiselle Morrison. Votre aide a été des plus précieuses. Je suis vraiment désolé pour cette histoire épouvantable. Vous devez en être profondément peinée.

— Oui, chanoine Chambers. Je ne m'en cache pas.

— De toute évidence, vous appréciiez énormément M. Staunton.

— C'est vrai.

— Vous devez avoir passé beaucoup de temps ensemble, peut-être même plus de temps qu'il n'en a passé avec sa femme ?

— Effectivement. Je ne veux pas parler mal à propos, chanoine Chambers, mais je ne suis pas sûre qu'il ait été heureux avec sa femme. Elle est allemande, comme vous le savez probablement." Annabel Morrison adressa à Sidney un regard entendu, qui donnait à penser que la voie était maintenant libre pour les préjugés. "Je pense qu'il avait besoin d'un peu plus d'attention que ce qu'elle était capable de lui donner.

— Ce devait être un emploi à plein temps, et parfois même en dehors de l'étude à l'occasion.

— En effet. Mais je ne vois pas trop ce que vous insinuez.

— Je n'insinue rien du tout, mademoiselle Morrison. Je remarque simplement que vous avez dû accompagner M. Staunton bien des fois, dans le cadre de son métier, bien sûr. Je ne laisse nullement entendre qu'il y avait quoi que ce soit d'inconvenant.

— Il nous arrivait de voyager ensemble, mais c'était très rare.

— Mais alors M. Staunton voyageait aussi avec d'autres femmes.

— Que voulez-vous dire ?"

Sidney regarda Mlle Morrison et décida de prendre un risque extraordinaire. "Avec Mme Morton, par exemple.

— Vraiment ?

— Je crois que Mme Morton voyage à Londres le mardi matin." Sidney décida d'ajouter un mensonge à sa prise de risque. "Je crois qu'ils s'y rendaient parfois ensemble ?"

Annabel Morrison fut décontenancée par cette question. "Cela n'apparaissait jamais dans l'agenda dont je m'occupais.

— Peut-être que M. Staunton ne voulait pas que vous soyez au courant ?

— Mais s'il voyageait avec Mme Morton, je l'aurais su.

— Je crois comprendre qu'ils s'entendaient plutôt bien.

— Que diable insinuez-vous là ?

— Je suis sûr que cela n'avait rien de compromettant ni de fâcheux", repartit Sidney, d'une façon aussi peu convaincante que possible.

Il avait menti pour la deuxième fois.

Il était étonné de découvrir à quel point c'était facile.

Construite dans les années 1840 dans un style symétrique en pierre locale au ton chaud, la gare ferroviaire de Cambridge était le cœur d'un service régulier entre Londres et King's Lynn. Aux heures de pointe les quais étaient bondés et il en était bien ainsi ce mardi matin. Un universitaire âgé au dos courbé faisait tomber sans arrêt un ensemble de livres qu'il avait attachés avec de la ficelle ; trois filles se préparaient à mettre leurs bicyclettes dans le fourgon ; et Pamela Morton attendait le rapide de 10 h 04 à destination de Londres. Vêtue d'un manteau bordeaux foncé et d'un béret assorti, elle portait une petite valise. Un homme trapu en costume bleu marine croisé à fines rayures se tenait à sa droite. Bien qu'apparemment sur le point d'aller faire des affaires dans la Cité, il n'avait ni bagages, ni journaux, ni parapluie.

Lorsque le rapide entra en gare, une femme menue mais déterminée, aux cheveux argentés coiffés en chignon et entièrement vêtue de noir, se faufila dans la multitude. Elle portait des lunettes de soleil, bien qu'on fût en novembre, et des gants en cuir. Elle semblait savoir exactement où aller sur le quai et elle s'arrêta juste derrière Pamela Morton.

Le train siffla. La femme en noir recula d'un pas et tendit les bras paumes en avant. Au moment où elle se pencha en arrière afin de prendre l'élan nécessaire pour pousser Pamela Morton et la faire basculer sur les rails et sous le train, un homme lui barra le chemin et un deuxième la tira en arrière, tandis que l'homme d'affaires à côté de Pamela Morton la ceinturait.

"Qu'est-ce que vous faites ? s'écria-t-elle en se débattant pour se libérer. Lâchez-moi !"

Le train freina, ralentit et s'immobilisa. L'homme d'affaires desserra son étreinte et à l'instant précis où Pamela Morton s'apprêtait à se plaindre au chef de gare, elle s'aperçut que les deux hommes derrière elle tenaient Annabel Morrison. Elle avait le visage déformé par la fureur. "Espèce de grue. Un homme ne vous suffit donc pas ?

— Que voulez-vous dire ? Que faites-vous ?

— Tout ça c'est votre faute.

— Ma faute ?

— Il était heureux avec moi. Mais vous ne l'avez jamais su. Il ne vous l'a jamais dit."

Pamela Morton considéra la secrétaire de son amant. “Mon Dieu, s’exclama-t-elle. Vous.

— Vous ne savez rien.” Annabel Morrison poursuivit. “Vous ne le connaissiez pas du tout ; ce qu’il éprouvait, ce par quoi il était passé, ce qu’il avait souffert. Il me racontait tout.

— Vous avez essayé de me tuer.

— Je pourrais tous vous tuer.”

Les portières du train s’ouvrirent, et les gens de Cambridge descendirent et montèrent. L’inspecteur Keating s’avança pour procéder à l’arrestation. “Ça va, madame Morton ?

— Je ne comprends pas. Que fait cette femme ?”

Keating fit un signe à ses hommes. “Emmenez Mlle Morrison.

— Vous ne l’aurez plus jamais maintenant, cracha-t-elle. Personne ne l’aura.”

Keating se tourna vers Pamela Morton. “Je suis désolé. Parfois des crimes désespérés nécessitent des mesures désespérées…”

Pamela Morton regarda fixement l’inspecteur. “Vous m’avez mise en danger.

— Deux de nos hommes filaient Mlle Morrison et un autre veillait sur vous depuis que vous étiez entrée dans la gare. Je suis étonné que vous n’ayez rien remarqué.

— Et comment saviez-vous que quelqu’un essaierait de me tuer ?

— Nous ne le savions pas. C’est le chanoine Chambers qui pensait qu’une tentative de meurtre pourrait avoir lieu et que nous devions nous tenir prêts à intervenir. Je crois que vous connaissez cette personne.

— Certainement.

— Alors vous allez pouvoir lui en toucher un mot vous-même. Nous l’avons fait venir.

— C’est plus d’un mot que je vais avoir avec lui.

— Allez-y doucement, madame Morton.

— Je ne vais sûrement pas le ménager, repartit Pamela, avant de regarder s’éloigner Mlle Morrison entre deux policiers. Cette garce jalouse, qui assassine.”

Quand Sidney finit par venir saluer Pamela Morton, il comprit qu’elle allait lui sonner les cloches. “De quel droit me faisiez-vous suivre ?” cria-t-elle.

Sidney lui tendit la main, mais elle refusa de la serrer. Il laissa retomber son bras. “C'était, je le crains, un mal nécessaire.

— N'y avait-il pas d'autres moyens de procéder ? Et comment saviez-vous que ça se passerait ici ?

— Je crois savoir que vous prenez ce train tous les mardis ?

— Presque tous les mardis…

— Pour ce qui est des horaires des trains, Mlle Morrison a toujours été d'une exactitude absolue. J'ai également remarqué qu'elle aimait lire des romans russes…

— Fascinant. Mais je ne vois pas le rapport avec moi, répondit Pamela Morton, sur un ton glacial.

— La première fois que je lui ai parlé, je me suis aperçu qu'elle lisait *Anna Karénine*. Vous connaissez sans doute cet ouvrage ?

— J'ai vu le film. Je n'ai pas été aussi impressionnée par Greta Garbo que l'ensemble des spectateurs…

— Une histoire d'adultère qui commence et finit sur un quai de gare. J'ai fait part de mes soupçons à l'inspecteur Keating qui, bien que pas tout à fait convaincu, m'a quand même fait suffisamment confiance pour assurer votre protection par ses hommes…

— Et comment cette femme avait-elle eu vent de mon histoire ?

— Ça, je ne peux pas le révéler…

— Vous le lui avez dit, n'est-ce pas ?

— Je ne lui ai rien dit. Je l'ai laissée faire une supposition.

— Ça revient pratiquement à le lui dire. Vous aviez promis de garder mon secret. J'aurais pu me faire tuer. Pourquoi ne m'avez-vous pas prévenue ?

— Il arrive que le plus important ne soit pas ce que l'on sait. Mais ce que l'on garde pour soi. Si vous aviez été avertie du possible danger, vous auriez alors pu vous comporter de façon imprévisible. Il était indispensable que vous ne sachiez rien.

— Un peu risqué si vous voulez mon sentiment.

— Un risque calculé. Pris par quelqu'un en qui vous pouviez avoir confiance.

— C'est bien joli d'affirmer que…

— Mais n'avons-nous pas fini par découvrir la vérité ? Et vos soupçons se sont avérés corrects.”

Pamela Morton s'empressa de tirer la conclusion qui s'imposait. “C'est donc cette petite employée de rien du tout qui a tout fait ?

— Apparemment.

— J'avais donc raison.

— Vous n'aviez dirigé les soupçons sur personne…

— C'est exact. Mais une chose est sûre, j'ai sonné l'alarme. Je suppose qu'il y aura un procès ?

— Bien sûr.”

Pamela Morton avait l'air gênée. “J'imagine que ça fera un scandale. Dans quelle mesure ça va se savoir ? Qu'est-ce que je vais raconter à mon mari ? Comment lui expliquer pourquoi sa secrétaire a tenté de me tuer ?”

Sidney hésita. “À mon avis, vous pouvez lui expliquer que Mlle Morrison est une mythomane et inventer votre propre histoire. Vous pourriez peut-être ajouter que, malgré tout, Mlle Morrison aimait vraiment votre mari et qu'elle voulait se débarrasser de vous. La plupart des hommes sont flattés quand ils découvrent qu'ils ont une admiratrice qui les adore en secret. Persuadez-le qu'il en est bien ainsi et ça devrait l'empêcher de voir tout le reste.

— J'espère que vous avez raison. Intéressant que ce soit vous, plutôt qu'un autre, qui me recommandiez de dire des contrevérités.”

Sidney lui offrit le bras et commença à escorter sa rétive complice hors de la gare. “Les pieux mensonges ont un rôle à jouer.

— Je suppose qu'ils sont plus faciles à dire que les mensonges malintentionnés.

— Je préfère ceux qui sont pieux, précisa Sidney avant d'ajouter une question acérée de son cru. Mais, dans votre cas, n'est-ce pas une façon de maintenir le statu quo ?

— Je ne suis pas persuadée que lui comme moi sachions ce que c'est.

— Je suis sûr qu'il croira tout ce que vous raconterez, madame Morton.

— Ça me sert d'avoir fait du théâtre. Vous pensez qu'il va encore avaler de nouveaux mensonges ?

— Faites-moi confiance…”

Pamela Morton se protégea les yeux du soleil rasant de novembre et adressa à Sidney un regard sévère. “Vous savez, chanoine Chambers, je ne suis pas sûre de vouloir vous accorder ma confiance. Je pense que je l'ai fait suffisamment pour la journée.”

Ce soir-là Sidney s'arrêta devant la porte d'Hildegard Staunton. Il s'apprêtait à sonner quand il entendit qu'on jouait du piano à l'intérieur. La musique était austère, anguleuse, dramatique et mystérieuse. Elle semblait planer aux confins de l'atonalité, utilisant toutes les douze notes de la gamme chromatique pour aboutir à une conclusion aussi naturelle qu'inévitable. C'était la fugue de Bach en *si* mineur ; le dernier morceau du premier livre du *Clavier bien tempéré*.

Hildegard tint l'accord final un long moment et laissa la musique s'éteindre doucement. Quand Sidney fut certain qu'elle n'allait pas continuer, il sonna à la porte.

L'inspecteur Keating avait suggéré qu'il valait mieux que ce soit un pasteur, plutôt qu'un policier, qui lui annonce l'arrestation d'Annabel Morrison, mais Sidney n'avait pas décidé dans quelle mesure il allait lui raconter tout ce qui était arrivé, ni combien de détails il omettrait.

La lumière du porche s'alluma, la porte s'ouvrit et Hildegard Staunton sourit. “Entrez, fit-elle en même temps qu'il gravit la marche et se retrouva à côté d'elle. J'avais oublié à quel point vous étiez grand.

— Je suis souvent trop grand quand j'entre dans une pièce, dit Sidney. Je tâche de m'asseoir dès qu'il est poli de le faire.

— J'espère que vous n'allez pas vous voûter. J'ai toujours pensé qu'un homme devrait être fier d'être grand.

— J'essaie de ne pas être fier, dit Sidney, plus pontifiant qu'il n'en avait eu l'intention.

— Vous êtes venu pour me dire des choses ?

— Je suis venu vous rendre l'agenda de votre mari et, oui, j'apporte des nouvelles.

— Je vois déjà que vous êtes nerveux, chanoine Chambers.

— Sidney…

— Très bien, *Sidney*.

— Ce n'est pas facile.

— Les choses difficiles ne me font pas peur…

— C'est en rapport avec Mlle Morrison…

— Ah… Elle aimait mon mari… Je pense…

— Vous étiez au courant ?

— Les femmes en savent souvent plus que ne le pensent les hommes.

— Malheureusement…

— Oh, l'interrompit Hildegard. Maintenant je vois. Mais ce n'est pas possible ?

— Si…" Sidney hésita. Il se demanda dans quelle mesure elle comprenait.

"Mon mari m'aimait mais en voulait une autre. Qu'a-t-elle fait ?

— Votre époux ne s'est pas suicidé, madame Staunton. Il a été assassiné par sa secrétaire. Je regrette d'avoir à vous annoncer la nouvelle.

— Mais pourquoi a-t-elle voulu faire une chose pareille ?" Hildegard parlait lentement comme si elle essayait d'assimiler ce que disait Sidney.

"Parce qu'il a arrêté de la voir, je pense.

— Il voulait revenir vers moi ? Un jour il m'a dit qu'il ne pourrait jamais me quitter."

Sidney réfléchit à ce qu'il allait répondre. Il n'était pas nécessaire de parler de Pamela Morton à Hildegard. À quoi cela servirait-il, sinon à la blesser ? Il était exact que les faits pourraient resurgir au procès d'Annabel Morrison, mais il était fort probable qu'alors, Hildegard serait retournée en Allemagne. De plus, le moment n'était pas venu de faire de nouvelles révélations. Le péché d'omission était certainement plus humain que la divulgation de la vérité.

"Non, dit Sidney d'une voix tranquille. Et il ne l'a jamais fait."

Hildegard se leva et se mit à tourner autour de la pièce. Elle s'arrêta à côté de la fenêtre et regarda dehors. Il faisait presque nuit. Sidney entendait le vent se lever. Il se mit à pleuvoir.

"C'est gentil à vous de m'informer.

— La police allait venir ; mais j'ai pensé que ce serait mieux…

— Si vous veniez vous-même ? Je vous suis reconnaissante. C'est horrible mais, grâce à vous, moins pénible.

— Si vous voulez que je vous laisse seule, n'hésitez pas à le dire.

— Non, répondit Hildegard. Ne partez pas. Nous ne sommes pas obligés de parler. Il faut que je pense à la mort d'une façon différente maintenant. J'aimerais songer à elle moins souvent.

— Je resterai tout le temps qu'il faudra, madame Staunton.

— Hildegard.

— Je suis désolé, *Hildegard.*

— S'il vous plaît, pourriez-vous vous asseoir ici à côté de moi ? Je vais essayer de ne pas pleurer."

Sidney alla s'asseoir auprès d'elle. Il prit sa main et la garda dans la sienne. Hildegard la serra en parlant. "Je ne sais peut-être pas ce que je raconte, il ne faut donc peut-être pas me croire, mais, de le savoir, même seulement en partie, est un soulagement. Qu'il n'était pas triste au point de se donner la mort. Que je ne l'ai pas poussé à une telle extrémité."

Elle regarda Sidney et ses larmes coulèrent. "Est-ce si égoïste que ça ?"

Sidney chercha un mouchoir dans sa poche, mais il ne fit pas assez vite. Ses larmes tombèrent sur la main qui tenait la sienne. "Je pense que personne n'a jamais pensé une chose pareille.

— Peu importe ce que les autres pensaient. Moi, j'y ai pensé." Elle se leva et s'éloigna.

Sidney sentait la souffrance dans sa voix. "Je regrette que vous ayez eu ce genre de pensée.

— On ne maîtrise pas ce qu'on pense…

— Mais peut-être que parfois il convient de ne pas trop s'appesantir…

— Non, dit Hildegard, essayant de se reprendre. Vous avez raison. C'est pourquoi je joue du piano. Ça m'empêche de penser." Elle revint s'asseoir à ses côtés. "Vous en jouez ?

— Hélas, non.

— Je pourrais peut-être vous apprendre ?"

Sidney sourit. Les cours qu'il avait suivis autrefois n'avaient pas été un succès. Il n'était jamais parvenu à dissocier le jeu des deux mains. "Je pense que l'Allemagne est un peu trop loin pour aller y prendre des cours.

— Oui, sans doute, reconnut Hildegard avec un sourire triste. Cette femme, sera-t-elle pendue pour ce qu'elle a fait ?

— Ça semble très probable.

— Je ne suis pas favorable à une mort de plus.

— Moi non plus ; mais c'est la loi de notre pays.

— Il faudrait la changer. *Rache trägt keine Frucht*...

— Ce n'est pas en mon pouvoir ; mais un jour, j'espère, de mon vivant."

Ils étaient toujours assis côte à côte et ni l'un ni l'autre ne voulait bouger. Espiègle, Hildegard Staunton lui donna une petite tape sur le genou. "Et vous alors, *Sidney* ?" Le caractère anglais de son prénom semblait l'amuser. "Qu'allez-vous faire de votre vivant ?

— C'est très simple. J'ai mon travail. Mon métier..."

Hildegard sourit. "Vous n'avez pas de femme, je crois ?

— Je ne me vois pas marié... commença-t-il.

— Enfin, il y a le temps... dit Hildegard d'une voix douce, avant de sourire. Pourquoi vous appelez-vous *Sidney* ?

— On m'a donné le nom de mon grand-père.

— Est-ce un nom peu commun ? Je ne l'ai jamais entendu avant.

— Il y a eu un pasteur victorien du nom de Sidney Smith. Un sacré personnage. Il a dit un jour que l'idée qu'il se faisait du ciel c'était de manger du *pâté de foie gras** au son de la trompette.

— Je n'en suis pas si sûre. En tout cas, je crois que je préfère le Sidney de ce monde à tous ceux du temps jadis.

— Nous aurions sans doute tous deux aimé le rencontrer, si nous avions vécu à cette époque."

Hildegard se leva. "Je pense que vous n'aimez pas le xérès, mais c'est tout ce que j'ai. Le whiskey n'est pas encore arrivé. Le frère de Sidney m'a dit qu'une dernière caisse allait bientôt arriver ; non que j'en aie besoin. Ça vous dirait ?

— Pourquoi pas ?" demanda Sidney.

Hildegard prépara un plateau. "À votre avis, que faut-il que je fasse ? s'enquit-elle. Après tout, je ne devrais peut-être pas retourner en Allemagne ?

* En français dans le texte.

— Ce serait bien que vous restiez ici, bien sûr. De mon point de vue…"

Hildegard tendit le verre à Sidney. "Ça fait tout drôle de ne plus être lié à quelqu'un.

— Il faut veiller à ce que cela n'assombrisse pas le reste de votre vie.

— C'est un sujet auquel il est difficile de penser maintenant." Hildegard releva la tête et eut un sourire triste. "Je ne peux pas imaginer l'avenir.

— Peut-être est-ce impossible. Vous n'oublierez pas ce qui est arrivé. Mais j'espère, si je puis me permettre, que vous pourrez penser un peu plus à vous-même. Il y a des limites à l'abnégation…"

Hildegard trouva cela drôle. "Je n'aurais jamais pensé entendre un jour un prêtre me conseiller d'être égoïste. Vous pensez que j'ai sacrifié ma vie ?

— Non. Tout ce que j'espère, c'est que vous connaissiez à nouveau le bonheur.

— Mais vous savez que le bonheur est une illusion, chanoine Chambers ?

— *Sidney…*

— Rien ne dure en ce monde. *Zeit gibt und nimmt alles.*

— Le temps donne et reprend tout ?

— Votre allemand est meilleur que vous ne voulez bien le dire. Si vous veniez me voir, vous ne seriez peut-être même pas dépaysé.

— Oh, je n'en sais rien, repartit Sidney. Allez-vous revenir ?

— Dans dix jours. Je vais aller passer Noël en Allemagne avec ma mère et ma sœur.

— Comment s'appellent-elles ?

— Ma sœur, Trudi, et ma mère, Sibilla. Ce sont des noms très germaniques.

— Comme Hildegard.

— On m'a donné le prénom d'Hildegard von Bingen. La visionnaire. Heureusement, je n'ai pas de visions. Mais elle composait de la musique et, sans musique, je ne sais pas comment je pourrais vivre.

— Je regrette que vous n'assistiez pas au service où nous chanterons des chants de Noël.

— Je serai avec ma sœur à Berlin. J'entendrai à nouveau *Stille Nacht* en allemand. Quand les gens chanteront, je me souviendrai de votre bienveillance à mon égard.

— Je regrette également que tout le monde n'ait pas été aimable avec vous.

— Mais *vous*, vous l'avez été, chanoine Chambers, et c'est de votre gentillesse dont je me souviendrai…"

Hildegard se leva et prit une figurine en porcelaine sur le manteau de la cheminée, celle de la fillette donnant à manger aux poules. "Prenez ceci, dit-elle. Pour vous remercier de votre bonté."

Sidney se trouva pris au dépourvu. "Oh, je ne sais pas si je dois accepter.

— Stephen me l'a offerte quand il pensait que nous allions avoir un enfant. Il a toujours voulu une fille. Peut-être aurez-vous plus de chance dans la vie que nous. J'aimerais vous en faire cadeau.

— Votre vie n'est pas terminée.

— Je vous en prie, dit Hildegard. Prenez-la en souvenir de moi."

Les jours suivants furent difficilement supportables. Sidney ne parvenait pas à se concentrer sur son travail, et encore moins sur le sermon qu'il devait donner à King's College, et même la perspective d'une autre soirée à l'Eagle avec l'inspecteur Keating avait perdu tout attrait. À présent leurs rencontres étaient davantage placées sous le signe du travail que du plaisir. C'était sa propre faute, se dit Sidney, mais enfin quelle autre attitude aurait-il bien pu adopter ? On avait découvert une injustice et sa conscience ne lui avait pas laissé le choix.

Il lui fallait à présent reprendre sa vie de prêtre. Il se souvint des paroles de son directeur d'études au séminaire : "Ce n'est pas ce qu'il fait qui détermine l'identité du pasteur, mais ce qu'il est." On exigeait de lui qu'il mène une vie exemplaire. Flairer des assassins et s'asseoir sur le canapé d'une veuve en buvant du xérès, cela était inconvenant.

Toutefois, c'était plus facile à dire qu'à faire. Sidney devait reconnaître qu'il n'était pas dans un état normal. Hildegard lui avait envoyé une lettre pour lui rappeler la date de son départ, mais il s'était tellement interrogé sur ce qu'il allait dire, et comment il allait bien pouvoir lui demander sa nouvelle adresse, qu'il faillit bien complètement rater son départ.

Un camion de livraison était garé devant la maison et Hildegard attendait un taxi pour aller à la gare. Elle portait un manteau bleu foncé et ses gants qu'elle tenait à la main pendaient au-dessus d'un sac à main assorti.

"Je suis content d'être arrivé à temps, dit Sidney.

— J'aurais demandé au taxi de s'arrêter à votre église. Ce n'est pas tellement loin.

— J'aurais très bien pu ne pas être là.

— Mais maintenant vous êtes ici." Elle sourit. "Et je suis contente. J'espère que vous viendrez me voir en Allemagne…

— Oui, je…"

Hildegard remarqua son embarras. "Ce n'est qu'un au revoir…

— Non. Enfin… c'est seulement que ça pourrait être difficile à arranger…

— Ne dites pas de bêtises. Je vous aiderai."

Sidney ne comprenait pas pourquoi il restait muet. "Je ne suis jamais allé à Berlin. Ni à Leipzig…" dit-il.

Le taxi arriva et Hildegard s'arrêta, avec l'air de se demander si, après tout, elle allait monter dedans. "Je vous écrirai. Je vous enverrai mon adresse.

— Oui, bien sûr", dit Sidney.

Elle tendit la main. "Merci. Vous êtes un homme bon.

— Je n'en sais rien."

Au moment où il lui prit la main, Hildegard se pencha en avant et lui effleura la joue d'un baiser. "Je ne vous oublierai pas… dit-elle.

— Je ne vous oublierai pas non plus…"

Sidney regarda le taxi s'éloigner. Il toucha sa propre joue. Puis il retourna au presbytère à bicyclette. Devant la porte d'entrée l'attendait une grande caisse marron. Hildegard avait demandé aux livreurs d'y déposer la caisse de Bushmills qui lui avait été envoyée du comté d'Antrim pour Noël. Une carte l'accompagnait.

“Pour mon ami Sidney qui, je le sais, appréciera ce qu’il y a à l’intérieur. Avec affection et gratitude. Votre Hildegard.”

Sidney alla s’asseoir dans son bureau et demeura silencieux.

Il tenta de rédiger son sermon. Il décida que le sujet en serait l’espérance, et la grâce. Il revit les minces feuillets de l’agenda de Stephen Staunton. Nous avons beau faire, nous ne pouvons pas effacer le passé, se dit-il ; il faut plutôt laisser celui-ci nous transporter dans l’avenir.

En écrivant, il s’arrêta pour penser à chacune des étapes du voyage qui ramenait Hildegard chez elle. Il l’imagina montant dans un train, et se penchant par la fenêtre pour lui faire au revoir de la main. Même maintenant, il l’apercevait, blonde et pâle dans son manteau bleu foncé, debout à l’arrière d’un ferry, face au sillage, dans la lumière déclinante et le criaillement des mouettes. Il la vit en Allemagne marchant dans les rues par un temps hivernal et traversant des marchés de Noël où les gens buvaient du *Glühwein* au beau milieu de lampions bercés par le vent. Il se demanda ce qu’Hildegard dirait à sa famille dès qu’elle les verrait, à sa sœur Trudi et sa mère Sibilla, et si elle leur raconterait tout ce qui s’était passé ; ou si ça serait comme la guerre, qui avait rendu tant de gens silencieux. Mentionnerait-elle seulement son nom, se demanda-t-il ; et lui, réflexion faite, parlerait-il jamais d’elle ?

Le lendemain soir, il se rendit à la chapelle de King’s College. Tandis que la lueur des bougies vacillait au-dessus des stalles du chœur au bois sculpté, Sidney songea à nouveau à l’espérance et à la fragilité de Noël, au matin et au soir incertains de nos vies, prises dans le déploiement du temps et la roue des saisons, des jours et des années.

L’office ne fit qu’aviver sa tristesse d’avoir vu Hildegard partir. C’était la fin d’une autre journée, une occasion de plus de méditer sur la mortalité et d’avoir un bref aperçu d’éternité tandis que le préchantre poursuivait les répons :

“Ô Dieu apporte-nous ton secours sans tarder.”

Les enfants de chœur répondirent :

“Ô Seigneur hâte-toi de nous venir en aide.”

Le chant est le son de l’âme, se dit-il. Depuis des siècles, des gens chantaient ces paroles. Pareille continuité donnait de l'espoir à Sidney. Il faisait partie de quelque chose de plus grand que lui-même – pas seulement l'histoire mais la beauté, la continuité et, espérait-il, la vérité.

Il pria pour l'âme de Stephen Staunton. *Nous vivrons comme nous n'avons jamais vécu.* Ces paroles avaient été les dernières qu'il avait adressées à Pamela Morton et pourtant, elles parlaient peut-être aussi d'un monde au-delà du nôtre.

Il leva les yeux et considéra les vitraux assombris. Ces dernières semaines, il en avait appris davantage en matière d'amour qu'il n'en avait su pendant des années. Il en avait observé certaines caractéristiques : qu'il pouvait être passionné, jaloux, tolérant, indulgent et pérenne. Il l'avait vu disparaître, et il l'avait vu se changer en haine. C'était le plus imprévisible des sentiments, un vrai caméléon, quelquefois soudain et instable, capable de s'embraser et de s'éteindre comme un feu de paille ; à d'autres moments loyal et constant, la veilleuse de la vie.

Sidney joignit ses mains en prière. Puis il s'abandonna au silence. "Notre façon d'aimer détermine notre façon de vivre", se dit-il.

UNE AFFAIRE DE CONFIANCE

C'était l'après-midi du jeudi 31 décembre 1953 et une fine neige qui refusait de tenir dérivait à travers les villes et les champs du Hertfordshire. Fatigué, mais satisfait, après les efforts de Noël, Sidney se trouvait dans le train de Londres. Pendant toute la durée des fêtes, il avait pratiqué un judicieux mélange de cordialité et de théologie et il se faisait un plaisir de passer quelques jours avec sa famille et ses amis.

Tandis que le train fonçait vers la capitale, Sidney découvrait par la fenêtre l'arrière de petites maisons de banlieue et de nouvelles cités-jardins ; un paysage d'après-guerre plein d'industrie, de promesse et de béton. Un monde aux antipodes du village dans lequel il vivait. C'était presque un campagnard à présent, un provincial devenu un étranger dans sa ville natale.

Il se mit à penser à la question de l'appartenance et de l'identité : à quel point un individu était défini par la géographie, mais aussi par l'éducation, les études, la profession, la foi et le choix des amis.

Dans quelle mesure une personne peut-elle changer dans une vie ? se demanda-t-il.

Cette idée était au cœur du christianisme et pourtant bien des gens conservaient leur nature essentielle tout au long de leur vie. Il ne s'attendait sûrement pas à trouver un changement radical dans le comportement des amis qu'il devait rencontrer ce soir-là.

Lorsque le train entra en gare de King's Cross, Sidney était bien décidé à conserver sa bonne humeur pendant l'année à venir. Il croyait que le secret du bonheur consistait à se concentrer sur des choses extérieures à soi. L'introspection et le repli sur soi étaient les ennemis du contentement, et s'il pouvait prêcher sur les bienfaits de l'altruisme, et y croire sans avoir l'air trop pieux, alors il tâcherait de le faire ce dimanche même.

Il se coiffa de son trilby, n'oublia pas de prendre son troisième parapluie de l'année – il avait paumé les deux premiers à l'occasion de voyages précédents – et, une fois descendu du train, il se mit en quête d'un bus qui le conduirait à St John's Wood où aurait lieu la fête.

Il allait passer la Saint-Sylvestre chez son vieil ami Nigel Thompson. Après des études à Eton et au Magdalene College de Cambridge, on avait pronostiqué que Nigel serait un futur Premier ministre alors qu'il était encore étudiant, et il était devenu président des Jeunes Conservateurs aussitôt après la guerre. Ayant été élu député de St Marylebone aux élections nationales de 1951, il commença sa montée en puissance en tant que parlementaire chargé de mission auprès de sir Anthony Eden (un homme que son père avait connu en servant dans le King's Rifle Corps), et il occupait maintenant le poste de co-sous-secrétaire d'État aux Affaires étrangères. Sidney se faisait donc un plaisir de bientôt partager quelques conversations substantielles sur le rôle de la Grande-Bretagne sur la scène internationale avec l'un des députés les plus prometteurs du pays.

Dotée d'un teint de porcelaine, d'une chevelure titianesque et d'une beauté élancée que ses manières alanguies ne pouvaient que rehausser, son épouse Juliette avait été la Zuleika Dobson* de leur génération. À leur mariage, Sidney s'était demandé si elle avait bien l'étoffe requise pour être la femme d'un député, mais il avait rejeté des pensées aussi masculines pour y avoir vu les premiers indices de la jalousie.

Ils habitaient une maison mitoyenne construite au XIXe siècle au nord de Regent's Park. À l'époque victorienne, c'était le genre de demeures dans lesquelles les hommes riches logeaient leurs maîtresses décoratives. Sidney considérait cela assez approprié étant donné qu'il y avait indubitablement chez Juliette Thompson un côté préraphaélite. Sa beauté était à la fois tragique et

* Héroïne de l'unique roman de Max Beerbohm, publié en 1911.

inaccessible : sauf, bien sûr, si vous vous appeliez Nigel Thompson, membre du Parlement.

Sidney descendit du bus à la station Lord's Cricket Ground et se dirigea vers Cavendish Avenue. Il n'admirait nullement Londres en hiver avec ses rues mouillées, son air fétide et ses accumulations de smog, mais il reconnaissait que c'était là où sa famille et ses amis gagnaient leur vie et que s'il voulait goûter à la convivialité de leurs maisons et à la chaleur de leurs cheminées il lui fallait passer outre l'inconvénient d'avoir à se rendre chez eux.

Au moins, cela lui revint, sa sœur Jennifer serait au dîner. Cette sœur cadette avait un caractère naturellement accommodant avec un visage plus rond que le reste de la famille, des yeux marron avides et une coupe au carré qui encadrait son visage, pensait Sidney, telle une aura de gentillesse. Elle était toujours contente de voir son frère ; et lui sentait son cœur se réjouir chaque fois qu'elle entrait dans la pièce.

Traditionnellement, Jennifer passait pour le membre le plus responsable de la famille, mais à l'occasion de ce soir particulier, elle devait amener au dîner un nouveau petit ami plutôt louche : Johnny Johnson.

Elle en avait informé son frère lors de l'échange téléphonique familial de Noël, et elle espérait beaucoup que Sidney ait une bonne opinion de lui : notamment, parce qu'avec son père il dirigeait un club de jazz. Il représentait "une bouffée d'oxygène" et, apparemment, il faisait vraiment "des tas de choses incroyables". Sidney espérait seulement que sa sœur n'allait pas s'amouracher trop vite. La propension familiale à toujours voir le meilleur côté des gens l'avait poussée par le passé à nourrir des attentes trop chimériques quant à la faculté des hommes d'entretenir des engagements durables, ce qui avait, inévitablement, conduit à des déconvenues.

Ils devaient y retrouver Amanda Kendall, la meilleure amie de Jennifer et sa colocataire, qui venait d'entamer une carrière de conservatrice adjointe à la National Gallery de Londres.

Quand Sidney avait fait la connaissance d'Amanda, qui avait alors tout juste vingt et un ans, il était vraiment tombé sous son charme. C'était une jeune femme grande et enjouée, fille d'un riche diplomate qui avait été naguère collègue de son grand-père. Contrairement à Juliette Thompson, elle n'avait rien de ce qu'un magazine de mode appellerait une "beauté britannique", étant brune, imposante et ayant des avis sur tout. Mais elle possédait une présence, et même si sa propre mère avait jugé son nez "désespérément romain", le tout Londres se réjouissait de l'avoir à dîner pour l'éclat de sa conversation. Tout le monde s'accordait à dire que, bien qu'elle pût choquer par ses opinions tranchées, Amanda était à même d'égayer n'importe quelle fête et ferait un bon parti pour un homme capable de relever le gant. Sidney avait entretenu le vague espoir d'être un jour cet homme-là, mais dès qu'il eut décidé de devenir pasteur, cette aspiration avait mordu la poussière. Il eût été ridicule pour une *débutante* aussi bien introduite, en quête du plus beau parti de la capitale, d'épouser un pasteur.

Maintenant, après plusieurs années de recherche avisée, Amanda avait apparemment trouvé son homme. À l'occasion d'un récent voyage professionnel destiné à évaluer les potentiels droits de succession sur une série de tableaux dans un manoir du Wiltshire, elle avait rencontré le réputé charmant, sans doute fortuné, extraordinairement beau et malheureusement inculte Guy Hopkins. C'était l'homme à qui elle devait se fiancer, peut-être même, lui avait-on laissé entendre, ce soir même.

La compagne officielle de Sidney à ce dîner était l'illustre femme du monde Daphne Young, d'une maigreur terrifiante, célèbre pour la vivacité de son intelligence et le nombre de propositions de mariage qu'elle avait refusées. Par conséquent, il redoutait assez la déception que même quelqu'un d'aussi bien élevé ne parviendrait pas à cacher en découvrant qu'elle aurait pour voisin de dîner un ecclésiastique.

Au moins les deux autres invités au dîner étaient relativement gais : Mark Dowland, éditeur délicieusement indiscret sur ses auteurs, et son épouse Mary, petite et piquante, zoologue aux yeux bleus perçants et à la langue de vipère. Un jour, son mari avait fait remarquer que ce qu'il y avait de plus doux chez elle, c'étaient les dents.

La Saint-Sylvestre n'avait jamais enthousiasmé Sidney. C'était peut-être la pensée qu'une année de plus s'en allait, en lui rappelant tout le temps qu'il avait gaspillé les douze mois précédents ainsi que la convivialité séculière si peu de temps après Noël. Il se demandait parfois l'effet que ça ferait de se coucher en attendant la fin de l'année, et il pensa à un collègue pasteur qui, lorsqu'il sentait approcher ces horreurs mondaines, partait se terrer dans la plus sinistre pension de la ville la plus déprimante qu'il pouvait trouver, afin de toucher le fond du bourbier du découragement*. Le but de l'opération étant, qu'après avoir atteint le tréfonds de l'abîme, il émergerait dans un monde où tout semblerait meilleur que l'expérience qu'il venait de s'infliger. Sidney se souvint qu'Ipswich était la ville choisie par son ami pour affronter tous les démons connus de l'homme. Ce qui lui semblait un choix étrange.

On servait des cocktails dans le salon du premier étage où Mark Dowland se mit à réciter des vers de l'œuvre de John Betjeman, un nouveau poète plein d'avenir :

Norman, téléphonez pour les couteaux à poisson
*Étant donné que Cook est un peu troublé***…

Cette récitation amusa les autres invités qui se mirent à rire, mais Sidney ne put participer à l'allégresse générale. Le tenaillait déjà la crainte que la fête ne s'achevât par des charades ; activité qu'il redoutait toujours depuis sa dernière visite aux Thompson, où il n'avait pas réussi à mimer les cinq syllabes du roman de Dickens *Martin Chuzzlewit*.

Il accepta un gin tonic pour raidir ses muscles*** avant d'affronter la perspective des fiançailles potentielles d'Amanda et les présentations du nouveau bien-aimé de sa sœur.

Johnny Johnson s'avéra être un beau brun, vêtu d'un mince costume noir extrêmement bien taillé qui fit plutôt l'admiration de Sidney. Il l'aborda avec une question : “Ça va ?

— Je pense que oui, repartit Sidney.

* Image tirée du célèbre *Voyage du pèlerin* de John Bunyan.

** Deux premiers vers d'un poème satirique de John Betjeman (1906-1984), intitulé *Comment réussir en société* (1958), sur les aspirations sociales de la classe moyenne et son langage typique.

*** Expression tirée de la pièce de Shakespeare, *Henri V*, acte III, scène 1.

— Jennifer m'a beaucoup parlé de vous.

— Rien de trop dommageable, j'espère.

— Pas du tout, Sidney. Même si ce fut une sacrée surprise quand elle m'a appris que son frère était pasteur. Je pensais que vous seriez professeur ou médecin.

— Je pense que c'est ce qu'elle attendait de moi.

— Je ne fréquente pas beaucoup l'église, Sidney, pour être honnête. Ça me donne l'impression d'avoir fait quelque chose de mal.

— C'est peut-être fait pour ça.

— Il faut animer un peu plus ces offices, poursuivit Johnny. Littéralement. Faire des offices du dimanche soir des soirées de jazz. Une fois que vous en avez terminé avec les choses sérieuses."

Le visage de Sidney s'éclaira. Il avait toujours voulu attirer plus de gens à ses services religieux et endiguer le départ des adolescents rebutés par de très longues cérémonies qui avaient encore un air victorien. Il lui arrivait de penser que l'Église n'avait guère avancé depuis l'époque de Trollope. "Ce n'est pas une mauvaise idée, dit-il.

— Je pourrais vous aider si vous voulez ; vous mettre en contact avec des gens pour commencer ?

— Ce serait formidable."

Mary Dowland vint se joindre à eux. "Dites ! Vous n'envisagez pas sérieusement d'introduire le jazz à l'église ?

— Pourquoi pas ? demanda Sidney.

— Mais on ne sait jamais si les notes sont jouées dans le bon ordre.

— C'est tout le charme du jazz, Mary, expliqua Johnny. Il n'y a pas de code convenu et il n'y a pas d'ordre.

— Les gens ne se perdent pas complètement ?

— On ne peut pas se perdre si on a le rythme, Mary."

L'usage copieux que faisait Johnny Johnson du prénom d'autrui amusait Sidney. Il admirait son naturel et son franc-parler.

Edna, la bonne des Thompson, arriva avec un autre plateau de boissons, et proposa une deuxième tournée, que Johnny refusa.

"Vous ne prenez pas de cocktail ? demanda Sidney.

— Je ne bois pas d'alcool, Sidney.
— Quelle sobriété, commenta Mme Dowland.
— J'aime garder la tête sur les épaules, Mary.
— On y va ?" demanda Juliette Thompson, en se levant et en lissant ses cheveux. Elle portait une robe sans manches qui s'évasait à sa taille fine et Sidney remarqua que Guy Hopkins la regardait des pieds à la tête. Il aurait aimé que le futur partenaire d'Amanda se montrât plus discret.

La salle à manger était décorée dans le style georgien, avec des murs peints rouge fumoir, un plafond aux moulures décoratives en plâtre ornées d'œufs et de fléchettes. Sur un buffet étroit étaient posés deux vases chinois et une ménagère contenant un service en argenterie.

"Je présume qu'il y a un plan de table ?" s'enquit Daphne Young, se tournant vers son hôtesse. Sa robe dos nu n'attirait l'attention que sur sa maigreur presque squelettique. "J'espère bien être assise à votre droite.
— Alors vos attentes ont été satisfaites", repartit Nigel Thompson.

Sidney redoutait l'humiliation de ce moment. À nombre de dîners, on le plaçait à côté du "parent difficile" : le cousin ou la cousine légèrement retardé, la fille de la famille se remettant de fiançailles rompues, le fils qui avait tout perdu au casino et était revenu chez lui pour se refaire. Il sut, pour commencer, qu'il était peu probable qu'il fût assis à proximité d'Amanda Kendall, mais il fut étonné et ravi de se retrouver à côté de son hôtesse. Il regarda le plan de table.

Nigel Thompson député

Mlle Daphne Young	*L'hon. Amanda Kendall*
M. Guy Hopkins	*M. Mark Dowland*
Mme Mary Dowland	*Mlle Jennifer Chambers*
Chanoine Sidney Chambers	*M. Jonathan Johnson*

Mme Juliette Thompson

"Tout cela m'a l'air fort sympathique", dit-il à son hôte.

Nigel Thompson tenait absolument à ce que tout le monde apprécie son raisonnement. "Guy, s'exclama-t-il, sans relever la reconnaissance de Sidney. Je ne vous ai pas placé à côté d'Amanda car je suis persuadé que vous vous êtes vus assez ces temps derniers. Et qui plus est, je veux la garder pour moi.

— Vous pouvez la prendre en location, dit Guy. Comme un de ses tableaux. Il faudra me la rendre à minuit.

— Je ne suis pas Cendrillon, fit Amanda.

— Et moi, pas la Vilaine Sœur." Mary Dowland y alla de son grain de sel. "Chanoine Chambers, je crois que je suis assise à côté de vous ?"

Sidney lui passa le plan de table.

"Je vois que Jennifer et Johnny ont été placés l'un à côté de l'autre, observa Mary. Ne devrions-nous pas échanger nos places ?

— Mais cela signifierait mettre une sœur et un frère côte à côte, expliqua Juliette.

— Bien sûr." Mary Dowland se tenait derrière sa chaise. "Bien que je n'aie rien contre le fait d'être à côté de vous, chanoine Chambers..."

Jennifer se mêla à la conversation. "N'en rajoutez pas trop dans ce sens, sinon il va croire que ça vous dérange vraiment. Il est très sensible à ces choses, mon frère. Il se plaint toujours de la déception des gens lorsqu'ils découvrent qu'ils sont assis à côté d'un ecclésiastique.

— Mais il ne s'agit pas d'un vieux pasteur quelconque, précisa Juliette Thompson. Sidney est l'un des hommes les plus charmants que je connaisse. C'est la raison pour laquelle je l'ai placé à côté de moi.

— Voyons, voyons, lança Nigel. Tu vas embarrasser notre ami. Je présume que nous pouvons compter sur toi pour dire le bénédicité, Sidney.

— Bon sang, dit Johnny Johnson tout bas. Ça fait bien longtemps que je l'ai dit.

— Tu n'as qu'à dire « Amen », chéri."

Sidney commença : "*Benedic, Domine, nobis et donis tuis, quae de tua largitate sumus sumpturi, et concede ut illis salubriter nutriti, tibi debitum obsequium praestare valeamus, per Christum Dominum nostrum. Amen.*

— Amen", reprit le groupe.

Johnny rapprocha sa chaise. “Et je ne m’attendais pas à du latin, Sidney.”

Le repas consistait en une soupe à l’oignon à la française suivie de la paire de faisans que Guy Hopkins avait rapportée comme cadeau de sa chasse du lendemain de Noël. Le gibier était accompagné de chips, de panais, de carottes et de chou poêlés ; le tout terminé par une meringue au citron. Nigel Thompson avait fourni plusieurs sympathiques bouteilles de beaujolais. Il promit également du champagne pour les douze coups de minuit.

La conversation passait d’un sujet à un autre. Les invités parlaient du meilleur type de réception, des mérites respectifs d’un logement à Londres et d’une maison à la campagne, et du genre de tapis le mieux adapté à une salle à manger. Les Thompson étant, apparemment, “entre deux tapis”, le plancher de la pièce se réduisait pour l’instant aux lames de bois du parquet.

Sidney était un peu déçu. Il avait escompté un débat politique et culturel d’envergure. L’incessante escalade internationale en matière d’armes atomiques était telle que, pour la première fois, l’humanité possédait les moyens de sa propre extermination. Les tensions s’intensifiaient entre Eisenhower et Khrouchtchev ; et des questions demeuraient à propos du réarmement allemand, du sauvetage de l’Alliance atlantique et de la mise au point d’une nouvelle structure pour la défense collective de l’Europe de l’Ouest. Et pourtant, ici, tout le monde parlait de tapis.

Bien qu’étonné qu’on pût échanger sur ce sujet avec tant de ferveur, Sidney était content de ne pas avoir à réagir à des propos présumant que Noël devait être sa “période la plus chargée de l’année”. Mary Dowland tint plutôt à lui parler de la future arrivée d’un panda au zoo de Londres et Daphne Young, quant à elle, apprit à Sidney que son hôte payant actuel était un pasteur en quête d’un nouveau défi qui avait besoin de quelques conseils.

“Je ne suis pas sûr de pouvoir lui être très utile.

— Ne dites pas de sottises, repartit Daphne. Nigel me dit que vous êtes l’un des plus brillants pasteurs de l’Église d’Angleterre.

— Je pense que cela tient seulement à son amitié pour moi.

— C'est un bon ami, en effet. Et j'imagine qu'il fait bon vivre à Grantchester. Peut-être avez-vous besoin d'un vicaire ?

— J'y ai songé.

— Alors il faut que je vous présente Leonard. Il est redoutablement intelligent. En ce moment il apprend le russe. Dieu sait pourquoi. J'ai bien peur qu'il me trouve assez désinvolte.

— Ça m'étonnerait beaucoup.

— Si, si, je le crains."

Guy Hopkins posa le bras sur le dossier de sa chaise. "Je suis étonné que vous n'ayez pas amené quelqu'un avec vous, Daphne. Vous n'avez pas de prétendant ?"

Mary Dowland pouffa de rire. "Normalement vous en avez plusieurs, non ? Je suis sûre que vous devez être dans le carnet d'adresses de tous les plus beaux partis de Londres."

Son mari se resservit du vin rouge. "Je me demande ce qui se passe quand ils se marient. Pensez-vous que leurs épouses vous radient de la liste ?

— C'est arrivé, reconnut Daphne Young, consciente qu'on la taquinait. Je suppose que, de nos jours, je passe pour être plutôt dangereuse. Il faut parfois longtemps pour qu'un homme s'en remette.

— Toute une vie, à mon humble avis, glissa Sidney, généreux.

— C'est trop gentil à vous, chanoine Chambers."

Juste avant minuit, après le départ de la bonne et de la cuisinière autorisées à aller assister aux célébrations du Nouvel An à Piccadilly Circus, et tandis que le porto commençait à circuler autour de la table, Guy annonça qu'il avait une surprise. Il se leva et plaça un écrin à bijou devant Amanda. "Je pense que vous vous doutez de ce dont il s'agit.

— Formidable ! lança Nigel. À mon avis, cela exige probablement plus que du porto.

— Un instant, lui conseilla sa femme. Nous ne savons pas encore ce que c'est."

Ne voulant pas attendre le champagne, Mary Dowland remplit son propre verre de vin à ras bord. "Je pense que nous pouvons deviner.

— Je ne sais pas quoi dire…" commença Amanda.

Guy plaça une main protectrice sur son épaule. “Ouvre!”

L’écrin contenait une bague en or avec un gros rubis entouré de diamants minuscules.

“C’est magnifique, dit Amanda.

— Essaie-la!”

Le silence régna dans la pièce, les chandelles vacillèrent. Sidney espéra que c’était ce qu’Amanda voulait. Elle sourit, nerveusement, presque embarrassée, devant cette démonstration publique d’amour et d’argent. “Je n’ai jamais rien vu d’approchant.

— Puis-je la voir? demanda Daphne.

— Bien sûr. Elle est vraiment ravissante.”

La bague fit le tour de la table afin que tous l’admirent. Nigel revint avec du champagne. “Il y en a d’autres au réfrigérateur. J’attendais minuit pour le servir, mais ça veut simplement dire qu’il nous faudra tous boire un peu plus. Si j’arrive à me glisser…”

Johnny Johnson souleva sa chaise et il s’apprêtait à la rapprocher de la table quand Nigel Thompson en accrocha le pied et trébucha.

“Bordel de merde!”

La bouteille de champagne lui échappa et se fracassa par terre.

“Oh… s’écria sa femme. Il y en a partout.

— Quel foutu maladroit… fit Nigel, les yeux fixés sur le plancher.

— Ne jure pas! l’interrompit sa femme, en essuyant le champagne de sa robe. Tu sais combien ça m’affecte.

— Le porto me convient très bien, dit Mark Dowland. Ça se boit comme du petit-lait.”

Daphne se leva. “Je vais aller chercher un chiffon à la cuisine.”

Mary fit de même. “Et une pelle à poussière et une brosse.

— Ça m’a complètement éclaboussée, se lamenta Juliette. Il va falloir que je me change.

— Alors vas-y, repartit son époux d’un ton brusque.

— Je ne veux pas abandonner tout le monde. Je ne sais pas quoi faire.

— Je vais t’accompagner, proposa Amanda. Inutile d’en faire tout un plat. Nous pouvons monter à l’étage. Ne t’en fais pas, chérie.

— Quel gâchis…

— Minuit ne va pas tarder, confia doucement Johnny à Jennifer. Nous ne voulons pas rater les cloches. Alors on va à l'extérieur ?

— Je pense qu'il faut rester ici. Je regrette.

— J'espérais que nous pourrions être seuls.

— Ce sera pour plus tard."

Ils sourirent, puis relevèrent la tête et constatèrent que Sidney les avait entendus. Guy recula dans l'embrasure de la porte pendant que Daphne et Mary épongeaient le champagne et ramassaient les morceaux de verre. Nigel partit chercher une autre bouteille.

Mark Dowland but un peu plus de porto. "Tout va affreusement bien…" dit-il, pensant que les autres apprécieraient son ironie. Ce ne fut pas le cas.

Sidney se demanda comment il allait pouvoir rentrer chez ses parents à Highgate. Il y avait des taxis, bien sûr, mais ça coûtait cher. Il s'était dit que Jennifer et Johnny allaient le ramener en voiture, mais ils semblaient vouloir continuer la soirée ailleurs et il ne se voyait pas imposer sa compagnie à Amanda et Guy le soir de leurs fiançailles. Il était toutefois curieux qu'Amanda n'ait pas techniquement accepté la proposition de mariage. Elle s'était contentée d'admirer la bague. À la place de Guy, il aurait attendu une réponse plus affirmative.

Les invités finirent par se rasseoir et se servir de stilton en attendant le retour de Juliette et d'Amanda. Nigel proposa de passer au salon où ils pourraient tous fêter la nouvelle année plus confortablement et s'amuser à créer des charades, mais il fut interrompu par le retour de sa femme, en peignoir de soie noire, et d'Amanda qui, souriante, lança à l'assemblée : "J'espère que vous avez tous été sages. Il me tarde de boire du champagne. Qui a ma bague ?"

Il y eut un silence.

"Je ne l'ai pas, dit Mary Dowland. Je l'ai passée à Sidney…

— Et je l'ai donnée à Juliette…

— Je ne me souviens pas de ce qui s'est passé, dit Juliette. Je ne me souviens de rien. Je pense qu'elle était devant moi.

— En tout cas, je ne l'ai pas, dit Jennifer.

— Moi non plus, fit Daphne.

— Alors, nom de Dieu, où est-elle passée ?" s'exclama Nigel. Sa femme eut l'air effrayée. "Ne jure pas…

— Peut-être est-elle tombée sur le plancher ? suggéra Sidney.

— Je ne l'y ai pas vue, dit Mary. Et nous avons bien nettoyé comme il faut, n'est-ce pas, Daphne ?

— Tu ne l'aurais pas jetée à la poubelle, par hasard ?" demanda Mark Dowland à son épouse. Il n'avait pas quitté sa chaise de toute la soirée.

"Non, bien sûr que non. Tu trouves ça drôle ?

— Ou serait-elle tombée entre les lames du parquet ? s'interrogea Sidney.

— Pas une pierre de cette taille", fit Guy du tac au tac.

Nigel Thompson se mit à quatre pattes. "Elle ne peut pas avoir disparu comme ça."

Sidney essaya d'être rassurant. "Eh bien, il faut tous nous mettre à chercher. Elle est forcément ici quelque part."

Les invités se levèrent et arpentèrent la pièce de long en large, ils regardèrent dans les éléments de la décoration, sous les assiettes et les sets de table, sur le buffet, de l'autre côté du plancher, et en bas du dossier des chaises. La bague demeurait introuvable.

Guy Hopkins commença à se mettre en colère. "C'est ridicule."

Amanda tenta de le calmer. "Elle est forcément ici quelque part, chéri.

— Mais où ?"

On sonna à la porte. "Ça doit être mon taxi", dit Daphne Young.

Son hôte s'étonna. "Vous partez ?

— Il doit être tôt…

— Avons-nous raté les cloches ? demanda Mark Dowland.

— Je lui avais demandé de venir pour minuit un quart, expliqua Daphne. On m'attend ailleurs à la demie."

Mary Dowland ne put laisser passer cette occasion de se montrer sarcastique. "Alors c'était gentil à vous d'être restée aussi longtemps avec nous."

Guy fut plus direct. "Et vous êtes sûre de ne pas avoir la bague de ma fiancée ? demanda-t-il.

— Bien sûr que je ne l'ai pas, répondit Daphne. Pour qui me prenez-vous ? Vous pouvez regarder dans mon sac si vous voulez.

— Ça ne sera pas nécessaire, dit Nigel.

— Si, rétorqua Guy. Il faut retrouver cette sacrée bague."

Daphne ouvrit son sac et, sans un mot, elle en vida le contenu sur la table de la salle à manger. En sortirent un poudrier, du parfum, un mouchoir, un trousseau de clés, un petit agenda, un carnet d'adresses et un petit porte-monnaie qu'elle ouvrit devant tous les autres invités. Des pièces de six pence, de trois pennies et un billet de dix shillings s'éparpillèrent sur la table.

"Vous aurez beau chercher partout, dit-elle. Vous ne l'y trouverez pas.

— Incroyable, commenta Johnny Johnson. C'est la première fois que je vois l'intérieur d'un sac à main, Daphne."

Tandis que Guy étalait le contenu du sac à main sur la table, en examinant chaque objet qu'il remit, un à un, à l'intérieur, Daphne retourna à sa place, prit son étole, et finit son verre de porto.

"Content ? demanda-t-elle.

— Elle n'est pas ici, se plaignit Guy.

— Cela ne se fait pas du tout de regarder dans le sac à main d'une dame.

— Désolé pour cette intrusion. J'étais fâché.

— C'est franchement grossier, poursuivit Daphne. À présent, si vous n'y voyez pas d'inconvénient. Je vais prendre congé de mes hôte et hôtesse."

Johnny Johnson leva son verre d'eau. "Bonne année, Daphne.

— Je suis sûr qu'on va retrouver la bague dans la matinée, dit Sidney.

— Dans la matinée ?" Guy explosa. "Je vais fouiller cette pièce et tous ceux qui s'y trouvent.

— Si vous voulez bien m'excuser." Daphne se faufila vers la sortie. "Voulez-vous que je vous ramène en voiture, chanoine Chambers ? Je crois que je vais peut-être dans votre direction.

— Je devrais peut-être rester, Jennifer…

— Ce n'est pas grave, Sidney, le rassura sa sœur. Je suis sûre que les Thompson n'y verront pas d'inconvénient.

— Je ne souhaite pas vous imposer un détour, mademoiselle Young. Vous avez déjà été suffisamment retardée ce soir, j'en suis sûr."

Daphne Young s'empressa d'accepter son refus. "Assurément, chanoine Chambers. Bonne année à vous."

Nigel et Juliette Thompson accompagnèrent Daphne dans l'entrée où ils se dirent adieu. Il s'ensuivit une nouvelle fouille de la pièce, tout aussi vaine, et après que chacun eut ostensiblement montré le contenu de ses poches et convaincu Guy Hopkins qu'il n'était pas le voleur, Jennifer et Johnny partirent à leur tour. Ils demandèrent à Sidney s'il voulait les accompagner dans un club de jazz et, bien qu'il fût tenté, son frère jugea plus opportun que tout le monde se calme et rentre chez soi.

"Je suppose que c'est moi qui vais conduire, dit Mary Dowland à son mari éméché.

— Malgré ma consommation digne de la Saint-Sylvestre, je suis tout à fait en état de conduire, rétorqua son époux. Ce n'est pas un problème. Et, après une soirée comme celle-ci, que pourrait-il arriver de pire ?"

Sidney prit un taxi, ce qui, étant donné le traitement d'un pasteur, représentait une petite fortune, et il passa la nuit chez ses parents. Cela lui faisait drôle de se retrouver dans la maison de son enfance. Il avait eu beau essayer de leur expliquer une quantité de fois la nature de sa vocation et de ses occupations journalières, Alec et Iris Chambers considéraient leur fils avec un air de perplexité amusée. Ils se demandaient toujours comment ils avaient bien pu produire un enfant qui était devenu prêtre.

Ils trouvaient plus facile de lui parler comme s'il était encore un adolescent appliqué de dix-sept ans sur lequel ils exerçaient toujours un certain contrôle. Toutes les fois que Sidney séjournait chez eux, il était censé s'adapter à leur quotidien comme s'il n'était jamais parti ni devenu adulte, et il donnait un coup de main à son père pour faire les mots croisés du *Times* et à sa mère pour préparer les légumes. Iris Chambers avait laissé entendre plus d'une fois qu'il était grand temps qu'elle devienne grand-mère, mais comme ni Sidney, ni Jennifer, ni leur frère Matthew n'avait fait de percée dans ce domaine, les trois frères et sœur étaient traités comme des enfants chaque fois qu'ils revenaient à la maison.

Matthew, qui passait pour une espèce de noctambule, trouvait toujours des excuses pour échapper aux réunions familiales à l'heure du déjeuner, mais Jennifer était attendue et elle arriva en retard et dans un bel état. Après avoir jeté ses bagages dans l'entrée, elle échangea sans enthousiasme des vœux de bonne année avec sa mère.

Alec sortit de son bureau pour venir la saluer. Il avait enfilé son nouveau pull-over de Noël et avait toujours sa pipe à la main droite. "Bon sang que se passe-t-il ? demanda-t-il.

— Sidney ne vous a pas raconté ce qui s'est passé hier soir ?

— Ne nous a pas raconté quoi ?

— Pour autant que je puisse en juger, répondit Sidney, il n'y a rien, pour l'instant, à signaler. Une bague égarée va forcément réapparaître.

— Eh bien, elle n'a toujours pas été retrouvée, repartit Jennifer avec force, avant de se jeter sur le canapé. Cette histoire est un vrai désastre…"

Sa mère s'assit dans un fauteuil tout près. "Il va falloir que tu expliques, chérie.

— Sidney peut le faire. Je suis trop bouleversée."

Il y eut une courte pause au cours de laquelle sa mère se leva et reprit le chemin de la cuisine. "Dans ce cas, Sidney, peut-être voudrais-tu finir de mettre la table et me raconter ce qui s'est passé ?"

Alec Chambers se récria. "Mais alors je n'ai pas droit à l'histoire ?"

Jennifer l'interrompit. "C'est très simple. Amanda a reçu une bague de fiançailles hier soir.

— Qui la lui a donnée ? demanda son père.

— Guy Hopkins.

— Et qui peut bien être cet homme ?

— Amanda est donc fiancée ? intervint sa mère.

— Je ne sais pas.

— Tu ne sais pas ?

— Là n'est pas la question.

— J'aurais pensé que c'était éminemment la question.

— Tu ne me laisses jamais terminer", se plaignit Jennifer. Alec Chambers essayait de comprendre ce que racontait sa fille. "Est-ce la bague qui a disparu ?

— Elle était comment ? s'enquit Iris.

— Peu importe son aspect. Le fait est qu'elle a disparu. Amanda l'a fait passer autour de la table pour que tout le monde l'admire. Elle ne l'a jamais revue. La soirée a été un fiasco complet. Du champagne partout.

— C'était du champagne qui coûtait très cher ?" voulut savoir sa mère.

Son père ne voulut pas laisser Jennifer répondre. "Tu veux dire que la bague a été perdue sous des flots de champagne ?"

Sidney tenta de rassurer tout le monde. "Je suis persuadé qu'il existe une explication parfaitement innocente. Ou bien elle est tombée entre les lames du parquet ou bien alors, dans un moment de distraction, quelqu'un l'a égarée au moment où la bouteille de champagne s'est brisée.

— Quel gâchis extravagant ! s'exclama Iris.

— Un accident, j'espère ?" dit Alec.

Jennifer reprit péniblement son récit. "Johnny pense que quelqu'un l'a volée.

— Il le pense vraiment ?

— Mais c'était une réunion d'amis, intervint sa mère. C'est certainement impossible !"

Alec poursuivit. "J'imagine que vous avez cherché partout, y compris dans la salle de bains ? Peut-être qu'Amanda l'a enlevée dans un moment d'absence ?"

Jennifer expliqua. "Tout d'abord, elle a à peine eu le temps de la porter. Nous avons cherché partout. Même si certains des invités n'étaient pas au sommet de leur forme.

— Ah ! Je suppose qu'on avait bu ?

— C'était la Saint-Sylvestre, papa.

— Quelle histoire épouvantable ! dit Iris. Mais je suis sûre que les choses vont s'arranger d'elles-mêmes. De plus, il est temps de découper le rôti, Alec. Après le repas, je me disais que vous pourriez peut-être m'aider tous les deux à répondre aux cartes de vœux. Certains patients de votre père ont fait preuve d'une extrême grandeur d'âme."

Jennifer se dirigea vers la table. "Eh bien, je regrette que pareille grandeur d'âme ait fait défaut hier soir."

Sa mère servit le rôti de bœuf tandis que son mari versait du bordeaux rouge dans les verres. "Au fait, Sidney, j'ai trouvé la dernière définition des mots croisés – « Tête de sanglier entièrement humaine ? Oui. » C'est Hogmanay*.

— Excellent ; *hog, man, aye***.

— Vas-tu dire le bénédicité ?

— Oui", répondit Sidney. Il importait d'appliquer ses propres normes à la famille même si, ces derniers temps, son père était devenu franchement agnostique.

"Mensae caelestis participes faciat nos Rex gloriae aeternae."

Après le "Amen", son père se tourna vers Jennifer. "Quand allons-nous rencontrer ton copain ?

— Je ne suis pas sûre qu'il veuille me revoir après la soirée d'hier. C'était si embarrassant.

— L'épouse de Nigel Thompson va-t-elle bien en ce moment ? demanda Iris à sa fille.

— Juliette ? Je n'en suis pas persuadée. Nous pensons tous qu'elle est la dernière à avoir été vue la bague au doigt, mais il n'est pas possible que ce soit elle. C'est elle qui recevait, bon sang.

— Elle a toujours eu les nerfs à fleur de peau.

— Voyons, ne va pas si vite en besogne, la mit en garde Alec. Il ne faut pas tirer des conclusions hâtives.

— Je suis désolée, chéri, mais, dans la vie, cette pauvre chère Juliette est souvent sa propre ennemie. Je crois me rappeler..."

Alec Chambers distribua le bordeaux au compte-gouttes. "J'espère que l'honnêteté de personne n'a été mise en doute...

— Les Thompson ont-ils appelé la police ?" demanda Sidney.

Jennifer posa son couteau et sa fourchette dans son assiette et gratifia son frère d'un de ses regards de sœur terriblement

* "Hogmanay" est le mot écossais désignant le dernier jour de l'année et il est synonyme de "Nouvel An" dans la tradition écossaise.

** En anglais, *hog* signifie "verrat", *man* "homme" et *aye* "oui".

appuyés. “Ils ne veulent pas que ça s’ébruite. Nigel est député depuis peu et il ne veut pas compromettre ses perspectives d’avenir. Tu sais à quel point il est ambitieux.

— Notre futur Premier ministre, sourit Alec. J’imagine que Churchill va y trouver à redire.

— Il ne peut pas rester indéfiniment, papa.

— Tu sais que Gladstone a formé son dernier gouvernement à l’âge de quatre-vingt-trois ans ?

— Mais ça n’a pas été un succès.”

Sidney sentait qu’ils s’écartaient du sujet. “Ils ont donc l’intention de régler cette histoire de bague entre eux ?

— C’est ça.

— Et comment vont-ils s’y prendre, Jenny ?

— Je leur ai dit que tu reviendrais les aider.

— Moi ?

— Oui, mon très cher frère, toi.

— Je ne vois pas bien en quoi je peux leur être utile.”

Jennifer regarda son frère comme s’il mettait du temps à comprendre. Depuis l’âge de dix ans, elle lui parlait de choses sérieuses en usant d’italiques emphatiques, persuadée qu’il ne lui accordait pas toute son attention. C’est la tactique qu’elle employait à présent. “Tu peux aider à *chercher la bague* et puis, si on ne la retrouve *toujours pas*, tu peux *découvrir le pot aux roses* sans provoquer de *scène*.

— On a déjà eu droit à une scène, je m’en souviens.

— Nigel allait t’appeler…

— Tu le lui as suggéré ?

— Je lui ai dit que *je te parlerais d’abord en tête à tête*. Juliette s’est alitée et, apparemment, Amanda passe tour à tour de la fureur aux larmes. Nigel est l’un de tes *plus vieux amis*. J’ai promis de te demander de passer cet après-midi. Tu étais *présent au moment des faits* et tu es *la seule personne en qui tout le monde ait confiance*.

— Mais il faut que je retourne à Grantchester…

— Dis-moi, il n’y a pas d’offices ce soir ni demain ?

— C’est exact, Jennifer, mais ce n’est pas ma seule occupation. Je mène une vie bien remplie et il faut que je sois de retour demain soir. Je ne suis jamais vraiment en congé.

— Et c'est précisément pourquoi tu peux être de service maintenant.

— Ce n'est même pas ma paroisse. Bon sang, ça dépend de celle de St John's Wood. N'ont-ils pas un pasteur à eux ?

— Bien sûr que si.

— Alors pourquoi ne lui demandent-ils pas ?

— Parce qu'il n'était pas là au moment des faits et que leur pasteur n'est pas un détective.

— Moi non plus.

— Il va te falloir en devenir un. Je suis venue avec ma voiture."

En quête de soutien, Sidney tourna ses regards vers son père, mais en vain. "J'ai l'impression que tu n'as pas vraiment le choix, mon vieux."

Sidney eut du mal à conserver sa bonne humeur. Il se trouvait cerné par la possibilité de la duperie, du vol et de la trahison, et voilà qu'à force de chantage on le lançait contre son gré dans une enquête relative à des événements survenus au cours d'une fête à laquelle il n'avait jamais vraiment tenu à assister. Il se sentait éthiquement compromis. Il aimait toujours accorder aux gens le bénéfice du doute, mais voilà qu'il allait devoir s'interroger sur la vie et la moralité de ses amis et de ses relations.

Il voyait déjà que si un délit avait été commis il lui faudrait considérer chacun de ceux qui avaient été présents en toute objectivité, y compris sa propre sœur qui pouvait, supposait-il, en toute impartialité, avoir volé la bague, égarée par la jalousie. Et pourtant cela le rendait malade de se montrer aussi méfiant.

Il sonna et Nigel lui ouvrit. Il portait une veste en tweed et une chemise chiffonnée à carreaux et à col ouvert qui donnait l'impression de sortir tout droit du panier à linge.

"Dieu merci, te voilà, dit-il. Tout le monde est effondré."

Sidney recula d'un pas. "Je ne suis pas sûr d'être très utile.

— Ta présence apaisante sera déjà un bon point de départ."

Juliette descendit l'escalier dans le même peignoir que la veille au soir. Elle avait l'air de ne pas avoir dormi. "C'est le jour de congé d'Edna, commença-t-elle. Mais puis-je vous préparer une tasse de thé ?" C'était une question, se dit Sidney, qu'on posait plus fréquemment aux pasteurs qu'à tout autre corps de métier.

"Accepte, fit tout bas le mari. Il faut absolument lui changer les idées.

— C'est très aimable à vous."

Les deux hommes se rendirent sur ce que, se dit Sidney, il fallait bien appeler le lieu du délit. "Comment voudrais-tu commencer ? demanda Nigel Thompson. Nous avons fouillé la pièce le plus à fond possible avant de remettre les meubles en place. Ça gênait trop Juliette de tout laisser en désordre. Il y avait encore des morceaux de verre partout. Je ne sais pas comment nous avions pu ne pas les voir."

La table de la salle à manger n'avait plus sa nappe, deux chandeliers en argent et un plateau tournant en occupaient le centre, mais Sidney remarqua qu'elle était plus petite que la veille au soir. "Il n'y a que six places, fit-il observer. Et pourtant nous étions dix à la Saint-Sylvestre.

— Elle s'agrandit, expliqua Juliette en entrant dans la pièce avec une théière. On peut tirer une rallonge à chaque bout. On peut même s'y asseoir à douze en se serrant…

— Noyer George IV, poursuivit son époux, avec, dessous, un mécanisme aux réactions assez imprévisibles. C'est toute une histoire pour aller sous la table, l'actionner et remettre les rallonges en place le lendemain matin, mais c'est un bien de famille. Cependant tu n'es pas ici pour parler de meubles.

— Effectivement."

Amanda entra dans la pièce. Elle portait un ensemble veste et chandail en jersey noir assortis et avait l'air tendu. Sidney se demanda comment s'était achevée la soirée et si, oui ou non, elle était fiancée à Guy Hopkins. Il lui faudrait attendre le moment opportun pour poser la question.

Juliette se tourna vers son mari et se mit à pleurer. "Je sais que tout le monde croit que je suis coupable.

— Mais non, ma chérie.

— Je suis la dernière personne à avoir été vue avec la bague, mais je sais que je ne l'ai pas prise. Il ne me viendrait jamais à l'esprit de trahir une de mes plus proches amies."

Amanda passa un bras sur ses épaules tout en regardant fermement son mari. “Crois-moi, Juliette, aucun d’entre nous ne te soupçonnerait jamais d’une chose pareille.

— Mais d’autres personnes ? demanda Sidney.

— Je crains que oui, dit Nigel. Juliette, peut-être souhaites-tu aller un peu t’allonger, ma chérie ? Tu sais dans quel état te mettent ces conversations.

— Mais je ne veux pas m’allonger.

— Je vais te conduire en haut, se proposa Amanda. Laissons les hommes parler un moment.”

Juliette eut l’air effrayée. “Tu viendras me trouver dans un petit moment, Nigel ? Tu sais à quel point je déteste être toute seule.

— Bien sûr, ma chérie. Je pense que Sidney et moi avons besoin de parler en privé. Amanda restera avec toi.”

Les deux hommes regardèrent les femmes quitter la pièce. Puis Nigel Thompson ferma la porte. “Puis-je aller te chercher quelque chose de plus fort maintenant que nous avons bu le thé ?

— Non, merci. Je suis désolé que Juliette soit si bouleversée.

— Ce larcin est un désastre. Il est clair que tout le monde pense qu’elle a volé la bague parce qu’elle a connu des moments difficiles par le passé.

— Je me souviens que tu m’en as parlé. C’était une triste époque.

— Je ne suis pas certain de t’avoir tout raconté, Sidney. Après la perte de notre premier enfant, il y a eu des incidents, malheureusement. Du vol à l’étalage. Surtout de la layette. Quand elle s’est fait prendre, j’ai réussi à expliquer la situation à la police et, Dieu merci, ils ont bien voulu fermer les yeux. Je ne peux guère leur redemander de se montrer cléments. J’ai promis de la surveiller. Maintenant, bien sûr, elle a trop peur de quitter la maison sans moi. Je savais qu’elle était fragile quand je l’ai épousée. Daphne m’avait même prévenu, me disant qu’il faudrait beaucoup s’occuper de Juliette, mais je ne m’attendais pas à ça.

— Es-tu sûr qu’elle n’a pas pu prendre la bague sans avoir conscience de son geste ?

— Nous avons fouillé la maison. J’ai interrogé Juliette très soigneusement et je ne l’ai jamais vue avoir peur comme ça. Je me demande même si elle n'a pas été témoin de quelque chose ou si on ne l'a pas menacée parce que je ne pense vraiment pas qu'elle soit coupable. Par le passé, elle n'était jamais bouleversée. Elle ne pouvait pas accepter d'avoir commis un acte répréhensible. Maintenant elle n'a que trop conscience de ce qui est arrivé, et elle ne parvient pas à penser à autre chose, et juste au moment où ses nerfs semblaient aller mieux. Je ne comprends pas ce qui s'est passé et ça me rend furieux. Bon sang, tous ces gens sont nos amis.

— Et tu n'as pas de soupçons ?

— En fait, si, malheureusement, mais il ne serait pas correct d'infléchir ta propre piste.

— Tu veux parler de Johnny Johnson ?

— Je ne vois vraiment pas qui je pourrais soupçonner d'autre.

— Même s'il est ami avec ma sœur ?

— Ensuite il est allé dans un club de jazz. Il a pu s'y débarrasser de la bague…

— Je ne peux pas le croire, repartit Sidney. On ne peut tout bonnement pas être invité pour la première fois chez quelqu'un et faire une chose pareille. Et Jennifer dit le plus grand bien de lui."

Nigel réfléchit un moment. "Mais la situation est particulièrement délicate, tu ne trouves pas ? On ne peut guère soupçonner Guy d'avoir volé une bague qu'il vient tout juste d'offrir à sa propre fiancée, ni Amanda de l'avoir prise. J'espère que tu ne me soupçonnes pas, et je t'ai déjà parlé de Juliette. À part Johnny Johnson et ta sœur, il ne reste que les Dowland qui ne donnent pas l'impression de beaucoup s'intéresser à ce genre de choses.

— Parle-moi un peu plus de Daphne Young.

— C'était une condisciple de Juliette. C'étaient les plus jolies filles de leur classe. Sa mère est morte alors qu'elle avait quinze ans et alors, malheureusement, son père s'est ruiné. Elle n'aime pas en parler, mais c'étaient des jeux d'argent. En conséquence, elle travaille à la Santé publique. Elle y fait un travail de pointe : de la recherche sur les influences psychologiques qui contribuent à l'addiction, bien que ça ne l'empêche pas de parier elle-même aux courses à l'occasion. Elle appelle ça la recherche sur le terrain. Comme tu le sais, c'est l'une des filles les plus populaires de Londres.

— Pas de problèmes d'argent ?

— C'est difficile à imaginer. Je pense que ses prétendants paient absolument tout ce qu'elle désire. Et elle accueille des gens en hôtes payants. Je crois qu'en ce moment elle a une espèce d'aumônier chez elle. Elle ne t'en a pas parlé ?

— Si.

— Il est évident qu'elle n'a pas pu prendre la bague. Elle a vidé son sac devant nous tous avant de s'en aller. Après ton départ on a fouillé partout et, alors, Guy est devenu fou furieux. Il a accusé Amanda d'être invraisemblablement tête en l'air, négligente, irresponsable, peu fiable, incapable, embarrassante, et stupide.

— Elle n'est certainement pas stupide.

— Les Dowland ont bien tenté de l'arrêter, mais Guy les a traités d'ignares qui fourraient leur nez partout. Ça n'est pas trop bien passé non plus. Il a dit que s'ils tenaient vraiment à s'impliquer dans cette histoire, ils auraient dû réagir plus tôt en repérant le voleur. Alors il s'est versé un énorme verre de porto et a annoncé que si on ne retrouvait pas la bague, il irait tous nous dénoncer à la police. J'ai tenté de le calmer étant donné que c'est la pire chose qui puisse arriver mais alors Juliette s'est mise à piquer une violente crise de nerfs, je l'ai conduite au lit, puis les Dowland sont rentrés chez eux. Ce qui signifiait que Guy et Amanda sont restés tous les deux à s'agonir d'injures.

— Est-ce qu'Amanda a résisté ?

— Je dirai qu'elle a mis le paquet. Nous n'avons pas entendu toute la conversation étant donné que nous avions déjà monté la moitié de l'escalier pour aller dans notre chambre, mais ça a été une sacrée engueulade. Nous avons entendu Guy crier, « trois cent vingt-cinq guinées » et Amanda lui rétorquer sur le même ton qu'elle n'était pas une pouliche à vendre au foirail et que s'il ne pouvait penser qu'à l'argent, alors il pouvait oublier ces fiançailles, retourner dans le Wiltshire et épouser une fille d'écurie.

— Tu as entendu tout ça ?

— Il était impossible de ne pas les entendre. Juliette m'a demandé de descendre les faire taire, mais elle était dans un tel état que je ne pouvais pas la laisser, et puis nous n'avons plus entendu que des portes qu'on claquait, Guy est sorti en furie avec une bouteille de mon meilleur porto à la main et Amanda s'est effondrée comme une masse. Je te garantis, Sidney, que ce n'est pas facile de se retrouver chez soi avec ta femme qui frissonne de peur dans la chambre et l'une de tes invitées en larmes sur le canapé du rez-de-chaussée. Pauvre Amanda : quelle nuit ça a dû être. Et Juliette qui ne ferme pas l'œil. Elle n'arrête pas de descendre et de passer la salle à manger au peigne fin, en tâchant de se rappeler où elle a mis la bague."

La porte s'ouvrit. C'était Amanda. Sidney remarqua qu'elle avait changé de coiffure, et qu'elle avait ramené ses cheveux bruns en arrière et les avait fixés avec une épingle. "J'espère que tu ne lui parles pas de ma dispute avec Guy ? C'est confidentiel.

— Si nous voulons éviter d'aller au commissariat, alors rien n'est confidentiel.

— Je peux lui parler de la police. Je suis sûre qu'il se sera calmé, même si ce n'est pas mon cas."

Sidney soutint le regard d'Amanda. "Tu ne vas pas lui pardonner ?

— Je ne suis pas de celles qui souscrivent à la théorie d'*in vino veritas*, mais je ne peux pas épouser quelqu'un qui m'insulte chez mes amis.

— S'est-il excusé ?

— Il a téléphoné et a fait de son mieux, mais ensuite il n'a pas cessé de répéter « trois cent vingt-cinq guinées, Amanda », les mots mêmes qui avaient déclenché ma colère au début. Il semble penser que la valeur marchande de la bague justifie le comportement qu'il a pu avoir."

À ce moment le téléphone sonna. "Désolé, s'excusa Nigel. Je crois qu'il faut que je réponde."

Amanda regarda Sidney. "Veux-tu que je reste ? dit-elle.

— Si tu peux apporter un éclaircissement ou un autre sur la soirée d'hier, je t'en serais reconnaissant."

Elle s'assit à côté de lui et, presque distraitement, baissa les yeux sur sa main gauche dépourvue de bague. S'étant attendu à ce qu'elle choisisse un siège en face de lui et à une certaine distance, il trouva sa proximité et son intimité perturbantes. Elle avait une présence qui manquait de chaleur et le mettait à l'épreuve, et il sentait son parfum. C'était la même fragrance que celui d'une fille qu'il avait rencontrée à Paris à la fin de la guerre : *Voile d'Arpège*.

Elle reposa sa main sur le côté. "J'aimerais penser que la bague est tout simplement perdue. J'essaie de voir le bon côté des gens et je ne veux condamner personne, sinon Guy, bien sûr.

— Je ne pense pas qu'il puisse avoir fait ça.

— Quand je le déteste vraiment, je me dis qu'il aurait pu le faire comme une espèce d'arnaque à l'assurance, mais je ne l'en crois pas capable. Il est trop bête.

— Je ne dirais pas qu'il est bête. Il t'a choisie.

— Tout le monde peut me choisir. Il visait probablement mon argent.

— Tu es riche ? demanda Sidney.

— En fait, je suis très aisée ; mais j'essaie de ne pas le crier sur les toits. C'est gênant et vous commencez à vous demander pourquoi on s'intéresse à vous. C'est pourquoi il est plus facile de fréquenter des gens riches. Ce n'est pas un sujet de fierté pour moi. Bien que, à vrai dire, j'aurais pu me payer cette foutue bague…"

L'horloge de parquet de l'entrée sonna. Il était quatre heures.

Sidney essaya d'imaginer l'effet que ça pouvait faire d'avoir une demande et un refus de fiançailles dans la même soirée, avec le vol de la bague et une dispute en public pour finir. Dans de telles circonstances, bien des femmes se seraient alitées ou seraient reparties en vitesse chez leurs parents. "Tu sembles plus en colère que bouleversée, dit-il d'une voix douce.

— Je m'en veux terriblement de n'avoir pas compris le genre d'homme qu'était Guy. Il m'a tourné la tête avec son côté beau gosse et la cour qu'il m'a faite, mais il s'avère que c'est quelqu'un d'épouvantable. Et m'accuser d'avoir perdu cette bague à dessein ! À présent, je regrette de ne pas l'avoir fait. Ça lui aurait servi de leçon.

— Alors, à ton avis, qui l'a prise ? demanda Sidney.

— Vas-tu parler à Johnny Johnson ?

— J'espère bien parler à tout le monde.

— Les Dowland sont descendus quelques jours en Cornouailles, tu n'as donc pas beaucoup de chance de ce côté-là.

Je suppose que la plupart pensent que c'est Johnny puisque personne, y compris moi, n'imagine que ça puisse être Juliette. Et c'est dans sa main qu'on a vu la bague pour la dernière fois. Mais c'est épouvantable de penser comme ça. La loyauté devrait être au cœur de l'amitié, tu ne trouves pas ?

— Sans loyauté, je ne vois pas d'amitié possible. C'est une question de confiance."

Amanda croisa son regard et ne détourna pas les yeux. "Alors, Sidney, que vas-tu donc faire maintenant ?

— Je pense que Jennifer va me conduire dans un club de jazz où je vais retrouver Johnny ce soir. C'est un bon prétexte pour lui parler, étant donné que j'apprécie énormément le jazz et que j'aimerais entendre de la musique avant de rentrer à Grantchester.

— Quand y retournes-tu ?

— Il faut que je prépare le dimanche, Amanda.

— Mais tu sors tout juste de Noël ? Tu ne peux pas prendre des vacances ? Tu dois être épuisé.

— Je suis très fatigué. Tout ça est un peu déprimant, j'en ai peur."

Amanda continua à étudier son visage en lui parlant. "Trahison, colère et méfiance. L'année ne se présente guère sous un jour favorable."

Nigel revint dans la pièce. "Daphne a téléphoné. Elle demandait si on avait retrouvé des traces de la bague et si elle pouvait aider d'une façon ou d'une autre. Ça vaudrait peut-être le coup que tu ailles la voir, Sidney.

— Je n'arrive pas à croire que je serais bien accueilli.

— Elle me dit que tu as proposé de voir son locataire, bien que je croie qu'elle parle d'« hôte payant » à son propos. Ne cherche-t-il pas un poste de vicaire ou autre ?

— Je n'avais pas l'intention d'aller la voir si tôt.

— Enfin, tous les deux t'attendent à présent. Je pourrais t'y conduire en voiture.

— Rien ne vaut le présent", dit Amanda.

Nigel enfilait son manteau. "Ça va me prendre vingt minutes pour te conduire à Hereford Square. J'espère que ça ne te gêne pas."

C'était tout à fait extraordinaire, se dit Sidney, de se voir retiré avec une telle facilité le contrôle qu'on exerçait sur son existence, et ce parfaitement dans les règles.

Il était cinq heures passées quand Sidney sonna à la porte de l'appartement de Daphne Young à South Kensington. Ce faisant, il continuait à se demander quand sa vie allait redevenir normale. Il aurait dû être dans son bureau, occupé à préparer l'Épiphanie, mais, pour l'heure, les seules révélations dans sa vie n'étaient que trop humaines. Il se dit que s'il se sentait si perturbé, c'est que ces investigations le forçaient à envisager la vie d'une manière contraire à son caractère et à sa foi. En tant que prêtre, on s'attendait à ce qu'il soit charitable et voie les gens sous leur meilleur jour, en tolérant leur comportement et en leur pardonnant leurs péchés, mais en tant que détective amateur il s'apercevait qu'on exigeait de lui tout le contraire. Maintenant il lui fallait se méfier, faire moins confiance aux gens, mettre en doute leurs mobiles et ne compter sur personne. Cela n'avait rien de chrétien.

Daphne Young portait une robe d'après-midi rose pâle agrémentée de bandes de coton suisse rouge vif pointillées qui alternaient avec de la dentelle ivoire. “Permettez que je prenne votre manteau, commença-t-elle. J'ai toujours l'impression qu'on veut donner aux prêtres des airs de vampires.

— Ce n'est pas le but recherché, je vous assure.

— M. Graham est parti chercher des sablés. Vous vous souvenez que c'est un pasteur qui tient à vous rencontrer ? Voulez-vous du thé ?

— Je ne voudrais pas vous retenir.

— J'espérais descendre à Brighton ce soir pour aller voir mon père. Il est tout seul. Et puis, dimanche, je déjeunerai à la campagne. Connaissez-vous les Longstaff ?

— Vous m'avez posé la question hier soir.

— Des amis des Quickmain. Lord Teversham y est souvent. Des gens charmants.

— Votre père, dites-vous ?

— Le devoir qui incombe à une fille, repartit Daphne Young. Mais j'aime voir des gens. Il est rare que je reste en ville le week-end. Maintenant, bien sûr, la perspective d'un dîner à Londres est encore moins attrayante.

— La soirée d'hier a été très pénible.

— Assurément, chanoine Chambers. Bien que je ne voie pas pourquoi les Thompson ne peuvent pas contacter la police. Je suppose que c'est avant tout parce que Nigel craint pour sa réputation. Il ne souhaite pas que le *Times* parle de lui pour les mauvaises raisons.

— Je pense que c'est une question de discrétion.

— Même s'il ne fait pas de doute qu'il y a eu délit ?

— Vous pensez que Johnny Johnson a volé la bague ?

— Je ne vois pas qui d'autre aurait pu faire une chose pareille.

— Mais pourquoi voudrait-il faire ça ? Il venait à peine de faire la connaissance de tout le monde.

— Pourquoi les gens volent-ils, chanoine Chambers ? J'imagine que ça doit être un sujet de réflexion pour quelqu'un de votre branche. Est-ce le besoin d'argent ou est-ce que ça ne pourrait pas être aussi pour le frisson que procure l'acte lui-même ? Pourrait-on même y voir une espèce de revanche, un acte politique à l'encontre des riches, une tentative visant à rétablir un semblant de justice sociale ?

— Je m'aperçois que vous avez déjà réfléchi à la question.

— J'ai suivi une formation de psychologue, chanoine Chambers. Je pense que vous le savez. Mais cette affaire semble particulièrement limpide. Le passé de M. Johnson donne assurément à réfléchir.

— Que voulez-vous dire ?

— Vous n'êtes pas au courant ?"

Sidney fit un bref non de la tête.

"Son père est Phil le Chat Johnson : un célèbre voleur de bijoux.

— Comment le savez-vous ?

— Mon père est un joaillier à la retraite, chanoine Chambers. Johnson était un escroc notoire. Si les Thompson avaient fait appel à la police, celle-ci en consultant ses fichiers aurait fait le rapprochement, et cette sordide histoire serait finie une bonne fois.

— Je l'ignorais, dit Sidney.

— Jennifer ne vous l'a pas dit ?

— Il est possible qu'elle l'ignore. Comme vous avez pu le constater, son fils est particulièrement charmant.

— Tel père, tel fils." Daphne Young eut un sourire entendu. "Tout le monde faisait confiance à Johnson. Et puis il vous dévalisait comme au plus beau jour. Quand on y réfléchit, c'est une affaire très simple. Allez trouver la police, chanoine Chambers. Je sais que ça va mettre votre sœur dans une position inconfortable, mais au bout du compte elle vous en remerciera.

— Je pense qu'il faut que je me débrouille tout seul.

— Si ça vient à se savoir, tout le monde nous fuira. Les invitations cesseront sur-le-champ. Si j'avais su que les Thompson n'avaient pas l'intention de contacter la police, je n'aurais jamais pris ce taxi. Nous aurions dû rester sur place, fouiller la pièce de fond en comble et nous déshabiller entièrement si nécessaire. Nous aurions alors découvert où Johnny Johnson l'avait dissimulée. Une bague ne s'évapore pas comme ça.

— C'est pourtant bien l'impression que ça donne."

Leonard Graham entra dans la pièce en s'excusant abondamment. Vêtu d'une soutane, c'était un petit homme soigné de sa personne aux gestes nets et précis. C'était inhabituel pour un pasteur qui n'exerçait pas, presque aussi inhabituel que sa moustache effilée. Une erreur, se dit Sidney. De son point de vue, un pasteur devait ou bien porter une grande barbe ou bien être entièrement rasé ; une moustache n'était ni l'un ni l'autre.

"Je savais que j'allais peut-être vous rater, commença Leonard, mais je suis parti chercher des sablés car nous ne voulions pas vous accueillir qu'avec du thé. Malheureusement, les magasins sont fermés.

— Comme vous le savez, Sidney a eu la gentillesse de bien vouloir s'entretenir avec vous de vos perspectives d'avenir, annonça Daphne.

— Et je lui en suis très reconnaissant.

— Voulez-vous que je quitte la pièce ? demanda-t-elle.

— Ça ne sera pas nécessaire, répondit Sidney. Je pense qu'il serait bien plus pratique que j'emmène M. Graham dans un pub du quartier. Il est cinq heures et demie et je crois qu'au moins l'un d'entre eux sera ouvert."

Leonard Graham eut l'air affolé. "N'est-ce pas un peu tôt? s'enquit-il.

— C'est l'impression que ça peut donner, repartit Sidney. Mais je crois avoir mérité une pinte. Vous êtes, bien sûr, invitée à vous joindre à nous, mademoiselle Young.

— C'est poli au point d'être amusant. Vous me posez la question en sachant qu'il me faut refuser. J'ai un train à prendre. Mon père m'attend à Brighton.

— Alors je ne vous retiendrai pas." Sidney se leva.

"C'est gentil à vous, répondit Daphne Young. Mais j'espère que vous n'allez pas pervertir mon locataire, chanoine Chambers.

— Je ne vais pas le détourner du droit chemin, mademoiselle Young, n'ayez crainte. Et je ne vais pas oublier vos remarques.

— Ce serait encore mieux d'agir en conséquence, chanoine Chambers.

— Il se peut que je finisse par suivre vos conseils, mais en attendant, je vais m'en tenir à mes propres observations. *Non liquet*. Il n'y a pas de charges suffisantes.

— Alors, chanoine Chambers, il ne vous faudra pas perdre votre équanimité dans les moments difficiles. *Mens aequa rebus in arduis*."

Le Hereford Arms était un pub charmant à l'extrémité sud de Gloucester Road. Les deux hommes s'installèrent près du feu, trouvant plaisir à la nature rassurante de leur métier commun. Leonard venait tout récemment d'achever sa formation théologique. Il avait reçu l'ordination dans une paroisse où il avait passé la plupart de son temps dans une école privée pour filles, et il s'estimait maintenant prêt pour des fonctions normales de vicaire. Toutefois il n'avait pas prévu les chemins détournés qui le conduiraient à Sidney, ou l'interprétation assez peu rigoureuse des "devoirs pastoraux" que son nouveau compagnon semblait suivre.

On avait appris à Leonard qu'un pasteur devait tirer sa communauté vers Dieu par l'aptitude à diriger, l'exemple et l'abnégation. C'était un rôle sérieux et sacré qui nécessitait un total dévouement envers son église et la communauté qui gravitait autour. Il n'avait jamais vu un prêtre étendre son sens de la responsabilité sociale jusqu'à participer activement à des enquêtes criminelles dans une zone située à des kilomètres et des kilomètres de sa propre paroisse.

Leonard se trouvait donc dans une curieuse situation. Il avait espéré saisir cette occasion de rencontrer un pasteur campagnard bien introduit pour parler des derniers développements en matière de théologie, mais aussi de ses propres perspectives d'avenir, tandis que Sidney tenait surtout à discuter des complexités de l'affaire dont il s'occupait actuellement.

Une fois leurs pintes de bière sur la table, après un bref "À votre santé" et un poli "Bonne année", l'enquête reprit. Sidney passa à l'offensive. "Depuis combien de temps êtes-vous l'hôte payant de Mlle Young? demanda-t-il.

— Quatre ou cinq mois.

— Et la connaissez-vous bien?

— Aussi bien que les circonstances le permettent. Elle sort tous les soirs et tous les week-ends.

— A-t-elle un ami attitré?

— Pour autant que je sache, elle est sans attaches. Il y a quelques soupirants réguliers. L'un d'entre eux lui envoie chaque jour un sonnet.

— Mon Dieu.

— Il y en a eu tellement qu'elle a cessé de les lire. Il y en a au moins une trentaine empilés sur la tablette de la cheminée.

— Est-ce qu'ils valent quelque chose?

— Non. Ils sont épouvantables. Bien qu'il doive être ardu de trouver des rimes au prénom Daphne, je suppose."

Sidney réfléchit un moment. "Swift n'a-t-il pas écrit un poème à une certaine Daphne? demanda-t-il. Je crois me rappeler qu'il disait d'elle que c'était « Une Jeune Dame Avenante, mais Extrêmement Maigre »."

Leonard Graham eut un sourire un rien coquin et sa moustache épousa la courbure de sa lèvre supérieure. Il devrait vraiment se la raser, pensa Sidney.

"Ce serait approprié, répondit Leonard. Daphne Young me fait penser à un lévrier nain. Elle ne mange presque rien."

Sidney se souvint du poème :

Quel amour-propre attise un cœur de femme !
Les visées de l'ambition sont sans fin !
Cesse, arrogante Nymphe ; les Parques le décrètent ;
La Mort ne doit pas être ton Époux…

Il but sa bière. “Quelqu'un devrait consacrer un livre aux dédicataires des grands poètes.”

Leonard Graham sourit. “Ou à leur mort.”

Sidney réfléchit à la question. “Mort des poètes. Un discours d'adieu.

— J'ai toujours été frappé par le fait que nombre d'entre eux rejoignent leur Créateur dans des circonstances insolites. Matthew Arnold, par exemple, mourut en sautant par-dessus une haie…

— En effet, continua Sidney. Et le poète chinois Li Po ne s'est-il pas noyé en tentant d'embrasser le reflet de la lune sur l'eau ?

— Pouchkine et Lermontov ont tous deux été tués en duel…”

Des souvenirs de ses études classiques commencèrent à revenir. “Eschyle s'effondra après avoir reçu une tortue sur la tête.

— Euripide fut déchiqueté par une horde de chiens sauvages…

— Ni l'un ni l'autre n'étaient à strictement parler des poètes, bien sûr…, précisa Sidney.

— Mais si les critères étaient élargis aux écrivains en général, nous pourrions nous en donner à cœur joie, poursuivit Leonard Graham. On trouva Edgar Allan Poe dans les vêtements d'un autre.

— Sherwood Anderson avala un cure-dent. Mais nous nous égarons, mon ami. Parlez-moi du père de votre propriétaire. J'ai cru comprendre qu'elle était partie le voir.

— Il habite Brighton, comme elle vous l'a dit. Mlle Young est pleine de sollicitude lors de ses visites. Je pense qu'elle gère ses finances et lui donne de l'argent de poche ; les rôles s'inversent à la fin d'une vie.

— C'est intéressant de savoir que c'est un ancien joaillier.

— Vous ne soupçonnez tout de même pas ma propriétaire de vol ? C'est une psychologue très connue.

— Ça me met toujours mal à l'aise d'entendre des gens rejeter la faute sur autrui. Mais je suis d'accord ; il est peu probable qu'elle soit coupable. Qui plus est, Daphne Young était assise au mauvais bout de la table de la salle à manger. Elle vous a raconté ce qui est arrivé hier soir ?

— Pas en détail.

— Alors, si vous le voulez bien, je vais tout reprendre de zéro avec vous.

— Ça fait un drôle d'effet de voir un prêtre mêlé à ce genre d'histoires.

— Effectivement, mais il me serait utile d'en parler à quelqu'un susceptible d'avoir un point de vue objectif.

— Je ne suis pas détective, chanoine Chambers.

— Moi non plus, Leonard, mais étant donné les circonstances, je dois faire au mieux. Permettez que je commence..."

Après avoir décrit les événements de la veille, Sidney revint sur l'empressement de Daphne Young à charger Johnny Johnson. "Il y a eu une belle pagaille après la chute de la bouteille de champagne. Je pense que presque n'importe lequel des invités aurait pu chiper la bague à ce moment-là étant donné que très peu étaient sobres, sauf, bien sûr, Johnny Johnson...

— Pourquoi, bien sûr ?

— Il ne boit pas. Ce qui, curieusement, le désavantage. Il était assis à côté de Juliette Thompson qui avait la bague. Son mari a lâché la bouteille de champagne à côté d'eux. Johnson n'aurait eu aucun mal à agir froidement, et l'esprit clair, au beau milieu de la confusion.

— À moins, bien sûr, que la bouteille n'ait été lâchée à dessein ?

— C'est une possibilité.

— L'épouse aurait pu prendre la bague ?

— Elle aurait pu, en effet...

— Sachant que Johnny Johnson serait notre principal suspect ?

— J'ai le sentiment que ça serait trop prémédité. Je pense que nous avons affaire à un délit opportuniste, commis sous l'impulsion du moment.

— Vous êtes convaincu que le vol a eu lieu au beau milieu de la confusion provoquée par la bouteille de champagne ?"

Sidney tenta de s'éclaircir les idées mais finit par penser tout haut. "À moins bien sûr que Nigel n'ait fait tomber la bouteille pour prévenir sa femme ? C'était une distraction pour l'empêcher de prendre la bague ; une tentative pour la réveiller, en quelque sorte ; et puis, à leur insu, Johnny Johnson a profité de la situation. C'est une affaire bien compliquée. Quelqu'un a pris la bague et l'a cachée. Mais où ? Je suis perplexe, je dois le reconnaître.

— Puis-je faire quelque chose, chanoine Chambers ?"

Sidney vida sa pinte et une idée finit par lui venir. "Si, peut-être, une chose…" commença-t-il.

South Kensington connaissait un calme inhabituel. Les lampes à gaz de Londres étaient allumées, le smog était descendu et les derniers citadins sortis promener leurs chiens quittaient les parcs et revenaient chez eux. Sidney alla à la station de métro et prit la ligne de Piccadilly à destination de Leicester Square. De là il se dit qu'il irait à Soho honorer son rendez-vous avec Johnny Johnson. Après quoi il prendrait le dernier train qui le ramènerait à Cambridge.

Dans le métro, il regarda ses compagnons de voyage. Il y avait une dame âgée en manteau de fourrure avec un pékinois sur les genoux ; malgré les places vides, deux jeunes gens, debout, fumaient des cigarettes roulées à la main ; un homme au feutre cabossé lisait un exemplaire du *Times* : "La date russe acceptée pour la conférence de Berlin", pouvait-on lire en titre. Aucun de ces passagers ne semblait avoir à se préoccuper de vol ou de trahison, mais ils avaient sûrement leurs propres démons. Sidney regarda les mains de la vieille dame. Elles étaient couvertes de bagues.

En sortant de l'ascenseur à Leicester Square, Sidney traversa Chinatown et remarqua que les rues se remplissaient. C'est là que tout le monde affluait : joueurs de skiffle, musiciens de jazz et amateurs de rock'n'roll : dissidents politiques, non-conformistes, philosophes, orateurs haranguant les passants et rebelles. Tout n'était que bruit, agitation, cris et chansons : vendeurs ambulants, marchands derrière leurs étals, milk-bars et boutiques de musique.

Sidney trouvait que le temps s'écoulait plus facilement à Soho. La vie n'y était plus fragmentée en série de réunions, de rendez-vous et d'entrevues qui devaient être casés entre des horaires donnés. On avait plutôt l'impression que les événements s'y fondaient les uns aux autres. Les gens prenaient leur temps. Qu'ils fussent en avance ou en retard n'avait aucune importance. Ils allaient et venaient comme si les spectacles auxquels ils se rendaient n'avaient ni début ni fin. C'était peut-être une manifestation séculaire de ce que les Pères de l'Église avaient appelé un "aperçu de l'infini".

Il se souvint que, ce soir-là, son frère Matt se produisait avec son nouveau groupe, les Bottlemen. Il avait à moitié promis d'y faire une apparition, mais Jennifer lui avait dit que Johnny serait au Flamingo s'il voulait bavarder avec lui, et Sidney jugea préférable de se débarrasser au plus vite de cette lamentable histoire de bague volée.

Il trouva Johnny tout au bout du bar, fumant une cigarette et buvant un Coca-Cola. Il portait le costume noir aux minces revers que Sidney avait apprécié le soir de la Saint-Sylvestre, ainsi qu'une cravate étroite. "Que voulez-vous boire ? lui demanda-t-il.

— Je pense que j'aurais intérêt à prendre une boisson sans alcool. J'ai déjà bu deux pintes de bière ce soir, s'excusa Sidney. Un Schweppes au citron ?

— Ajoutez-y du gin.

— Je crois que ça ne serait pas sage."

Johnny fit signe au barman et commanda les boissons. "Pourquoi vous mêlez-vous de tout ça, Sidney ? Ne pourriez-vous pas tout simplement laisser les choses suivre leur cours ?

— Je pense que c'est pour éviter que la police n'y mette le nez.

— Eh bien, c'est une bonne chose. J'imagine que quelqu'un vous a parlé de mon père ?

— Je le crains.

— Inutile de vous excuser. Ça devait forcément venir sur le tapis. En fait, nous sommes ici chez mon père, mais je mène une vie différente. Je travaille dans l'immobilier. Surtout des appartements. Je les achète, puis je les loue. Nous demandons des loyers excessifs, mais c'est plus légal que les anciennes activités de mon père. Bien qu'aujourd'hui il se rende compte de ses erreurs passées.

— Vous êtes un réaliste, je pense, monsieur Johnson, pour ce qui est des affaires et des délits.

— À quoi bon vous mentir, Sidney? Si la bague n'a pas réapparu, je suis sûr qu'ils pensent tous que j'ai fait le coup.

— Il aurait fallu un sacré culot.

— Croyez-moi, je n'aurais pas la bêtise de sortir avec votre sœur et de voler sa meilleure amie la première fois que je la rencontre.

— Je ne vous ai jamais pris pour le coupable. Malheureusement, il semble que je sois le seul à être de cet avis.

— Jennifer aussi.

— Oui, Jennifer le pense également. Donc la seule façon pour moi d'écarter la police et de détourner les soupçons dont vous êtes l'objet est de découvrir exactement ce qui s'est passé. Je vous demande de me dire ce que vous pensez étant donné que vous étiez presque à coup sûr la personne la plus sobre de l'assistance et que le vol a probablement eu lieu juste sous vos yeux.

— Eh bien, malheureusement, je n'ai rien vu. Il est évident que rien n'a été prémédité puisque, pour commencer, personne ne pouvait savoir qu'on allait exhiber la bague.

— Comment pensez-vous qu'elle a été volée?"

Johnny eut un sourire énigmatique. "Il faudrait poser la question à mon père.

— Vous devez bien avoir une petite idée?"

Johnny prit une gorgée de son Coca-Cola. "Il a fallu faire vite. Puis la cacher – peut-être à un endroit qu'on pourrait expliquer si on la découvrait plus tard. Un lieu sûr.

— Et à qui pensez-vous?

— À personne, Sidney. Je ne porte pas d'accusations. Disons simplement qu'il se pourrait que ce soit quelqu'un qui connaissait bien la pièce.

— Mais il aurait fallu procéder par prestidigitation.

— Le verre de porto et le mouchoir, je suppose. On laisse tomber la bague dans son verre. On vide le verre, on se tamponne les lèvres avec un mouchoir, on recrache la bague dedans, et on glisse les deux dans sa poche.

— Et, à votre avis, pourquoi l'a-t-on prise?

— Il y a le besoin d'argent, bien sûr. Mais si vous voulez mon sentiment sur ce qui s'est passé hier soir, je pense que ça pourrait être également un acte de vengeance. Il ne manque rien à Amanda Kendall, n'est-ce pas ? Elle est belle, elle a un bon métier, plein de petits amis, j'imagine – bien que celui du moment soit une honte – et je dirais donc, puisque vous me posez la question, que la personne qui a volé sa bague voulait lui rabaisser le caquet et la remettre à sa place. C'était moins le fait de la voler que la satisfaction de lui prendre quelque chose.

— Fascinant.

— Il se peut que je sois complètement à côté de la plaque. Mais je dirais aussi que c'était une femme. Guy est le fiancé, le député est l'hôte, vous êtes prêtre, et l'éditeur était soûl. Vous voulez boire autre chose ?

— Non merci. Il faudrait que je m'en aille. Mais continuez.

— Restez si vous voulez. Nous avons un excellent quartet plus tard et Johnny Dankworth va passer. Votre sœur sera ici dans un instant.

— À vrai dire, il me tarde surtout de retourner à mon travail, celui que j'ai choisi par vocation.

— Je vois bien qu'ils vous ont forcé la main, Sidney. Je suppose qu'ils pensent que vous pouvez mieux tirer les vers du nez des gens qui en disent parfois plus à un prêtre, tandis que si n'importe lequel d'entre eux me demandait quoi que ce soit, je me tairais. J'espère seulement qu'ils n'abusent pas de vous.

— Puis-je vous offrir un verre avant de partir ? proposa Sidney.

— Ne vous en faites pas pour ça."

Sidney attendit et regarda Johnny dans les yeux. "Je voulais juste dire que je pense vraiment que vous n'avez rien à voir là-dedans. Je tiens à ce que vous le sachiez.

— J'y suis sensible, Sidney." Johnny sourit en écrasant sa cigarette. "Je me disais à l'instant que ce serait assez amusant si vous vous aperceviez que vous étiez meilleur détective que prêtre.

— J'aime à penser que j'ai le sens de l'humour, mais je puis vous assurer que je ne trouverais pas ça drôle du tout.

— Contrairement peut-être à Jen et à moi."

Sidney fut soudain balayé par une vague de doute. “À vrai dire, Johnny, en cet instant précis, je puis honnêtement affirmer que je ne me sens très bon en rien du tout.

— Absurde. Vous savez très bien être un type formidable.” Il tendit sa main. “C’est un plaisir de vous rencontrer. Quand vous voudrez venir au club, ou que vous aurez besoin d’un appartement, ou d’un peu de compagnie féminine, je pourrai vous arranger ça.

— Merci, mais je crois plutôt qu’il est temps pour moi de prendre ma propre vie en charge. Ces temps derniers, elle m’échappe. Que Dieu vous bénisse, Johnny.

— Qu’il vous bénisse, *vous*, Sidney.”

En parlant, Sidney se rendit compte que Johnny était la première personne, depuis son ordination, à lui avoir jamais fait cette réponse.

Il était minuit passé quand il revint à Grantchester. Bien qu’il eût ébauché les grandes lignes de son sermon avant de partir pour Londres, Sidney savait qu’il lui faudrait se lever à six heures du matin afin de le terminer. Ironiquement, la nécessité de prêcher sur le sujet de l’Épiphanie, de la révélation du Christ aux trois Rois mages si sages, le laissait bien démuni sur le chapitre même de la sagesse.

Il s’agenouilla à côté de son lit et dit ses prières en finissant sur une supplication que ni lui ni son Créateur, il le savait pertinemment, ne seraient jamais en mesure d’honorer.

“Seigneur, accorde-moi de ne jamais laisser, de mon plein gré, entrer dans mon âme la moindre pensée contraire à Ton amour.”

Il fut désespérément agité et, après une nuit d’insomnie et de mauvais rêves, la plupart liés à quelque délit, Sidney se prépara du thé et commença à penser à ce qu’il allait bien pouvoir dire plus tard ce matin-là. Il parlerait des cadeaux de Noël, décida-t-il, comparant les présents apportés par les Rois mages et les marques d’affection échangées par les amis et les membres de la famille. Il improviserait quelques pensées sur l’esprit du don et, du chant de Noël intitulé *Au cœur désolé de l'hiver*, il extrairait le vers suivant : "Que puis-je lui offrir, dans mon dénuement ?" Il parlerait de l'importance de donner avec le cœur, ce que Guy Hopkins avait été singulièrement incapable de faire, il s'en souvenait malgré lui et avec un serrement de cœur.

Il se perdit un moment dans le souvenir de la Saint-Sylvestre, puis s'irrita de son incapacité à se concentrer. Il aurait aimé cesser de ressasser cette histoire et méditer sur le sens de l'incarnation du Christ. C'était tellement plus important que le vol d'une bague à l'occasion d'un dîner.

La désolation de ce matin était tout à fait de circonstance et Sidney fut encore plus déprimé de constater qu'il y avait deux fois moins de fidèles que le jour de Noël. Mais ce n'était pas une excuse pour donner une prestation de piètre qualité d'autant plus que, au grand étonnement de Sidney, l'inspecteur Keating avait amené sa famille.

"Nous n'avons absolument pas pu aller à l'église le jour de Noël parce que notre petit dernier avait la varicelle, expliqua-t-il après coup. Et nous avons eu envie de changement. Notre propre pasteur peut faire traîner les choses en longueur et nous voulions voir si vous alliez être à la hauteur de nos espérances.

— Je n'étais pas sous mon meilleur jour.

— Vous nous avez fait réfléchir et vous nous avez fait nous sentir coupables. N'est-ce pas ce que vous êtes censé faire ?

— Nous approchons de la table en bonne charité et en pénitence…

— Vous avez quand même l'air vraiment fatigué, Sidney. Est-ce l'épuisement de Noël ?

— C'est un peu plus que ça, j'en ai bien peur.

— De mauvais augure…

— Je le crains. Que faites-vous ce soir ? Il a fallu suspendre provisoirement nos vieilles habitudes pendant la saison des fêtes, et j'éprouve le besoin de les reprendre maintenant…

— Ça ne peut pas attendre jeudi ?

— Je crains que non.

— Alors que diriez-vous d'une pinte en vitesse à l'Eagle à huit heures ? Voudriez-vous me donner quelque chose pour m'occuper pendant le déjeuner ?

— Je vois que votre femme et vos enfants attendent. Ça concerne un groupe, une bague de fiançailles qui a été volée et ma propre sœur.

— Pas en tant que victime ou que voleuse ?

— Non, mais ça ne vaut guère mieux. Je n'en dors pas, Geordie.

— Enfin, ce n'est pas tolérable. Je ne pense pas vous avoir jamais vu aussi bas.

— Je crois que c'est la nouvelle année. C'est toujours un moment sombre pour moi. Une année de plus qui s'en est allée.

— Une bonne pinte de bière vous aidera à vous remettre."

Ce soir-là, une épaisse brume descendit sur Cambridge et les phares anémiques des voitures et des vélos avaient du mal à percer l'obscurité des rues trempées. La pluie avait cessé, mais l'air était humide et on avait encore plutôt le sentiment d'achever une vieille année que de commencer quelque chose de neuf. Sidney se demanda vraiment où il se situait ces temps-ci, lui qui partageait son temps entre une paroisse et une université, effectuait des voyages à Londres et se mêlait à des affaires policières. Il était constamment entre deux endroits et jamais en repos ; mais c'était peut-être le devoir d'un prêtre, se disait-il, d'être un pèlerin, au beau milieu du monde, en homme courageux qui voyageait partout où le Seigneur décidait de l'envoyer.

Malgré la consolation de la foi, la vie religieuse n'en contenait pas moins ses périodes de doute et de solitude et, par cette soirée d'hiver froide et humide, Sidney avait besoin de la compagnie d'un ami.

Quand il arriva, l'inspecteur Keating avait déjà acheté les boissons et il était évident qu'il allait leur falloir une deuxième tournée étant donné que la première laissa juste à Sidney le temps d'exposer les faits saillants de l'affaire. Il finit en demandant s'il arrivait que des gens collaborent en montrant du doigt une personne qu'ils jugeaient coupable.

"Ça relève plus de la fiction que de la réalité, répondit l'inspecteur Keating. Mais le fait est que ça arrive de temps à autre.

— Il semble y avoir une quantité de possibilités, mais, à part ma sœur, ils semblent tous penser que Johnny Johnson est coupable.

— Alors ou bien ils ont raison, ou bien ils se trompent tous, ou ils cachent quelque chose.

— Ça ne nous avance guère.

— Alors il faut repartir de zéro, reprendre toutes les preuves comme si vous les examiniez pour la première fois et en toute objectivité. Autrement dit, vous avez besoin d'un détective.

— Ils ne veulent pas que la police s'en mêle. L'hôte est un ambitieux député qui ne veut pas que les journaux en parlent.

— Eh bien, voilà déjà une preuve en soi, Sidney. S'ils étaient si sûrs de la culpabilité de Johnny Johnson, alors ils feraient appel à nous. Le fait qu'ils ne l'aient pas fait pourrait signifier qu'ils savent que les arguments qu'ils avancent contre lui ne sont pas valables ; ou qu'ils soupçonnent quelqu'un d'autre et ne vous en parlent pas. Peut-on leur faire confiance ? Il semble qu'on ne puisse pas compter sur eux.

— Je pense pouvoir faire confiance à ma sœur.

— Que pense-t-elle ?

— L'épouse a déjà volé par le passé.

— Alors il faut aussi en tenir compte.

— Je ne crois pas qu'elle ait volé la bague, Geordie. Nous avons fouillé la pièce, puis son mari a passé au crible tout ce qu'elle possède de façon à pouvoir la disculper.

— Mais personne ne pouvait être objectif. Certains parmi vous avaient trop bu, d'autres étaient fatigués et, une fois le délit avéré, tout le monde a probablement voulu filer en vitesse. Ce n'est pas un scénario idéal pour une recherche.

— Ce qui signifie ?

— Il faut poursuivre vos investigations.

— Il est sûrement trop tard pour ça ?

— Il se peut que la bague se trouve toujours sur place. Même si ce n'est pas le cas, une fouille vous donnera des idées. J'imagine que vous avez bien regardé sous la table et entre les lames du parquet ?

— Nous n'avons pas soulevé le plancher…

— Il faut à nouveau imaginer toute la scène.

— Et ensuite ?

— Il faut faire revenir tous ceux qui étaient présents dans cette salle à manger, procéder à une reconstitution, et observer très attentivement tout le monde.

— Je ne suis pas certain qu'ils soient d'accord. Et comment savoir si certains ne vont pas adopter un comportement différent ?

— Sidney, vous savez que cette affaire est vraiment du ressort de la police ?

— Je pense qu'ils s'attendent tous à ce que ma sœur parle à Johnny Johnson, qui rendra la bague, et qu'on en aura alors fini une bonne fois pour toutes. Le seul problème, c'est…

— C'est qu'il n'a rien à voir là-dedans.

— À mon avis. Et c'est aussi celui de ma sœur.

— En tout cas il faut vous montrer prudent, Sidney. Vous savez combien les riches peuvent être prêts à tout.

— Vraiment ?"

L'inspecteur Keating finit sa pinte. "Enfin si vous ne vous en êtes pas encore aperçu, vous n'allez pas tarder à le savoir."

Le jeudi 7 janvier, lendemain de l'Épiphanie, Sidney se retrouva dans un train pour Londres, prit à nouveau un bus à destination de Lord's (ça donnait vraiment le cafard de descendre à cet arrêt en hiver, quand il n'y avait pas de cricket), et se dirigea vers Cavendish Avenue. Il allait fouiller la salle à manger des Thompson. En s'engageant à fond et en se concentrant au maximum sur l'endroit du délit il espérait qu'une idée finisse par lui venir.

Quand il arriva au début de l'après-midi, Sidney ne fut pas autrement étonné de voir Juliette Thompson en chemise de nuit blanche, mais il s'alarma de constater qu'elle avait apparemment oublié qui il était, incident qui le fit s'interroger sur le genre de médicaments que lui prescrivait son médecin.

Nigel lui-même était manifestement irrité par sa visite. Sidney n'avait pas été invité à déjeuner et son hôte ne s'embarrassa pas de politesses. "Nous avons vraiment fouillé la pièce à fond sur le coup, dit-il. Nous avons regardé partout sur le plancher et en bas du dossier des chaises, tu t'en souviens.

— Peux-tu agrandir la table au maximum, et apporter tout ce dont on s'est servi le soir en question ?

— Je vais demander à Edna de t'aider.

— As-tu une lampe électrique et un escabeau ?

— Je ne vois pas à quoi peut servir l'escabeau, Sidney. Personne n'a pu cacher la bague dans les moulures du plafond.

— Je pense qu'il me faut regarder la pièce sous tous les angles, si ça ne te dérange pas. Comment va Juliette ?

— Je crains qu'il ne nous faille consulter un professionnel. Je ne pense pas que nous puissions régler ce problème particulier tout seuls. Je n'en ai que plus d'aversion pour le voleur, non pour l'incident proprement dit ou le tort causé à Amanda – qui semble s'être parfaitement remise – mais pour avoir précipité Juliette dans une telle dépression. Il m'arrive de penser que la personne qui a commis le vol savait qu'elle réagirait ainsi.

— Ce qui exclurait Johnny Johnson. Il ne l'avait encore jamais rencontrée.

— Effectivement. Et il doit donc s'agir de l'un de nos plus grands amis, mais je ne peux pas croire une chose pareille, Sidney. Ce serait un tel abus de confiance. Peut-être aurait-ce été une bonne idée de contacter la police, mais je ne peux tout bonnement pas prendre ce risque. Quand Churchill prendra sa retraite et qu'Eden lui succédera, je serai candidat à un poste de sous-secrétaire d'État. Je ne peux pas me permettre de laisser quoi que ce soit me barrer le chemin, surtout quelque chose d'aussi trivial que la bague de fiançailles d'une autre personne. Toute cette histoire prend déjà beaucoup trop de temps et nous occasionne trop d'ennuis.

— Je ferai tout mon possible pour t'aider.

— Je le sais, Sidney, et je t'en sais gré, mais penses-tu véritablement que cette recherche que tu organises soit d'un grand secours ? À l'heure qu'il est, la bague a disparu depuis longtemps.

— Probablement. Mais je veux passer suffisamment de temps dans cette pièce pour envisager toutes les permutations possibles. Il faut avoir un minimum de foi."

Sidney imagina que la pièce était une série de cubes sur une grille à trois dimensions. Il se déplacerait du nord-ouest au sud-est en une série de lignes horizontales de gauche à droite, puis de droite à gauche, en utilisant à la fois une lampe électrique et une loupe. Il regarderait le bois, la table, les murs et le plancher. Il ouvrirait le buffet et viderait la ménagère, et il s'assoirait quelques instants, toutes les dix ou quinze minutes, avec le plan de table et le carnet, en réfléchissant, en priant, et en attendant que l'inspiration jaillisse de ses observations.

Trois heures plus tard il connut sa propre, modeste, épiphanie.

La décision de reconstituer les derniers moments du dîner ne fut pas appréciée et elle eut lieu à l'heure inexacte de cinq heures de l'après-midi étant donné que les invités, ou les suspects, n'avaient accepté de venir qu'à condition que cela ne bouleverse en rien leurs projets pour la soirée. Quelqu'un amenait Daphne voir *Madame Butterfly* à Covent Garden, Jennifer et Amanda devaient aller voir Richard Attenborough dans *La Souricière* et, bien que les Dowland n'eussent rien prévu pour la soirée, il leur fut demandé d'abréger leur expédition annuelle à l'Exposition nationale d'oiseaux en cage au centre Olympia. En conséquence, l'atmosphère était particulièrement tendue lorsqu'ils s'assirent à leurs places respectives en attendant que Sidney leur fasse revivre les événements de la semaine précédente.

Nigel fut déconcerté à la perspective de perdre une nouvelle bouteille de champagne en la laissant volontairement tomber à l'endroit où elle lui avait échappé huit jours plus tôt. Sidney le rassura en lui disant qu'il pouvait se contenter de mimer ces actions du moment que tous répétaient leurs mouvements de la soirée.

"Je sais ce qui va se passer ensuite, se plaignit Nigel, tu vas me suggérer de lâcher cette maudite bouteille exprès pour provoquer une distraction.

— J'ai déjà écarté cette éventualité, rétorqua Sidney de façon un peu trop cérémonieuse.

— Sommes-nous également censés reprendre les mêmes conversations ? demanda Guy.

— Vous pouvez vous contenter de paraphraser, dit Sidney. Je voudrais simplement reconstituer nos mouvements autour de la table à partir du moment où la bague a été donnée.

— Quand nous arrêtons-nous ?

— Au moment où vous vous êtes retrouvés seuls avec Mlle Kendall et vos hôtes, monsieur Hopkins. La conversation qui va suivre n'a pas de rapport direct avec la disparition de la bague, même si elle avait certainement de l'importance pour ceux qui parlaient.

— Je tiens à préciser une chose, dit Amanda.

— Inutile de parler de ça, la coupa Guy.

— Je tiens à te rappeler, se hérissa Amanda, que « nous ne nous adressons plus la parole ».

— Alors pourquoi t'« adresses-tu » à moi en ce moment ?

— Ce n'est pas à toi que je « m'adresse », mais au chanoine Chambers."

Sidney essaya de ramener le calme. "Commençons. Il nous faut, bien sûr, une bague. J'en ai apporté une, dans cette boîte, de chez Woolworths. J'espère que ça fera l'affaire. Monsieur Hopkins, si vous voulez bien avoir la bonté de l'offrir à Mlle Kendall ?

— Très bien."

Guy se leva et fit le tour de la table. Il plaça la boîte devant Amanda Kendall qui l'ouvrit. "Je vois. Elle est plutôt mieux que celle que tu m'as offerte la semaine dernière.

— Oh, je t'en prie.

— Monsieur Hopkins, poursuivit Sidney, si vous pouviez avoir la gentillesse de regagner votre place."

Amanda tendit la bague à Daphne Young en face d'elle, de l'autre côté de la table, laquelle la passa à sa voisine, Mary Dowland, qui la donna à Sidney. Celui-ci posa alors la bague devant Juliette.

"Je ne me sens pas bien du tout, dit-elle.

— Maintenant, dit Sidney, monsieur Thompson, peux-tu s'il te plaît laisser tomber la bouteille de champagne ?

— J'ai trouvé un mousseux plutôt médiocre, dit Nigel. Désolé pour le gaspillage, mais autant refaire cette fichue histoire à l'identique."

Lorsqu'il s'exécuta, sa femme poussa un hurlement et fit tomber la bague. Johnny Johnson recula sa chaise et essuya son pantalon pour enlever le mousseux en s'écriant "deux fois en une seule semaine".

“Continuez”, ordonna Sidney.

Amanda fit sortir Juliette de la pièce tandis que Daphne partit chercher un chiffon et Mary Dowland une pelle à poussière et une brosse.

Une fois le gâchis nettoyé pour la deuxième fois, la bague de chez Woolworths demeura à côté de la place qu’occupait Juliette.

“On ne peut guère s’attendre à ce que quelqu’un la vole cette fois-ci, dit Mark Dowland.

— Je vous en prie, continuez, insista Sidney. Reconstituons notre recherche.”

Les invités circulèrent dans la pièce, regardèrent de l’autre côté de l’endroit où ils étaient assis, et sous la table.

La bonne sonna à la porte. Sidney expliqua : “Mademoiselle Young, je pense que vous avez pris congé à ce moment-là.

— Sans aucun doute.” Daphne Young ouvrit son sac et en vida à nouveau le contenu sur la table de la salle à manger : en sortirent le même poudrier, le parfum, le mouchoir, le trousseau de clés, l’agenda, le carnet d’adresses et le petit porte-monnaie, comme la première fois. Elle éparpilla sa menue monnaie sur toute la largeur de la table. “Nous tournons autour du mûrier*, dit-elle.

— Incroyable, dit Johnny Johnson. C’est exactement ce que vous avez fait avant.”

Mary Dowland apparut à côté de lui. “Alors je me suis approchée de vous, je pense.

— Et M. Hopkins a fouillé le sac, expliqua Sidney. Voulez-vous le refaire ?

— À quoi ça peut bien servir, je vous le demande ?

— Au contraire, c’est très utile, repartit tranquillement Sidney. Mademoiselle Young, je pense que vous êtes retournée à votre place et que vous avez pris votre étole ?

— Effectivement.

— Et ensuite vous avez pris congé.

— C’est exact. Puis-je partir maintenant ?

* *Here We Go Round the Mulberry Bush.* Comptine enfantine en forme de ronde qui décrit différentes étapes de la toilette des petits enfants. Le film éponyme de Clive Donner (1968) a été traduit par *Trois petits tours et puis s’en vont.*

— Pas encore, expliqua Sidney. Il faut que nous continuions, si ça ne vous dérange pas d'attendre. M. Hopkins doit vous rendre votre sac à main…

— Merci.

— Et puis les Dowland s'en vont très bientôt. Et, bien sûr, moi aussi. Nous allons donc reconstituer ces mouvements et puis, au lieu de nous en aller, nous allons reprendre nos places.

— Je ne vois pas ce que ça a apporté, dit Mark Dowland, une fois terminé ce ballet domestique.

— Au contraire, dit Sidney, vous m'avez montré beaucoup de choses. Et maintenant, j'ai quelque chose d'inattendu.

— Je n'aime pas les surprises, dit Juliette Thompson en regagnant sa place. Elles me font peur.

— Mais je pense que celle-ci est agréable, dit Sidney. Vous allez voir que la bague de chez Woolworths a disparu.

— Où est-elle ?" s'exclama Guy Hopkins.

Sidney passa la main sous la table devant lui. "À la place, j'ai autre chose. *Quae amissa salva*. Ce qui a été perdu est en lieu sûr." Il plaça la bague de fiançailles originale d'Amanda Kendall devant lui.

"Où avez-vous trouvé ça ? demanda Daphne Young.

— Votre locataire a eu la gentillesse d'aller la récupérer dans le quartier des Lanes* à Brighton.

— Il n'est pas « locataire ». C'est un « hôte payant »."

Sidney ne releva pas la distinction. "À Brighton se trouve une boutique de bijoux d'occasion, à côté d'un logement partagé par des gens de bonne famille dans le besoin. À cet endroit habite un homme plutôt perturbé du nom d'Hector Young, qui travaillait autrefois à la bijouterie Braithwaite et Young.

— Espèce de mufle."

Sidney commença. "La bague a été récupérée chez votre père, mademoiselle Young. Comment elle est entrée en sa possession relève de la conjecture, mais mon collègue a eu droit à une explication assez convaincante.

— Vous avez envoyé un prêtre sous un faux prétexte, sachant que mon père était perturbé ?

* Ce labyrinthe de ruelles est le quartier historique de Brighton.

— Au contraire, sa mission était parfaitement limpide. Je l'ai dépêché avec des instructions claires et nettes : parler à votre père et récupérer la bague. Vous apportez souvent des bijoux à Brighton, je crois…

— Ça n'a rien de répréhensible.

— La plupart ont été obtenus avec l'approbation de leurs propriétaires à condition qu'ils puissent leur être rendus. D'anciens collègues lui viennent aussi en aide…"

Daphne Young baissa les yeux. "C'est la seule chose qui lui permette de ne pas perdre la raison. Il se souvient des trésors qu'il a perdus. Il croit parfois qu'il a toujours sa boutique.

— J'en suis persuadé, mademoiselle Young.

— Il a tout perdu.

— Comment ? demanda Juliette.

— Il louait des bijoux en dépôt pour permettre aux femmes qui n'avaient pas les moyens de faire un peu sensation le temps d'une soirée et de les rapporter le lendemain matin. Malheureusement, il… il…"

Sidney finit tranquillement sa phrase. "Il jouait."

Daphne tirait sur le mouchoir qu'elle tenait dans ses mains. "Il pensait pouvoir échapper à ses dettes et donner à ses clients une petite partie des recettes. Il allait à Epsom et à Goodwood où il pariait les plus grosses sommes sur les courses à handicap. Il aimait penser qu'il pourrait toujours repérer un cheval sous-évalué, mais il se trompait. Il n'avait pas l'intention de perdre et donc il empruntait afin de rembourser ses clients. Il pensait que tout finirait par s'arranger. Ensuite il a commencé à aller au mont-de-piété avec une partie du stock et sans prévenir son associé. Maintenant il a perdu la moitié de sa raison…

— Vous vous êtes comportée en fille pleine d'égards, dit Sidney.

— Les bijoux que je lui montre le ramènent au début des années 1930 quand j'étais une petite fille et que ma mère vivait. La boutique marchait bien alors. J'ai donc essayé de l'y maintenir, d'entretenir le souvenir de cette époque, pour qu'il puisse mourir plus satisfait que s'il avait conscience du monde d'aujourd'hui."

Mary ne compatit pas du tout. "Vous essayez donc de nous dire que vous avez volé la bague à des fins charitables ?

— Je l'ai prise sans réfléchir. Elle était sous mon nez." Daphne regarda Juliette. "Elle était là. Je n'ai pas pu m'en empêcher.

— Mon Dieu, s'exclama Nigel. Tu as volé la bague chez l'une de tes meilleures amies. As-tu conscience de l'effet que ça a eu sur Juliette ?

— C'était elle ou mon père. J'ai fait un choix."

Johnny intervint. "Comment avez-vous procédé, Daphne ?

— Je suis sûre que le chanoine Chambers peut expliquer."

Sidney commença. "Vous donniez vraiment l'impression d'être le coupable, monsieur Johnson. Connaissant le passé de votre père, Mlle Young était persuadée qu'on vous accuserait ; elle essaya même de le faire. Et puis, si ça ne marchait pas, il y avait toujours Mme Thompson.

— Mais elle n'a jamais rien volé, intervint Mary.

— Non", mentit Sidney. Ce n'était pas le moment de faire de nouvelles révélations. "Mais elle était bouleversée, dans tous ses états, et ce serait un jeu d'enfant de lui faire croire qu'elle avait pris la bague même alors qu'elle ne l'avait pas volée."

Juliette Thompson regarda Sidney. "J'avais donc raison ? Je n'ai jamais eu la bague ?

— Elle a été prise à la place où vous étiez assise. Pour la criminelle, agir ainsi quand elle avait deux suspects sous la main était tentant…"

Daphne le coupa. "Je ne suis pas une criminelle. Je n'ai pas envisagé les choses de cette façon.

— Ça a dû se passer quand Nigel a laissé tomber le champagne, dit Johnny. Daphne ramassait des morceaux de verre…

— Mademoiselle Young, si ça ne vous fait rien.

— Mais je l'aurais vue, dit Mary Dowland. J'avais la pelle à poussière et la balayette.

— Mais, expliqua Sidney, Mlle Young avait le chiffon. Il lui était très facile d'essuyer la bague en même temps que la table. Si quelqu'un l'avait remarqué, elle aurait très bien pu faire valoir un moment de distraction et la remettre. Mais si personne ne l'avait repérée…

— Mais comment a-t-elle pu la cacher ? demanda Johnny Johnson. Elle a vidé son sac sur la table et ouvert son porte-monnaie. Il n'y avait rien dedans.

— Ce fut vraiment un coup de maître. Dissimuler la bague dans un objet déjà fouillé avant de s'en aller tranquillement...

— Mais comment... ?" interrogea Amanda.

Sidney commença à marcher autour de la table. "L'idée m'est venue alors que je fouillais moi-même la pièce. C'était la première fois que j'avais le loisir d'être seul dans cette maison et j'ai pu repenser à toute cette histoire sans me laisser distraire. Et puis m'est revenue la première question de mon ami l'inspecteur Keating. Avez-vous regardé sous la table ?

— Nous l'avons fait, bien sûr, répondit Nigel.

— Je ne pense pas que tu comprennes. Quand je dis « sous la table », il s'agit de quelque chose de légèrement différent. Mademoiselle Kendall, et monsieur Johnson, j'aimerais que vous pensiez aux places que vous occupiez au dîner.

— J'étais assise à côté de notre hôte et Johnny à côté de l'hôtesse, répondit Amanda.

— Mon Dieu, dit Johnny Johnson, je pense que vous avez mis dans le mille.

— Comme Mlle Young, vous étiez également assis au bout du plateau de la table, là où on tire les rallonges. Évidemment, on ne le remarque pas avec une nappe, mais c'est assez courant. À la place où Mlle Young était assise, entre le plateau et la rallonge, se trouve une légère éraflure où elle a caché la bague.

— Tu veux dire qu'elle était coincée dans cet interstice sous la table ? s'enquit Nigel.

— Tout à fait. Puis retirée quand Mlle Young est venue prendre son étole. Nous avions bien sûr tous été distraits par le contenu de son sac à main. Le geste proprement dit n'a représenté qu'un tour de passe-passe élémentaire."

Daphne Young se leva de son siège. "Excellent, chanoine Chambers. Nous pouvons vous applaudir pour votre persévérance. Si seulement vous aviez manifesté la même qualité d'engagement dans votre sacerdoce. Je présume que vous avez fait appel à la police.

— En fait, non. Je pense que c'est à Mlle Kendall d'en décider. C'est sa bague."

Guy Hopkins intervint. "Je pense plutôt qu'elle est à moi.

— Tu me l'as donnée, repartit Amanda Kendall.

— Mais tu m'as repoussé. Je pense qu'un retour est dans les règles."

Sidney n'avait pas imaginé les conséquences de sa révélation. Daphne Young profita de cette interruption pour se diriger vers la porte. "Je vous laisse décider. On m'attend à l'opéra. Vous avez mon adresse.

— Daphne, annonça Nigel avant son départ. Tu ne seras plus jamais la bienvenue dans cette maison."

Son ancienne invitée répondit sans émotion. "Je n'ai aucune excuse."

La compagnie rassemblée écouta ses pas décroître dans l'entrée et la porte s'ouvrir et se fermer. Ils l'entendirent même héler un taxi d'un sifflement aigu. "Quelle femme extraordinaire, dit Mary Dowland. Elle ne s'est même pas excusée.

— Je ne peux pas m'empêcher de penser à son père, dit Johnny. Je ne peux pas croire que c'était la première fois. Elle a dû déjà commettre des vols.

— Je n'en suis pas si sûr", dit Sidney.

Mark Dowland proposa une autre explication. "Peut-être estimait-elle la mériter davantage qu'Amanda. Une meilleure cause…

— Je l'ai toujours prise pour une garce, dit Guy.

— Les jugements que tu portes sur les femmes sont une honte", répliqua Amanda. C'était la première fois de toute la soirée qu'elle le regardait vraiment. La bague était toujours devant elle. Elle se tourna vers Sidney. "Qu'est-ce que j'en fais maintenant ?" demanda-t-elle.

En 1954, le jour de la Saint-Valentin, qui était aussi l'anniversaire de Sidney, tombait un dimanche. Il avait trente-trois ans. Parce qu'il ne lui était pas possible de se dégager de ses obligations pastorales, sa sœur Jennifer amena Amanda à Grantchester pour l'occasion. Elles vinrent avec des cartes du reste de la famille et un gâteau au chocolat qu'elles avaient fait elles-mêmes. La célébration devait consister en une promenade sur la rivière Cam et un pique-nique hivernal.

L'air était vif, c'était une belle journée d'hiver et Jennifer et Amanda étaient assises à l'avant de la longue barque avec des couvertures sur les genoux et un panier devant elles. Il contenait deux Thermos de thé au lait baptisé d'un peu de cognac ; des sandwiches au jambon et à la moutarde ; un choix de friandises de chez Fitzbillies ; et le gâteau d'anniversaire au chocolat accompagné d'une bougie qu'elles allumeraient au crépuscule.

Sidney actionnait la perche dans son habit de pasteur et il portait un chapeau à large bord qui lui donnait l'air d'un excentrique du XIXe siècle. C'était le paradis, pensait-il : être dégagé des soucis du monde en compagnie de son adorable sœur et de sa meilleure amie, une femme magnifique, le jour de son anniversaire. Ils passeraient une heure ou deux à bavarder, puis les filles rentreraient à Londres et Sidney dirait les vêpres et s'accorderait le temps de songer à ses bénédictions.

"Je n'ai jamais rien connu d'aussi original qu'un pique-nique sur la rivière en plein hiver, dit Amanda, et ça me plaît infiniment. Où allons-nous nous amarrer ?

— Un peu plus en amont, dit Sidney. Après l'étang de Byron. Je connais un endroit."

Il enfonça la perche, poussa dessus et, tandis que la barque filait vers l'avant, il commença à réciter : "Prenons du vin et des femmes, dans l'hilarité générale, Les sermons et l'eau de Seltz, ce sera pour demain.

— Oh Byron, dit Amanda. Mon poète préféré. « Voici un soupir pour ceux qui m'aiment, Et un sourire pour ceux qui me détestent ; Et quel que soit le ciel au-dessus de ma tête, Voici un cœur pour affronter tous les destins. »"

Sidney sourit. "Je suis si content que vous sembliez vous être remises de toute cette sinistre histoire de la Saint-Sylvestre.

— Quel dommage qu'on n'ait pas pu faire porter le chapeau à Guy, répondit Amanda. J'aurais aimé voir sa fureur en allant en prison.

— Ce n'est pas très charitable.

— Nous avons été suffisamment généreuses avec tous les autres.

— Vous avez décidé de faire preuve d'indulgence envers Daphne ? s'enquit Sidney.

— Ça l'aurait achevée… répondit Jennifer. Et Nigel tenait absolument à éviter une scène.

— Et un délit est donc resté impuni ? C'était très indulgent de votre part.

— Il nous reste simplement à espérer qu'elle ne recommencera jamais."

Amanda n'y croyait pas trop. "Je ne vois pas comment nous le saurions. Je crois qu'aucun d'entre nous ne l'invitera plus jamais. Mais je suppose qu'elle m'a fait une faveur. Non que je le *lui* dirais."

Sidney manœuvra pour épouser un tournant de la rivière, et laissa la barque glisser le long des saules couverts de givre. "Et tu as laissé Guy reprendre la bague ?

— Oh oui. Il peut la donner à une autre idiote égarée par ses airs de bellâtre. Je n'en veux pas. Elle ne ferait que me rappeler toute cette soirée de cauchemar. C'était très gentil à ton ami ecclésiastique de bien vouloir aller jusqu'à Brighton pour la récupérer. Est-ce que tu vas le prendre ?

— Il devrait me rejoindre après Pâques.

— Johnny pense que ce pourrait être une tapette, dit Jennifer. Toi aussi ?

— Il ne me viendrait jamais à l'idée d'essayer de le savoir, repartit Sidney en se baissant soudain pour éviter une basse branche d'orme.

— Ça ne te ressemble vraiment pas ! s'étonna Amanda. Tu as un esprit si curieux."

Sidney laissa la barque glisser le long de la berge et s'amarra en prévision du pique-nique. "Je suis convaincu que la vie privée devrait rester privée. Si Leonard Graham a quelque chose à me dire, je suis sûr qu'il le fera. Je lui ai demandé, mais comme ça, sans cérémonie, de raser sa moustache. Ça lui donne à moitié l'air d'un chevalier d'industrie et je ne trouve pas que ça lui aille. À part ça, je n'ai pas l'intention de fourrer mon nez dans ses affaires.

— Même si ta curiosité est piquée ? lui demanda sa sœur en sortant le pique-nique du panier.

— Je pense que ma curiosité est piquée toutes les fois que cela peut être utile à autrui, répondit Sidney. Sinon, j'essaie de ne pas gaspiller trop de temps en cancans, quand bien même ça peut être très agréable sur le moment. Ça ne profite jamais à personne et, ensuite, on ne se sent pas trop fier.

— Je regrette d'avoir soulevé cette question, s'excusa Jennifer.

— Tu peux me poser toutes les questions que tu veux, ma chère sœur, je n'y vois aucun inconvénient, tant que ça ne te dérange pas que je n'y réponde pas.

— Mais tu dois sûrement *t'interroger* ?

— J'essaie de ne pas penser à ce genre de choses. Ça n'apporte rien. La discrétion est une vertu très sous-estimée, tu ne trouves pas, Amanda ?

— Je suppose que ça doit être vrai. Mais on ne peut pas être sérieux tout le temps. Potiner peut être très amusant.

— Je n'en doute pas, et je vois bien la tentation que représentent les commérages ; mais c'est trop dangereux pour un prêtre."

Amanda adressa à Sidney ce qu'il savait maintenant être un de ses regards moqueurs. "Je crois n'avoir jamais rencontré quelqu'un doté d'une telle certitude morale. En comparaison j'ai le sentiment d'être une vraie tête de linotte.

— Il n'y a pas de mal à être une tête de linotte, dit Sidney. En fait, je pense que le monde a besoin du plus grand nombre de têtes de linotte possible.

— Dans ce cas je suis contente de servir à quelque chose, dit Amanda. Je me demande quelle est l'origine de cette expression ? « Étourneau » est plus étourdi ou changeant que linotte, non ?

— Je pense, dit Sidney, que « linotte » fait penser à « l'idiote » ; nous ne sommes pas loin de l'onomatopée !

— Et toi, si tu pouvais voler où voudrais-tu aller ? l'interrogea Amanda.

— Faire un aller et retour sur la lune, mademoiselle Kendall, voler jusqu'à la lune et revenir sur terre."

Jennifer tendit les tasses de thé. "Ne seriez-vous pas en train de flirter, tous les deux ? demanda-t-elle.

— À mon avis cela devrait rester confidentiel, pouffa Amanda. J'ai entendu dire que la discrétion était une vertu très sous-estimée.

— Je m'interrogeais seulement, fit Jennifer, commençant à avoir l'impression de tenir la chandelle. Dans ce domaine mon frère est plutôt cachottier, un cheval quelque peu rétif."

Amanda laissa sa main gantée frôler la surface de l'eau. "Enfin, je ne déteste pas passer une journée aux courses ; non que ça ait rien rapporté de bon au père de Daphne.

— J'ai eu plutôt pitié d'elle au bout du compte, dit Sidney.

— J'adore ta façon de voir le meilleur chez les gens. Elle s'est montrée assez brusque à ton égard, non ? Quand elle a dit, et ici Amanda commença à imiter la voix grave de son ancienne amie, « si seulement vous aviez manifesté la même qualité d'engagement dans votre sacerdoce », j'ai trouvé ça inutilement acéré.

— Les flèches ne me dérangent pas.

— Vraiment, Sidney. Tu es presque anormal. Je ne suis pas sûre de te croire.

— Il aime à s'entourer d'un certain mystère, expliqua Jennifer. Bien qu'il n'ait pas encore pris conscience de l'efficacité de ce stratagème."

Amanda se souvint de ce qu'elle avait voulu dire. "Peut-être qu'un jour tu pourrais m'amener à Newmarket*, Sidney. Nous pourrions y connaître le frisson en risquant de petites sommes."

Son compagnon sourit. "Ce serait amusant. Ou, peut-être, pourrions-nous aller à un concert de jazz. Une excellente chanteuse américaine va venir, plus tard cette année, Gloria Dee…

— Oh je ne pense pas, rétorqua Amanda du tac au tac. Pour moi le jazz c'est hors de question.

— Oh mon Dieu, fit Jennifer. C'était trop parfait."

Les trois amis éclatèrent de rire et Sidney crut bien n'avoir jamais vécu pareil bonheur. Les deux jeunes femmes allumèrent la bougie sur son gâteau, et chantèrent "Joyeux anniversaire" à l'unisson. Puis il souffla la bougie en espérant connaître d'autres moments semblables, préservés des soucis du monde. Ils restèrent assis dans le bachot, en chantant et en se taquinant pendant une bonne demi-heure avant de trouver qu'il faisait trop froid pour continuer et de décider qu'il était temps de rentrer.

* Ville du Suffolk connue pour ses liens avec le milieu de la course hippique.

Il allait geler dans la nuit et les deux femmes tinrent à rentrer après les vêpres afin d'éviter tout retard sur la ligne de chemin de fer. Jennifer commençait un nouvel emploi de secrétaire dans la matinée, tandis qu'Amanda se préparait à exposer un double portait de Van Dyck nouvellement restauré à la National Gallery. C'était, se dit Sidney, ce que vivaient habituellement le dimanche soir ceux et celles qui occupaient un emploi régulier. L'angoisse du lundi matin semblait toujours projeter une ombre rétrospective.

À la gare de Cambridge, Amanda partit chercher une cigarette et Jennifer profita d'un moment en tête à tête avec son frère.

"Je suis contente que vous vous entendiez si bien tous les deux, dit-elle.

— Oh oui, dit Sidney, presque involontairement. En ce moment, nous nous entendons comme larrons en foire."

Jennifer donna une petite tape sur l'épaule de son frère. "Sois prudent.

— Nous ne sommes pas de la même classe.

— Cela vient peut-être, mon cher Sidney, que tu es toi-même dans une classe à part. Joyeux anniversaire."

Elle laissa son frère lui donner un léger baiser avant de chercher son amie des yeux. Les portières du train claquaient. Le chef de train regarda sa montre et plaça son sifflet entre ses lèvres. Amanda revint. "Il faut se dépêcher, dit-elle sans sembler se hâter pour autant. Même si j'ai dit au chef de train d'attendre."

Elle prit les mains de Sidney dans les siennes. "Joyeux anniversaire, Sidney. J'espère bien pouvoir revenir. C'est une telle aventure de te connaître.

— Tu seras toujours la bienvenue", sourit Sidney.

Amanda se pencha pour l'embrasser. Ce faisant, ses lèvres effleurèrent accidentellement les siennes. "Je te trouve merveilleux, dit-elle en le regardant dans les yeux.

— Allez, *vite*", s'écria Jennifer.

Sidney regarda les deux femmes monter dans le train de Londres et leur dit adieu de la main. Puis il revint à Grantchester à bicyclette, dans l'obscurité et sur les routes verglacées. Il était dans la lune, mais ne connut que quelques contretemps sur le chemin du retour ; à un moment la roue avant dérapa, il faillit entrer en collision avec un chat et il vacilla en saluant au passage un collègue qui enseignait dans son collège : les péripéties habituelles et imprévisibles qui faisaient qu'on était soulagé d'arriver chez soi sans encombre.

Le lendemain matin, Sidney se courba jusqu'à terre pour ramasser une lettre arrivée au second courrier. On aurait dit une carte d'anniversaire et elle avait été expédiée d'Allemagne. C'était l'écriture d'Hildegard.

Au plaisir qu'éprouva Sidney à recevoir la lettre se mêla un sentiment de culpabilité dû à son amitié avec Amanda. Il la fit passer d'une main dans l'autre, ne sachant pas au juste s'il devait l'ouvrir. “Ça pourra bien attendre un peu, se dit-il. Je pense que, pour l'heure, j'ai eu mon content d'émotions.”

D'ABORD, NE PAS NUIRE

L'un des engagements cléricaux que Sidney appréciait le moins était l'abstinence du Carême. La non-consommation d'alcool entre le mercredi des Cendres et le dimanche de Pâques avait toujours été une tradition chez les clercs de Cambridge, mais Sidney avait remarqué que cela n'améliorait ni leur spiritualité ni leur patience. En fait, cela rendait certains d'entre eux d'une humeur franchement massacrante.

L'hiver avait été sibérien. Les routes étaient bloquées par des congères, on n'entendait plus les freux au fond des bois, et des vols d'oies arctiques survolaient le sol où des agneaux étaient morts frigorifiés. C'était une période difficile pour les personnes âgées, et Sidney avait déjà passé trop de temps au chevet de vieillards et de vieilles femmes victimes de la grippe, d'hypothermie, de la pleurésie et de la pneumonie, maladie qui méritait rarement son surnom d'amie des vieux. C'était plutôt l'inquiétude qui gagnait le bourg et la ville, un sentiment de malaise et même de malheur que favorisait l'obscurité. C'était un monde où les gens levaient rarement la tête, mais surveillaient leurs pieds en avançant sur les routes, redoutant la chute, et se méfiant des conditions météorologiques et du destin.

Sidney se disait que ce qu'il lui fallait, c'était un verre de pur malt ou une pinte d'ale chaude – peut-être même les deux – mais il savait qu'il allait devoir résister à la tentation.

Les restrictions de cette contrainte que l'on s'impose à soi-même amusaient l'inspecteur Keating qui restait fidèle à son régime de deux pintes de bière lors de la rituelle partie de backgammon qu'il faisait tous les jeudis avec Sidney, dans le bar de la RAF de l'Eagle.

"Vous en êtes toujours au Schweppes, Sidney ? Vous ne voulez pas que je le dynamise d'une tombée de gin ? Il fait froid dehors.

— Je crains que ça ne soit pas possible.

— Quelle honte. Si jamais vous attrapez la crève, je pourrai quand même toujours vous administrer un cognac en douce.

— Ça ne sera pas nécessaire. On nous encourage, poursuivit Sidney avec une mine d'enterrement, comme s'il avait appris par cœur ces paroles auxquelles il ne croyait plus, à repousser pareilles tentations et à observer un temps de jeûne, de prière et de silence."

L'inspecteur Keating tenta d'égayer l'atmosphère. "Vous pourriez vous contenter d'en prendre un seul. Personne ne le saurait. Ça resterait entre nous.

— Mais moi, je le saurais. Ça me resterait sur la conscience.

— Je regrette que certains laïcs n'aient pas votre vigilance. Cette ville serait beaucoup plus calme si c'était le cas.

— L'Église anglicane est censée être la conscience de la nation, dit Sidney d'un ton songeur. Nous encourageons les gens à croire qu'une vie morale est, en fait, une vie plus heureuse.

— Les gens devraient être bons par égoïsme ?

— Assurément. On commence ?"

Sidney installa le backgammon sur la vieille table en chêne du salon et les deux amis entamèrent une partie de leur jeu préféré, en misant modérément un penny sur chaque pion. Pour Sidney, c'était l'un des moments réconfortants de sa semaine, un refuge qui permettait d'échapper aux tracas du monde et aux tribulations de ses fonctions. Il but une gorgée de son Schweppes et essaya de se concentrer sur la partie. Il fit un cinq et un quatre et commença à avancer ses pions.

L'inspecteur Keating jeta les dés à son tour et fut ravi de commencer par un double six. "J'ai l'impression que ça va être mon jour…"

Sidney eut un sourire. "J'aime que vous démarriez sur les chapeaux de roues. Ça vous endort dans une fausse sécurité.

— Inutile de vous en faire à ce sujet. Je suis au sommet de ma forme…"

Sidney fit un trois et un deux et essaya de penser en termes de tactique. Il déplaça ses pions et dit, d'une voix tranquille mais teintée de menace amicale : "Bien sûr, je me sens vraiment coupable de gagner si souvent…"

L'inspecteur ne releva pas immédiatement. Il fit un quatre et un as, mais remarqua qu'il bénéficiait toujours de son double six précédent et gardait l'avantage. "Double ?

— Vous en êtes sûr ? demanda Sidney. Je ne voudrais pas avoir une autre victoire sur la conscience."

L'inspecteur sourit. "Je ne m'en ferais pas pour ça."

Sidney jeta les dés, fit un deux et un as, et commença à prendre conscience qu'il allait pouvoir perdre.

"À propos de conscience, poursuivit l'inspecteur Keating, sur un ton que Sidney reconnut et redouta à la fois, je pense être peut-être confronté à ce que vous appelez « un cas de conscience »." Il fit un trois et un six et déplaça un de ses pions de neuf points.

"Oh, vraiment ?" Sidney relança les dés ; un quatre et un trois. "Je vous ai mis en garde et vous ai demandé de faire attention à ce genre de choses.

— Le coroner est venu me voir. Je redouble ?

— Bien sûr. Je n'ai pas peur. Que s'est-il passé ?

— Il semble qu'une certaine dame ait demandé que sa mère soit incinérée un peu trop tôt.

— Une certaine dame ?

— Je ne suis pas censé divulguer son nom.

— Vous pouvez me faire confiance.

— Isabel Livingstone.

— Je la connais, Geordie.

— Je sais que vous la connaissez." L'inspecteur replaça les dés dans le cornet et les lança à nouveau : un cinq et un six. Il sourit de voir la chance lui être à nouveau favorable.

"Je l'ai vue pas plus tard que l'autre semaine, se souvint Sidney. Elle était avec mon médecin, Michael Robinson. Ils envisagent de se marier. Beau couple et, j'aurais pensé, bien assorti." Il but une gorgée de son Schweppes décevant et essaya de se souvenir de la conversation. "Ils m'ont dit que, pour la cérémonie, ils avaient décidé d'attendre la mort de la mère d'Isabel.

— Ne trouvez-vous pas ça extraordinaire ? La plupart des filles souhaiteraient que leur mère assiste à leur mariage.

— Ils envisageaient Pâques…"

L'inspecteur remua les dés dans le cornet. "Eh bien, ils peuvent envisager la cérémonie maintenant s'ils veulent…

— Normalement nous ne célébrons pas de mariages pendant le Carême. Mais je crois me rappeler que Mme Livingstone était opposée à toute idée de mariage. Son mari l'avait quittée quand Isabel était encore bébé. Après ça elle avait pris tous les hommes violemment en grippe.

— Ça devait être un sacré type pour provoquer tant de ravages.

— C'est tellement dommage d'avoir laissé s'envenimer les choses.

— Enfin, elles ne s'envenimeront plus.

— Et donc elle est morte ? Je suis étonné de ne pas en avoir été informé."

L'inspecteur Keating s'en tint strictement aux faits. "Moi aussi. Mais il y a peut-être une raison à ça…"

Sidney s'aperçut que trop de pions de son adversaire se trouvaient en position favorable. Il envisageait déjà un gammon. "Vous hésitez, inspecteur…

— Je suis désolé…

— Vous hésitez d'une façon qui m'alarme."

George Keating jeta ses dés et commença à sortir ses pions, mais il n'avait plus le cœur au jeu. Il parla sans regarder son ami. "Le problème… Sidney… c'est que je ne suis pas persuadé que la mort de Mme Livingstone soit entièrement naturelle…

— Je redoutais de telles paroles. Vous voulez dire ?

— Que les amoureux auraient pu donner un coup de pouce pour débloquer la situation. Je le crains fort…

— Mais c'est l'hiver, et Mme Livingstone avait de gros problèmes de santé depuis longtemps, fit observer Sidney. J'aurais pensé qu'elle avait un rendez-vous des plus urgents avec son Créateur.

— Hélas, je crains que ça ne soit pas ce que semble penser le coroner. Un ami de Mme Livingstone est venu le trouver. Il nous a demandé de jeter un coup d'œil et, à présent, c'est devenu un peu plus compliqué." L'inspecteur fit un as et un six et commença à sortir ses dames. "Vous vous souvenez de l'affaire Dorothea Waddingham ?

— La meurtrière de la maison de retraite ? Vous n'êtes pas en train de suggérer ?

— Dans l'affaire Waddingham on a trouvé trois grains de morphine dans le premier corps qu'on a examiné, et puis une dose mortelle dans le deuxième. Il arrive que les médecins et les infirmières se laissent emporter et la mort arrive un peu trop facilement."

Sidney lança à nouveau les dés bien qu'il sût que c'était inutile. "Mme Livingstone était-elle riche ?

— Modérément… mais j'aurais pensé que le docteur avait d'assez bons revenus. On n'a pas pu faire ça pour l'argent.

— Et pourquoi me racontez-vous ça ?" demanda Sidney.

L'inspecteur se laissa aller en arrière dans son siège et posa le bras sur le dossier de la chaise d'à côté. "Quand des gens vous contactent en vue de se marier, vous les interrogez sans doute pour les mettre à l'épreuve, non ?

— Je leur donne des conseils pastoraux.

— Vous leur expliquez ce que signifie vraiment le mariage ; vous les mettez en garde en leur précisant qu'il ne s'agit pas que d'une idylle passagère et que, dès que vous avez des enfants, c'est une tout autre paire de manches…"

Sachant que l'inspecteur Keating avait trois enfants au-dessous de sept ans, Sidney comprit qu'il allait devoir faire attention à sa réponse : "Enfin, je…

— Il y a les soucis d'argent, les soucis liés au métier, et vous commencez à prendre de l'âge. Alors vous vous rendez compte que vous avez épousé quelqu'un avec qui vous n'avez rien en commun. Vous n'avez plus rien à vous dire. C'est le genre de choses que vous leur dites, non ?

— Je n'exprimerais pas ça forcément ainsi…

— Mais ça tourne autour de ça ?

— J'aime vraiment présenter le mariage sous un jour un peu plus optimiste, Geordie. Que l'amitié importe parfois plus que la passion. L'importance de la bienveillance, de la gentillesse…

— Oui, oui, mais vous voyez bien où je veux en venir."

Sidney se rendait compte que l'inspecteur attendait impatiemment de reprendre quelque chose. "Je pense deviner ce que vous voulez que je fasse."

Keating se leva. "Je vais payer même si c'est votre tournée…

— C'est inutile…

— De toute façon, vous ne buvez pas. Je vous demande simplement de creuser un peu. Posez-leur quelques questions ardues quand ils viendront vous voir. Interrogez la fille sur sa mère. Observez le visage du docteur. Je n'aimerais pas vous voir marier un couple d'assassins…

— Je pense que c'est fort peu probable… c'est un couple fort sympathique…"

L'inspecteur Keating commanda sa troisième pinte de la soirée. "Enfin, s'ils sont aussi adorables que vous le dites, nous n'aurons aucun motif d'inquiétude, pas vrai ? Une autre partie ?"

L'hiver 1954 fut implacable. Lorsqu'il se réveillait, Sidney trouvait souvent du givre sur le rebord de sa fenêtre, les jours ne s'éclairaient jamais et de la glace pendait aux arbres sans discontinuer. Quand Sidney se leva le lendemain matin, il eut le sentiment d'avoir oublié quelque chose. Puis la crainte revint. Ah oui, se dit-il. Keating. Un autre sujet d'inquiétude. Une autre mort.

Il enfila sa robe de chambre et regarda par la fenêtre. Dans une autre vie, pensa-t-il, il avait peut-être été naturaliste. Il avait lu que ça avait toujours été une espèce de tradition dans l'église. Gilbert White, pasteur de Selborne, par exemple, avait remarqué qu'en hiver les freux tombaient des arbres du chemin, les ailes soudées par le gel. Il examina les différentes techniques par lesquelles l'écureuil, le mulot et la sittelle mangeaient les noisettes qu'il avait déposées à leur intention, et découvrit que les hiboux de sa région hululaient en *si* bémol. Peut-être, cet hiver, pensa Sidney, pourrait-il se faire l'émule du révérend White. Remarquer les choses était une part essentielle de la vie, se dit-il. Cela relevait de l'*observation*. Il essaierait d'être un homme à qui rien n'échapperait.

Il jugea trop dangereux de se rendre chez les Livingstone à bicyclette. Même y aller à pied requérait de la vigilance. Il mit ses bottes en caoutchouc, protégea ses épaules de sa houppelande de pasteur, et se mit en route à travers la neige. Hector Kirby, le boucher et le bedeau, qui avait une formule toute faite toujours à la bouche et une épouse dépressive, dégageait une voie d'accès devant son magasin ; Veronica Hodge, vieille spiritualiste qui avait confié un jour à Sidney "avoir été protégée des attentions des hommes par la miséricorde divine", essayait d'aller faire ses courses, et Gary Bell, le garagiste du village, qui s'était débrouillé pour échapper au service militaire, démarrait un tracteur à l'aide de câbles.

Sidney passa devant la prairie gelée, où ses parents s'étaient connus avant la Grande Guerre, en faisant du patin à six pence la soirée, et il s'arrêta pour regarder un groupe de garçons en pleine bataille de boules de neige.

En pénétrant dans la ville, il prit conscience qu'il n'avait jamais connu Cambridge dans un tel silence. Les bâtiments ressemblaient aux illustrations d'un conte de fées du XIXe siècle. La neige avait étouffé les cris du monde, désormais inaudibles. C'était comme la grâce, se dit-il, ou l'amour de Dieu, descendu en silence et à l'improviste pendant la nuit.

Un dérapage qui faillit bien le faire tomber l'arracha à ses songeries. Peut-être devrait-il moins rêvasser, pensa Sidney, en se dirigeant vers une petite maison mitoyenne dans Chedworth Street. Toutes les manifestations de la vie n'étaient pas forcément des sujets de sermon, se dit-il, et la neige pouvait tout aussi bien dissimuler le péché que cacher la souffrance.

Il sonna à la porte. En attendant, lui revint l'image d'Isabel Livingstone : une petite femme bien tournée aux yeux vifs marron. Ses cheveux courts avaient commencé à grisonner, peut-être à force de s'inquiéter pour sa mère depuis si longtemps, et elle portait des vêtements pratiques : corsage blanc, cardigan vert, jupe écossaise. C'était un uniforme qui ne paraissait jamais changer, et il était difficile de lui donner un âge : quarante ans peut-être ? L'amour qu'elle connaissait sur le tard donnait à Sidney une tranquille confiance pour son avenir personnel. Après tout, si, à quarante ans, Isabel Livingstone pouvait ravir un médecin, lui-même ne connaîtrait-il pas un beau jour semblable occasion ? Lui revint le ravissement imprévu qui l'avait saisi quand Amanda Kendall l'avait embrassé pour lui dire adieu à la gare et le calme qu'il avait ressenti quand il était resté assis auprès d'Hildegard Staunton. Que le silence de ces deux femmes avait été réconfortant. Il devrait vraiment lui écrire, se dit-il.

Le Dr Robinson ouvrit. Il s'étonna de la visite de Sidney. "Je pensais que nous devions vous voir à la fin de la semaine ?

— Je passais et je me suis dit que j'allais vous rendre une petite visite, étant donné qu'il semble qu'à présent nous n'ayons pas à parler que de mariage.

— Effectivement. Isabel est à la cuisine. Je m'apprêtais à m'en aller…

— Je suis venu présenter mes condoléances ; et dire également que l'église est, bien sûr, à votre disposition si vous souhaitiez un enterrement religieux.

— La mère d'Isabel n'était pas ce que vous pourriez appeler une pratiquante, chanoine Chambers. Je crains qu'elle ne se soit inscrite à la Co-op* pour être incinérée."

Isabel Livingstone émergea de la cuisine. Elle semblait troublée. Sidney s'excusa de les avoir dérangés.

"Je regrette infiniment de n'être pas passé vous prévenir, chanoine Chambers, s'excusa Isabel. Mais nous avons été tellement occupés. Je pensais qu'un jour nous préparerions un mariage, mais je suppose que j'ai toujours su qu'il nous faudrait d'abord organiser une messe d'enterrement.

— Je suis doublement désolé, dit Sidney, à la fois pour votre deuil et pour la malheureuse proximité des événements.

— Nous nous y préparions pourtant, n'est-ce pas, chéri ?" Le docteur passa son bras sur l'épaule d'Isabel et elle leva les yeux en lui souriant.

Sidney trouvait qu'ils formaient un beau couple. "Je sais que vous naviguez entre la naissance et la maladie autant que moi, docteur Robinson…"

Isabel se dégagea. "Je vais mettre la bouilloire à chauffer.

* The Co-operative Group ou plus simplement Co-op est une entreprise du Royaume-Uni de type coopératif, c'est-à-dire détenue et dirigée par ses membres qui sont avant tout des consommateurs.

— Ça vous fait apprécier les plaisirs imprévus de la vie quotidienne, poursuivit le docteur. Chaque fois que je me réveille j'essaie de remercier d'avoir passé la nuit tranquille, et de tout regarder comme si je le voyais pour la première fois ; non que je veuille philosopher. Entrez, asseyez-vous…

— Je suis sûr que vous avez des patients à aller voir. Je ne voudrais pas vous retenir…

— Ils peuvent attendre. Isabel a besoin de moi, je crois. Et, bien sûr, j'ai besoin d'Isabel."

Sidney essaya de faire la conversation tandis qu'ils passaient dans un petit salon équipé d'une cheminée électrique à deux barres. "Il est étonnant de constater à quel point bonheur et tristesse se télescopent souvent. C'est pourquoi je suis si opposé aux confettis.

— Aux confettis ?

— C'est très gênant pour ceux qui doivent assister à un enterrement quand un mariage a été célébré plus tôt dans la journée. Ça rappelle à la famille du défunt ce qu'elle a perdu.

— Je ne crois pas que ça aurait gêné ma mère, l'interrompit Isabel Livingstone, arrivant avec le plateau à thé. Comme vous le savez, elle était violemment opposée au mariage. Chaque fois qu'elle entendait sonner des carillons d'église, elle se couvrait les oreilles. C'est bien simple, les mariages la mettaient dans tous ses états, n'est-ce pas, Michael ?

— C'est pourquoi nous ne lui avions pas fait part de nos intentions, chanoine Chambers.

— Il m'arrive de penser que maman ne continuait à vivre que pour nous contrarier", continua sa fiancée. Sidney remarqua qu'elle portait une bague en émeraude. "J'avais eu la bêtise de lui promettre de ne pas me marier de son vivant et je pense qu'elle a tenté de m'enterrer. « Même si je meurs quand même la première, me disait-elle, je serai toujours là à regarder ce qui se passe. »

— Vous n'étiez peut-être pas obligée de tenir votre promesse ? repartit Sidney.

— Vous qui êtes pasteur, êtes-vous en train de suggérer que je n'aurais pas dû tenir ma parole ? demanda Isabel en lui versant du thé. Du sucre ?

— Non, merci. Si on vous avait contrainte à faire cette promesse, ou si c'était une mauvaise promesse, alors, oui, bien sûr.

— Tout compte fait, nous n'avons pas eu à attendre très longtemps. Cela ne fait que sept mois que nous nous connaissons vraiment, poursuivit le docteur. Mais vous savez tout ça, chanoine Chambers. Nous n'allons bien sûr pas envoyer de faire-part de fiançailles avant l'incinération.

— Bien que Mlle Livingstone porte une bague…

— Seulement dans la maison. Je l'enlève quand je sors. Ça me paraît ridicule parce qu'à l'heure qu'il est tout le monde a dû le deviner, mais quand on est censé être en deuil, ce n'est pas la chose à faire.

— Censé ?

— Je suis désolée, chanoine Chambers ; ma mère n'était pas une femme aimable, ni à la fin de sa vie ni même avant. Je peux lui être reconnaissante de m'avoir donné la vie et de s'être occupée de moi, mais récemment, à part Michael, j'ai eu une existence de misère. C'est dur de soigner quelqu'un d'âgé qui vous en veut tellement d'être jeune."

Sidney décida de prendre un risque. "Je sais que parfois, quand des personnes proches meurent, ça peut être presque un soulagement.

— C'est bien ce qui s'est passé. Mais on n'a pas le droit de le dire.

— On peut tout dire à un prêtre.

— Ou à un médecin… renchérit Michael.

— Pas absolument tout", rétorqua Isabel Livingstone.

Il y eut un silence.

"À propos d'incinération, reprit le Dr Robinson, nous envisagions de programmer la crémation pour la semaine prochaine, mais à présent il semble qu'il y ait du retard. J'imagine que vous n'êtes pas au courant ?

— J'en ai entendu parler, répondit Sidney. Je pense que c'est une affaire délicate.

— Je ne vois pas ce que cela a de si délicat. Qu'avez-vous entendu dire ?

— Oh Michael… commença Isabel, mais son fiancé lui coupa la parole.

— Mme Livingstone est morte de mort parfaitement naturelle. D'une défaillance cardiaque. J'ai rempli moi-même le certificat de décès."

Sidney trouva que le Dr Robinson se montrait un peu trop prompt à se justifier. "Et vous, mademoiselle Livingstone, étiez-vous présente à ses derniers moments ?

— Bien sûr. Je me suis occupée de ma mère jusqu'à la fin. Je lui ai donné des gorgées d'eau. Je lui essuyais le front. J'ai veillé à ce qu'elle ne se déshydrate pas, comme me l'avait dit Michael. J'ai suivi à la lettre les conseils de mon fiancé.

— Vous avez fait une demande d'incinération tout de suite ? demanda Sidney.

— Nous avons été très efficaces, poursuivit le docteur. Cela n'a rien d'extraordinaire. C'est ce qu'avait demandé la mère d'Isabel.

— Elle avait une peur bleue d'être enterrée vivante, expliqua Isabel. Elle avait horreur des vers. Elle disait : « Ne laissez pas les vers me ronger. » Elle pouvait être très morbide."

Le Dr Robinson commençait à s'interroger. "Pourquoi nous demandez-vous ça ?

— Il semble que le coroner ne soit pas tout à fait prêt à laisser partir le corps de votre mère, Mme Livingstone. Il n'est pas impossible qu'il demande un examen *post mortem*.

— Et pourquoi diable ferait-il une chose pareille, chanoine Chambers ? s'enquit Isabel d'un ton qui parut trop innocent.

— À mon avis, votre fiancé peut expliquer les raisons médicales de ce genre de requête", repartit Sidney.

Le Dr Robinson se leva de sa chaise et regarda par la fenêtre. "Ce salaud se mêle de ce qui ne le regarde pas", marmonna-t-il.

Le lendemain, Leonard Graham arriva de Londres pour remplir ses fonctions de vicaire de Sidney. Il lui tardait de travailler dans une paroisse qui était aussi une ville universitaire afin de poursuivre ses études sur les grands écrivains russes, notamment Dostoïevski.

Malheureusement, l'inspecteur Keating avait demandé à Sidney d'aller voir le coroner et la première personne que Leonard rencontra à Grantchester fut donc la gouvernante. Avec son mètre soixante et ses quatre-vingt-deux kilos, Sylvia Maguire était une petite femme farouchement opiniâtre. Elle reçut Leonard Graham et lui dit qu'il ne fallait pas qu'il s'inquiète étant donné que le chanoine Chambers avait peu de sens pratique et qu'il serait plus clair qu'elle lui explique elle-même le fonctionnement de la paroisse et, en particulier, du presbytère.

Elle conduisit Leonard à sa chambre et se proposa de lui préparer une tasse de thé pendant qu'il commençait à défaire sa valise et ses caisses de livres. Au bout de six ou sept minutes, elle l'appela pour lui annoncer que tout était prêt. Leonard descendit au rez-de-chaussée et, après avoir jeté un coup d'œil à son thé et à son biscuit de Savoie, il se prépara à recevoir son discours d'intronisation. Il avait déjà senti que, plutôt qu'à un échange avec le chanoine Sidney Chambers sur le statut ecclésiastique de la fonction de prêtre ou le caractère sacré de l'idiot dans la fiction russe, il allait avoir droit à l'histoire de la vie de Mme Maguire. Son intuition ne l'avait pas trompé.

Mme Maguire se mit à lui raconter qu'elle était née le 21 janvier 1901, jour de la mort de la reine Victoria, et que pourtant, malgré cette date historique, Sidney ne se souvenait jamais de son anniversaire parce qu'il était trop occupé à penser aux criminels. Elle lui apprit qu'elle avait perdu trois de ses frères au cours de la Première Guerre mondiale et que son mari Ronnie avait disparu "sans raison valable" pendant la seconde. Elle expliqua en détail que sa sœur Gladys, une spirite, avait été incapable d'entrer en contact avec Ronnie, qu'il ne pouvait donc pas être mort et qu'elle attendait toujours son retour ; et elle rassura Leonard Graham en lui confiant que le départ de son époux signifiait qu'elle pouvait "servir" d'autres personnes mais qu'elle n'en considérait pas moins comme "peu hygiéniques" les toilettes intérieures et la salle de bains du rez-de-chaussée du presbytère donnant sur la cuisine. Elle serait en mesure d'assurer la restauration des deux ecclésiastiques, mais sans proposer trop de poisson étant donné qu'elle redoutait les arêtes et ne s'était jamais totalement remise de l'embarras qu'elle avait connu lorsqu'elle avait failli s'étrangler lors de sa lune de miel à Skegness*.

Elle déclara que seraient servis des repas simples – hachis Parmentier, toasts au fromage, saucisses cuites au four dans de la pâte à crêpes, purée de pommes de terre au chou, puddings à la viande de bœuf et aux rognons – et que c'était bien plus facile maintenant qu'elle arrivait au bout de sa carte de rationnement. Mais la lessive et le repassage seraient en plus, surtout si Leonard voulait que ses cols de pasteur soient amidonnés, et elle lui serait également reconnaissante de faire le ménage dans sa chambre avant qu'elle passe l'aspirateur et de vider lui-même ses cendriers.

Leonard Graham essaya de rassurer Mme Maguire quand il pensa qu'elle en avait terminé : "Je suis sûr que tout se passera admirablement, madame Maguire."

C'est alors que sa réplique éveilla ses craintes. "En êtes-vous vraiment certain ? Avez-vous déjà été vicaire ?

— Non.

— Alors tout va vous étonner."

Leonard aurait aimé voir Sidney apparaître au plus vite. "Je suis sûr que je vais y arriver, répondit-il. Mon rôle ici sera plus spirituel que matériel.

— Il faut bien que tout le monde mange, monsieur Graham.

— Assurément. Je pense que l'auteur dramatique Bertolt Brecht a même suggéré que la nourriture devait passer avant la morale…"

Mme Maguire ne semblait pas écouter. "Je ne comprends pas pourquoi le chanoine Chambers ne peut pas écrire ses sermons, assurer le service du culte et visiter les malades comme tout autre ministre, se plaignit-elle. Il faut qu'il aille fourrer son nez dans les affaires des autres et il est certain que ça va nous valoir des ennuis. Avant Noël, nous avons connu une période infernale, je vous le dis franchement."

Leonard Graham défendit son collègue. "Je ne pense pas qu'il tienne vraiment à se mêler des affaires d'autrui, madame

* Célèbre station balnéaire sur la côte du Lincolnshire, à soixante-dix kilomètres au nord-est de Londres.

Maguire. Les gens viennent le trouver. Il se contente de répondre à leurs besoins.

— Enfin, il est trop aimable et il faut qu'il fasse attention, croyez-moi. Les crimes en attirent toujours de nouveaux, c'est ce que disait mon Ronnie.

— Je rappellerai au chanoine Chambers ses devoirs fondamentaux, répliqua Leonard Graham.

— Et n'allez pas vous y mettre, vous aussi, conseilla Mme Maguire. Ça suffit comme ça d'avoir un pasteur qui joue les Sherlock Holmes. On n'en a pas besoin de deux.

— J'aiderai le chanoine Chambers toutes les fois que je pourrai, madame Maguire, mais je ne le laisserai pas me distraire, répondit Leonard Graham. Je ne me préoccuperai que de l'église et de la paroisse.

— Malheureusement, fit Mme Maguire, ça risque de vous attirer pas mal d'ennuis. Même si Grantchester peut donner l'impression d'être un village anglais typique, monsieur Graham, je peux vous dire à présent qu'en réalité c'est *un nœud de vipères perfides*.

— Je ferai de mon mieux pour me tenir sur mes gardes, madame Maguire.

— Il vous faudra faire plus que ça, monsieur Graham. Que la vigilance soit votre mot d'ordre, c'est tout ce que je dis. Je pèse mes mots et je ne me perds pas en bavardages.

— J'ai pu déjà m'en rendre compte", rétorqua Leonard Graham.

Le coroner de Cambridge avait la réputation d'être efficace. Il ne faisait jamais durer les bons moments plus que nécessaire. Derek Jarvis était le genre d'homme qui voyait dans chaque rencontre, même très agréable, un rendez-vous à caser dans le laps de temps qui lui était imparti. Grand, mince, vêtu d'un costume croisé et d'une vieille cravate de Harrow*, il possédait la confiance et l'aisance qui vont de pair avec une éducation

* Fondée en 1572, Harrow est l'une des neuf plus importantes *public schools* britanniques.

privilégiée. Chez lui l'efficacité compensait des manières franchement rugueuses.

Sidney l'avait déjà rencontré une fois, après un match de cricket amateur où le coroner avait marqué le coquet total de quarante-trois points lors d'une victoire surprise contre Royston.

"Je ne voudrais pas paraître impoli, chanoine Chambers, mais je ne vois pas trop en quoi cette affaire vous concerne. À proprement parler, c'est à régler entre moi et la police."

Sidney se rendait bien compte que pour Derek Jarvis sa présence allait représenter une perte de temps inutile. Il lui fallait donc se montrer à la fois charmant et précis. "L'inspecteur Keating m'a suggéré de venir vous voir parce qu'Isabel Livingstone et Michael Robinson sont mes paroissiens. Ils sont en deuil et pourtant, en même temps, ils s'apprêtent à se marier dans mon église. Je suis ici à titre strictement confidentiel, pour juger de la précarité de leur position et voir s'il ne faudrait pas envisager de repousser la date de leur mariage. Je regrette de vous importuner avec ma visite…

— Vous ne me dérangez pas, bien évidemment. En fait, c'est un plaisir de vous voir, chanoine Chambers, repartit le coroner. Sauf qu'il est beaucoup plus agréable de vous rencontrer sur un terrain de cricket que dans cet environnement moins sympathique.

— Hélas, le printemps se fait attendre, répondit Sidney. Il me tarde de goûter aux longs jours d'été et aux ombres qui s'allongent en fin de journée ; mais en attendant il faut bien affronter nos tâches quotidiennes. J'imagine qu'il doit exister des règles à suivre dans ce genre de situation.

— Certainement. Mme Livingstone semble être morte plusieurs mois plus tôt qu'on n'aurait pu le penser. Si sa mort a été hâtée et dans des circonstances suspectes, alors il va nous falloir enquêter…

— C'est le cœur de l'hiver, et Mme Livingstone était une dame très âgée…

— Certainement, chanoine Chambers, mais comme vous savez sans doute, peut-être même mieux que moi, que nous sommes tous des créatures de Dieu, jeunes et vieux pareillement…

— Je ne dis pas…

— Je le sais bien. « Toutes choses ont leur temps*. » Mais là où l'homme propose, c'est Dieu qui dispose.

— Je comprends.

— Tout dépend de *l'intention*, poursuivit Derek Jarvis. Le docteur a-t-il refusé ou retiré un traitement? A-t-il permis à Mme Livingstone de mourir et, si c'est bien le cas, était-ce dans l'intérêt de la patiente et en accord avec ses vœux?

— Mme Livingstone était très affaiblie. Je suis sûr que sa fille aurait parlé en son nom…

— Je crains que ce ne soit pas la même chose ; pas du tout la même chose…

— Oui, je vois, dit Sidney en hésitant. Mais si Mme Livingstone souffrait énormément…

— Alors, bien sûr, on peut administrer de la morphine. Toutefois, il faut veiller à bien vérifier la quantité exacte.

— Je suis convaincu que le Dr Robinson savait ce qu'il faisait, répondit Sidney.

— Je n'ai aucun doute sur ce point. Mais qu'a-t-il fait, et qu'avait-il *l'intention de faire*? Dans cette affaire, ses intentions sont cruciales. En plus d'être un antalgique, je pense que vous savez peut-être que la morphine réduit également l'intensité et la fréquence respiratoire et qu'elle peut donc, à ce titre, abréger la vie d'un patient.

— Un effet secondaire de la diminution de la douleur…

— Tout à fait, chanoine Chambers. Excusez-moi d'énoncer une évidence, mais il est important que les principes moraux soient clairs. Je suis sûr que vous serez d'accord."

Sidney admira le raisonnement méthodique du coroner, mais regretta son manque de compassion.

Derek Jarvis poursuivit. "Une mort qui intervient après l'administration de morphine est un événement prévisible, et dans des cas pareils, un médecin qui donne de la morphine à un patient en phase terminale afin de réduire la souffrance et d'envisager, mais sans intention de la donner, la mort prématurée de la personne n'a pas contrevenu à la loi.

* Ecclésiaste III, 1.

— C'est une bonne chose, commenta brièvement Sidney, soulagé qu'il pût y avoir des raisons d'espérer.

— La quantité de morphine, comme je l'explique, doit être déterminée et il nous faut bien sûr nous assurer que c'est simplement de la morphine qui a été administrée et pas un produit plus nocif…

— Comme par exemple ?

— Du chlorure de potassium. C'est une substance tout à fait différente. Dans ce cas il ne s'agit plus d'envisager la mort comme possible mais d'avoir l'intention de la donner. Là encore la question de *l'intention* est cruciale. C'est une forme d'intervention où la mort elle-même est visée, plutôt que le soulagement de la douleur…"

Sidney essayait de suivre. "Il semble, toutefois, qu'on ne puisse juger du niveau d'intention qu'en interrogeant le médecin lui-même.

— Ce peut être le cas, mais dès que du chlorure de potassium a été administré, je crains qu'un médecin ne puisse plus guère nous persuader de son innocence.

— Il agit pourtant peut-être toujours par compassion pour son patient.

— Il faudrait alors parler d'euthanasie – ce qui, évidemment, est techniquement un meurtre, répondit le coroner, comme si Sidney n'y avait pas pensé. Et s'il y a le moindre doute que c'est effectivement le cas, il faudra alors procéder à une autopsie.

— Est-ce vraiment nécessaire ?

— Je le crains ; au point que j'en ai déjà ordonné une. Nous aurons le résultat mercredi. Par conséquent je ne préconiserais pas de célébrer le mariage avant cette date."

Sidney fut troublé par la froide impartialité du coroner. En même temps il voyait bien qu'un mot de plus de sa part pourrait, potentiellement, mettre en danger le futur bonheur du couple qui avait l'intention de se marier dans son église. "Et après l'autopsie ? demanda-t-il.

— Je crois avoir déjà exposé les possibilités, chanoine Chambers. Si on trouve de la morphine, alors nous pourrons peut-être passer sur le décès de Mme Livingstone survenu plus tôt que prévu. Mais dans le cas du chlorure de potassium…

— Il faudrait que le docteur soit jugé d'une façon ou d'une autre…"

Le coroner hésita. "Et pas seulement le docteur, bien sûr…

— Que voulez-vous dire ?

— Isabel Livingstone avait une responsabilité morale. Elle était chez sa mère et aurait pu intervenir pour empêcher ce genre de geste, s'il s'agit bien d'un geste malencontreux. Elle est, potentiellement, complice du crime et, par conséquent, pourrait encourir la même peine."

Derek Jarvis parlait comme s'il était déjà à la barre des témoins. "La même ?

— Dans certaines circonstances, elle pourrait ne pas être inculpée d'homicide, mais dans ce cas, il est fort probable, je le crains, que tous deux soient accusés de meurtre. Et, par conséquent, tous deux pourraient encourir la pendaison.

— Juste ciel, dit Sidney. C'est terrible. Je suis sûr qu'ils agissaient tout à fait dans l'intérêt de Mme Livingstone…

— C'est possible, chanoine Chambers, mais ce n'est pas la loi de ce pays.

— Alors il faudrait changer la loi…

— Je ne vais pas me prononcer sur l'éthique mais, tant que la loi n'aura pas été modifiée, s'il y a le moindre soupçon d'acte criminel, alors il est de mon devoir de mettre l'affaire entre les mains de la police.

— Il n'y a rien à faire ?

— Insinuez-vous que j'entrave le cours de la justice ? demanda le coroner.

— Non, bien sûr que non, répondit Sydney.

— Je regrette d'avoir à mettre les points sur les *i*. Toute enquête doit pouvoir se dérouler absolument sans entrave. Ce que vous pouvez faire de mieux, chanoine Chambers, suggéra le coroner, c'est de prier."

Le seul événement qui allégea l'humeur de Sidney, au milieu de la mort et des ténèbres du Carême, fut l'arrivée de son amie Amanda Kendall. Au moins elle lui remonterait le moral, se dit-il en pédalant prudemment sur la neige pour aller l'attendre à la gare.

Il lui avait fallu une bonne demi-heure pour s'y rendre et cette expédition lui avait donné tout le temps de se plonger dans de profondes réflexions. Cela faisait fort longtemps qu'il était allé ailleurs qu'à Cambridge ou à Londres, pensa-t-il. Il lui faudrait vraiment élargir ses horizons. La phrase de Robert Louis Stevenson lui revint : "La grande affaire est de bouger." Pourtant, depuis la guerre, il n'avait guère voyagé. Peut-être pourrait-il prendre des vacances en France ? se dit-il. Ou en Allemagne, bien sûr…

Hildegard l'y avait invité et il s'imaginait que ce serait un réconfort considérable de la revoir ; mais Sidney craignait aussi d'avoir commencé à exagérer la consolation que lui procurerait sa compagnie et que l'absence avait, peut-être, trop favorisé son sentiment pour elle.

Au moins avec Amanda il savait à quoi s'en tenir ; car, en dépit de leur affection réciproque, il n'y avait pas d'ambiguïté ni à s'inquiéter d'amour romantique ou de passion. C'était une chaleureuse amitié, se disait-il, un cadeau dans sa vie et la dose de gaieté dont il avait besoin. Il espérait seulement ne pas la décevoir ni l'ennuyer.

"Aussi élégante qu'on pouvait s'y attendre", déclara Sidney, lorsqu'Amanda descendit du train. Elle portait un manteau en poil de chameau sur mesure et tenait à la main un grand sac de voyage marron.

"J'ai décidé de simplifier ma garde-robe : lilas en ville et marron à la campagne. Ça rend la vie tellement plus facile, dit-elle.

— Ce n'est pas vraiment la campagne…

— Oh Sidney, Cambridge n'est pas Londres. Tu es autorisé à m'embrasser." Elle lui tendit la joue. "Où déjeunons-nous ? s'enquit-elle.

— Nous allons au Garden House Hotel, annonça-t-il. J'espère que ça t'ira.

— Alors je te suis."

Sidney marcha dans le caniveau en poussant son vélo jusqu'au restaurant. En chemin, Amanda lui raconta qu'elle ne savait pas comment elle n'avait pas péri sous la neige. Dans le train qui l'avait amenée elle avait parlé à un paysan du nom de Harding Redmon qui s'était plaint de ce que ses navets avaient gelé, que ses brebis avaient bien peu de lait et que les agneaux mouraient. C'était si bouleversant de l'entendre. Sa femme élevait des labradors et s'était fait tellement de mauvais sang pour une nouvelle portée qu'elle avait refusé de partir de chez elle tant qu'elle ne serait pas sûre que les chiots allaient survivre au froid.

Sidney l'interrogea sur la National Gallery et Amanda lui apprit qu'elle commençait à faire des recherches pour une monographie sur les peintures de Hans Holbein le Jeune. Il restait tellement à découvrir, lui expliqua-t-elle, sur la vie culturelle à la cour d'Henri VIII : le théâtre, l'art et la musique, qu'elle avait le sentiment de voir tout un monde s'ouvrir devant elle. Peut-être pourraient-ils aller ensemble à Hampton Court pendant l'été ?

Sidney lui dit qu'il en serait enchanté et, de son côté, il lui parla de sa paroisse, des ragots de Corpus Christi et de l'arrivée de Leonard Graham.

"S'est-il rasé la moustache ? demanda Amanda.

— Oui, il est passé à l'acte. Et il est beaucoup mieux comme ça.

— Quelle histoire chez les Thompson, poursuivit Amanda. Je plains cette pauvre vieille Daphne…

— Et tu étais à plaindre, toi aussi.

— Je n'arrive pas à me pardonner cet épouvantable gâchis avec Guy Hopkins.

— C'était un homme très séduisant.

— Et une brute épaisse."

Ils arrivèrent à l'hôtel, donnèrent leurs chapeaux et leurs manteaux et furent conduits directement à leur table.

"Quand je pense au temps qu'il m'a fallu pour m'apercevoir que Guy était consternant, poursuivit Amanda. J'ai perdu tout jugement critique. J'ai tellement perdu la tête devant un don juan aux belles perspectives que j'ai oublié de penser à ce que cela signifierait de l'épouser. As-tu pu te faire une idée la première fois que tu l'as rencontré ?

— Je préfère ne rien dire.

— Ça signifie que tu as vu tout de suite à qui tu avais affaire…

— Pas forcément, Amanda. Je ne lui ai jamais adressé la parole en tête à tête, et je ne vous ai jamais parlé à tous les deux en privé.

— Mais c'est ce que tu fais avant un mariage, n'est-ce pas ? Et c'est en partie pourquoi je suis venue. Je voulais te demander, si jamais ça se reproduit, et que je me fiance, pourrai-je venir te trouver et t'en parler ?

— Bien sûr. As-tu quelqu'un en vue ?

— Pas encore. Mais il y a des possibilités.

— Et serai-je le premier à le savoir ?

— Après Jennifer, bien sûr. Je ne peux guère cacher des choses à l'amie avec qui je partage un appartement.

— Comment va-t-elle ?

— Tu veux dire que tu souhaites avoir des nouvelles de Johnny Johnson ? Ils sont simplement amis, tu sais.

— J'aurais tendance à avoir de l'admiration pour Johnny Johnson.

— Et moi aussi, Sidney. Il est certain que, de nos jours, il est possible d'avoir des liens d'amitié avec le sexe opposé sans se prendre la tête. Je suis sûre que tu as plein d'amies femmes…

— Pas comme toi, Amanda.

— J'espère bien. Je ne voudrais pas être une copie exacte.

— Il n'y a personne au monde comme toi, Amanda. Je peux te le garantir.

— Oh, je suis sûre que pendant la révolution d'octobre, ou d'ailleurs pendant la Révolution française, on m'aurait fusillée avec toutes les autres snobs de la haute. Mais maintenant il faut que je me montre prudente. Je crains que lorsque les hommes me font des avances ils n'aient une arrière-pensée.

— Enfin, tu es vraiment un bon parti.

— Oh, Sidney, tu me fais des compliments bien agréables à entendre. Mais il m'arrive de ne pas savoir au juste ce qu'ont en tête les hommes que j'apprécie.

— Je dirais que ça relève du risque professionnel."

La serveuse arriva avec des harengs frits dans de la farine d'avoine, mais Amanda était lancée. "Les prêtres ne se chargent-ils pas de donner des conseils aux gens qui envisagent de se marier ? Quel genre de choses leur dis-tu alors ? Et es-tu parfois en mesure de voir dès le début que les intéressés vont droit dans le mur ? Je parie que tu en es capable.

— Ça fait pas mal de questions, Amanda.

— J'en ai d'autres. Je veux tout savoir. Par exemple, comment se comporter en amour ? Comment savoir si on aime suffisamment et s'il est possible de se marier si on a toujours des doutes ? Est-il important que les parents soient d'accord ou non ? Est-il essentiel que son époux ait de l'argent ? Faut-il avoir le même statut social ? Que convient-il de faire quand on ne supporte pas un aspect de la personnalité de son futur mari ? Les gens peuvent-ils changer une fois mariés ? Ce genre de choses.

— Je ne sais pas, dit Sidney en commençant son hareng. On ne peut pas tout prévoir. Mais, en même temps, je pense qu'il faut ne pas être en mesure d'imaginer l'alternative. Je pense qu'il faut se dire qu'il est impossible de vivre sans quelqu'un.

— Mais tu vis sans quelqu'un.

— Dans mon cas c'est différent. Je vis avec ma foi. Ce que je veux dire, c'est qu'il doit être impossible de s'imaginer vivre sans la personne qu'on aime.

— Mais si on ne parvient pas à trouver cette personne ? Je connais tant de gens qui se contentent d'un second choix.

— Je vais te dire une chose, Amanda. Ce n'est peut-être qu'à tes yeux que ce partenaire est un second choix. Et l'amour peut jouer un rôle plus important que l'attirance. Il m'arrive de penser que c'est davantage une question de sanctuaire, une affaire d'amitié inattaquable.

— As-tu connu des cas pareils ?

— Pas tout à fait, repartit Sidney. Pas encore…"

La serveuse débarrassa leurs assiettes et revint avec des côtelettes de porc à la compote de pommes. Sidney n'avait pas prévu un interrogatoire aussi serré et il trouva le ton d'Amanda presque conflictuel. Il était difficile de donner des réponses réfléchies à sa volée de questions directes.

"Se sent-on seul quand on est prêtre ?

— Quelquefois…

— Quand est-ce que c'est le pire ?

— Maintenant, je suppose.
— Tu veux dire, à cette table ?
— Non, bien sûr que non, ce n'est pas du tout ce que je veux dire, Sidney piqua un fard, mais il se sentait vraiment dépassé. Je pense que c'est lorsqu'il y a un petit nombre de fidèles un jour glacial de février en plein Carême, par exemple. Je sens ces vagues de dépressions déferler sur moi. Le nombre des fidèles diminue, Amanda, et il m'arrive de ne rien pouvoir faire pour les encourager. C'est comme dans *La Plage de Douvres*, le magnifique poème de Matthew Arnold. Je sens la mélancolique rumeur des flots qui se retirent à marée basse…
— Alors j'espère que tu n'es pas allé plonger dans de nouvelles eaux troubles ces derniers temps.
— Parfois ce sont les eaux troubles qui viennent jusqu'à moi…"
Amanda posa son couteau et sa fourchette. "Je suis vraiment désolée. J'ai parlé tellement de moi qu'il m'a fallu un moment pour m'en rendre compte. Pardonne-moi. Il est évident que quelque chose te tourmente."
Sidney poussa un soupir. Il se demanda s'il devait parler ouvertement, mais il était trop préoccupé pour ne pas le faire. "C'est malheureusement vrai.
— Dis-moi…
— Ce n'est peut-être pas le bon endroit pour en parler.
— Personne n'écoute.
— Une dame âgée est morte.
— Voilà qui n'a vraiment rien d'extraordinaire.
— Effectivement.
— Alors qu'est-ce qui te tourmente ?
— C'est extrêmement confidentiel, Amanda. Je ne devrais pas du tout t'en parler.
— Mais tu es inquiet ?
— Oui. Des soupçons pèsent sur mon médecin.
— Mais pourquoi donc ?
— C'est une affaire très délicate.
— Dis-moi, je ne le connais pas ?
— Non, Amanda, tu ne le connais pas.
— Alors ne me dis pas son nom. S'est-il montré négligent ?"

Sidney s'arrêta. Il savait qu'il ne devrait pas se confier à Amanda, mais il ne pouvait pas s'en empêcher. "On pense qu'il a peut-être hâté sa mort.

— Et pourquoi ferait-il une chose pareille ?

— Pour pouvoir épouser la fille sans la bénédiction de sa mère.

— Ne pouvaient-ils pas se contenter d'attendre ?

— Apparemment non. La vieille dame n'était pas facile. C'était une dure à cuire."

Amanda revint à son repas. "Presque aussi dure que ces côtelettes de porc, j'imagine. Ton ami l'inspecteur a-t-il eu vent de cette affaire ?

— Oui. Ni lui ni moi ne sommes vraiment à l'aise.

— Il s'agit donc d'un geste médical de compassion ou de quelque chose de bien plus sinistre ?"

Sidney commença à regretter d'avoir abordé ce sujet, mais c'était trop tard. "Je ne suis pas sûr que la fille soit impliquée dans cette histoire.

— Eh bien, il y a une bonne raison pour laquelle la mère aurait pu ne pas être d'accord, poursuivit Amanda. Bien que je ne voie pas que ça fasse grande différence de nos jours…

— Et quelle raison ?

— Oh Sidney, comment peux-tu être aussi bouché ? Il est évident qu'elle est enceinte."

Évidemment, se dit Sidney. Comment avait-il pu être aussi long à la détente ?

"Si sa mère meurt avant que la grossesse devienne évidente alors ils sont lavés de tout soupçon ; ils n'avaient pourtant pas besoin de s'en faire autant pour commencer. Il n'y avait rien d'autre qui les empêchait de se marier, j'imagine…

— Je pense qu'Isabel ne voulait pas déplaire à sa mère…

— Isabel ? Tu appelles par son prénom un assassin en puissance ?

— Ce n'est pas une criminelle, Amanda. C'est une femme qui, après avoir été tyrannisée toute sa vie, a maintenant trouvé l'amour sur le tard.

— Et ses vœux ont donc été exaucés.

— L'amour est quelque chose qu'il convient de célébrer, Amanda.

— Tu n'as jamais songé à l'épouser toi-même ?
— Voilà que tu me taquines…
— Est-elle séduisante ?
— Oui. Mais, bien sûr, pas autant que toi.
— Oh Sidney." Amanda se pencha en avant et posa sa main sur la sienne. "Je peux toujours compter sur toi pour dire ce qu'il faut. Sans compter que tu as de parfaites manières. J'aimerais bien que mes admirateurs londoniens en prennent de la graine."

La serveuse revint avec un roulé à la confiture et Amanda retira sa main.

"Je pense que nous devrions faire attention à ce que nous souhaitons, dit Sidney aussi calmement que possible. Parfois, même quand nos prières sont exaucées, se produit un coup de théâtre ironique absolument imprévisible.
— Écoute, laisse-moi payer le déjeuner, Sidney, voilà un tour nouveau à une histoire connue.
— Je ne pense pas pouvoir te laisser faire ça, Amanda.
— N'importe quoi. Je pense qu'il faut toujours que ça soit moi qui paie. Pour faciliter grandement les choses…
— Amanda…
— Ne sois pas idiot, Sidney. Prends ça comme un acompte sur de futurs conseils matrimoniaux. Il y en aura probablement un bon nombre."

Début mars la neige commença à fondre et à glisser des toits, prenant au dépourvu les cyclistes et les gens qui faisaient leurs courses. Des faucons planaient au-dessus des Meadows, et plus loin de la ville, dans les champs autour de Grantchester, les agriculteurs purent enfin labourer et semer.

Le printemps arrivait avec son lot d'espoir. Les étudiants déboutonnaient leurs duffel-coats et défaisaient leurs écharpes, les enfants jouaient au football près de la rivière, et les premières jacinthes d'hiver firent leur apparition aux fenêtres des façades.

Leonard Graham s'était installé dans l'une des chambres au premier étage du presbytère. Sidney fut content de lui déléguer des tâches, de l'instruire quant aux responsabilités du ministère, de lui laisser faire – à loisir – des sermons sur les tensions entre l'éthique kantienne et la morale utilitarienne, tant qu'il se montrait aimable envers Mme Maguire et ne s'impatientait pas contre les paroissiens qui n'avaient pas pu poursuivre leurs études.

"La sagesse naturelle, dit-il à Leonard, ne se trouve pas toujours dans les livres.

— Je suis d'accord, repartit son vicaire, mais lire des livres quand on est naturellement sage vous donne encore plus d'avantages.

— Sur quoi ? demanda Sidney.

— Vous pensez que je vais dire sur « autrui », n'est-ce pas, Sidney, mais ce n'est pas du tout ce que j'ai en tête. La lecture vous donne un avantage sur la vie et le temps.

— J'en ai conscience, répondit Sidney, laconique.

— On peut voyager à travers l'histoire, s'entretenir avec les morts et vivre de multiples existences…"

Sidney jugea ces propos épuisants, mais on ne pouvait plus arrêter son vicaire.

"C'est ainsi que j'occupe mes moments de loisir, poursuivit-il. Je me penche vers ceux qui ont vécu avant moi afin d'en savoir plus sur la façon de vivre maintenant.

— J'aimerais avoir l'occasion de pouvoir le faire, dit Sidney. Mais, hélas, ce n'est pas le cas."

Il savait qu'il s'était exprimé sur un ton solennel, mais il avait l'esprit ailleurs. Il attendait les résultats de l'enquête judiciaire. Il n'avait toujours pas réussi à comprendre exactement pourquoi Derek Jarvis le perturbait autant. Il avait attribué ça à la nature tranchée de sa moralité et à la vive efficacité avec laquelle il opérait. Mais peut-être était-ce aussi le fait qu'il était jaloux. Sidney accordait à ses paroissiens tellement plus de temps de parole quand ils lui exposaient leurs problèmes et leurs peurs que le coroner ne le faisait jamais avec ses cadavres. Non qu'il regrettât ce temps donné, mais il aurait aimé raccourcir ses rencontres et résoudre les problèmes que venaient lui présenter les gens avec davantage de clarté. Sidney se disait qu'il avait peut-être des choses à apprendre du mode de fonctionnement du coroner ?

Mais non. Comme un médecin, un prêtre devait laisser les événements suivre leur cours.

Sidney hésita. Était-ce ce qu'avait fait le Dr Michael Robinson ? Avait-il laissé la vie de Dorothy Livingstone "suivre son cours" ou en avait-il hâté la fin ? Et, si tel était le cas, ses intentions avaient-elles été, vraiment et uniquement, honorables et compatissantes ? Bref, avait-il agi en chrétien ?

En tant que prêtre et Anglais, Sidney aimait accorder aux gens le bénéfice du doute, mais il savait qu'il lui faudrait une excuse pour voir son médecin en tête à tête et lui poser quelques questions directes.

Il décida de prendre un rendez-vous en tant que patient bien qu'il n'eût à proprement parler aucun problème de santé. En fait, et à bien des égards, Sidney ne s'était jamais senti aussi bien de sa vie. Il pourrait peut-être aller au cabinet du docteur dans Trumpington Road et lui parler de maux de tête, même de migraines, mais sans rien suggérer qui fût susceptible de conduire à une investigation clinique ou à une visite à l'hôpital pour y subir des examens.

"La goutte ?" L'idée lui vint d'elle-même. C'est ce qui avait affligé Milton, Cromwell et Henri VIII, mais souhaitait-il vraiment être associé au "rhumatisme des riches" ? De plus, son abstinence du moment éliminerait à coup sûr la possibilité d'une telle maladie.

Quand le Dr Robinson lui demanda "Que puis-je pour vous ?", Sidney n'avait toujours pas trouvé un sujet de doléances crédible.

"J'aimerais que vous preniez ma tension.

— Pour une raison précise ?

— Mon cœur semble battre à des rythmes différents à différents moments de la journée. J'en ai plus conscience que normalement.

— Remontez votre manche. Vous avez mal quelque part ?

— Pas que je sache. Mais je me sens parfois un peu fragile…

— C'est normal." Le Dr Robinson entoura le haut du bras gauche de Sidney d'un brassard de tensiomètre.

"Vraiment ?

— Tout le monde peut se sentir un peu moins gaillard pendant des passages difficiles, chanoine Chambers.

— Oui, je suppose que ça doit être très éprouvant pour vous en ce moment."

Michael Robinson commença à actionner la poire et à gonfler le brassard jusqu'à l'occlusion de l'artère. Puis, à l'aide d'un stéthoscope, il écouta l'artère brachiale avant de relâcher lentement la pression du brassard.

Sidney se tut pendant la durée de l'opération, mais il se demanda si la tension artérielle des gens augmentait vraiment dans un cabinet médical ; si le fait même de se trouver dans cet endroit ne les crispait pas et n'accélérait pas leur pouls.

"Le coroner ne facilite guère les choses…

— J'imagine…

— C'est parfois mieux de laisser les choses en l'état.

— Je suppose qu'il ne fait que son métier."

Le docteur regarda sa montre, puis le cadran du tensiomètre. "De toute façon, il ne trouvera rien. Je n'ai rien fait de mal.

— Vous n'avez donc rien à craindre."

Le docteur libéra le bras de Sidney. "Votre tension est parfaitement normale, chanoine Chambers. Y a-t-il autre chose ?

— Pas vraiment. Il m'arrive d'avoir des problèmes de sommeil…

— Vous vous couchez à des heures régulières ?

— Je n'ai aucun mal à m'endormir, c'est seulement que je me réveille en pleine nuit… répondit Sidney, en pensant qu'il allait bientôt pouvoir orienter la conversation sur les somnifères, les sédatifs et les antalgiques.

— Vous essayez de prendre des boissons à base de lait ?

— Oui…

— Et ça dure depuis combien de temps ?

— Depuis ces derniers mois.

— Je trouve que la gymnastique aide aussi. Et de ne pas manger trop tard…

— Vous ne prescrivez pas de somnifères ?

— Pas si je peux l'éviter.

— Vous n'êtes pas pour ?

— Chanoine Chambers, désolé d'être impoli, mais avez-vous vraiment un problème ?

— Non, je suppose que non.

— Je ne suis pas sûr que vous soyez venu parce que vous étiez malade.

— Je voulais pouvoir vous parler discrètement.

— De quelque chose en particulier ?

— C'est une affaire délicate.

— Je suis médecin, chanoine Chambers. Pour moi il n'existe pas d'affaires délicates. Vous pouvez aborder absolument tous les sujets.

— Mlle Livingstone…

— Oui, Mlle Livingstone ?

— Se porte-t-elle bien ?" Sidney s'aperçut qu'il n'osait pas franchir le pas. Que diable faisait-il donc à tourner ainsi autour du pot ?

"Eh bien, elle est triste, et un peu nerveuse, mais il n'y a rien que vous ne puissiez lui demander vous-même…"

Sidney eut plutôt honte.

"Dites-moi, vous ne la soupçonnez de rien ?

— Non, bien sûr que non…"

Le docteur regarda par la fenêtre et sa confiance sembla l'abandonner. Il eut l'air épuisé. Peut-être en avait-il assez de maintenir la façade en tant que médecin.

"Je suis sûr que vous êtes resté bien des fois au chevet des mourants, chanoine Chambers. On pense qu'on va finir par s'y habituer, mais c'est différent chaque fois. Quelquefois les gens sont prêts, mais parfois ils s'accrochent, refusent de partir, même si leur heure a sonné. Ils sont têtus et c'est pénible, mais ils ne veulent pas renoncer. La mère d'Isabel n'était pas comme ça. Elle voulait partir, mais la mort n'était pas prête à l'accueillir.

— Vous savez qu'elle voulait partir ?

— Elle m'a dit qu'elle en avait assez, qu'il lui tardait de connaître ce qu'elle appelait « le long sommeil ».

— Et donc…

— J'ai soulagé la souffrance.

— Et était-elle en paix ?

— Il y a une chose extraordinaire que j'ai remarquée, chanoine Chambers. J'espère que mes propos ne vont pas vous offusquer, mais dans ces ultimes moments je ne pense pas que la foi change grand-chose. Ou bien les gens craignent la mort, ou alors ils n'en ont pas peur. Il y a clairement deux catégories de personnes. Même les croyants peuvent être effrayés.

— Je sais. C'est un mystère. Mais peut-être ont-ils moins peur de la mort que de mourir.

— Oui, ce sont deux choses distinctes. Vous arrive-t-il de fermer les yeux sur ce qui se passe, chanoine Chambers ?

— Quand nul n'en pâtit.

— Eh bien, c'est évidemment mon serment d'Hippocrate. « D'abord, ne pas nuire. » Ça pourrait s'appliquer tout aussi bien aux prêtres, je suppose.

— C'est une belle devise, dit Sidney. Dans l'Église d'Angleterre, nous avons des instructions très claires, des lignes directrices sur la façon de mener sa vie. Mais, bien sûr, les gens ne voient pas toujours ce qu'ils sont. Ils se déplacent dans toutes sortes de directions, comme des autos tamponneuses morales, et les lignes ne sont jamais droites, il s'en faut de beaucoup.

— Je suis d'accord. Les gens ne mènent pas des vies nettes et soignées."

Il y eut un temps de silence avant que Sidney ne reprenne ses questions. "Mais vous êtes convaincu d'avoir fait pour le mieux dans l'intérêt de Mme Livingstone ? Que vous ne lui avez nui en rien ?

— Tout à fait, même si je vous en parle alors que ça ne vous regarde pas.

— Il m'arrive de ne pas savoir au juste ce qui me regarde, docteur Robinson, repartit Sidney. Je m'occupe de tout et de rien, de la vie dans sa totalité, et pourtant j'interviens moins sur les pages de la vie des gens que dans les marges.

— Vous êtes trop modeste…

— Non, c'est la vérité. Mais c'est, bien sûr, la voie de Notre-Seigneur. Êtes-vous croyant ?

— Vous m'avez déjà posé cette question.

— Lorsque vous êtes venus me trouver à propos de votre mariage.

— Vous allez toujours nous marier ? Malgré ce que je dis ?

— Dans la cérémonie du mariage, il est demandé s'il y a des *empêchements*. On n'exige pas un diplôme en théologie.

— J'ai été élevé avec une foi intense. Je connais la liturgie. J'admire la langue de l'église et la musique. J'espère toujours connaître la révélation. Mais j'ai malheureusement vu trop de souffrances pour croire en la bienveillance divine. La guerre, vous savez. J'imagine que vous étiez pacifiste ?

— Je crains que vous n'imaginiez mal, le coupa Sidney, avec un peu trop d'agressivité, à son goût. J'ai combattu pour ce en quoi je croyais.

— Même si ça signifiait tuer des gens ?

— Un moindre mal.

— Ah oui, fit le docteur, sa vulnérabilité gravant des plis sur son front au-dessus de sourcils plus bruns que ses cheveux. Un moindre mal. Je pense que nous savons tous deux ce que cela veut dire…"

À son retour, Sidney s'aperçut que Leonard était déjà parti visiter les malades pour leur donner la communion et que, en son absence, Mme Maguire avait décidé d'enlever à nouveau tous ses livres du plancher de son bureau, et de les empiler partout sur sa table, afin de passer l'aspirateur dans toute la maison. Il lui avait répété maintes fois de ne pas le faire mais, par le passé, il n'avait jamais été entendu. Il n'avait jamais vu une si petite femme agir avec une telle vivacité. Il y avait de l'agressivité dans sa façon de passer l'aspirateur, une violence qui était à l'évidence une espèce d'activité de substitution. Il n'en avait été témoin qu'une fois auparavant, après qu'elle avait eu vent de bruits non confirmés selon lesquels son mari, disparu en 1944 parmi des rumeurs contradictoires de pacifisme et de bigamie, pouvait en fait se trouver dans l'ouest de Londres. Il se doutait que ce n'était pas le meilleur moment pour engager la conversation avec elle, mais il avait tort. Mme Maguire n'avait que trop envie de converser.

Elle éteignit l'aspirateur et ôta son tablier. Il était évident qu'elle avait attendu ce moment et Sidney se préparait au pire. Des rumeurs circulaient dans le village, lui annonça-t-elle, de mauvaises rumeurs.

"Que voulez-vous dire, madame Maguire ?

— Je vous épargnerai les conversations qui vous concernent…" commença-t-elle, comme si un tel silence lui était des plus pénibles.

Sidney en fut alarmé. Il aimait que les gens aient une bonne opinion de lui. "Qu'est-ce que cela peut bien vouloir dire ?

— Ma sœur refuse de voir le docteur, annonça Mme Maguire.

— Et pourquoi donc ?"

Mme Maguire croisa les bras en un geste que Sidney prit pour un acte de défi. "Elle craint qu'il ne l'assassine."

Sidney n'en croyait pas ses oreilles. Quelqu'un avait parlé mal à propos. Quant à lui, il avait la conscience tranquille, et il pouvait certainement faire confiance à l'inspecteur Keating. Pouvait-il s'agir du coroner, ou peut-être d'une admiratrice éconduite du Dr Robinson ? Il allait devoir rendre une nouvelle visite à Derek Jarvis.

"C'est ridicule.

— Rien que des ragots, j'imagine, poursuivit Mme Maguire. Mais vous savez bien ce qu'on dit ? Il n'y a pas de fumée sans feu…" Elle regarda Sidney comme si elle avait employé une expression qu'il n'avait jamais entendue.

"Je n'ai jamais trouvé que cet aphorisme aidait à y voir plus clair", répondit Sidney.

Mme Maguire fit un pas en avant. "Je suppose que vous n'êtes pas du tout au courant ?

— Je ne suis pas au courant", répondit Sidney, d'un ton peu convaincu. Le nombre de mensonges qu'il lui fallait proférer depuis qu'il se trouvait mêlé à des enquêtes criminelles était vraiment extraordinaire.

"Mais je pense que vous voudrez quand même savoir ce qu'on raconte sur *vous* ?

— Pas spécialement, madame Maguire." Sidney essaya de jouer les indifférents. "Je préférerais que les gens me disent directement ce qu'ils pensent.

— Très bien. Alors je vais vous le dire. Ils pensent que vous allez épouser Mlle Kendall.

— C'est fort peu probable.

— C'est ce que j'ai dit à M. Graham.

— Vous en avez parlé avec lui ? Qu'a-t-il répondu ?

— Que ce n'était pas à lui de faire des commentaires.

— Et il a parfaitement raison.

— Mais tout le monde en parle, poursuivit Mme Maguire. On vous a vus vous tenir la main dans un restaurant…

— Seulement un bref instant…

— Suffisamment longtemps pour que la serveuse le signale au chef cuisinier, qui l'a raconté à sa sœur, qui est barmaid au Green Man. À l'heure qu'il est la nouvelle aura fait le tour de Grantchester et demain on ne parlera que de ça à toutes les tables des professeurs de Cambridge.

— Je pense qu'autour des tables de réfectoire des collèges de Cambridge, on ne s'intéresse guère à mes perspectives matrimoniales, madame Maguire…

— Les gens intelligents adorent avoir l'occasion de se moquer de leurs rivaux, je l'ai remarqué.

— Je n'ai pas de rivaux, madame Maguire. J'ai des amis.

— Appelez-les comme vous voulez ; mais si vous vous tenez la main en public, on ne pourra pas arrêter les cancans."

Sidney était contrarié. En quoi cela regardait-il qui que ce soit ? Sa relation avec Amanda était une affaire personnelle. L'idée qu'on pût parler d'eux lui était insupportable. Maintenant il allait lui falloir expliquer quelque chose qu'il ne *voulait* pas expliquer parce qu'il aimait que cela demeure vague et inexplicable. "Je marie les autres entre eux. Je n'ai pas le projet de me marier moi-même. Mlle Kendall est une *amie*.

— C'est ce que je leur ai dit, poursuivit Mme Maguire avant de s'arrêter pour lui lancer. J'ai donc raison ?"

Sidney poussa un soupir. Plus vite cette conversation s'achèverait et mieux ça vaudrait. "Bien sûr que vous avez raison, madame Maguire, rétorqua-t-il. Vous ne vous trompez jamais."

Cela devrait suffire à lui clore le bec, se dit-il.

Malheureusement il avait tort. Encouragée par la réaction de Sidney, Mme Maguire remit son tablier et poursuivit, joviale. "Je sais que ça vous sera égal, mais j'en ai parlé à tout le monde. C'est une Londonienne chic aux goûts de luxe. Ce n'est vraiment pas le genre de femme à épouser un pasteur, c'est franchement impensable."

Elle ralluma l'appareil et se remit à aspirer. Après quelques vigoureux mouvements de va-et-vient, elle leva la tête et constata que Sidney n'avait pas bougé.

"Je n'ai pas dit ce qu'il fallait?" cria-t-elle par-dessus le bruit du moteur.

Sidney ne dit rien mais emporta une pile de livres à la cuisine. Au sommet de la pile se trouvaient *Les Confessions* de saint Augustin. Ça n'allait pas être d'un grand secours.

Le lendemain matin, Grantchester eut à nouveau droit à une dose de neige fondue qui tint au sol, comme un avertissement que l'hiver n'était toujours pas arrivé à son terme. "Où sont les chants du printemps? se demanda Sidney, l'air triste, oui, où sont-ils donc*?" Il n'y avait même pas de jonquilles en fleur. C'était un jour, se dit Sidney, où se poser ; un jour à prendre le thé auprès de l'âtre avec du pain grillé, à se divertir en bonne compagnie avant de déguster un copieux ragoût et un bon vin rouge.

Hélas, pareils plaisirs lui étaient interdits. C'était le trente-quatrième jour du Carême. Ne prendrait-il donc jamais fin?

Il ne voulait pas en finir.

L'inspecteur Keating téléphona. "Vous feriez mieux de passer au commissariat, Sidney.

— Mais pour quoi faire? Ne nous voyons-nous pas ce soir?

— Ça ne peut pas attendre. Une autre personne âgée est morte…

— Enfin, c'est l'époque. De pneumonie, je présume."

L'inspecteur Keating n'avait pas de temps pour de telles réflexions. "Oui, j'ai parfaitement conscience que c'est l'hiver et que de tels événements sont probables, mais c'est le même fichu docteur et une seconde affaire du même tonneau. Il faut qu'on tire ça au clair.

— C'est peut-être une coïncidence.

* "Où sont les chants du printemps? Oui, où sont-ils donc?" Premier vers de la dernière strophe de l'*Ode à l'automne* de John Keats.

— Oui, bien sûr, ça *peut* être une coïncidence, mais si ce n'est pas le cas, on ne peut pas se retrouver avec une épidémie de croulants qu'on aide à quitter ce monde. À vous de jouer…

— Quel est le nom du défunt ?

— Anthony Bryant. Il avait soixante et onze ans. Un bon âge, mais les gens vivent plus longtemps de nos jours. La médecine moderne, apparemment…

— Donnez-moi une demi-heure, inspecteur. Je suis à vélo, et il faut que je me méfie de l'état des routes.

— Ne vous inquiétez pas de l'état des routes, Sidney, j'ai dépêché une voiture. Elle viendra vous prendre dans cinq minutes.

— C'est si urgent que ça ?

— Je vous expliquerai au commissariat. Puis la voiture vous conduira là où il faudra aller. Les gens jasent et un journaliste de l'*Evening News* a déjà flairé le coup. Il faut essayer de mettre un terme à toutes ces bêtises."

Sidney poussa un soupir. Qu'était-il censé faire ? Il ne pouvait guère trouver un prétexte de plus pour rendre visite au docteur. Peut-être l'inspecteur Keating avait-il d'autres idées. C'était assurément bizarre qu'il ait envoyé une voiture. Il aurait pensé que la police avait d'autres priorités plus urgentes, mais, si la situation était aussi inquiétante qu'il l'avait laissé entendre au téléphone, alors il n'y avait rien de plus urgent que le meurtre.

Les routes étaient couvertes de neige fondue. Il arriva en ville avec un chauffeur qui, de toute évidence, avait reçu l'ordre de ne rien dire. Quand ils s'arrêtèrent dans St Andrews Street, Sidney remarqua une fille en duffel-coat qui attendait devant le commissariat avec un carnet. Elle aurait tout à fait pu être une étudiante, mais elle avait l'air très déterminé. Il se demanda ce qu'elle faisait, à attendre dans le froid, et quand Sidney sortit de la voiture, leurs regards se croisèrent et elle se présenta :

"Helena Randall. *Cambridge Evening News.*"

Une journaliste. Sidney s'était, bien sûr, attendu à trouver un homme. "Enchanté.

— Êtes-vous, par hasard, le prêtre de Tony Bryant ?

— Pas que je sache", hésita Sidney. Comment la presse avait-elle eu aussi vite connaissance de cette mort ?

"Et êtes-vous un patient du Dr Michael Robinson ?"

Il ne faisait pas de doute que quelqu'un avait parlé. Sidney s'apprêtait à répondre quand le chauffeur de la voiture de la police le pressa. "Pas de temps pour ça, chanoine Chambers…

— Je suis vraiment désolé. Je vous prie de m'excuser.

— Ma carte, insista la fille.

— Oui bien sûr.

— Allons, chanoine Chambers." Sidney monta l'escalier et entra dans le bureau de l'inspecteur Keating.

Son ami, qui attendait, alla droit au but. "C'est une affaire délicate. Il va falloir du temps au coroner pour faire son rapport et, en attendant, en ville il y a beaucoup de gens âgés et fragiles. Je suis tenté d'arrêter le Dr Robinson et d'en finir une bonne fois avec toute cette histoire, mais nous n'avons pas la preuve et je ne veux pas faire sensation. J'ai entendu dire qu'on commence déjà à cancaner.

— C'est exact, repartit Sidney. Ma gouvernante elle-même s'en est rendue coupable.

— Écoutez, Sidney, ça risque de ne pas vous plaire, mais je veux que vous retourniez voir le docteur.

— Je lui ai déjà rendu visite à deux reprises.

— Vous ne me l'avez pas dit.

— Il n'y avait rien à signaler.

— Alors il faut que vous retourniez le voir. Inventez n'importe quel prétexte. La préparation du mariage conviendrait bien. Je veux que vous gagniez sa confiance et que vous découvriez la vérité. Est-il en train de se laisser emporter ? Si c'est le cas, je veux que vous le rameniez à la raison."

Sidney n'appréciait pas que l'inspecteur Keating s'adresse à lui comme à un employé, mais ce n'était sans doute pas le moment de lui en parler. Il s'assura plutôt que tous deux pensaient bien la même chose. "Et s'il contrevient à la loi, alors vous pourrez l'arrêter.

— Bien sûr. Mais il se peut que la situation soit plus compliquée que ça. Et s'il n'enfreignait pas la loi mais se contentait de l'infléchir ? En la tirant un peu plus loin tout en s'arrêtant juste à temps ?

— Dans ce cas il ne déroge pas à la loi. J'aurais pensé que c'était parfaitement clair.

— Vous voyez bien ce que je veux dire, Sidney. Cet homme met peut-être en danger la vie des gens. Je sens bien la tension qui monte dans la communauté. Il y a un problème. Les gens sont très inquiets.

— Je suis sûr que le Dr Robinson ne vise qu'une chose. C'est leur intérêt qui lui tient à cœur.

— Mais en êtes-vous sûr, Sidney ? C'est ce que je veux que vous découvriez. J'ai le sentiment que vous avez, vous aussi, des doutes.

— Comment le savez-vous ?

— Je suis détective…

— Et, moi, prêtre. J'ai tendance à accorder aux gens le bénéfice du doute.

— Eh bien, pas moi. C'est peut-être pour ça que nous formons une si bonne équipe. L'un de mes hommes va vous conduire au cabinet du Dr Robinson. S'il ne s'y trouve pas, j'imagine qu'il sera dans Chedworth Street avec Mlle Livingstone. J'aimerais que vous lui parliez, puis que vous reveniez me dire ce que vous en pensez.

— Il ne sera, bien sûr, pas dupe. Il devinera que c'est vous qui m'avez envoyé.

— Il n'y a rien à cacher. Votre visite est parfaitement légitime, contrairement aux méthodes du docteur…

— Nous n'en savons rien, inspecteur.

— Mais grâce à votre aide, Sidney, nous serons bientôt fixés."

Sidney décida que la seule façon d'obtenir une réponse franche du Dr Robinson, c'était de lui poser quelques questions directes. Lorsqu'il arriva à son cabinet à midi, la secrétaire à l'accueil l'informa qu'il lui faudrait attendre que le docteur ait fini sa tournée. Sidney avait donc une demi-heure à tuer, pendant laquelle il essaya, mais sans succès, de se distraire avec de vieux numéros de *Punch*. En conséquence de quoi, quand le docteur fut prêt à le recevoir, Sidney était plutôt impatient.

"Comment se portent vos maux mystérieux ? s'enquit le docteur. Vont-ils mieux ?"

Sidney avait presque oublié que c'est ainsi que la conversation devait commencer. "Je suis désolé. Beaucoup mieux, merci.

— Alors que puis-je pour vous ?
— Je suis venu à propos de la mort d'Anthony Bryant.
— C'est l'un de vos paroissiens ?
— J'ai reçu un coup de fil de l'inspecteur Keating.
— S'il était si inquiet que ça, pourquoi ne m'a-t-il pas téléphoné lui-même ? Je ne comprends pas qu'il vous ait embringué dans le cadre d'une enquête totalement fausse et sans aucun fondement. Je n'ai rien fait de mal.
— Personne ne vous accuse de quoi que ce soit.
— On semble l'insinuer. Pourquoi ceux qui le pensent ne viennent-ils pas me le dire en face ?
— Certains membres de la famille ont eu l'impression que la mort était survenue plus rapidement que ce à quoi on aurait pu s'attendre.
— Et parmi ces gens, y a-t-il des médecins ?
— Je ne pense pas.
— On ne peut pas s'attendre à ce que les personnes âgées réchappent des infections qui sévissent, chanoine Chambers, et quand la mort survient, comme vous le savez parfaitement, elle arrive à une vitesse imprévisible. On ne peut ni prévoir ni mesurer ces choses. Et je ne pense pas non plus qu'il soit raisonnable qu'un médecin soit soupçonné chaque fois qu'un de ses patients meurt. La société doit lui faire confiance et accepter le fait qu'il sache ce qui est le mieux pour ses patients.
— Le fait ?
— Oui, chanoine Chambers, le fait ; sinon, à quoi bon faire des études médicales ? En matière de médecine, mes décisions sont fondées sur des faits. Les opinions que je peux avoir concernant la théologie ou l'état actuel de la police de Sa Majesté ne se fondent, elles, sur aucune connaissance précise. Ces domaines, je vous les laisse à vous, et à votre ami l'inspecteur. Je vous fais confiance. Je ne m'immisce pas dans votre domaine et je compte sur vous pour ne pas vous immiscer dans le mien.
— Mais quand les gens meurent, nos domaines entrent en collision."

Le Dr Robinson se laissa aller au fond de son fauteuil, poussa un long soupir et leva les yeux au plafond. Puis il continua. "Je ne sais si vous avez observé, chanoine Chambers, directement, à quel point une longue maladie peut être débilitante ; combien c'est triste pour le patient et épuisant pour ceux qui en ont la charge ?

— J'ai une expérience limitée dans ce domaine, je l'avoue ; bien que j'aie effectivement connu des situations où les gens voulaient tout bonnement mourir.

— Pendant la guerre, je suppose.

— Oui, c'était pendant la guerre.

— Vous savez donc à quel point il est difficile de prendre une décision ? Il existe des souffrances qu'on ne peut pas soulager. Il arrive qu'il n'y ait pas d'espoir.

— C'est vrai, et parfois il faut prendre une décision très rapidement."

Le Dr Robinson observa un temps d'arrêt avant de répondre. "Je vois que vous comprenez le dilemme."

Il en attendait davantage. Alors Sidney se surprit à raconter une histoire. "J'étais en Italie en 1944, commença-t-il. C'était après l'avancée sur le mont Cassin. Nous nous trouvions dans la brèche de Mignano où nous essuyions de lourds tirs de mortier depuis trois jours. Nous gravîmes le versant, en rampant parfois dans la boue, et nous subîmes une attaque de mitrailleuse qui élimina la moitié de notre groupe. Je pense que je me souviens davantage du bruit que de toute autre chose ; les salves de tirs d'artillerie, les commandements hurlés, les cris des blessés et des mourants. Des soldats, mes amis, une quantité de mes amis, pleuraient et hurlaient en appelant leurs mères et leurs petites amies. Un concert de hurlements. Puis, alors que nous en avions tiré certains qui se trouvaient à présent relativement hors de danger, leurs souffrances devinrent intolérables. Mon commandant me donna un revolver chargé et me dit simplement : « Fais ce que tu dois faire. »

Il y avait un garçon de dix-neuf ans ; un rouquin grêlé de taches de son, au visage à moitié emporté. Il ne pourrait plus jamais rapprocher les lèvres. Il n'y avait aucun espoir. Il n'était plus qu'une atroce douleur. J'ai fait cesser cette souffrance. Et je ne l'ai jamais oublié. Je m'en souviens tous les jours et je prie pour lui. J'implore la miséricorde de Dieu."

Assis dans son fauteuil, le Dr Robinson, silencieux, songea à l'expérience de Sidney. Il finit par parler. "Je pense deviner pourquoi vous m'avez raconté ça, chanoine Chambers. Mais je n'ai rien fait de mal. J'ai la conscience tranquille.

— Je n'avais pas l'intention de vous raconter cette histoire. Je suis seulement venu pour vous voir, et peut-être pour vous conseiller d'être prudent. Je pense que nous ne sommes pas toujours conscients du poids, dans nos vies, de ce que nous avons fait par le passé. Il est impossible de prévoir la façon dont ces choses vont nous affecter.

— Je suis toujours prudent, chanoine Chambers.

— Cela me peinerait beaucoup, poursuivit Sidney, l'air sombre, que vous fassiez un geste susceptible de mettre votre avenir en danger, ou celui de Mlle Livingstone, ou même, et là il prit un risque insensé, celui de votre enfant.

— Mon enfant ? Bon sang de quoi voulez-vous bien parler ?

— Je crois que vous savez parfaitement ce que je veux dire, docteur Robinson. Je trouverais lamentable qu'un homme qui sait si bien ce qu'il fait laisse une femme sans mari et un enfant sans père. Bonne journée à vous."

Sidney était épuisé. Il n'était pas entré dans les ordres afin de frayer avec des policiers et de menacer des médecins. Il avait été appelé pour être un messager, un gardien et un serviteur du Seigneur. Il avait le devoir impérieux d'apporter tous ses soins et sa diligence à amener ceux dont il avait la charge à la foi et à la connaissance de Dieu. Lors de son ordination, il avait fait la promesse solennelle que ne devait demeurer en lui nulle place pour l'erreur en matière de religion ni pour la méchanceté dans sa vie. Pourtant, à ce moment particulier dans le temps, tout conspirait contre lui.

L'un des problèmes rencontrés par un pasteur, décida Sidney, venait de ce que vous étiez toujours disponible. À l'instant même où vous vous étiez installé pour rédiger le bulletin paroissial, on allait frapper à la porte ou téléphoner pour vous informer de choses qui pouvaient être urgentes ou triviales. Et qu'elles fussent l'une ou l'autre ne semblait avoir aucune importance. Tout ce qui comptait, c'était d'accaparer son attention sur-le-champ.

Le matin qui suivit sa visite au docteur qui l'avait tant troublé, Sidney était à son bureau. Il avait placé dessus la figurine d'une petite fille donnant du grain aux poules que lui avait offerte Hildegard Staunton, avec l'inscription *Mädchen füttert Hühner* sur le socle. Il la trouvait singulièrement réconfortante et il lui arrivait d'interrompre son travail pour se demander à quoi elle pouvait bien être occupée ou imaginer les conseils qu'elle pourrait lui prodiguer. Il sortit la lettre qu'elle lui avait écrite, dans laquelle elle le remerciait pour tout ce qu'il avait fait pour elle, et où elle l'assurait qu'il serait toujours le bienvenu en Allemagne. Il n'avait qu'à demander, et il pouvait arriver n'importe quand.

"Vous savez que quoi qu'il arrive en ce monde, avait-elle écrit, je n'oublierai jamais votre gentillesse et demeurerai votre obligée. Vous savez que je suis ici."

Sidney posa la lettre d'Hildegard et tenta de se concentrer. Il essayait de travailler dans le calme avant l'arrivée de Mme Maguire avec son ménage, sa conversation et son repas. Le lundi c'était toujours hachis Parmentier et Sidney attendait presque avec impatience la consolation de ce plaisir simple quand une autre visiteuse l'interrompit.

C'était l'une de ses paroissiennes, Mme Agatha Redmond, la femme d'un agriculteur, qui aidait souvent à la décoration florale de l'église. Un sourire éclairait ses joues rubicondes. "Belle matinée, n'est-ce pas, chanoine Chambers ? commença-t-elle. Ça fait plaisir de voir le soleil après toute cette neige."

Sidney remarqua que Mme Redmond tenait un chiot labrador noir. Il commença à se douter qu'il y avait anguille sous roche. "C'est à propos du planning concernant les fleurs ? s'enquit-il.

— Oh non. Ça n'a rien à voir.

— Alors, voulez-vous entrer ?"

Agatha Redmond hésita, puis baissa les yeux sur le chiot. "Vous ne le trouvez pas mignon ?

— Si, répondit Sidney sans conviction. Assurément. Un beau spécimen.

— Je suis contente qu'il soit à votre goût.

— Il me plaît bien", poursuivit Sidney d'une voix aussi assurée que possible. Il n'avait jamais trop aimé les chiens. "Si si, il me plaît.

— J'en suis vraiment ravie, poursuivit Mme Redmond. Parce que Mlle Kendall m'a demandé de vous le donner. N'est-ce pas qu'il est splendide ? Il n'a que huit semaines.

— Je ne savais pas que vous connaissiez Mlle Kendall ?

— Elle a fait la connaissance de mon mari dans un train. Puis elle a téléphoné.

— C'est très curieux qu'elle ne m'en ait rien dit.

— Elle voulait vous faire la surprise.

— Eh bien, c'en est une, madame Redmond. Je peux peut-être le garder en attendant qu'elle vienne le chercher ?

— Oh non, chanoine Chambers. Je crois que vous ne comprenez pas. Ce chien est pour vous. C'est un cadeau."

L'espace d'un moment, Sidney ne saisit pas vraiment ce qu'on était en train de lui dire. "Mais pourquoi ?

— Mlle Kendall vous a trouvé plutôt cafardeux. Elle a dit que vous aviez besoin de vous remonter le moral. Rien ne vaut un labrador pour vous tenir compagnie, et je trouve les noirs meilleurs pour la conversation."

Sidney était sous le choc. Il ne comprenait pas comment Amanda avait pu faire une chose pareille. Pourquoi diable pouvait-il bien avoir besoin d'un chien ? Il avait déjà suffisamment de mal à s'occuper de lui-même.

"Mais je ne vois pas comment…"

Mme Redmond l'interrompit. "J'ai apporté un livret avec des instructions et j'ai un panier pour lui dans la voiture. L'important c'est de lui apprendre à être propre le plus tôt possible. Quand il sera plus vieux, bien sûr, il pourra vous accompagner lors de vos visites. Il aura beaucoup de succès.

— Je suppose que…

— Et si on lui choisissait un coin dans la cuisine ? Près de la porte de service, je pense. J'aurai besoin de papier journal." Mme Redmond prit un exemplaire de *Church Times*. On ne pouvait plus l'arrêter. "Parfait."

Sidney se donna une dernière chance. "Mais je n'étais au courant de rien. Je n'ai pas la moindre idée de la façon dont on s'occupe d'un chien.

— Vous allez vite vous habituer à lui. Essayez de considérer le presbytère du point de vue du chiot. Votre vision du monde va complètement changer, chanoine Chambers, vous allez adopter le point de vue d'un chien sur la vie. Je trouve ça très consolant. Au bout d'un moment, vous vous demanderez comment vous avez bien pu vous débrouiller sans lui."

Mme Redmond posa le labrador par terre et le chiot fit une tentative désespérée pour recouvrer la liberté. "Doucement, Archie…

— Il s'appelle Archie ?

— Vous pouvez changer son nom, bien sûr. Mais il faudrait le faire rapidement pour qu'il s'habitue à vos ordres.

— Je ne crois pas avoir donné d'ordres depuis l'armée…

— Eh bien, il est peut-être temps de vous y remettre, chanoine Chambers. Il n'y a que cinq commandements à se rappeler : « viens là », « assis », « stop », « au pied » et « couché ». Il faut être clair et conséquent. Ensuite vous pouvez ajouter des mots comme « panier ». À propos, il faut que j'aille le chercher avant d'oublier. Il faudra faire du presbytère un endroit agréable et douillet pour lui. Il fait vraiment froid dans la cuisine.

— C'est l'hiver, fit observer Sidney, et je ne m'attendais pas à recevoir un chien."

Mme Redmond ne fut pas frappée par le ton qui hésitait entre désespoir et irritation. "Il faudra bien sûr le maintenir dans un espace limité tant qu'il ne sera pas parfaitement propre. Il lui faudra également une couverture. J'ai apporté de la nourriture pour la mise en route et je pense que j'ai aussi quelques vieux jouets. Je crois qu'ils pourront faire l'affaire quand je repasserai plus tard dans la semaine pour voir comment vous vous entendez…"

Sidney s'assit sur une chaise de la cuisine tandis que Mme Redmond s'affairait autour de lui avant d'aller chercher le panier du chien dans sa voiture. "Ça me fera l'effet d'avoir un enfant… marmonna-t-il. Et sans avoir une femme…"

Mme Redmond entra à nouveau dans la pièce. "Je suis sûr que vous n'aurez aucun mal à trouver une femme, chanoine Chambers…"

Il semblait maintenant évident que sa visiteuse n'entendait que ce qu'elle voulait bien entendre. "Les gens n'arrêtent pas de me dire…

— Un bel homme comme vous.
— Vous croyez ?
— Bien sûr. Tout le monde le dit. Vous feriez un bien beau parti."
Sidney s'autorisa un moment de vanité. Il savait que, dans un bon jour, il faisait vaguement penser à Kenneth More*, mais il ne voulait pas s'attarder sur cet air de ressemblance.
Mme Redmond posa le panier par terre et le regarda. Elle avait repéré son point faible. "Je suis sûre que Mlle Kendall pourrait y songer.
— Je pense que c'est peu probable…
— Oh mon Dieu. Tant pis." Mme Redmond reprit ses préparatifs. "Enfin, une fois que vous connaîtrez Archie, je suis sûre que vous pourrez *lui* confier vos problèmes au lieu d'en parler à Mlle Kendall. Alors personne d'autre n'aura besoin de savoir…
— Je ne suis pas certain que mes problèmes méritent qu'on en parle.
— Peu importe, chanoine Chambers. Archie n'y verra aucun inconvénient. Vous pouvez tout lui raconter. Absolument n'importe quoi…
— Je suppose que c'est vrai."
Mme Redmond se mit à se frotter les mains, geste nerveux qui indiquait qu'elle en avait fini avec sa mission. "Il faut que j'y aille maintenant. Si vous avez le moindre problème avec lui ou si vous avez besoin de conseils n'hésitez pas à passer chez nous, mais je suis sûr qu'Archie va considérablement améliorer votre existence.
— Il va certainement la modifier, dit Sidney d'un air songeur. Je vous raccompagne à la porte, madame Redmond.
— Ne vous dérangez pas, chanoine Chambers. Je connais le chemin."
Sidney regarda Archie. Il se dit qu'il faudrait qu'il essaie de le soulever, mais à la première tentative le chien se montra rebelle et lui adressa un petit jappement. À vrai dire, ce fut frustrant

* Acteur britannique (1914-1982) très en vue dans les années 1950. En fin de carrière, il tint le rôle d'un détective ecclésiastique dans une série policière pour la télévision !

pour lui d'avoir à attendre un moment avant de pouvoir le prendre dans ses bras.

Honnêtement.

Que faisait-il ?

Comment pouvait-on raisonnablement penser qu'un animal pareil était fait pour lui ?

C'était absurde et il en voulut vraiment à Amanda. Qu'avait-il pu penser en lui racontant tout ? Comment avait-elle bien pu s'imaginer qu'il avait besoin d'un chien ? Que diable avaient-ils en commun ? Il devrait quitter Grantchester au plus vite, se dit Sidney, en quête de la paroisse la plus reculée où il ne se passait pas grand-chose hormis le besoin d'entretenir la foi. Il pensa à la Cornouailles, à l'Ouest du pays de Galles, à la frontière de la Northumbrie avec l'Écosse : n'importe quel endroit où la criminalité était faible et où les paroissiens préféraient fréquenter assidûment l'église plutôt que de se massacrer entre eux.

Archie sauta sur ses genoux. Ses yeux couleur de miel brun avaient une expression de confiance désarmante. C'était une créature qui demandait qu'on s'occupe d'elle, dont l'affection était inconditionnelle, et qui serait toujours contente de le voir. Ce serait assurément une responsabilité plus gratifiante, une présence apaisante parmi la mort des vieux. Oui, peut-être que finalement tout était pour le mieux, qu'Amanda avait eu raison et que ce serait…

Ah.

Peut-être que non.

Mme Maguire franchissait la porte d'entrée avec ses sacs de commissions et le hachis Parmentier de Sidney.

"Ce n'est que moi", lança-t-elle.

Entrant dans la cuisine, posant ses affaires sur la table tout en parlant sans arrêt et en annonçant à Sidney qu'il allait devoir partir pour la laisser se mettre au travail, Mme Maguire ne remarqua pas tout de suite le nouvel arrivant. "Qu'est-ce que le *Church Times* fait par terre ? demanda-t-elle. Est-ce que vous le jetez ? La corbeille à papier est sous votre bureau.

— Il est là pour une bonne raison, madame Maguire.

— Je ne vois vraiment pas laquelle." Elle remarqua le panier. "Et, bonté divine, qu'est-ce que c'est que ça ?

— Je pense pouvoir…” À cet instant, le nouveau chiot de Sidney trottina jusqu'aux pieds de Mme Maguire et, espiègle, lui mordilla la cheville droite.

“Juste ciel ! s'écria Mme Maguire. Un animal !

— C'est un cadeau de Mlle Kendall.

— Nom d'un p'tit bonhomme ! Il va rester longtemps ?

— Apparemment, toujours.

— Bon sang, qu'est-ce que vous entendez par là, chanoine Chambers ? J'espère que vous ne comptez pas sur moi pour nettoyer derrière cette créature qui n'a vraiment rien d'un grillon du foyer ?

— Certainement pas, madame Maguire. Pour l'instant je ne sais pas trop quoi faire. Ce chiot vient de m'arriver tout récemment.

— Il s'appelle comment ?

— Archie. Mais je pense que je vais le rebaptiser. Maintenant que vous parlez de grillon du foyer, Dickens ferait plutôt un bon nom pour un chien.”

Mme Maguire resta de marbre. “Ici, personne ne souhaite entendre un chiot japper toute la journée. Ils n'arrêtent jamais, vous savez.

— Je suis sûr qu'il va grandir. J'espérais qu'au fil du temps il se révélerait peut-être un bon compagnon…

— Il ne vous amènera que des ennuis, je vous aurai prévenu. Et, vous, chanoine Chambers, vous en avez déjà suffisamment comme ça.”

La journée ne fut pas excellente. Dickens, car tel était le nom que Sidney avait fini par choisir, inonda le sol de la cuisine que Mme Maguire venait de nettoyer. Le poids de la neige avait provoqué une fuite dans le toit de l'église, et Sidney oublia son hachis Parmentier dans le four. Alors qu'il en partageait les restes calcinés avec son vicaire, Leonard conseilla à Sidney de retourner voir le coroner. Ils avaient besoin de savoir si l'incinération de Mme Livingstone allait pouvoir avoir lieu, s'ils pouvaient envisager d'organiser le mariage de sa fille et, sinon, ce que l'inspecteur Keating comptait faire.

Sidney fut très pris ce jour-là et s'irrita encore plus qu'à l'habitude qu'on le dérange. Il savait qu'il n'*appréciait* pas vraiment Derek Jarvis. Mais maintenant il trouvait le Dr Michael Robinson guère plus sympathique. Mme Maguire aussi. Ou son vicaire. Ou son chien. Ou même Amanda. En fait la vie monastique lui apparut soudain sous un jour beaucoup plus attrayant que jamais.

Plus tard cet après-midi-là, après avoir sonné à la porte du bureau du coroner, Sidney fut conduit dans une petite salle d'attente. Derek Jarvis se montra d'une politesse toute pragmatique. "Vous vous intéressez vraiment à cette affaire, je vois...

— Il y a apparemment une inquiétude considérable en ville. Les gens ont cessé d'aller voir le Dr Robinson.

— Il y a d'autres médecins.

— On ne peut pas chasser un homme d'une ville à cause d'une rumeur infondée."

Derek Jarvis soupira. "Je peux vous assurer, chanoine Chambers, que j'agis en professionnel depuis le début de cette enquête et que je continuerai à le faire.

— Je ne peux pas croire que le Dr Robinson soit un assassin.

— Enfin, conclut Derek Jarvis. Jusqu'ici, en dépit de toute l'inquiétude, il semble que ce ne soit pas un meurtrier.

— De la morphine ?

— À haute dose, mais rien de plus...

— Vous avez l'air déçu.

— Je ne suis pas déçu. Je suis méfiant. Comme je disais, un niveau élevé de morphine.

— Mais dans des limites acceptables.

— *Juste* acceptables.

— Alors vous n'allez plus retenir le corps de Mme Livingstone ?

— Je vais le libérer. Toutefois, comme vous le savez certainement, d'autres personnes âgées sont mortes.

— Anthony Bryant...

— En effet."

Sidney ne pouvait pas en rester là. Il savait qu'il devait agir de façon plus sacerdotale. "Je sais qu'il est difficile d'agir en toute bonne foi envers quelqu'un qu'on n'aime pas forcément. En tant que chrétien...

— Je vous en prie, chanoine Chambers, ne faites pas ce genre d'hypothèses ou ne tirez pas des conclusions hâtives.

— Je ne faisais que suggérer…

— Mon travail est scientifique et objectif. Mes sentiments personnels n'interviennent en aucune manière.

— Très bien, repartit Sidney. Quand aurez-vous terminé l'examen du deuxième corps ?

— Au moment opportun. Chaque chose en son temps."

Sidney regarda le coroner et se demanda s'il existait vraiment un "moment opportun". Il allait falloir attendre longtemps.

En revenant à pied à travers les rues de Cambridge, Sidney s'arrêta pour admirer un bonhomme de neige fumeur de pipe qu'on avait coiffé du casque d'un gardien d'abri antiaérien. Il entendit un brusque mouvement dans son dos, se retourna pour voir qui c'était, mais il ne vit personne. Peut-être était-il suivi ? Mais pourquoi voudrait-on faire une chose pareille ? Il essaya de ramener ses soupçons au fait qu'il avait froid et qu'il était inquiet, mais l'impression de malaise le gagna à nouveau quand il reprit sa marche. La faim le tenaillait aussi depuis le fiasco de son hachis Parmentier de midi. Il ne lui restait plus qu'à entrer chez Fitzbillies et à s'acheter une fois de plus un de leurs pains aux raisins. Il trouverait un moyen discret de le manger sur le chemin du retour.

Sidney trouva bien à acheter ce qu'il souhaitait, mais sa première tentative pour manger le pain aux raisins fut contrecarrée par la présence de la jeune femme journaliste qu'il avait vue devant le commissariat de police. Le temps qu'il essaie de se rappeler son nom, Helena Randall lui décocha sa première question : "Une fructueuse visite chez le coroner, chanoine Chambers ?"

Sidney hésita : "Je ne suis pas sûr de bien vous comprendre.

— Y a-t-il des résultats positifs ?"

Sidney s'arrêta. "J'aimerais vous aider, mais ce que je fais est plutôt confidentiel."

Helena Randall sortit son carnet. "Et y a-t-il des niveaux de confidentialité ? demanda-t-elle.

— J'aime à penser que non.

— Et allez-vous revoir le Dr Robinson ou sa fiancée ?”

Sidney n'avait jamais rencontré quelqu'un d'aussi pâle et déterminé. “Je ne les ai pas vus aujourd'hui.

— Mais vous les avez vus récemment ? Quand ?

— Ces derniers jours, mais je ne sais pas s'il y a quoi que ce soit susceptible d'intéresser vos lecteurs. Il n'y a pas de preuve d'un acte répréhensible.

— Il y a des coïncidences.

— C'est l'hiver, mademoiselle…

— Randall. Helena Randall. Je pense que vous êtes un indicateur qui travaille pour la police, chanoine Chambers.

— Je n'ai jamais rien entendu d'aussi insensé. Il est possible qu'il y ait des indicateurs à Cambridge, mais je peux vous assurer que je ne suis pas l'un d'entre eux.

— Vous reconnaissez donc connaître des indicateurs ?

— Bien sûr que non. Maintenant, s'il vous plaît ; il faut que je rentre chez moi.

— Je peux vous accompagner.

— Je préférerais vraiment que vous n'en fassiez rien.

— Je crois vous avoir donné ma carte.

— Oui.

— Eh bien alors. Il faut probablement que vous sachiez que, moi aussi, je suis toujours sur la brèche. Je pense qu'il y a là tous les ingrédients d'une histoire.

— Il n'y a rien à raconter.

— Pas encore, chanoine Chambers. Mais ça ne saurait tarder. Et quand l'histoire éclatera au grand jour, il faudra me raconter en premier votre version des faits.

— Je ne suis pas sûr de vouloir le faire, répondit Sidney, laconique. Bonne journée à vous, mademoiselle Randall.”

Il traversa Granta Place et, en remontant Eltisley Avenue, il jeta un coup d'œil à l'ancienne maison d'Hildegard Staunton. Il aurait aimé qu'elle fût toujours là. Il aurait pu s'arrêter un instant et l'écouter jouer du Bach. Maintenant il n'avait en tout et pour tout que son pain aux raisins de chez Fitzbillies.

Il le mangea en traversant les Meadows. Il faisait presque nuit. Un groupe d'écoliers se battaient joyeusement à coups de boules de neige. Il croisa des gens qui rentraient du travail, leurs vélos chargés de livres, de sacs et d'emplettes. Les saluant au passage, Sidney éprouvait le sentiment simultané d'appartenir à cet endroit et d'être un étranger. Dans l'ensemble ces passants étaient des gens très bien et respectables, et pourtant Sidney avait l'impression d'avoir peu de chose en commun avec eux. Il était détaché, séparé de leurs existences et de leurs métiers, du fait de ses fonctions, de l'université et de ses songeries et rêveries quotidiennes. La vie normale l'accaparait tout entier et, dans le même temps, n'avait rien à voir avec lui.

À son retour son chien se précipita à sa rencontre sur ses petites pattes. Il était évident qu'il comptait sur son maître pour lui accorder toute son attention et ressortir aussitôt avec lui, mais le téléphone sonnait déjà dans l'entrée. Sidney avait espéré pouvoir réchauffer un peu la maison et s'asseoir auprès du feu en lisant quelques pages pour se changer les idées, mais il allait en être autrement. Qui cela pouvait-il bien être ? se demanda-t-il en allant décrocher. *Quel nouvel enfer m'attend ?*

C'était Amanda. "Comment va Dickens ?" demanda-t-elle. Son chien, se dit Sidney, avait déjà plus d'importance que lui.

"Comment savais-tu que c'était son nom ? répondit-il.

— J'ai téléphoné plus tôt et j'ai eu Mme Maguire. Elle a bien essayé d'être polie, mais elle était franchement grincheuse. Elle pensait que je devrais venir le reprendre.

— Dickens n'est vraiment pas facile, Amanda.

— C'est précisément pourquoi je l'ai acheté.

— Ah bon ? Franchement…

— Il est là pour te changer les idées et t'empêcher de penser à tous les événements épouvantables qui sont arrivés. Tu m'as dit que tu te sentais seul.

— Tu m'as demandé si je me sentais seul. Ce n'est pas tout à fait la même chose.

— Tu m'as répondu par l'affirmative et j'ai pris des mesures pour remédier à la situation. Je trouve que c'était plutôt aimable de ma part…

— Tout à fait, Amanda, et je t'en suis reconnaissant.

— Comment va-t-il ?

— Parfaitement bien.

— Tu sembles grincheux. Es-tu sûr de bien t'occuper de lui comme il faut ? Quand est-ce que je peux le voir ?

— Tu peux venir n'importe quand.

— Très bien. Tu n'as pas la grippe ou quelque chose comme ça ?

— Non. Pourquoi me demandes-tu ça ?

— Pourquoi je te pose la question ?" Amanda criait presque. "Parce que je ne tiens pas à ce que tu ailles voir ce médecin.

— Qu'est-ce qu'a raconté Mme Maguire ?

— Je suis sûre que tu peux le deviner. Elle pense que ton docteur établit lui-même ses propres lois.

— Rien n'a été prouvé.

— Mais lorsqu'on s'en apercevra, il sera trop tard. Il faut que tu sois prudent, Sidney. Dans les histoires policières l'assassin est toujours le docteur. C'est pourquoi je ne lis plus Mlle Christie. C'est toujours le fichu médecin.

— C'est effectivement le cas dans *Le Train de 16 h 50*.

— Et il y a bien sûr le Dr Sheppard dans *Le Meurtre de Roger Ackroyd*.

— Mais il ne s'agit pas de fiction, Amanda. C'est la vie réelle.

— Je ne veux pas que tu fasses des bêtises.

— Ça ne risque pas. Je consacre toute mon énergie à m'occuper de ton sacré labrador.

— Je suis désolée si tu penses que Dickens est trop pour toi, le coupa Amanda. Je voulais bien faire. Je suis sûre de pouvoir lui trouver un autre foyer si tu le souhaites. J'essayais de faire de mon mieux pour te trouver un compagnon. Je n'avais rien d'autre en tête.

— Je suis désolé, Amanda. C'est juste que parfois…"

Son amie l'interrompit. "Je m'inquiète de te savoir si mélancolique. Penses-tu que c'est dû au Carême ? Ou à autre chose ? Es-tu sorti promener Dickens aujourd'hui ?

— Bien sûr", répondit Sidney, sur la défensive.

Il se demanda si cette conversation allait s'éterniser. Il n'avait rien à dire et les sujets de préoccupation ne manquaient pas. De plus, il était debout dans l'entrée glaciale. Les fenêtres avaient complètement givré, même à l'intérieur. Il allait probablement se remettre à neiger. Quand, oh quand, se demanda Sidney, le printemps allait-il donc arriver ?

Amanda parlait toujours. "Tu es toujours au bout du fil ?"

Sidney avait décroché. "Oui, bien sûr.

— Il faut que j'y aille. Henry m'invite à dîner.

— Henry ?

— Je t'ai parlé de lui.

— Vraiment ?

— Bien sûr. Tu n'as pas lieu de t'inquiéter.

— Mais je m'en fais quand même…

— Je file. Ne va chez le docteur sous aucun prétexte. Bises."

Sidney commença à protester, mais Amanda avait déjà raccroché. Il écouta le signal implacable de la tonalité qui s'éternisait. Rien n'aurait pu mieux illustrer son humeur.

Enfin Pâques arriva ; le lavement des pieds du Jeudi saint, la méditation de trois heures du Vendredi saint, la veillée du samedi soir et puis l'alléluia triomphant du dimanche de Pâques. Une vague de crocus violets leva parmi l'herbe des Grantchester Meadows en écho au message d'espoir du christianisme.

Sidney tenait à ce que ses paroissiens partagent la joie et la rédemption de Pâques et il axa son sermon autour du suaire abandonné dans la grotte où reposait Jésus. Il avait été plié plutôt que jeté de côté, expliqua Sidney à l'assemblée des fidèles, signe indiquant, selon la coutume de l'époque, qu'il reviendrait à la table, au repas et à la communion entre Dieu et l'homme.

"Nous sommes des gens de Pâques, déclara-t-il aux paroissiens de Grantchester. Ce n'est pas un jour parmi trois cent soixante-cinq, mais la principale source de notre foi. Nous portons le message de Pâques chaque jour de nos vies, des vies dans lesquelles la souffrance de la croix et les souffrances de l'humanité sont suivies par l'incompréhensible grandeur de la Résurrection."

Sidney s'exprima avec toute la passion qu'il put rassembler, mais, en baissant les yeux de la chaire, il s'aperçut qu'il ne parvenait pas à toucher tous les paroissiens. Les personnes âgées avaient un air bienveillant et reconnaissant, mais les veuves de guerre plus jeunes portaient un deuil impossible à soulager. Sidney insista sur un point : Dieu était un être avec qui on pouvait identifier la souffrance et la solitude de l'humanité, mais il se rendait bien compte que certains de ses paroissiens ne pouvaient que lui retourner son regard et lui dire : "Pas cette souffrance. Pas cette solitude."

Il regretta à nouveau de ne pas être un meilleur prêtre. Il espérait pouvoir apporter du réconfort, mais dans certains cas il était forcé d'admettre qu'il ne pouvait pas plaire à tout le monde. Il lui fallait parfois accepter ses limites, s'accorder quelques heures de loisir et laisser la vie suivre son cours. Au moins, il avait maintenant l'excuse de promener son labrador.

Ce n'était pas toujours tâche facile. Sidney n'était pas strict en matière de discipline quand il s'agissait de dresser Dickens qu'il devait fréquemment retirer de haies, de fossés et, même une fois, de la rivière elle-même. Sa présence rendait toutefois plus agréable le contact avec les autres propriétaires de chiens et Sidney n'avait pas le choix : il était bien obligé de quitter son bureau et de parcourir la campagne avoisinante avec un compagnon qui était toujours loyal et ne s'ennuyait jamais. Peu importaient les activités de Sidney, Dickens se montrait toujours enthousiaste et prêt à le suivre.

Sidney aurait seulement aimé qu'Amanda, la pourvoyeuse de ce cadeau qui avait rehaussé sa vie de façon si inattendue, pût partager certaines des qualités de son chien attentionné.

En cette journée de Pâques, de retour d'une promenade agréable mais plutôt échevelée, Sidney fut étonné de trouver le coroner à sa porte. Il déposait du vin à côté des bouteilles de lait vides.

"Je suis content de ne pas vous avoir raté", s'exclama-t-il.

Dickens bondit contre le genou du coroner.

"Je vois que vous avez là un sacré luron particulièrement espiègle…

— Parfois trop espiègle, s'excusa Sidney. Voudriez-vous du thé ?

— Ce serait très gentil à vous."

Sidney ouvrit sa porte et Dickens s'engouffra à l'intérieur. "Entrez, je vous en prie. Puis-je prendre votre manteau ?"

Le coroner posa sa bouteille de vin sur la table de l'entrée. "Je vous ai apporté un petit cadeau pour Pâques, chanoine Chambers.

— C'est très aimable. Je vois que ce n'est pas un œuf.

— Ça n'a effectivement rien d'un œuf. C'est un bordeaux. Un château-latour 1937. Je pense que vous le trouverez à votre goût.

— Ça, par exemple, fit Sidney.

— Le millésime vous dit quelque chose ?

— Pas vraiment." Sidney remplit la bouilloire d'eau et alluma le brûleur. "Je suis malheureusement plus amateur de bière.

— Vous m'étonnez. Avec toutes vos fêtes à l'université, j'aurais pensé que vous étiez un œnophile averti.

— Je me sens plus à l'aise au pub avec mes amis. Je n'apprécie guère ces repas entre universitaires.

— Pourquoi donc ?"

Sidney attendit que l'eau bouille. "Je pense que c'est parce que je ne suis pas vraiment des leurs. Un pasteur fait toujours figure d'intrus. Cela remonte peut-être au siècle dernier où, si un homme avait plusieurs fils, l'aîné s'engageait dans l'armée, le second s'occupait de la propriété et le cadet et le plus bouché entrait dans les ordres. Je crains que, parmi les professeurs d'université, certains ne croient qu'il en est toujours ainsi.

— Ils font toujours étalage de leur savoir et vous jugent intellectuellement inférieurs, qui que vous soyez. C'est bien beau, mais, s'ils ne manquent peut-être pas d'intelligence, on ne peut certainement pas en dire autant de leurs manières.

— C'est votre avis ?

— Ils sont dans un monde à part. Il m'arrive de penser qu'ils ont du mal à communiquer entre eux, et ne parlons pas de leurs invités."

Sidney réchauffa sa théière, y ajouta une pincée de feuilles, puis versa l'eau bouillante. "J'ai toujours été étonné de constater que certains professeurs n'aiment pas vraiment leurs étudiants.

— Je pense que c'est parce qu'ils veulent être eux-mêmes des étudiants. Ils leur envient leur jeunesse et se montrent méprisants vis-à-vis de leur intelligence.

— Je n'exprimerais pas la chose aussi crûment.

— Je persiste et signe. Connaissez-vous cette phrase de Kierkegaard, chanoine Chambers ? « Bien des gens parviennent à leurs conclusions sur la vie comme des écoliers : ils trompent leur maître en copiant la réponse qu'ils ont trouvée dans un livre sans avoir calculé la somme eux-mêmes. »

— Je pense effectivement que nombre d'entre eux préfèrent les livres aux gens. Prenez-vous du lait avec votre thé ? demanda Sidney.

— Bien sûr. Mais jamais en premier…"

Sidney sourit : "Je ne suis pas le genre de pasteur qui ferait une chose pareille.

— Je ne vous ai jamais rangé dans cette catégorie, mais il est parfois nécessaire de le préciser pour éviter une catastrophe."

Sidney plaça les tasses sur un plateau qu'on lui avait offert pour commémorer le couronnement. "Passons au salon. C'est gentil à vous d'apporter le vin…"

Le coroner regarda la bouteille comme s'il était triste de lui dire adieu. "Je vous devais des excuses, et des remerciements.

— Je ne crois mériter ni les unes ni les autres. Asseyez-vous, je vous en prie.

— En fait, si, chanoine Chambers. Je me suis montré très brusque avec vous. Ça ne me plaisait pas que vous vous immisciez dans cette affaire."

Sidney versa le thé. "Vous me l'avez bien fait comprendre.

— Mais maintenant je vous en suis reconnaissant.

— Je ne vois pas trop ce que j'ai fait pour mériter ça.

— Vous avez prévenu une catastrophe, un événement tout de même plus grave que de verser le lait avant le thé dans la tasse."

Sidney tendit sa tasse et sa soucoupe à son compagnon. "Je ne vois pas de quoi vous voulez parler.

— Le Dr Robinson et sa future épouse…

— Oh, je pense n'avoir rien fait à ce sujet.

— J'aurais tendance à penser que si, chanoine Chambers. Je sais que vous êtes allé trouver le Dr Robinson. Je pensais sur le coup que tout cela ne vous regardait nullement et je crains de l'avoir peut-être dit de façon un peu trop abrupte.

— J'ai l'habitude que les gens soient francs avec moi, monsieur Jarvis. Du sucre ?

— Non merci.

— Il y a même des sablés de Mme Maguire.

— J'ai l'impression que vous détournez mon attention.

— Je vous en prie. Continuez.

— Il est souvent difficile de prévoir la réaction des gens, vous ne trouvez pas ? Je me rends compte que le Dr Robinson agissait dans le cadre de la loi, mais je voyais aussi qu'il risquait d'établir lui-même ses propres lois.

— L'enquête sur Anthony Bryant ?

— Là encore, la quantité de morphine utilisée rentrait juste dans les limites acceptables. Comme nous nous en doutions, il infléchissait la loi plus qu'il ne l'enfreignait. Mais parfois, et il m'est déjà arrivé de le constater, les gens en prennent l'habitude. Si le Dr Robinson avait le sentiment d'agir avec compassion et de rendre un service utile, et s'il s'imaginait œuvrer dans un but moral supérieur, alors il croyait peut-être pouvoir continuer, aller encore un peu plus loin et justifier ce qu'il faisait. Je pense qu'en étant intervenu, vous avez mis un terme à ses interventions.

— Je n'en sais rien.

— Je pense que si, chanoine Chambers. Cela aurait pu dégénérer.

— Sidney, s'il vous plaît.

— Je préfère éviter. Ça ne vaut rien à un homme d'être trop familier avec son prêtre. Ce que vous avez fait, chanoine Chambers, c'est lui couper toute possibilité de justifier ses actes. Votre présence lui a rappelé qu'il existait des lois divines autant que des lois humaines et que même s'il pouvait expliquer son comportement avec la conscience tranquille sur cette terre il n'en aurait peut-être pas moins à en répondre à un code éthique plus strict dans l'au-delà.

— Comment savez-vous ça ?

— L'inspecteur Keating m'a dit que le Dr Robinson vous a trouvé plutôt déconcertant. C'est la raison pour laquelle il vous avait envoyé le voir. Il savait que l'autorité morale pèserait plus lourd que la force de la loi. Il est plus intelligent que vous ne pensez, cet homme.

— Je n'en doute pas.

— Et il y a des choses que vous avez dites. Elles ont poussé le docteur à arrêter.

— Je ne pense pas avoir beaucoup parlé.

— Ça a suffi. Bien sûr ce sont des conjectures, je devine ce qui s'est passé entre vous mais j'en sais suffisamment pour me rendre compte qu'il me faut vous remercier. Vous n'étiez pas forcé de faire ce que vous avez fait, mais vous l'avez fait et j'y suis sensible. Je regrette de ne pas m'être montré aussi accueillant que j'aurais dû l'être quand vous êtes venu me voir. À l'avenir je ne commettrai pas pareille erreur.

— Et j'essaierai de ne pas être déconcertant.

— Pour un homme qui a mauvaise conscience, tout est troublant.

— J'imagine.

— Et on ne peut vivre qu'avec la conscience tranquille, chanoine Chambers, et les idées claires. Maintenant, allons-nous ouvrir cette bouteille ? Il doit être six heures et nous avons une excuse. C'en est fini du Carême.

— J'en serais ravi", répondit Sidney.

Le Jeudi saint vit la reprise des visites au bar de la RAF de l'Eagle où il retrouvait traditionnellement l'inspecteur Keating.

"C'est bon de vous retrouver comme au bon vieux temps, Sidney, commença son ami alors qu'ils s'installaient pour entamer leur première pinte de la soirée. Même si je ne m'attendais pas à vous voir arriver avec Dickens. C'est une épouse qu'il vous faut, pas un chien.

— Je n'ai eu droit qu'à un chien, malheureusement.

— Mlle Kendall n'est pas la seule femme au monde. Je pensais que vous aviez un certain faible pour cette veuve allemande ?

— C'est trop tôt, Geordie, et, d'une certaine façon, trop tard.

— Les gens trouvent toujours des excuses. Il vaut mieux quelquefois y aller franchement.

— Tout à fait", renchérit Sidney d'un ton songeur, en pensant à la femme de Keating et à ses trois enfants.

L'inspecteur prit une longue gorgée de bière. "Au moins votre homme semble s'en être tiré."

Sidney adressa à son ami un regard sévère. "Ce n'est pas « mon homme », Geordie. Et il a agi dans le cadre de la loi.

— Le coroner a fermé les yeux, si vous voulez mon avis. Il est plus indulgent que je ne pensais…

— Ce n'est pas impossible, commenta Sidney, songeur. Vous soupçonnez toujours une faute professionnelle ?

— Je n'en suis pas certain.

— Le docteur savait ce qu'il faisait.

— Que trop bien, semble-t-il.

— Et je crois que ses motifs étaient louables. C'était l'hiver : la saison de la pneumonie, l'amie des personnes âgées. Une décision morale peut parfois nécessiter plus de courage qu'on ne pourrait le penser."

L'inspecteur Keating ne semblait pas écouter. Il réfléchissait toujours à cette histoire et termina sa pinte au petit galop. "Néanmoins, il faut reconnaître que ça n'a pas été une affaire facile." Il regarda le fond de son verre vide. "Sherlock Holmes a peut-être eu à résoudre une énigme à deux pipes, mais j'aimerais mieux que nous affrontions un problème à deux pintes…

— Très drôle… fit Sidney. Une autre ?

— Ça ne serait pas de refus.

— Enfin, nous ne saurons jamais au juste. Qu'est-ce qui se passe dans la tête des hommes ?

— Ou des femmes…" poursuivit son ami avant d'attirer l'attention du barman.

L'inspecteur installa le tablier du backgammon tandis que Sidney partit chercher les boissons. "C'est vraiment bizarre, tout ce qui tourne autour de l'amour !" Il se parlait presque à lui-même. "Je suppose que pour moi, ça va de soi, j'ai tout à la maison, Cathy et les enfants, et pour nous ça a toujours été tout naturel, mais je suppose que pour d'autres c'est une autre histoire."

Sidney posa les pintes sur la table. "Je suis sûr que la plupart des gens aiment à penser que leur propre histoire est unique.

— Mais vous, mon ami, vous disposez d'une série de possibilités diverses : des livres aux pages blanches sur le point d'être remplies.

— Je ne présenterais pas les choses exactement comme ça." Sidney voyait que l'inspecteur essayait de faire de cet échange une conversation sur Amanda, mais il ne se laissa pas avoir.

“Je suis seulement soulagé de savoir que rien n’empêche plus le mariage d’Isabel et du docteur.

— C’est quand, le grand jour ?

— Samedi en huit.”

L’inspecteur alluma une cigarette. “L’esprit des humains fonctionne d’une drôle de manière, Sidney. Le docteur pensait probablement agir par amour quand il a supprimé la mère de sa fiancée.

— Il ne l’a pas « supprimée ».

— Nous savons tous les deux qu’il l’a fait. Mais il s’en est tiré en faisant passer son geste pour de la compassion.” L’inspecteur fit un double six. “Pensez-vous que le coroner soit dans le coup ?

— Je ne pense pas.

— Je n’en suis toujours pas si sûr. Ce ne serait pas compliqué de régler ça entre eux. Ils auraient été ensemble dans la combine et le coroner n’aurait présenté l’incident que comme une double esbroufe. Il se plaçait en premier et s’assurait qu’on lui confie l’enquête plutôt qu’à aucun autre coroner.

— Ça paraît un peu tiré par les cheveux.

— Dans le monde du crime rien n’est jamais farfelu, Sidney. Vous devriez le savoir à l’heure qu’il est. Absolument tout est possible ; et les histoires les plus improbables et les plus invraisemblables sont souvent les plus authentiques. Je regarderais bien le testament des personnes âgées qui sont mortes. Si le docteur a droit à quoi que ce soit…

— Vous pouvez toujours vérifier, mais je pense que vous découvrirez que le coroner est un homme droit.

— Je n’en ai jamais douté par le passé, Sidney. C’est vous qui faisiez des réserves.

— Il m’est devenu plutôt plus sympathique.

— Vraiment ?

— Il est venu au presbytère avec une bouteille de vin.

— Du vin ? On vous achète facilement. Je croyais que vous étiez amateur de bière ?

— C’était un château-latour 1937. Doux au palais et long en bouche.

— Je parie que c’est bien ce qu’il a dit. Mais le vin est un passe-temps coûteux pour un pasteur. Je ne suis pas certain que vous deviez prendre goût à une chose au-dessus de vos moyens.

— Corpus a vraiment une excellente cave…

— Et du coup n'envoie pas de bons messages. Vous savez pertinemment que rien ne vaut un bon pub. C'est là que vont les gens authentiques : pas vos professeurs d'université ou vos riches au caractère fantaisiste. De plus, je pensais que vous n'aimiez pas aller dans votre ancien collège ?

— Je serais plus mesuré que vous.

— Je ne sais pas, mon vieux. Vous semblez avoir changé de personnalité. D'abord vous prenez un chien, et puis vous vous mettez à apprécier le vin. Dieu sait ce que l'avenir nous réserve.

— Je suis persuadé que Dieu le sait, inspecteur. Mais c'est aussi bien que nous ne le sachions pas.

— Et je m'en félicite.

— Une autre tournée ?

— Une troisième pinte ? s'étonna affectueusement l'inspecteur Keating. Êtes-vous sûr de tenir le choc, mon vieux ?

— Le Carême est derrière nous, réaffirma Sidney. Vous, qui êtes mon ami, vous vous trouvez ici. Nous parlons de vin, de crime et d'amour. Il m'arrive de penser que nous pouvons tout nous dire.

— Je suppose que c'est vrai.

— On a allumé le feu. Un chien est à côté de moi. Nous sommes, si je puis me permettre, d'humeur joviale. Et qui plus est, poursuivit Sidney, j'ai hâte de rentrer à bicyclette dans des conditions de roulis extrême."

La semaine qui suivit, l'air s'adoucit et le printemps finit par arriver. Les primevères, les violettes et le tussilage fleurirent ; des alouettes des champs passèrent la journée suspendues en l'air et chantèrent toute la nuit. Les vanneaux envahirent les collines dénudées ; les courlis tournepierres redescendirent des hautes terres jusqu'aux prairies et aux berges, les merles et les grives pondirent leurs œufs.

Un printemps si tardif, et pourtant si bienvenu. Il s'était manifesté au moment rêvé pour le mariage d'Isabel. Sidney fut ravi de découvrir les nouvelles tendances de la mode parmi les invitées : jupes évasées, épaules douces au regard et tailles pincées, robes moulantes et magnifiques chapeaux avec leurs décorations de fleurs et leurs tourbillons d'organdi. Les femmes de Grantchester s'étaient dépouillées de leurs ténèbres hivernales pour enfin arborer des couleurs d'été.

Sidney salua le docteur au moment où celui-ci arriva avec son témoin. "Heureuse journée, lui souhaita-t-il. J'espère que vous allez en profiter.

— C'est bien mon intention. Et je devrais vous remercier, bien sûr.

— Je ne pense pas avoir fait quoi que ce soit.

— Vous avez fait ce que vous deviez faire et dit ce que vous deviez dire.

— J'ai fait mon devoir.

— Il faudrait être intrépide pour ne pas être d'accord avec vous.

— Hélas, docteur Robinson, beaucoup de gens ne sont pas de mon avis.

— C'est bien possible. Mais vous avez été impartial et vous avez dit ce qu'il fallait. Vous avez modifié mon point de vue sur le monde et ses manières. Nous vous en sommes tous deux très reconnaissants.

— Je suppose que c'est le devoir d'un pasteur.

— Ah, oui. Le poète George Crabbe a écrit là-dessus, n'est-ce pas ? Le prêtre en tant qu'exemple pour ses ouailles :

« Sobre, pur, pieux et juste,
Un homme que ses voisins pourraient croire
Et à qui ils pourraient se fier. »

Il doit être difficile de donner un tel exemple.

— C'est presque impossible, repartit Sidney.

— Parfois, ce n'est pas le résultat mais l'intention qui compte." Le docteur eut un sourire.

L'organiste commença à jouer la marche nuptiale et ils s'en allèrent.

Sidney tenta de se remonter le moral en se disant qu'il avait vécu une belle cérémonie de mariage. La réception qui suivit l'enchanta moins : la bonhomie empruntée, les discours interminables et le vin blanc chaud, mais il avait appris à traverser ce genre d'événement avec une bienveillance à moitié détachée que beaucoup de gens, il était soulagé de le constater, prenaient à tort pour de la sainteté.

Isabel Livingstone, et bientôt Robinson, était vêtue de taffetas blanc, et Sidney remarqua qu'elle avait choisi une robe à taille empire de préférence à une de ces jupes amples ajustées à la taille qui étaient à la mode actuellement. Elle faisait plus jeune que la dernière fois où Sidney l'avait vue, comme si c'était seulement maintenant, à cet instant, qu'elle était devenue elle-même. L'inquiétude et le chagrin des mois précédents s'étaient dissipés, et sa progression dans l'allée centrale eut tout l'air d'une marche triomphale.

Elle était suivie de deux demoiselles d'honneur en robes jaune bouton-d'or. Les deux fillettes, toutes deux âgées de moins de huit ans, se déplaçaient avec une grâce et une solennité susceptibles, du moins Sidney l'espérait, de servir d'exemple et d'inspirer le reste des fidèles.

Il sourit en leur adressant son message de bienvenue, mais quelque chose le retint. Il n'allait pas laisser le couple repartir à la légère. Il parla lentement, clairement et avec autorité. Il insista sur le fait qu'il fallait entrer dans le mariage avec respect, retenue, mûre réflexion, mesure et dans la crainte de Dieu. Il développerait chacun de ces points dans son sermon en espérant que tout le monde y prêterait attention. Ce n'était pas qu'un événement social. C'était une cérémonie religieuse empreinte de gravité au cours de laquelle on faisait des promesses qui avaient des conséquences éternelles.

Il prêcherait, comme il le faisait souvent, sur le premier miracle du Christ, aux noces de Cana, en Galilée. L'eau y fut changée en vin, comme Michael et Isabel seraient eux-mêmes changés, les deux ne faisant plus qu'un ; mais, plutôt que de se perdre dans la gratification, le défi consisterait à faire ressortir le meilleur chez l'autre. Ils allaient devoir se transformer, et devenir meilleurs, plus forts, plus tolérants et plus généreux.

Même s'il déclara à l'assemblée des fidèles que le meilleur cadeau de mariage qu'on puisse offrir au couple heureux serait d'aimer, de soutenir ce mariage et de veiller sur cette union, Michael et Isabel Robinson savaient que le chanoine Sidney Chambers s'adressait directement à eux. Il leur recommandait de se montrer prudents. Il leur disait de *faire attention*. Il y avait de l'acier, dans sa compassion ainsi que dans son christianisme. Ce n'était pas tant un sermon qu'un avertissement moral.

Dieu les surveillait.

Sidney les surveillait.

Six mois plus tard, Isabel Robinson donna naissance à un petit garçon.

UNE QUESTION DE TEMPS

C'était le 7 mai 1954 et Sidney était enfin parvenu à maîtriser parfaitement l'art de l'œuf à la coque. Il remplit une casserole d'eau, plaça un spécimen tacheté à l'intérieur et posa l'ustensile sur la cuisinière. Quand l'eau commença à chauffer, Sidney entama ses occupations du matin. Il était très important de finir de se raser au moment exact où l'eau entrait en ébullition. Alors il préparait son pain grillé. Le temps passé à faire la cuisine, tourner le pain et le sortir du gril, le beurrer puis le couper en mouillettes correspondait exactement au temps de cuisson de son œuf. Si l'opération était réussie, le pain grillé devait être encore chaud, le beurre fondu et l'œuf en parfaite condition. Il était extraordinaire qu'il pût mener de pair la préparation du petit-déjeuner et le rasage et, chaque fois qu'il y parvenait, Sidney était rempli d'une tranquille satisfaction.

Par une matinée ensoleillée où les dernières traces de givre disparaissaient des prairies, Sidney se concentra sur les nouvelles données à la radio. À Oxford, Roger Bannister avait couru le mile en moins de quatre minutes sur la piste d'athlétisme d'Iffley Road. C'était vraiment curieux, se dit Sidney qu'un homme pût courir un mile en mettant exactement le temps qu'il fallait pour faire cuire un œuf à la coque. C'était également le temps que prenait une série de six lancers de balles au cricket, ou pour que cet autre Sidney, Bechet celui-là, exécute *Summertime* au saxophone soprano. C'était extraordinaire de constater tout ce qu'on parvenait à faire en un si court laps de temps.

Il essaya de promener Dickens beaucoup plus longtemps car, enfin, Sidney commençait à apprécier la compagnie de son chien. Sa présence apportait de nouveaux défis – discipline, dressage, habitudes à prendre – mais aussi, il fallait bien en convenir, des bénéfices. Sidney s'aperçut que son labrador n'était pas seulement un brise-glace vis-à-vis des nouveaux paroissiens, mais également, point crucial, un briseur de conversations. En fait Dickens épargnait à Sidney les interminables jérémiades des plus pénibles membres de sa congrégation. Si le chien tirait sur la laisse ou se lançait dans une course effrénée après des lapins, alors son propriétaire était dans l'obligation de couper court à la conversation et de suivre les tortueuses courses de Dickens à travers les Meadows. Pour Sidney, les soudaines embardées du chien ou ses brusques changements de direction faisaient penser à un solo de saxophoniste en pleine improvisation. On ne savait jamais ce qui allait arriver ensuite.

Ce n'était peut-être pas surprenant que Sidney pense en ces termes car il se considérait un peu comme un mordu de jazz. S'il était très sensible à la sérénité concentrée de la musique chorale, et à l'œuvre de Byrd, Tallis et Purcell en particulier, il lui arrivait d'avoir envie de choses plus terrestres. Et donc, lors des rares soirées qu'il passait chez lui, il n'aimait rien tant qu'écouter à la radio les derniers morceaux les plus sensationnels en provenance d'Amérique. C'était le contraire de la tranquillité, de la prière et de la pénitence, pensait-il ; ça débordait de vie, d'ambiance et de swing, que ce soit *It Don't Mean a Thing* par le Ralph Sharon Sextet ou le *Boogie Woogie Stomp* d'Albert Ammons. Le jazz était imprévisible. Il pouvait prendre des risques, changer d'humeur, annoncer un thème, développer, modifier et récapituler. C'était tous les temps en un seul, pensait Sidney, reprenant les thèmes du passé, existant au moment présent, tout en suscitant des attentes relatives à toutes les futures directions qu'il pourrait bien prendre. Tout le monde, Sidney en était persuadé, ressentait l'atmosphère – la vibe – différemment, même s'il veillait à ne pas employer un mot comme "vibe" quand il dînait à la table des professeurs au réfectoire de son collège.

Le jazz était le petit plaisir que s'accordait Sidney, et aujourd'hui il allait partager son plaisir en voyageant à Londres avec l'inspecteur Keating pour entendre le Gloria Dee Quartet à

Soho. Ils seraient les invités de Johnny Johnson qui tenait à les remercier ainsi après l'histoire de la disparition de la bague. Sidney n'avait pas jugé nécessaire de préciser que l'ami qu'il amenait était un policier ; et il n'avait pas non plus avoué à Keating que le père de Johnny n'était autre que le cambrioleur repenti Phil le Chat Johnson. Il ne voulait pas mettre son ami dans tous ses états.

Venue de New York, Gloria Dee était déjà baptisée la nouvelle Bessie Smith. Elle avait la même présence sur scène, ainsi qu'une voix capable d'exprimer la tendresse la plus subtile ou donner toute la puissance d'un gospel. Tous les critiques de jazz avaient été unanimes pour louer la clarté de sa diction, son phrasé et son sens du rythme incomparables.

Content d'être au courant des tout derniers échos de son talent, Sidney s'inquiétait de ce qu'allait en penser Geordie. Il le voyait plutôt comme un amateur d'opérette. Il redoutait également que l'inspecteur ne se méfie de l'aspect miteux de Soho.

Toutefois, dès leur arrivée à Londres, Keating parut manifester une gaieté inhabituelle. "Ça change de notre cadre habituel, dit-il à Sidney lorsqu'ils quittèrent Leicester Square et s'engagèrent dans Chinatown. Et ça fait du bien de sortir de Cambridge. On peut s'y sentir un peu claustrophobe, vous ne trouvez pas ?

— Je crains que vous ne trouviez le club tout aussi confiné.

— Parfois, vous vous inquiétez trop.

— Et n'oubliez pas, Geordie, nous ne sommes pas *en service*. Je ne suis pas pasteur et vous n'êtes pas détective.

— Nous sommes toujours en service, Sidney, vous le savez bien.

— Voulez-vous dire par là qu'il n'y a point de paix pour les méchants ?"

Ils gravirent les marches menant au club et donnèrent leurs manteaux à Colin à l'entrée. Dès qu'ils pénétrèrent à l'intérieur, Sidney commença à se sentir mal à l'aise. Le club était rempli d'une foule d'hommes en costumes cintrés et minces cravates assis à côté de femmes aux corsages serrés, en jupes évasées et en chaussures de danse. Ils fumaient et buvaient, et étaient légèrement éméchés. Bien que Sidney fût habillé en civil – en costume croisé de flanelle grise et chaussé d'une paire de richelieux bicolores – il avait toujours le sentiment d'être pasteur. Il se demanda s'il aurait dû opter pour un feutre souple, ou abandonner la cravate qui, il s'en rendit compte, était d'un violet épiscopal, mais il était trop tard pour s'en inquiéter maintenant.

Johnny Johnson accueillit les deux hommes qui, une fois les présentations faites et les bières commandées, s'assirent en attendant les attractions de la soirée. Une jeune barmaid aux lunettes d'Arlequin noires approcha avec un plateau de cigarettes. Keating demanda un paquet de Players tandis que Sidney lui dit qu'il n'en prendrait pas. Tandis qu'il déclinait son offre, la serveuse sourit.

"Complet dernier cri", dit-elle.

Sidney s'en trouva réconforté. "J'aime vos lunettes.

— Ça doit vous changer de tout ce barda que vous devez porter le dimanche.

— Comment savez-vous que je suis prêtre ?

— Mon frère me l'a dit."

Sidney devina. "Vous êtes la sœur de Johnny ?

— Je m'appelle Claudette.

— Un nom inhabituel…

— Je pense que mes parents voulaient un autre garçon, mais c'est vrai que Claude est aussi un drôle de nom. Les gens m'appellent Claudie, Claudie Johnson. Vous êtes sûr que vous ne voulez pas de cigarettes ?

— Non, merci. Vous n'êtes donc que quatre ?

— Trois. Ma mère est morte quand j'avais six ans. Je suis la fille de papa. Je suis sûr qu'il passera vous dire bonjour."

Sidney s'inquiétait que l'inspecteur puisse reconnaître Phil le Chat, mais espérait qu'un criminel qui avait purgé sa peine puisse être considéré comme innocent aux yeux de la loi.

Il remarqua que Claudette était si pâle que ses yeux paraissaient très noirs. On aurait dit une paire de boucles d'oreilles en jais tombée dans la neige. "Je ferais mieux de me remuer, poursuivit-elle. Mais je suis sûre que vous allez passer une excellente soirée, messieurs. Laissez les tracas du monde derrière vous. Et si jamais vous avez des ennuis, venez me trouver.

— Des ennuis ? s'étonna l'inspecteur Keating.

— Il y a des types bizarres qui viennent ici.” Claudette se pencha si près de son visage que Sidney sentit l’odeur de son chewing-gum. “Des vieux amis de papa. De l’argent qui change de mains dans la pénombre, ce genre de chose. Mais si vous restez près du bar sans quitter la lumière, il n’y aura pas de problème.” Claudette lui adressa un petit clin d’œil. “Gardez votre calme, OK?

— Je vais faire mon possible.”

L’inspecteur Keating eut l’air préoccupé. “J’espère qu’il ne va rien se passer de louche.

— Je ne m’en ferais pas pour ça, Geordie.”

En tournant la tête, Sidney aperçut Phil le Chat Johnson qui traversait la salle pour venir les saluer. Il était clair que sa fille l’avait averti. C’était un homme corpulent au visage grêlé et au ventre en baril de bière. En approchant il hélait des amis au passage en les appelant par leur nom, commandait des boissons et racontait des blagues qu’il gâchait ensuite en riant plus que de raison après le trait final. “Prenez une autre bière, Sid. Je sais ce que vous avez fait pour notre garçon.

— Ce n’était rien, monsieur Johnson.

— Vous avez pris sa défense. C’est plus que rien. Qui est votre ami?

— Geordie Keating, répondit l’inspecteur.

— Enchanté, Geordie. Vous surveillez ce pasteur pour lui éviter d’avoir des ennuis?

— Je fais de mon mieux. Ce sont parfois les ennuis qui le trouvent.

— Enfin, je suis sûr que nous n’aurons pas droit à ce genre de foutaises ce soir. La chanteuse est géniale et l’orchestre excellent. Détendez-vous, tous les deux, et si vous avez besoin de quoi que ce soit, vous n’avez qu’à venir me trouver, d’accord? On ne plaisante pas avec moi.

— Je n’ai pas de mal à le croire, dit Sidney.

— On n’oserait pas!”

La salle commença à se remplir, d’un afflux de clients et d’un surcroît de fumée, si bien que Sidney se demanda s’il allait vraiment pouvoir voir Gloria Dee quand elle entrerait en scène ; mais, dès qu’elle émergea des ténèbres, ses craintes se dissipèrent.

Le pianiste plaqua un premier accord, suivi d'une ligne de basse régulière et d'un léger accompagnement à la batterie. Sidney avait le sentiment de n'avoir jamais été aussi euphorique. Gloria sourit au public, secoua son corps en rythme puis entonna *All of Me*.

Debout devant un micro, elle n'était qu'à quelques mètres devant lui. Sa robe de satin blanc accentuait la noirceur de sa peau et elle avait des rubans dans les cheveux. Sa voix faisait penser au miel, à la mélasse, à la Guinness, au whisky, au vin. Elle étirait les voyelles des paroles, chacune un élastique à part, improvisait en scat quelques onomatopées entre les lignes, si bien qu'elle donnait l'impression de s'exprimer dans une langue que Sidney n'avait encore jamais entendue. Elle était imprévisible et flirtait, sensuelle et triste. Elle chanta *That Ole Devil Called Love*, *T'Aint Nobody's Business if I Do*, *You're My Thrill*, et la chanson audacieuse : *Juge, juge, je vous en prie monsieur le juge, envoyez-moi à la chaise électrique.*

L'inspecteur Keating se pencha vers lui. "Une sacrée bonne femme."

Sidney avait, quant à lui, l'impression d'être au paradis. Ensuite Gloria interpréta une chanson qu'elle avait composée, expliqua-t-elle, lorsque l'orchestre était en tournée à Paris. C'était après les explosions sur l'atoll de Bikini en mars, et la bombe atomique lui avait inspiré les paroles suivantes :

Quatre minutes
Rien que quatre minutes avant minuit
Quatre minutes
Je veux simplement quatre minutes avec toi
Si c'est la fin du monde
Alors qu'il en termine
Mais tout ce qu'il me faut
Ce sont ces quatre minutes
Avec toi...

Gloria fredonna le couplet suivant puis présenta ses musiciens qui reprirent la mélodie chacun leur tour en une série de riffs : Jay Jay Lion au piano, Tony Sanders à la batterie et Milo

Masters à la contrebasse. Bien qu'il fût, il le savait, à Londres, Sidney essaya de s'imaginer au cœur de Harlem, s'attardant au bar avec un tas de musiciens jusqu'à la fin du dernier chant et des toutes dernières notes.

"Vas-y, Tony le Tigre ! Frappe !" s'écria Gloria, et commença alors le numéro qui éclipsait toujours tous les autres : le solo de batterie. Pourquoi les amateurs de jazz avaient-ils un tel faible pour ça ? se demanda Sidney. C'était comme un éternuement, se dit-il. On pouvait toujours sentir qu'il arrivait, mais on ne pouvait absolument rien faire pour l'arrêter.

Tony Sanders avait beau faire, ça n'en demeurait pas moins un solo de batterie. La seule gratification, c'est que Gloria Dee alla se mêler aux spectateurs en improvisant des scats. Debout à côté de la table de Sidney, elle hochait la tête pour manifester tout le bien qu'elle pensait de l'enthousiasme et de la débauche d'énergie de son batteur.

Sidney fut si ému de savoir Gloria tout près qu'il n'osa pas regarder. Il lui suffisait de savoir qu'elle était à côté de lui. L'odeur mêlée de sueur et de gardénia, auxquels s'ajoutait la tubéreuse entêtante de son parfum, remplit ses narines. Sidney savait maintenant ce que signifiait le mot "intoxiqué". Il voulait que s'éternise ce moment avec, à ses côtés, celle qu'il considérait à présent comme la plus grande chanteuse de jazz au monde. Voilà ce que cela signifiait d'être vivant, décida Sidney : se trouver à *cet* endroit-là, à *ce* moment-là et écouter *cette* musique-là.

Puis tout changea.

Une fille poussa un hurlement, sa voix perça la ligne des aigus de la musique. Un homme appela à l'aide. Il y eut une ruée massive vers les portes. La lumière revint. Le solo de batterie s'arrêta.

Phil Johnson bouscula les gens pour atteindre l'arrière du club. "Que se passe-t-il ?" demanda-t-il.

Sa fille Claudette gisait, immobile, devant les toilettes des dames.

"Qu'est-il arrivé ? Que quelqu'un me dise ce qui se passe !"

En reculant, une fille épouvantée plaqua son dos au mur. "Je viens de la trouver.

— Vous l'avez vue tomber ?

— Je ne sais pas ce qui s'est passé."

Phil s'agenouilla à côté de sa fille. “Allez chercher Amy, cria-t-il. Apportez de l'eau. Elle est tombée dans les pommes.” Il passa son bras sous la tête de sa fille et tenta de la soulever. Puis il remarqua les marques sur son cou. “Nom de Dieu, qu'est-ce que c'est que ça ? Claudie, voyons, réveille-toi, réveille-toi.”

Impossible de lui faire reprendre ses esprits.

Elle semblait avoir été étranglée.

Phil Johnson parlait à sa fille : “Qui a fait ça ? Qu'est-ce qui s'est passé ? Ma petite fille, ma pauvre petite fille, qu'est-ce qu'on t'a fait, Claudie ? Lève-toi. Y a-t-il un médecin ici ?” Puis il cria à pleins poumons. “Est-ce que quelqu'un est médecin ?”

Keating était déjà à l'œuvre. “Donnez-moi le téléphone, dit-il. Appelez une ambulance. Puis Scotland Yard. Personne ne doit partir.”

La plupart des clients étaient attablés ; ils se levèrent et s'attroupèrent pour voir ce qui était arrivé. Tout en gardant un œil sur la sortie, le barman et les portiers tentèrent de les convaincre de regagner leurs places.

Mais pourquoi revenir s'asseoir ? Il n'y avait plus ni musique, ni boissons, ni conversations. On avait redonné de la lumière : l'atmosphère de la fin de soirée s'était dissipée.

“Oh non, dit Sidney. Oh non, oh non, oh non.” Baissant les yeux sur le cou de la fille, il put déjà voir les contusions. Il y avait des marques d'ongles sous l'angle gauche de la mâchoire, et des écorchures en forme de croissant sur la peau. Il se demanda qui avait bien pu faire une chose pareille. “De l'argent dans la pénombre”, lui avait dit Claudie. Qu'avait-elle donc voulu dire ?

Une queue se forma pour le téléphone. Les gens sentaient déjà que la nuit serait longue. On versa un nouveau verre à Gloria Dee. “La pauvre petite. À quoi s'est-elle trouvée mêlée ? Ça n'a pas de sens.”

Sidney s'interrogea : aurait-il été plus vigilant si elle n'avait pas chanté aussi près d'eux ? Lui et Keating auraient peut-être pu voir quelque chose, intercepté quelqu'un ou été en mesure d'éviter la catastrophe. Mais Gloria avait bel et bien chanté à côté d'eux. Et maintenant Claudette était morte. Le meurtre avait sans doute pris moins de temps qu'il n'en fallait pour fumer une de ses cigarettes.

Une demi-heure plus tard, l'inspecteur Williams arriva avec des hommes de Scotland Yard. C'était un grand costaud qui avait l'allure d'un joueur de rugby. Il alla directement trouver le directeur de l'établissement.

"J'apprends qu'il y a eu des problèmes, Johnson.

— C'est ma fille. Un salaud l'a butée.

— Que personne ne sorte. Gardez les sorties."

Keating était à côté du corps.

"Qui êtes-vous ? demanda Williams.

— L'inspecteur George Keating. De la police de Cambridge. J'étais dans le public au moment des faits.

— De service ?

— Incognito.

— Vous avez vu quelque chose ?

— Rien de concluant.

— Tout le monde est toujours là ?

— Il y a une sortie à côté du bar que nous avons bien fermée. La sortie de secours se trouve derrière la scène. Sinon il y a une petite fenêtre dans les toilettes, mais personne ne pourrait passer par là. Il est heureux que ça n'ait pas été un incendie.

— On devrait fermer cet endroit. Donc, d'après vous, l'assassin est toujours dans l'établissement ?

— Il est toujours là.

— Il ?

— Ou elle.

— Je peux compter sur votre assistance ?

— Bien sûr. Mon ami le chanoine Sidney Chambers peut également vous être utile.

— Vous ne pensez pas qu'il vaut mieux laisser ça à des professionnels ?"

Sidney recula d'un pas. Williams poursuivit : "Je ne vois pas à quoi un pasteur peut servir sinon pour célébrer l'enterrement de cette malheureuse.

— Vous seriez étonné", intervint Keating.

Williams ne voulait pas perdre de temps. "À votre avis, quand le crime a-t-il été commis ?

— Nous pensons que ça a dû se passer pendant le solo de batterie. Le bruit a certainement couvert les cris…

— Pour ma part, j'ai pu constater que c'est le moment que choisissent la plupart des gens pour aller aux toilettes.

— Il est évident que les spectateurs n'ont pas voulu quitter leur place.

— À part l'assassin. Il y a quelques visages assez familiers dans l'assistance. J'ai passé la moitié de mon existence à mettre ces gens au trou et ils en ressortent aussi facilement que des blattes."

Gloria Dee approcha et demanda. "Avez-vous trouvé le malfrat ?

— Le quoi ?

— Celui qui a fait le coup.

— Nous venons d'arriver.

— Il va falloir rester ici pendant combien de temps ?

— Toute la nuit, madame, répondit l'inspecteur Williams.

— J'ai l'habitude de veiller, et je regrette vraiment pour la fille. Je ne peux pas vous dire à quel point je suis désolée. Mais si vous avez des questions, est-il possible de nous interroger d'abord ? Nous devons jouer demain.

— Je n'en suis pas si sûr, madame. Il n'est pas impossible que nous devions fermer cet établissement pendant quelques jours.

— Mais alors comment je vais faire pour vivre ? Si on ne joue pas, on n'est pas payé."

Williams n'avait pas le temps de répondre aux autres. "C'est une enquête sur un meurtre. Nous pouvons commencer par vous interroger et vous laisser rentrer chez vous. De toute évidence, vous êtes une espèce d'artiste…

— Permettez-moi de vous remettre les pendules à l'heure. Je ne suis pas « une espèce ». Je suis Gloria Dee.

— Peu importe qui vous êtes. Je dois suivre la procédure. Il faut, au minimum, prendre le nom et l'adresse de chacune des personnes qui se trouvent ici et établir où ils étaient au moment du crime. On me dit que vous étiez parmi le public.

— Ça carburait à fond, j'étais en plein scat pendant que les copains jouaient. Tout le monde prenait son pied. Et puis tout est parti en vrille. Même si ça vous est arrivé une quantité de fois, ça fait toujours quelque chose.

— Vous voulez dire que ça vous est déjà arrivé ?" demanda Sidney. Il savait que le jazz et la violence avaient un passé commun.

Il se souvint d'avoir lu que le chef d'orchestre James Reese Europe était mort poignardé et que Chano Pozo, le percussionniste, avait péri dans un bar au cours d'une bagarre.

"Nous sommes des musiciens de jazz. J'ai vu absolument de tout.

— Alors vous allez peut-être nous aider ? lui demanda Keating.

— Je ne sais rien de rien. Je suis simplement navrée que la petite se soit fait trucider.

— Vous pensez savoir pourquoi ? poursuivit l'inspecteur Williams.

— Pourquoi vous me posez la question. C'est vous la police.

— Votre opinion m'intéresse."

Gloria poussa un soupir. "Si une gonzesse vit dans un monde d'hommes et de noirceur, il faut qu'elle fasse gaffe. Y a pas un mec à qui elle peut faire confiance. Peut-être que la petite a refusé les avances d'un type qui n'a pas supporté, ou qu'elle a vu quelque chose qu'elle aurait pas dû voir. Peut-être que son père manigançait quelque chose. C'est forcément une question d'amour ou d'argent. C'est sûr, les deux choses vont toujours de pair."

Il y eut un temps de silence, et Sidney dit : "Je ne comprends pas comment une fille comme elle a pu subir une telle violence…

— Je ne dis pas que c'est sa faute…"

L'inspecteur reprit ses questions. "Avec qui êtes-vous venue ce soir ?

— Les gars de l'orchestre, c'est tout. Tony à la batterie, Milo à la contrebasse, Jay Jay au piano.

— Personne d'autre ?

— Il y a Liza, la petite amie de Tony. Elle est quelque part dans la salle, et Justin, notre chauffeur. Un oiseau de nuit."

Williams ne chercha pas à savoir ce qu'elle entendait au juste par là. "Sont-ils toujours ici ?

— J'espère que oui. Il faut que je retourne à l'hôtel.

— D'où êtes-vous ?

— J'ai pas mal tourné. La Nouvelle-Orléans. New York.

— Quand rentrez-vous ?

— Dans quelques semaines. J'espère que vous n'allez pas vouloir que je reste. J'ai des dates chez Minton's.

— Minton's ?" demanda Williams.

Sidney expliqua : "C'est un club de jazz de New York."

Gloria Dee sourit. "Vous y êtes allé ?

— Hélas, non."

La chanteuse le regarda de la tête aux pieds. "Vous êtes un agent en civil ?

— Non, pas du tout. Je suis pasteur.

— Un prêcheur ? Qu'est-ce que vous fichez ici ?

— Je suis chanoine, Canon* Sidney Chambers.

— Comme dans Cannonball Adderley** ?

— Je ne crois pas.

— C'est un saxophoniste. Il mange comme quatre. Qu'est-ce que vous prenez ?

— Je ne pense pas que je puisse boire. Mais je suis sûr que dans votre cas...

— S'il faut que j'attende, je vais boire, c'est certain." Gloria se tourna et se dirigea vers le bar. "Donnez-moi un triple bourbon nature", demanda-t-elle.

Sidney apercevait Phil Johnson au loin. Cela faisait un moment qu'il n'avait pas bougé. On aurait dit un homme qui n'arrivait pas à s'arracher d'un rêve où il tombait du haut d'un immeuble, quelqu'un qui savait qu'il continuerait à tomber le reste de sa vie, précipité vers un sol qui s'élevait pour venir à sa rencontre sans jamais y parvenir : vertige éternel.

Sidney savait déjà que lorsqu'à l'avenir les gens l'interrogeraient sur ses enfants ou lui parleraient des leurs, Phil devrait choisir entre quoi leur répondre ou se taire ; car s'il parlait et leur racontait son histoire, ceux qui n'auraient pas vécu une expérience semblable ne sauraient pas quoi dire. Ils ne seraient jamais en position de comparer leur chagrin au sien.

* *Canon* signifie "chanoine" en anglais.

** Julian Adderley (1928-1975), saxophoniste alto, fut l'un des chefs de file du soul jazz des années 1960. Son grand appétit lui valut son surnom de "Cannibal" déformé en "Cannonball" (boulet de canon) sans doute aussi à cause de son jeu impétueux.

Il entendit la voix de l'inspecteur Keating. "Vous pouvez rentrer, vous savez.

— Vous restez ?

— J'y suis obligé, mais pas vous. Je peux me porter garant de vous.

— Je pense qu'il n'y a probablement plus de train.

— Faisons le tour de l'établissement."

Ils écartèrent les rideaux noirs à l'arrière de la scène et se trouvèrent dans le désordre du foyer des artistes. C'était un fouillis de housses d'instruments, de pupitres de musique épars et de bouteilles d'alcool vides. À un portemanteau pendaient deux chapeaux mous et quelques imperméables ; l'une des robes en satin rouge de Gloria Dee tomba d'un cintre qu'on avait attaché à un clou fixé dans le mur. L'endroit empestait la sueur, les cigarettes et l'alcool. Des affiches d'anciens concerts annonçant Jimmy Deuchar, Ronnie Scott et Kenny Baker se décollaient des murs. Justin, le chauffeur de Gloria Dee, faisait des mots croisés. Liza se versait du rhum. "Je me prends un petit remontant." Elle pouffa. "Maintenant je relève le remontant."

Sidney voyait bien qu'elle était ivre. "J'ai besoin de savoir où vous étiez pendant le concert.

— Ici, répondit Justin.

— Tout le temps ?"

Justin écarta ses mots croisés. "Il nous arrive de nous tenir dans les coulisses, sur les côtés. Pendant les morceaux principaux.

— Vous n'allez jamais devant, dans la salle ?" demanda Sidney.

Liza répondit pour eux deux. "Ils demandent tout le temps quelque chose : de l'eau, des serviettes, de quoi boire. C'est plus rapide si nous sommes ici.

— Et étiez-vous derrière la scène pendant le solo de batterie ?

— Ça, on l'a regardé depuis les coulisses. Tony est mon copain. La partie de batterie, c'est le meilleur moment.

— Va pas dire ça à Mlle Dee, commenta Justin.

— Vous les reconduirez à l'hôtel ? s'enquit Sidney.

— C'est ce qu'on m'a demandé de faire."

L'inspecteur Keating entra. "Nous saurons donc où vous trouver si nous avons d'autres questions ?

— J'habite Earls Court, répondit Justin. Je peux vous donner mon adresse. Mais, pour le moment, je suis Mlle Dee dans ses déplacements et je fais ce que Mlle Dee me dit.

— J'espère qu'elle vous paie bien…"

Liza ricana et attendit la réponse de Justin. "Elle paie. Ce n'est pas toujours une question d'argent…"

Sidney suivit l'inspecteur qui retourna sur la scène, où Phil le Chat était assis sur le tabouret du piano. Son corps était tout avachi comme si on en avait retiré la moitié des os. Une cigarette roulée reposait, abandonnée, entre ses doigts.

"Voyez-vous qui pouvait bien en vouloir à votre fille ? demanda l'inspecteur. Quelqu'un avait-il une dent contre elle ?

— C'est une fille magnifique. Tout ce que je possède. Elle n'a jamais rien fait de mal. Aucun garçon n'aurait osé la toucher.

— Votre fille aurait-elle pu voir quelque chose ? demanda Sidney.

— Vous voulez dire, qu'elle aurait été témoin d'une scène ? C'est possible.

— Votre fille avait-elle un amoureux ? dit Sidney.

— Elle est trop jeune pour ce genre de chose."

Sidney remarqua que Phil parlait de sa fille au présent.

L'inspecteur Williams poursuivit : "Vous ne pensez donc à personne susceptible de lui faire du tort ?

— Personne. Je le jure devant Dieu, inspecteur – et devant ce pasteur. Tout le monde adore ma fille. Je ne sais pas quoi faire. Je ne sais pas quoi dire."

Sidney posa sa main sur l'épaule de Phil. "Je prierai pour elle.

— C'était un ange", repartit le père de Claudette.

Sidney vérifia le temps qu'il fallait pour aller de la scène aux toilettes des dames et pour traverser la salle en diagonale. Même avec les tables occupées, il aurait fallu un peu moins d'une minute pour effectuer le trajet. Il essaya de penser comment un assassin aurait pu frapper si vite et si violemment sans être vu. Ça semblait impossible et pourtant c'était bien ce qui s'était passé. Il regarda deux ambulanciers emporter le corps de Claudette. Il n'y avait ni beauté ni silence dans sa mort, seulement un vide.

Il retourna à la table qui avait été la sienne et attendit que les spectateurs fournissent leurs témoignages. Puis il se prit la tête dans les mains.

Où était Dieu à présent ? se demanda-t-il. Où avait-il été sur les champs de bataille de Normandie, pendant le Blitz de Londres et dans les villes bombardées d'Europe ? Comment un Dieu aimant pouvait-il autoriser d'aussi gigantesques souffrances et à quoi cela servait-il ? Et, par opposition à une aussi vaste catastrophe humaine, comment Dieu pouvait-il permettre un acte à une échelle aussi infinitésimale et pourtant si intimement brutal que le meurtre de cette unique jeune fille perpétré ce soir-là ? Qu'avait-on bien pu avoir contre elle pour provoquer pareille violence ? Comment pouvoir expliquer ou justifier sa mort ?

Les deux amis regagnèrent Cambridge par le premier train du matin. Il faisait déjà jour à leur arrivée et Sidney n'avait que quelques heures avant la communion matinale. Il se raserait et ferait sa toilette, puis il essaierait de rattraper un peu de sommeil dans l'après-midi. Il n'avait pas le temps d'aller se coucher.

Il sortit Dickens pour sa promenade préférée à travers les Meadows mais, malgré la tranquillité de la rivière et la beauté de la lumière parmi les saules, Sidney ne parvint pas à s'apaiser. Il revenait sans cesse au meurtre et à ce qu'il aurait peut-être pu faire pour l'empêcher.

Il traversa le cimetière planté d'ifs, de chênes verts et de cerisiers, et s'arrêta devant une colonne brisée : la tombe d'un homme de vingt-six ans dont la vie avait été abrégée en 1843. Il passa devant le monument aux morts des vingt-cinq soldats de Grantchester morts pendant les deux guerres :

Ils ne vieilliront pas
Au contraire de nous…

À l'intérieur de l'église, il commença à prier pour l'âme de Claudie Johnson et pour les malheurs du monde. Il décida qu'aujourd'hui, il irait rendre visite aux malades de la paroisse.

Beryl Cooper, atteinte d'arthrite aiguë ; Harold Streat, le directeur des pompes funèbres dont le père âgé souffrait de démence ; Brenda Hardy, la femme du receveur des postes qui avait un cancer du sein. Il était de son devoir de rester le plus longtemps possible avec chacun, de leur apporter sans se presser réconfort, calme et compagnie. C'était la moindre des choses et, chaque fois qu'il le faisait, il se rendait compte que les malades et les mourants lui en apprenaient plus qu'il ne pourrait jamais apprendre du tohu-bohu du quotidien. Les personnes âgées et ceux qui souffraient avaient une vision différente du monde ; ils avaient déjà fait plus de la moitié du chemin en direction du royaume invisible où, selon la promesse, toute chose sera révélée.

Cet après-midi-là, Jennifer, la sœur de Sidney, téléphona pour raconter que la famille Johnson était inconsolable. Elle avait beau dire ou faire, rien ne semblait en mesure de les réconforter. Une aide pratique, c'est tout ce qu'elle était à même de leur apporter. En conséquence, pouvait-elle demander à son frère des conseils à propos de l'organisation du service funèbre de Claudette ? Il allait y avoir une autopsie, puis une cérémonie dans un crématorium de Londres, mais, étant donné qu'aucun membre de la famille Johnson n'était pratiquant, Sidney pourrait peut-être prononcer quelques paroles lors de la cérémonie ?

"Je suis sûr que leur pasteur pourra s'en charger, Jennifer.

— Ils n'ont pas de pasteur.

— Tout le monde a un pasteur. Que les gens choisissent ou non de l'utiliser, c'est une autre affaire.

— Mais ils t'apprécient, Sidney.

— Sais-tu à quelle paroisse ils appartiennent ?

— Une paroisse de Brixton, je pense. Mais Johnny a demandé que ce soit toi qui officies. Ils te font confiance.

— Je vais voir ce que je peux faire.

— Le père de Johnny est tellement bouleversé qu'il ne parlera pas.

— Il lui faudra beaucoup de temps.

— Je ne peux pas croire qu'on ait pu faire une chose pareille, Sidney. Claudie allait être comme une petite sœur pour moi.

— C'est donc sérieux avec Johnny ?

— Nous ne pouvons pas penser à nous en ce moment."

Sidney essaya d'imaginer ce que ça pouvait faire de perdre une sœur. C'était presque impensable. Il avait le sentiment d'avoir encore tant de choses à partager avec Jennifer que la perdre aussi brusquement que Johnny avait perdu Claudette, sans adieu, lui ferait regretter tous les moments de sa vie où il avait compté sur sa présence comme allant de soi ou avait été trop préoccupé pour la voir.

Il résolut, séance tenante, alors même que Jennifer lui parlait, de passer davantage de temps avec elle, de chérir sa présence et d'être un meilleur frère.

"Ne pense pas qu'il faille toujours dire ce qui convient, commença-t-il. Ça n'a pas à être forcément porteur de sens. C'est très bien de ne rien dire. Tout ce que tu peux faire c'est être avec eux.

— C'est ce que je fais.

— On ne peut rien précipiter. Il faut laisser au chagrin le temps de se dissiper."

L'espace d'un instant, Sidney se demanda si sa sœur était toujours au bout du fil. Puis elle parla : "Il y a autre chose.

— De quoi veux-tu parler ?

— Claudie avait un petit ami.

— Son père était au courant ?

— C'était un secret. Je pense que personne ne le savait. Elle était toujours la petite chérie de son père. Mais en fait ils avaient rompu.

— Et alors ?

— Sam était au club avec des amis le soir où elle est morte. Maintenant il est terrifié à la pensée que quelqu'un puisse apprendre qu'il avait été son copain.

— La police l'a interrogé ?

— Bien sûr.

— Et il n'a pas trahi leur secret ?

— Il ne le croit pas, mais ce n'est pas seulement la police qui l'inquiète. C'est la famille Johnson. Je suis sûre qu'ils ne feraient rien, mais son père a vraiment des amis dangereux. Ils pourraient tirer des conclusions erronées.

— Tu veux dire qu'ils pourraient penser qu'il l'a tuée ?

— Exactement. Puis se faire justice eux-mêmes. Ils n'ont pas confiance en la police. Je n'en sais pas plus. Accepterais-tu de lui parler, Sidney ?

— Moi ?

— À qui d'autre pourrait-il se confier ? Tu as l'habitude de recueillir des confidences et tu sais comment fonctionne la police."

Sidney savait qu'il devait aider sa sœur, mais il ne voulait pas s'impliquer plus avant dans cette histoire. "J'ai mon travail qui me retient ici.

— Sam a peur. Tu veux bien le voir, s'il te plaît ? Il est prêt à venir à Grantchester. Il te racontera tout.

— Ce n'est pas le genre de chose que je fais, Jenny. Je ne suis pas sûr que mes paroles lui seront utiles.

— Mais il a besoin d'être aidé. C'est bien de l'aide que tu offres, non ? Et c'est un bon garçon. Je sais qu'ils s'aimaient, mais Sam craignait sa famille. Je pense qu'il a pu se produire quelque chose qui a mis un terme à leur relation, mais ni l'un ni l'autre n'a voulu m'en parler. Et maintenant c'est trop tard. Je te prie d'accepter de le voir, Sidney, pour me faire plaisir.

— Très bien", repartit Sidney. Il ne pouvait guère refuser ça à sa sœur. "Mais je ne peux rien promettre.

— Je te demande seulement de le voir."

Quelques jours plus tard, en costume sombre et en cravate de collège, un jeune homme à l'air timide attendait de parler à Sidney après l'office de la communion du dimanche matin. Il s'approcha, mal à l'aise, comme si ses chaussures étaient trop petites pour lui. "Je m'appelle Sam Morris", dit-il.

Un pigeon ramier s'envola d'un arbre. Sidney s'arma de courage pour une confrontation qui, une fois de plus, s'annonçait difficile. "Je vous attendais, Sam. Normalement, je vais promener mon chien après l'office. Peut-être voudriez-vous vous joindre à nous ?

— Si ça ne vous embête pas."

Ils retournèrent au presbytère, mirent Dickens en laisse et se dirigèrent vers les Meadows. En chemin, Sidney exprima ses condoléances et s'assura qu'il avait bien compris les faits que lui avait communiqués sa sœur. Il lui fallut également préciser que tout ce que dirait Sam serait confidentiel, mais aussi que son influence dans la situation actuelle était des plus limitées. Il ne pouvait que faire de son mieux ; mais si Sam avait besoin de quelqu'un avec qui partager son angoisse et qui ne s'empresserait pas de le juger, alors Sidney espérait pouvoir être utile.

"Des amis qui allaient au club m'ont demandé si je voulais venir avec eux. Ils ignoraient tout de ma relation avec Claudette et je n'étais pas sûr qu'elle serait là. Elle ne travaille pas tous les soirs et je ne l'avais pas vue depuis Noël.

— Et avez-vous eu l'occasion de lui parler ?

— Je lui ai dit « Bonjour » et elle a eu l'air un peu troublée.

— Et l'un de vos amis a-t-il remarqué sa gêne ?

— Je ne pense pas. Mon ami Max a eu le béguin pour elle. Mais elle ne pouvait pas s'attarder à une table en particulier. Elle devait faire son travail.

— Et espériez-vous la voir seule ?

— Elle m'a dit que si je restais jusqu'à la fin, nous pourrions alors peut-être parler, mais je savais qu'elle ne voulait pas que nous soyons vus ensemble. Son père est très protecteur.

— J'ai remarqué."

Ils étaient arrivés aux Meadows, et Sidney lâcha Dickens afin qu'il explore des prés familiers et en découvre de nouveaux. "Combien de temps a duré votre relation ? demanda-t-il.

— Environ six mois. Nous nous promenions au bord de la Tamise en nous tenant la main. Mais ensuite il s'est passé une chose curieuse. Un soir où je rentrais chez moi, un homme a commencé à marcher à mes côtés. Pensant qu'il voulait me dépasser, j'ai ralenti, mais alors il a ralenti lui aussi. J'ai accéléré, et il a fait de même. Il ne disait rien. Il se contentait de calquer ses pas sur les miens. J'ai fini par m'arrêter. Je lui ai demandé ce qu'il voulait et il m'a simplement dit de me tenir à l'écart de Claudie si je ne voulais pas avoir d'ennuis.

— Pourriez-vous décrire cet homme ?

— Je le connaissais. C'était un ami de son père. Il s'appelle Tommy Jackson. Il tient un garage à Tooting.

— Et ensuite il est parti, sans plus ?

— Il m'a dit qu'il s'agissait d'un « avertissement amical », mais je ne savais pas trop quoi penser. J'en ai parlé à Claudette qui m'a dit de ne pas m'en faire. Tommy ne ferait jamais rien. C'était sans doute une blague de sa part, mais ce n'est pas du tout l'impression que j'avais eue. Et puis, après ça, les choses n'ont plus jamais été comme avant. J'étais inquiet chaque fois que je la voyais.

— Elle n'a pas réussi à vous tranquilliser ?

— Nous venions de milieux différents. J'étais à l'université. Je ne me voyais pas l'amener chez moi et la présenter à mes parents. Mais elle était belle et elle avait une telle vie en elle. Je ne savais pas quoi penser ni quoi faire, mais, en fin de compte, je lui ai simplement dit qu'il n'était plus possible que je la revoie.

— Et qu'a-t-elle dit ?

— Elle a pensé que j'étais un poltron. Comment pouvais-je savoir, dit-elle, que ce n'était pas elle qui avait envoyé Tommy Jackson pour me mettre à l'épreuve et voir combien je l'aimais ? Je lui ai répondu que si elle avait fait une chose pareille, elle m'avait joué un bien sale tour. Nous nous sommes disputés. Puis tout a été terminé.

— Et pourtant vous êtes allé au club le soir de sa mort. Pourquoi ?

— Elle me manquait. Et je voulais voir si elle avait trouvé quelqu'un d'autre.

— Et alors ?

— Bien sûr que non.

— Vous vouliez donc qu'elle revienne vers vous ?

— Je voulais la voir. Je n'avais rien envisagé d'autre. Si nous nous parlions, alors j'espérais que ça reprendrait. Je n'avais pas de plan établi à l'avance, et le club était tellement bondé que je n'ai jamais pu approcher d'elle. Je n'en ai pas eu le temps."

Sidney se rendait compte que Sam Morris avait du mal à s'exprimer clairement. Il décida donc de lui poser quelques questions directes pour bien comprendre ce qui s'était passé. "Êtes-vous allé aux toilettes à un moment ou à un autre ? demanda-t-il.

— Bien sûr. C'était une longue soirée.

— Quand ?

— Je ne sais pas au juste. Environ une demi-heure avant qu'on la découvre. J'y suis allé en même temps que mon ami Max. Il y avait des témoins, si c'est ça qui vous inquiète.

— Je comprends. Quand on vous a interrogé, avez-vous reconnu que vous connaissiez Claudette?

— Non.

— Vous avez menti?

— J'avais peur.

— Je comprends, Sam, mais si votre relation avec Claudette éclate au grand jour, ça ne va pas vous aider.

— Dites-moi, personne ne va sérieusement penser que j'ai trempé dans cette histoire?

— Il viendra un moment où la police aura besoin de connaître tous les faits. Je ne veux pas vous alarmer outre mesure mais, quel que soit le contexte, un secret est toujours source de problèmes. Si vous le révélez, vous maîtrisez au moins la façon dont il est raconté et vous pouvez l'expliquer de votre point de vue. Par contre, si on le découvre, alors il est impossible de prévoir ce qui se passera ou comment les gens vont bien pouvoir l'interpréter. Il s'agit de choisir le bon moment. Si vous allez trouver la police, même maintenant, et que vous leur racontez ce qui s'est passé, alors vous maîtriserez l'information. Sinon…

— Je ne me vois pas faire ça.

— Si Tommy Jackson savait que vous voyiez Claudette, alors je crains que ça n'éclate au grand jour. Je ne vois pas comment il pourrait en être autrement, Sam.

— Je n'ai rien fait de mal.

— Je sais que ça ne semble pas grave comparé à un meurtre, mais, en fait, si. Vous avez fait une fausse déclaration à la police. Les policiers ne goûtent guère ce genre de chose. Évidemment, vous pourriez continuer à vous taire en espérant que personne ne découvre la vérité.

— Pensez-vous que ça soit probable?

— C'est possible. Mais alors, une fois de plus, si vous espérez dissimuler quelque chose, vous ne maîtrisez pas l'apparition de l'information, et vous vivez donc dans un état d'angoisse.

— Pouvez-vous m'aider?

— Je peux en toucher un mot à l'inspecteur Keating de Cambridge, si vous le souhaitez. Il était là le soir du crime et c'est un homme bon. Mais cela vaudrait beaucoup mieux que l'information vienne directement de vous.

— Je sais.

— Où habitez-vous en ce moment ?

— Dans une résidence universitaire de l'université de Londres.

— Est-il facile de vous trouver ?

— Bien sûr.

— Il faut que vous me teniez au courant s'il se passe quoi que ce soit d'inhabituel ou si vous recevez de nouveaux avertissements. Ce serait plus facile si vous aviez parlé à la police à l'époque où Tommy Jackson vous a mis en garde.

— Comme vous pouvez l'imaginer, la famille Johnson n'apprécie pas trop la police. Aller trouver la police, je n'aurais rien pu faire de pire. Claudette m'a dit qu'il suffisait d'attendre qu'elle ait dix-huit ans et qu'ensuite nous pourrions faire ce que nous voudrions. Il n'y avait plus que six mois à attendre, mais je ne l'ai pas crue. Je me suis dit que son père et ses amis exerceraient toujours une pression."

Sidney songeait aux événements du 7 mai. "Je ne comprends toujours pas pourquoi vous êtes allé au club ce soir-là. Vous auriez pu lui envoyer un message et vous arranger pour la rencontrer ailleurs. Vous deviez savoir que son père et ses amis seraient là.

— Je n'ai pas bien réfléchi. J'étais avec mes amis. Je me suis dit que tout se passerait bien, et je voulais voir Claudette. Mais, bien sûr, à peine étais-je arrivé que j'ai su que c'était une erreur. Elle m'a demandé ce que je fichais là.

— Je croyais qu'elle s'était contentée de dire « Bonjour ».

— Non. Je l'ai retrouvée par hasard un peu plus tard.

— Et c'était quand ?

— En revenant des toilettes."

Sidney trouvait incroyable que ce garçon fût incapable de raconter son histoire clairement et inconscient du pétrin potentiel dans lequel il s'était peut-être fourré. "Quelqu'un vous a-t-il vus parler ensemble ?

— Je ne sais pas. Je regardais seulement Claudette. Le barman l'a appelée.

— Il a donc dû vous voir ?

— Je le suppose."

Cela mit momentanément Sidney en fureur. Était-il possible de *supposer* une chose pareille ? Comment ce garçon pouvait-il être aussi malchanceux ?

"Je suis désolé, chanoine Chambers, j'ai peur. Je suis seulement un étudiant qui veut devenir médecin. Je n'ai jamais eu l'intention de me trouver mêlé à tout ça.

— Je le vois bien."

Sidney était exaspéré. Comment Sam Morris pouvait-il avoir autant conscience de s'être probablement fourré dans un beau pétrin tout en restant aussi ignorant des implications de son comportement ? Qu'avait-il pensé en se rendant au club ce soir-là, en revoyant Claudette et ensuite en mentant à la police ?

En tant que prêtre, le premier instinct de Sidney fut d'écouter attentivement et de croire ce qu'on lui avait dit, mais une fois qu'ils se furent dit adieu et après le départ de Sam, demeurait une quantité d'inquiétudes. Le jeune homme avait-il donné un récit clair de tout ce qui s'était passé ou cachait-il encore des informations ? Sidney sentait bien que Sam était digne de confiance et probablement nullement responsable de la mort de Claudette, mais il s'était également montré extraordinairement naïf. Il avait peut-être du charme et de l'intelligence, mais il était indubitablement faible, et il avait trop facilement renoncé à l'amour. Sidney essayait de comprendre : aurait-il agi différemment au même âge, et que pourrait-il faire pour aider un garçon qui s'était mis dans un tel embarras ?

Quand lui fut rapporté cet échange avec Sam lors de leur partie habituelle de backgammon du jeudi soir à l'Eagle, l'inspecteur Keating réagit avec une explosion de colère dont Sidney n'avait encore jamais été témoin. "Dites à ce fichu garçon de venir me voir et de faire une déclaration. On ne peut pas le laisser manger le morceau à un pasteur, même s'il s'agit de vous. Dans ce genre d'affaire il y a une procédure à respecter.

— Je pensais seulement que ça pouvait être utile.

— Ce n'est bien sûr pas utile. C'est bigrement inutile. Tommy Jackson était au club de jazz avec tous ses copains. Il est resté assis juste devant la scène pendant toute la durée de ce fichu solo de batterie. Il ne peut pas être coupable.

— Je n'ai pas dit qu'il l'était.

— Pour autant que je puisse en juger, aucun d'entre eux n'a commis le meurtre. Pour ce que j'en sais, ça pourrait être un double coup de bluff – votre garçon qui vient vite vous présenter son histoire, pour rejeter la faute sur d'autres avant qu'on remonte jusqu'à lui ; une attaque préventive. A-t-il un alibi ?

— Pas vraiment.

— Qu'entendez-vous par « pas vraiment » ? Franchement, Sidney…

— Et il est allé aux toilettes environ une demi-heure avant le meurtre.

— Il pourrait donc en être l'auteur ?

— Une demi-heure avant le crime, Geordie.

— Il aurait pu avoir assassiné la fille à ce moment-là, et déplacé le corps plus tard.

— Mais pourquoi a-t-il voulu me raconter tout ça ?

— Je vous l'ai dit : un double coup de bluff.

— Ce n'est pas le genre de garçon à faire une chose pareille.

— Dans ce cas, c'est quel genre de garçon ?

— Je voulais dire qu'il ne semble pas avoir le profil d'un assassin.

— Personne ne semble avoir ce profil. C'est là toute la question, Sidney. Si les individus au profil de tueur se faisaient connaître de nos services, alors les crimes seraient résolus sacrément plus vite."

L'inspecteur but une autre gorgée de sa pinte. Leur partie de backgammon avait été abandonnée. "Avez-vous d'autres idées ? Williams ne semble pas avancer beaucoup et si je lui raconte quoi que ce soit sur Sam Morris, il l'embarquera."

Sidney se demanda s'il devait payer une deuxième pinte à son ami. Cette rencontre ne se passait pas aussi bien qu'il l'avait espéré. En fait il était perturbé par l'agressivité de l'inspecteur Keating. "J'aimerais mieux que vous ne lui en parliez pas.

— Il le faudra pourtant. Je ne peux pas dissimuler des preuves."

Sidney était inquiet et déçu. C'était assurément un abus de confiance. "Je vous ai parlé de Sam en confidence.

— Je le sais, et je ne vais pas en parler à Williams tout de suite. Mais si, au cours de l'enquête, on m'interroge, alors je ne pourrai pas mentir. J'espère que vous comprenez ça, Sidney.

— Pas tout à fait.

— Vous auriez dû prévoir ma réaction. Vous me connaissez suffisamment.

— Je n'en suis pas sûr.

— Oh, nom d'un chien. Voulez-vous boire autre chose ?

— Je ne suis pas sûr que nous ayons le temps.

— Je vais vous en commander une petite." L'inspecteur fit signe au barman. "En fait, à l'avenir, il faudra que vous réfléchissiez un peu plus à ce que vous voulez me dire. Les prêtres et les médecins croient dans la morale de la confidentialité. Ce n'est malheureusement pas mon cas. Je pense donc que la moindre des choses serait qu'on interroge à nouveau votre garçon, ne serait-ce, peut-être, que pour sa propre protection.

— Que voulez-vous dire ?

— S'il est l'auteur du crime, alors nous tenons notre homme. Il ne sera probablement pas difficile de le faire avouer.

— Mais il n'est pas coupable.

— C'est vous qui le dites." Keating souleva les deux demi-pintes du zinc, puis poursuivit. "Toutefois, si le garçon est innocent, celui qui a tué Claudette tentera peut-être de le supprimer lui aussi.

— À moins qu'il n'essaie de mettre Sam en cause.

— C'est une possibilité. Mais si Sam est placé en détention, alors il sera au moins en sécurité.

— Vous suggérez qu'on l'arrête ?

— Je suggère qu'on l'interroge. Je sais d'expérience qu'une relation clandestine n'est jamais un secret. Il y a toujours des gens qui sont au courant. Nous avons simplement besoin d'en savoir plus sur Sam Morris, Claudette, son père et les associés de celui-ci."

Sidney ne comprenait toujours pas ce besoin de se concentrer sur un garçon qui était sûrement innocent ; à moins, bien sûr, qu'il ne se soit complètement mépris à son sujet. "Si on arrête ce garçon à cause de ce que j'ai dit, ma sœur sera furieuse.

— Je pense qu'il y a des choses plus importantes que la colère de votre sœur. En outre, s'il est coupable et a tué la fille par jalousie ou parce qu'elle ne voulait pas revenir vers lui, alors c'est une affaire classée. Votre sœur ne peut guère se plaindre et Williams pourrait même vous remercier.

— Sam Morris ne peut pas avoir fait ça.

— Si, Sidney. Il ne faut pas mêler vos sentiments à cette histoire.

— Je ne crois pas qu'il soit coupable.

— Eh bien, si vous croyez qu'il n'est pas l'auteur du crime, il nous faut découvrir beaucoup plus d'indices que nous n'en possédons déjà. C'est là que vous pouvez être utile." L'inspecteur finit sa bière. "À condition que ça ne vous gêne pas de reconnaître qu'il nous arrive d'être obligés de piétiner les sentiments des gens. Nous ne pouvons pas toujours agir en chrétiens, Sidney. Vous trouverez peut-être que ça heurte vos principes.

— Je m'en tiendrai à ma position. J'essaierai de conserver un sens moral à toute enquête."

L'inspecteur Keating se leva et mit son manteau, signe que leur rencontre prenait fin. "Peu importe ce que vous apportez, Sidney, pourvu que ça aboutisse à une condamnation. C'est la seule chose qui compte pour moi. Je vais vous laisser finir votre verre."

Sidney ne toucha pas à la demi-pinte que lui avait apportée l'inspecteur. Il n'y avait rien à ajouter.

Le lendemain matin, après s'être adressé à l'ensemble des enfants de l'école primaire locale, Sidney tint une réunion pour parler du projet de Club de restauration pour les personnes âgées. Bien qu'il s'acquittât de ces tâches avec son autorité et son charme coutumiers, dans un cas comme dans l'autre il n'eut pas le sentiment d'être entièrement à ce qu'il faisait. Un homme inquiet se tenait derrière le masque du professionnalisme clérical. Il avait l'impression d'avoir trahi la confiance de Sam Morris et que son ami Geordie Keating avait fait peu de cas de sa prudente révélation des faits.

À présent le sentiment de malaise s'insinuait dans son métier de prêtre. Il avait perdu confiance en son instinct et il était submergé par le travail qu'il avait négligé. Sidney n'avait jamais bien su faire la différence entre les tâches urgentes et celles qui étaient importantes, et souvent ces tâches qui semblaient urgentes, mais pas importantes, prenaient le pas sur les devoirs qui étaient importants sans avoir un caractère d'urgence. En conséquence, le sacerdoce ministériel, qui nécessitait constance et sérieux, se voyait supplanté par confusion des objectifs. Sidney avait besoin de temps, d'espace et de silence pour réfléchir aux choses essentielles et à celles qui ne l'étaient pas. Mme Maguire n'arrangeait rien quand elle l'interrompait sans cesse pour lui rapporter les dernières frasques de Dickens.

Sidney observa que ces objectifs s'excluaient mutuellement. Dans la cuisine, quand Mme Maguire lavait le sol, elle déplaçait le panier de Dickens et tentait d'écarter le chien avec le balai éponge. Alors le labrador fonçait dans son dos et tentait de mordiller la cheville de sa persécutrice par espièglerie. S'il y parvenait, Sidney entendait alors sa gouvernante s'écrier : “La rage. Il m'a donné la rage, chanoine Chambers.

— Dickens est un chiot, madame Maguire.

— C'est un chien. Et sacrément gros avec ça. Qu'est-ce que vous lui donnez à manger ?

— Du Winalot*.

— Je ne sais pas comment vous pouvez vous permettre un tel luxe.

— Ce n'est pas facile.”

Mme Maguire lui adressa un de ces regards dont elle avait le secret. “À votre place, j'en toucherais un mot au boucher. Je suis sûr qu'Hector peut vous donner des déchets. D'autant plus que, maintenant, la viande n'est plus rationnée.

— Mlle Kendall dit que des déchets ne lui suffiraient pas.

— Alors pourquoi Mlle Kendall ne paie-t-elle pas sa nourriture ? Après tout, c'est elle qui l'a amené ici.

— Amanda a d'autres préoccupations.

— Alors elle a bien de la chance.” Mme Maguire commença à monter l'escalier avec des draps propres. “Je remarque que ça fait un moment qu'elle ne vous a pas rendu visite.”

* Célèbre marque d'aliments pour chiens en Grande-Bretagne.

Sidney tenta de défendre son amie. “Elle a son travail à la National Gallery. Elle a aussi une vie sociale très active.”

Sa gouvernante s’activait déjà à changer les draps. Sidney n’en crut pas moins l’entendre distinctement marmotter : “Un peu trop active si vous voulez mon avis.”

Sidney s’assit à son bureau et essaya de s’occuper de la paperasse, mais il eut encore plus de mal à se concentrer sur ses tâches cléricales qu’avant. Il ne parvenait à s’enthousiasmer ni pour le voyage annuel des scouts à Scarborough ni pour les projets de la prochaine célébration de l’été, et ils n’avaient toujours pas trouvé la personne adéquate pour inaugurer la fête. Il se demanda s’il pourrait demander à Gloria Dee. Ça ne manquerait pas d’animer un peu l’événement.

Il alluma la radio et écouta le programme de variétés, espérant qu’au moins un peu de jazz lui redonnerait sa bonne humeur. Il réussit à trouver le Charlie Parker Quartet interprétant *Moose the Mooche*, mais ce morceau le mit mal à l’aise. Il savait qu’il était censé “s’adapter” à cette forme de jazz plus libre et apprécier à la fois sa dextérité et sa créativité, mais il ne lui procurait pas de détente. En fait il créait plutôt en lui une tension. Pour ne rien arranger, Mme Maguire faisait du bruit à l’étage et Dickens, impatient de sortir, lui labourait les tibias avec ses pattes. Puis le téléphone sonna.

C’était l’inspecteur Keating et il n’était pas d’humeur à bavarder. “Je pensais à une chose, commença-t-il. Quand retournez-vous à Londres ?”

Sidney tendit le bras pour prendre son agenda de poche. “Mardi, je pense. Il y a une réunion de l’assemblée de l’Église.

— Une réunion de quoi ?

— Dites-vous que ça correspond à l’assemblée générale annuelle de l’Église d’Angleterre.

— Peu importe. Il m’est venu une idée. Vous avez du temps à m’accorder ?

— Combien ?

— Je me disais que vous pourriez jeter un coup d’œil au passé de Phil Johnson : vieilles affaires, anciens délits. Nous avons le détail de tout ça ici, et je vous le fais parvenir. La liste est aussi longue que votre bras, mais certains de ces délits ne sont pas assez détaillés. J'espérais que vous pourriez creuser un peu autour. Il y a des archives de journaux à Colindale. Nous avons les dates des procès. Il vous suffit de regarder ce qu'on en a dit dans les journaux à l'époque, si des victimes se sont exprimées ; qui a accordé des entretiens à la presse, ce genre de chose.

— Vous devriez faire faire ce travail par la nouvelle reporter du journal local.

— Helena Randall ? Je ne lui ferais confiance pour rien au monde. Non, Sidney, il faut que ce soit quelqu'un de discret qui soit capable de lire entre les lignes et qui connaisse la nature humaine. Bref, Sidney, il faut que ce soit vous. Ce serait peut-être pour vous l'occasion de voir Mlle Kendall ?

— Je n'en suis pas si sûr.

— Ne soyez pas idiot. Je vous ai fourni une excuse en or. Et Gloria Dee est toujours à l'affiche. Prenez Mlle Kendall comme prétexte. Je paierai même les billets. Cette bande mérite qu'on y regarde de plus près…

— Certainement.

— Pas pour la musique, Sidney. Parce que si Sam Morris est innocent, comme vous l'avez suggéré, alors il faut les soupçonner, comme tous les autres. Il va falloir revenir au début et repartir de zéro.

— Vous voulez donc que je fasse des recherches pour établir des liens ?

— Oui.

— Dans ce cas il me faudra une liste des noms de tous ceux qui se trouvaient dans la salle au moment du crime.

— Je vous l'envoie également. Mais que Williams ne vous attrape pas avec.

— Je n'ai aucune intention de le voir si je peux l'éviter.

— Faites en sorte que tout passe par moi, Sidney, parce que si vous voulez sauver ce garçon vous auriez intérêt à commencer à établir des rapports. Williams le voit aujourd'hui.

— Ils l'ont arrêté ?

— Non, ils le font venir pour lui poser quelques questions. Pour l'instant c'est de la routine, mais vous savez comment ces choses peuvent évoluer. Il faudrait donc que vous fassiez vinaigre. Allez enquêter sur place. Faites comme un membre ordinaire du public et voyez ce que vous pouvez découvrir. Je veux votre rapport mercredi matin à la première heure. Des indices, des pistes, tous les individus que nous devrions rechercher ou prendre en filature. Vous voyez ce que je veux dire...

— Mais Geordie...

— Pas le temps de discuter. À mercredi."

Sidney poussa un soupir. Il regarda les notes qu'il avait préparées pour son sermon et s'aperçut que, même s'il avait rédigé un début, il lui restait beaucoup à faire. Il avait été appelé dans le vaste monde.

Il allait lui falloir attendre longtemps avant de revenir vers Dieu.

Les archives de la police révélèrent que Phil Johnson avait commis la plupart de ses délits à Londres : un bijoutier de Hatton Garden, un antiquaire à Kensington, un appartement de Harley Street, la maison d'un ambassadeur à la retraite dans Mayfair. Johnson passait en général par les toits, entrait par les fenêtres du haut et les lucarnes et parfois, dans les quartiers huppés, il travaillait même en smoking afin de ne pas éveiller les soupçons au moment du départ. Ses deux complices étaient un perceur de coffres-forts et un chauffeur embusqué pour prendre la fuite, mais il agissait souvent seul et, entre ses peines de prison, il avait manifestement réussi à amasser pour des milliers de livres de marchandises. Il était rentré dans le droit chemin parce qu'il s'ennuyait en prison ou alors parce qu'il n'était plus aussi agile que par le passé.

Ces données factuelles nécessitaient un petit arrière-fond psychologique, et Sidney comprit que sa tâche consistait à remplir les vides avec de l'humain. Si la mort de Claudie Johnson était due à la vengeance, alors Sidney avait besoin d'en savoir plus sur les victimes de ces délits. Il se demanda combien d'entre elles étaient encore en vie, à quel genre d'assurance elles avaient souscrit – certaines de ces affaires avaient-elles pu être des coups montés de l'intérieur ? – et si certaines de ces personnes avaient elles-mêmes un casier judiciaire. Il allait devoir rechercher des incohérences, des coïncidences, des probabilités et des détails insolites.

Il retrouva Amanda avec qui il déjeuna de bonne heure au deuxième étage du J. Lyons à l'angle du Strand et de Craven Street. Sidney s'était fait un plaisir à l'avance d'essayer le self-service de la cafétéria, où il aurait placé son plateau sur un tapis roulant et choisi ses plats chauds au passage dans les conteneurs isothermes, mais Amanda rejeta aussitôt cette idée. Ils allaient manger à la table d'hôte où une serveuse s'occuperait d'eux, un point c'est tout : tourte fermière aux panais à la crème, suivie d'un gâteau napolitain ou d'une glace à la meringue.

Amanda avait été consternée par le meurtre de Claudette Johnson, mais intriguée par les cambriolages de son père. "Votre homme était un vrai monte-en-l'air, j'imagine. Je me demande s'il a jamais rencontré Daphne Young ?

— C'est possible. Il savait certainement ce qui pouvait rapporter gros. Il a effectué certaines de ses opérations tout près de chez tes parents.

— Belgravia* ? Je n'ai pas de mal à le croire. Il y a plein d'antiquaires dans le quartier, et c'est exactement le genre de personnes qui l'intéressaient.

— Des amis de tes parents ont-ils jamais été cambriolés ?

— Certainement. L'une de leurs relations en a même perdu la raison. Un peu comme Juliette Thompson, sinon en pire.

— Qu'est-ce que tu veux dire ?

— Il y avait une femme. Comment s'appelait-elle ? Mme Templeton, je pense. C'était après la mort de son mari. Il connaissait mon père, et le cambriolage eut lieu pendant son enterrement. Tu te rends compte du culot ? Son mari avait été ambassadeur et donc le service funèbre fut annoncé dans le *Times*. Ils auraient d'ailleurs pu ajouter : « Nous nous absenterons quelques heures. » Les voleurs n'ont eu qu'à débarquer et à tout rafler.

— *Templeton*, as-tu dit, Amanda ? Ce fut l'une des victimes de notre homme. Que s'est-il passé ?

— Comme je te disais, elle en a perdu la tête ; elle ne s'est jamais remise du choc du cambriolage. Ils sont partis tous deux

* Quartier le plus riche de Londres, situé en plein centre de la capitale anglaise. C'est le quartier des ambassades.

dans l'année. Vraiment épouvantable." Amanda finit son napolitain. "Que fais-tu demain ?

— Je vais à Colindale, au fonds des archives de la presse, consulter des articles sur d'anciens délits. Puis je dois assister à une réunion à l'assemblée de l'Église.

— Ça a l'air passionnant…

— Après quoi j'irai réécouter Gloria Dee. Ça te dirait peut-être de venir ?

— Le jazz n'est pas vraiment mon truc, Sidney. Te rends-tu compte que Rubinstein joue Rachmaninov au Festival Hall ?

— Désolé, Amanda.

— Mais dis-moi. N'était-ce pas Gloria Dee qui chantait au moment où la malheureuse a été assassinée ?

— C'est ce que je t'ai expliqué.

— Je suppose qu'aucun des membres de l'orchestre ne peut être soupçonné du meurtre ?

— Ils étaient tous en scène au moment du drame.

— L'alibi parfait. L'un d'eux aurait pu avoir un complice.

— Veux-tu venir ?" demanda Sidney. Il n'était pas d'humeur à échafauder de nouvelles conjectures. "C'est à Soho, et donc tout près. Nous pouvons aller au bar et tu pourras faire la connaissance de Gloria.

— Ce serait intéressant de voir comment elle est.

— Elle est plutôt fabuleuse.

— Et c'est peut-être même une criminelle. Où loges-tu ce soir ?

— Un ami de l'abbaye a accepté de m'héberger.

— Tu aurais pu crécher chez nous, et dormir sur notre canapé.

— Je ne fais pas un bon hareng fumé, j'en ai peur, Amanda.

— Non, Sidney, tu as davantage d'âme. Je paie l'addition ?

— Pas question.

— Ça ne fait que sept shillings et six pence. Je sais que les membres du clergé n'ont jamais d'argent."

Amanda avait récemment découvert que le salaire annuel de Sidney était de cinq cent cinquante livres. Un article relatif aux émoluments des membres du clergé avait paru dans le *Times* et elle avait demandé à Sidney si c'était exact. Elle était intriguée parce que sa voiture à elle avait coûté plus de deux fois le revenu annuel de son ami. “La police devrait peut-être commencer à te payer, elle aussi ? dit-elle.

— Ce n’est pas nécessaire.

— Ou peut-être que Mlle Dee va t’entraîner en Amérique ?

— C’est hautement improbable, répondit Sidney.

— Mais tout de même possible ? le taquina Amanda. Tu es parfois un tel rêveur. Je crois que c’est une des choses que je préfère chez toi. Tout peut arriver.

— Ce n’est pas toujours une bonne chose, bien sûr.

— Mais ça veut vraiment dire qu’avec toi on ne s’ennuie jamais.”

Le lendemain, la visite au fonds des archives de la presse prit beaucoup plus de temps que Sidney n’avait prévu. Il y avait des comptes rendus de certains des cambriolages perpétrés autrefois par Phil le Chat, mais peu de renseignements qui ne se trouvaient pas dans les rapports de police. Sidney constata que c’était plutôt les comptes rendus de concerts de jazz qui l’intéressèrent. Il était trop excité à la perspective d’aller le soir à Soho pour vraiment se concentrer sur autre chose. Il décida de mettre son costume croisé et cette fois son feutre, ce qui lui valut même l’approbation des passants.

“Hé mec, beau galure.”

Une blonde mince en jupe courte et en haut décolleté se tenait dans l’embrasure de la porte. “T’as besoin d’une fille ? demanda-t-elle.

— Pas pour l’instant, repartit Sidney. Mais merci pour la proposition.”

Il retrouva Amanda au Moka dans Frith Street puis s’engagea dans une série de ruelles lugubres où plusieurs couples profitaient de l’obscurité pour faire plus ample connaissance. Sidney savait que ce genre de décor était étranger à Amanda, mais il se dit que ça lui ferait du bien de découvrir ce nouvel environnement. Quand ils arrivèrent au club, il lui commanda un Martini et trouva une table près de la scène, sur le côté.

“À quelle heure ça commence ? demanda Amanda.

— Mlle Dee aime chanter tard.

— Et comment va ton enquête ?
— Ça avance très lentement, répondit Sidney.
— La police ne t'aide guère ?
— Ils font de leur mieux mais le club était tellement bondé. Ça aurait presque pu être n'importe qui.
— Penses-tu qu'il s'agisse d'un *crime passionnel** ?"

Sidney sentit une présence à côté de lui. "Vous parlez de passion ?"

C'était Gloria Dee. Elle portait une robe fourreau dorée. On aurait dit qu'on avait versé du miel sur son corps et qu'on l'avait laissé cristalliser.

Sidney avait l'air d'un écolier qui n'avait encore jamais vu de femme. "Vous vous souvenez de moi ? demanda-t-il.
— Évidemment que je me souviens de vous, chéri. Chaque fois que vous apparaissez, quelqu'un se fait tuer. Qui est votre petite ?
— Mon amie, Mlle Kendall.
— Enchantée, amie." Gloria revint à Sidney. "Vous avez trouvé le mec qui a zigouillé cette fille ?
— Malheureusement, non.
— Vous auriez intérêt à vous magner. À l'heure qu'il est, le type est peut-être déjà à des kilomètres.
— Ou la femme, évidemment, repartit Sidney.
— Vous voulez rire. Je pense pas que ce soit une femme. Elle se serait plutôt servie d'un poignard. C'est pas rien d'étrangler quelqu'un.
— Je n'en ai aucune idée.
— Vous avez jamais tué une poulette ?" Elle regarda la compagne de Sidney. "Je veux parler de l'espèce *animale*…
— Vous ne laisseriez pas votre mari faire ce genre de chose ? demanda Amanda.
— J'ai pas de mari. On garde pas le paquet quand on a fumé les cigarettes. Qu'est-ce que vous prêchez, Sidney ?
— L'habituel.
— Et qu'est-ce que vous prenez ?
— Du whisky.

* En français dans le texte.

— Vous allez m'en offrir un ?
— À votre guise.
— J'en prendrai un triple que j'emporterai sur scène." Gloria fit signe au barman. Il ne faisait pas de doute qu'il avait reçu la consigne de la surveiller. "Il faut que je me prépare. Vous en avez de la chance, mademoiselle Kendall. Je crois bien n'avoir jamais vu d'Anglais aussi à la page que votre homme."

Les lumières baissèrent d'intensité, un spot éclaira la batterie, puis ce fut le tour de la contrebasse et du piano. Sidney se rendit compte que Gloria s'apprêtait à chanter l'une de ses chansons préférées : *Careless Love*. Il espérait seulement qu'Amanda apprécierait.

Presque toutes les chansons de Gloria parlaient d'amour, de désastre et de guérison. *I Ain't Got Nobody*, *I'm Wild About That Thing*, et *Gimme a Pigfoot*, mais elles furent égayées par l'un des événements les plus inattendus de la vie de Sidney. Gloria lui dédia l'une d'entre elles.

Quand t'entendras l'début du prêche,
Incline-toi profondément pour chasser tes péchés.
Quand la religion s'emparera de toi,
Tu voudras crier et chanter.
*Ce soir, ça va chauffer dans la vieille ville**.

Amanda ne trouva pas ça amusant. "Combien de choses de ce genre va-t-il encore falloir supporter ? demanda-t-elle.
— C'est un plaisir rare, répliqua Sidney. Je savoure."

Au beau milieu de la chanson, Sidney s'aperçut que Gloria le taquinait.

S'il te plaît, oh s'il te plaît, oh, me laisse pas tomber,
T'es tout à moi et c'est toi que j'préfère,
Si tu veux pas être mon homme, j'en prendrai aucun autre,
Ce soir ça va chauffer dans la vieille ville !

* *There'll Be a Hot Time in the Old Town Tonight*, un ragtime composé en 1896 par Theodore A. Metz.

La chanson s'acheva, Gloria sourit, fit une petite révérence et lui envoya un baiser.

"Ce n'était pas indispensable, fit Amanda.

— Elle plaisantait."

Gloria Dee remercia les spectateurs d'être venus. "Avant de faire une pause, j'aimerais présenter les musiciens…" commença-t-elle, avant de s'arrêter pour prendre un grand verre d'eau et une lampée de bourbon.

Sidney glissa à Amanda. "Il faut que je voie ce qui se passe pendant le solo de batterie ; si les gens s'en vont. Ça peut me donner un indice. Je pense que c'est la fin de la première partie.

— La première partie. Tu veux dire que ce n'est pas fini ?"

L'orchestre commença à jouer une version d'*Embraceable You* et les présentations furent faites à la fin de chaque solo. Dès qu'arriva le tour de Tony Sanders à la batterie, certains des plus fidèles habitués profitèrent de son improvisation pour aller commander un remontant au bar ou se rendre aux toilettes.

Sidney se rendit compte à quel point il serait facile à un criminel de profiter de la situation, mais aussi combien ce serait risqué. Il ne disposerait que de fort peu de temps et il risquerait constamment d'être découvert.

Quand la première partie s'acheva, une serveuse s'approcha de la table pour demander s'ils souhaitaient commander à manger. Amanda dit que s'ils ne partaient pas, elle aimerait du poulet rôti avec du vin blanc. Au moment où Sidney releva la tête, un garçon et une fille se forçaient un passage pour aller au bar. Il commanda une autre bière et demanda un steak. Quand le couple revint, il se souvint que c'était Liza Richardson et Justin le chauffeur. Mais que faisaient-ils devant, à l'entrée ? Ils lui avaient dit qu'ils restaient toujours en coulisses.

"Re-bonjour, lança-t-il.

— Oh, dit Liza. C'est vous. Nous allions simplement chercher à boire.

— Je ne pensais pas vous voir parmi le public.

— Il nous arrive d'avoir besoin de provisions de secours."

Sidney regarda les boissons et fut étonné de voir une clé sur le plateau. Il se demanda à quoi elle pouvait bien servir. "Voici mon amie Amanda…" leur dit-il.

Amanda regarda Justin. “Est-ce que je vous connais ? demanda-t-elle.

— Je ne pense pas.

— Est-ce que c’était au Blakeleys ?”

Justin semblait tenir à regagner les coulisses étant donné que le solo était sur le point de finir. Peut-être redoutait-il les foudres de sa patronne. “Je regrette, mais je ne connais pas de Blakeleys.

— Quel est votre nom de famille ?

— Wild.”

Amanda ne renonçait pas. “Je suis sûre que nous nous sommes déjà rencontrés. Je n’oublie jamais un visage.

— Non, je ne crois pas, repartit Justin. Je me serais certainement souvenu de vous. Mais si vous voulez bien m’excuser, il faut que je m’occupe de Mlle Dee.”

Après son départ, Amanda fut perplexe. “C’était très bizarre. Dès qu’il m’a vue il a paru avoir peur.

— C’est effectivement l’effet que tu fais sur certaines personnes.

— Non, Sidney, c’était différent. On avait l’impression qu’il pensait revoir une espèce de fantôme…

— Enfin, je suis sûr qu’il va s’en remettre.

— Et plus vite que tu vas te remettre de Mlle Dee. Cette chanteuse t’a vraiment tourné la tête.

— N’importe quoi.

— Si si.

— Non, pas du tout.

— Alors tu ne verras pas d’inconvénient à ce que nous nous en allions ?

— Si tôt ?

— Il est tard, Sidney. Je dois être au travail à neuf heures du matin. Tout le monde ne peut pas mener une vie de pasteur.

— Elle a ses contraintes.

— Simplement parce que tu te les crées pour la plupart. Le prochain concert auquel nous assisterons sera forcément au Festival Hall. L’orchestre symphonique de Düsseldorf vient le mois prochain.”

Sidney lâcha un soupir. Tandis que les douze coups de minuit résonnaient au-dessus de Soho, il prit conscience qu’il faudrait beaucoup de temps pour convertir Amanda aux merveilles du jazz.

Le jour de l'enterrement de Claudette, il faisait chaud et un orage menaçait. On avait dit à Sidney qu'il y aurait une procession qui partirait de chez les Johnson jusqu'au crématorium et il fut étonné de constater que les parents de la défunte n'étaient pas les seules personnes à attendre devant la maison, mais qu'il y avait aussi une fanfare et la moitié de la communauté des jazzmen de Londres. Au moment où apparut le cercueil blanc, porté par des hommes qui avaient enlevé leurs chapeaux, l'orchestre commença à jouer le vieux negro-spiritual *Just a Closer Walk with Thee*.

Trois hommes menaient la procession avec des caisses claires, suivis de trombones, de saxophones et de tubas ; puis venaient les clarinettes et les trompettes, et un joueur de grosse caisse fermait la marche.

Matt, le frère de Sidney, s'approcha et parla directement à l'oreille de Sidney pour couvrir le volume de la musique. "C'est un *jazz funeral*, dans le style de La Nouvelle-Orléans. Nous sommes tous ici. Tout le monde a répondu à une convocation urgente.

— Qui en a eu l'idée ? demanda Sidney.

— C'est moi. Nous avons même persuadé Gloria Dee de chanter pendant la cérémonie.

— Tu as sans doute dû t'employer.

— J'ai fait usage de mon charme. Apparemment, ce n'est pas ce qui manque dans la famille."

Sidney se sentit soudain nerveux à la perspective de prononcer quelques paroles appropriées pendant la cérémonie. Il avait l'habitude de parler dans les enterrements qui avaient lieu à la campagne et dans les églises où les fidèles s'attendaient à retrouver les traditions de la communion anglicane. Un enterrement dans la tradition du jazz était une tout autre paire de manches.

Il se demanda ce que Martha Headley penserait de tout ça. C'était l'épouse du forgeron de Grantchester qui donnait parfois un coup de main en jouant de l'orgue aux enterrements, mais ne se risquait qu'à jouer les deux morceaux qu'elle maîtrisait, ponctuant l'entrée du cercueil de *Romance sans paroles* de Mendelssohn et, sa sortie, du *Jésus, joie des aspirations de l'homme**.

Phil Johnson, Johnny et Jennifer menaient le convoi funèbre. Derrière eux trois femmes tenaient une grande composition florale sur laquelle se détachaient les lettres du prénom CLAUDETTE. Au passage de la procession dans les rues du sud de Londres, les passants se découvraient en signe de respect envers la défunte, se rappelant ceux qu'eux-mêmes avaient perdus.

Gloria Dee attendait dans le crématorium. Elle se tenait à côté d'un piano demi-queue et elle chanta *Amazing Grace* au moment de l'entrée du cercueil. Elle chanta *a capella*, avec une telle assurance et une telle intensité qu'à un moment Sidney crut entendre les poutres du plafond vibrer en réaction à la puissance de sa voix.

Une fois que les gens se furent installés, il lut la prière d'introduction.

"L'homme né d'une femme a peu de temps à vivre et il est rassasié de misères. Il s'épanouit, puis il est coupé comme une fleur ; il s'enfuit comme une ombre, et il ne s'arrête point."

Jennifer était assise entre Johnny et son père, et Matt Chambers se tenait juste derrière elle. Sidney fut désorienté de voir son frère et sa sœur présentés comme appartenant à une autre famille. Quelques rangées derrière eux il remarqua les membres du quartet de Gloria Dee : Jay Jay Lion, Milo Masters et Tony Sanders accompagné de son amie Liza. Justin le chauffeur était assis derrière eux, à part, au bout d'un rang.

Après les prières, l'assemblée chanta *Prends ma main, précieux Seigneur* dans son intégralité. On était bien loin de l'interprétation des hymnes pratiquée à Grantchester.

Sidney gravit trois marches pour monter en chaire et prendre la parole. Il prêcha sur le péché et l'obscurité du monde et sur le besoin de lumière dans ces ténèbres. Claudie Johnson avait été une lumière semblable.

"Amen", ponctua un homme à voix haute.

* Extrait de la cantate BWV 147 de Jean-Sébastien Bach.

Sidney leur dit que Claudette était une jeune fille qui enrichissait la vie d'autrui de sa bonté ; et que c'était aussi notre tâche à nous tous, que notre foi fût fragile ou puissante. Il nous fallait essayer de laisser un monde meilleur que celui que nous avions trouvé à notre naissance.

C'était un moment propre à la réflexion, ajouta-t-il ; un moment de patience, de silence où il était indispensable de prendre le temps. Il ne fallait pas être seulement prêts à offrir des paroles de réconfort, mais aussi à écouter l'expression du chagrin. Même la foi la plus solide ne suffisait pas à nous protéger de la douleur de la perte, ou du sentiment qu'à la mort d'une personne chère, notre propre vie a perdu son sens. Il convenait de laisser le temps faire son œuvre et, pendant qu'il agissait, il nous fallait reconnaître que là où sévissaient la peine et le chagrin, la terre était sacrée.

Claudette était retournée trop tôt à la terre, poursuivit-il, mais elle continuerait à vivre non seulement en tant que souvenir, mais aussi qu'exemple pour tous ceux qui l'avaient connue. Il y a toujours un avenir pour nos amours les plus profondes.

Il termina en citant le poème de Byron *À Thyrza* :

Je ne sais si j'aurais supporté
De voir tes charmes se faner ;
La nuit qui succéda à un si beau matin
S'était vêtue d'une ombre plus obscure :
Ton jour immaculé s'en est allé,
Et tu fus belle jusqu'au bout –
Éteinte, et nullement pourrie,
Comme les étoiles du ciel
Brillent de leur plus vif éclat
En tombant des hauteurs.

Il y eut un silence puis, après les ultimes prières, Gloria s'approcha du piano. Jay Jay Lion l'accompagna tandis que le cercueil disparaissait derrière les rideaux.

Elle commença à chanter :

Personne ne sait ce que j'ai subi,
Personne, sauf Jésus.

Sidney n'avait jamais entendu ce chant chanté si lentement ou avec une telle intensité. Une terrible vérité habitait l'interprétation de Gloria qui semblait couvrir une vie entière en remontant jusqu'au début. La moindre expression ressortait ; on aurait pu en cueillir chaque mot et le comprendre tout seul en même temps qu'au sein de l'histoire qui se déroulait au fil du chant. Sidney n'avait jamais pensé qu'on pût prolonger à ce point les temps de silence entre les phrases. Le chant bravait l'espace et le temps. C'était une interprétation ardente d'une sincérité absolue : une lamentation sur une vie disparue ainsi qu'une vigoureuse affirmation de l'acceptation de la mort.

Quand Gloria eut terminé, il y eut le silence, les gens étaient sous le choc, puis des applaudissements et, finalement, un sifflet strident retentirent. La fanfare, de retour, se lança dans une exubérante interprétation de *When the Saints Go Marching In*. C'en était fini de la tristesse. Les fidèles étaient censés taper des mains et danser en sortant du crématorium, afin de remercier Dieu pour la joie d'une vie plutôt que pour le deuil d'une mort.

Phil ne se mêla pas à la foule. Une collation était prévue, apprit-il à Sidney, dans un bistro du coin, puis plus tard, on organiserait un concert en hommage à Claudette au club dans plusieurs semaines. Tous les musiciens de jazz de Londres y participeraient. "Tant qu'on n'aura pas trouvé le salaud qui a fait ça."

Johnny Johnson donna une poignée de main à Sidney et le remercia pour le service. Sa sœur l'embrassa. Son frère se proposa de l'accompagner à la réception. "Tu te sens peut-être un peu dépassé, expliqua-t-il.

— Je ferai de mon mieux.

— Ça n'avait rien à voir avec le service habituel de l'Église d'Angleterre.

— Tout ce qui s'est passé aujourd'hui m'a perturbé, Matt. J'ai parfois l'impression de vivre dans un monde différent.

— Je ne trouve pas ça inhabituel, dit son frère. Ce n'est pas ton métier ?

— Je ne m'attendais pas à ça.

— Tu t'es bien débrouillé. C'était un hommage approprié. Tout le monde aimait Claudie.

— Cette histoire est un complet mystère, Matt. À ton avis, qui aurait pu faire une chose pareille ?

— Jenny t'a parlé de Sam ?

— Tu étais au courant ?

— Je les ai vus ensemble un jour. Je n'ai rien voulu dire. Mais ça m'a paru bien innocent. Et je ne peux pas croire qu'il soit capable de violence.

— Moi non plus. Mais il nous faut trouver quelqu'un à qui la violence ne fait pas peur.

— J'espère que tu ne vas pas te trouver embarqué dans toute cette enquête.

— J'ai fait quelques recherches ici et là, mais je n'ai vraiment rien trouvé. Et je m'inquiète pour Jennifer.

— Tu ne penses pas qu'elle coure un danger quelconque ?

— Non, ce n'est pas ça. Johnny m'est plutôt sympathique. Je souhaite simplement qu'elle n'attende pas trop de lui. Je ne suis pas sûr qu'elle le connaisse vraiment bien.

— C'est encore le début. On ne peut pas compter que tout arrive tout de suite. Mais c'est une famille convenable une fois qu'on passe sur le passé de son père.

— Il a purgé sa peine.

— À moins, bien sûr…" Matt s'arrêta dans la rue. "Que quelqu'un pense que non.

— Nous avons malheureusement pensé à ça.

— Une vendetta ?

— Si on pense que Claudette n'a pas été assassinée par un amant ou qu'elle n'a pas trouvé la mort parce qu'elle a été témoin de quelque chose de louche, alors c'est l'une des rares explications qui restent, répondit Sidney. Mais il faut avoir l'esprit tellement tordu pour penser une chose pareille.

— Mais c'est ainsi que doit penser quiconque enquête sur ce crime si on veut découvrir le coupable.

— Je me rends compte qu'il est nécessaire de se glisser dans la tête d'un assassin. Je n'ai pourtant jamais envisagé une chose pareille quand j'ai décidé de devenir prêtre.

— Tu n'es pas forcé de te mêler de cette affaire, tu sais. La police s'en charge.

— Mais elle ne donne pas l'impression d'avancer beaucoup.

— Tu penses pouvoir infléchir le cours des choses ?

— Je me dois de proposer mes services, Matt.

— Même si ce n'est pas ton métier ?

— Quand j'ai été ordonné, j'ai étudié le manuel de l'ordination. Il m'a dit ce que les prêtres sont appelés à faire. « Ils doivent résister au mal, soutenir les faibles, défendre les pauvres, et intercéder en faveur de tous les nécessiteux. » Mon métier consiste à faire ce qui est juste.

— Même si ça bouleverse ta vie ?

— Même si."

Dans le train du retour, Sidney réfléchit à tout ce qui s'était passé. Peut-être son frère avait-il raison. Il y avait des limites à ce que pouvait accomplir un prêtre. Et son amour du jazz avait commencé à l'embarrasser. Il lui fallait reconnaître que c'était un peu de l'affectation. Il était un pasteur responsable d'une paroisse anglaise qui avait été élevé dans le nord de Londres et pas dans les rues chaudes de Harlem. Il ne serait jamais ni un type branché ni un zazou.

Il avait aussi de plus en plus de mal à se convaincre que le travail qu'il faisait pour la police était vraiment utile. Il avait découvert des choses sur les anciens délits de Phil le Chat Johnson, mais rien de substantiel ne permettait d'établir un lien entre ceux-ci et la mort de sa fille. Une fois de retour à Grantchester, il lui faudrait renoncer à ces activités et se concentrer sur ses fonctions paroissiales : présider une réunion sur le fonds d'entretien de l'église – les notes de chauffage avaient été énormes cet hiver –, discuter des prochains chants de la chorale, et établir les listes de volontaires pour nettoyer l'église et s'occuper des fleurs. Il lui arrivait de penser que le métier de pasteur faisait penser à celui de directeur général d'une entreprise où personne n'était payé.

Il devait également rédiger son prochain sermon. Même s'il était fatigué après son éloge funèbre, il était content que ça se soit bien passé. Il pourrait peut-être utiliser ce succès pour projeter ses pensées au prochain dimanche. Il parlerait de l'amour et du temps, décida-t-il ; le temps humain et le temps de Dieu ;

l'amour terrestre et l'amour divin ; l'abîme entre l'éphémère et le permanent.

Il lui faudrait beaucoup de concentration pour le rédiger et Sidney fut soulagé de trouver un compartiment inoccupé. La liberté de ne plus être interrompu représentait un tel luxe qu'il eut l'impression de voyager en première classe. C'est ce que faisaient les évêques, se dit-il, où, en même temps que le genre de personnes qui réussissaient à la City, ils côtoyaient Amanda Kendall et, probablement, Gloria Dee. En voyageant ainsi retirés du monde, ils ne recherchaient pas tant un confort supplémentaire, mais tenaient surtout à connaître une vie où nul ne les interromprait. Le principal atout de la première classe, il en prit conscience, c'est qu'elle permettait d'éviter autrui.

Il commença à rédiger des notes pour son sermon mais, à Finsbury Park, ses pensées sur l'amour et le temps furent interrompues quand Mike Standing monta dans le train. Petit homme aux cheveux clairsemés, doté d'un appétit prodigieux et affligé d'un problème cardiaque, Mike était le trésorier du conseil paroissial de Grantchester. Nul ne savait au juste comment il gagnait sa vie, mais il avait suffisamment "d'intérêts commerciaux" pour être à l'aise avec les questions financières, ce qui lui donnait en public une confiance qui lui faisait défaut dans les autres formes d'interaction sociale. Sa femme, Angela, l'avait quitté au bout de trois années de mariage. Personne n'avait vraiment compris pourquoi, mais Sidney soupçonnait que c'était parce qu'il ne possédait pas autant d'argent qu'elle l'avait imaginé au départ.

Après un échange de civilités, au cours duquel Mike Standing eut du mal à reprendre son souffle et à trouver une position confortable dans le compartiment qu'ils étaient les seuls à occuper, les deux hommes adoptèrent ce qui ressemblait à un silence de bon aloi, du moins Sidney l'espérait-il. Mike Standing sortit son exemplaire du *Times*. Ses pages annonçaient l'ascension de l'Everest par une équipe italienne, l'équipe de cricket du Pakistan affrontait le Northamptonshire, et Donald McGill, l'éditeur de coquines cartes postales de bord de mer, avait été reconnu coupable de contrevenir à la loi sur les publications obscènes ; toutes choses relativement insipides eu égard aux exploits de Sidney.

Mike Standing commença les mots croisés tandis que Sidney continuait à rassembler ses idées. Toutefois, celles-ci tournaient toujours autour du jazz ou revenaient sans cesse au meurtre. En outre, Mike s'était mis à marmonner. En fait il semblait incapable de compléter sa grille sans commenter en direct les progrès accomplis.

"A blanc T blanc blanc I… oui, je vois, ça doit être ANTILOPE… mais trois horizontal dans ce cas… si c'est antilope alors ça doit être RELIQUAIRE… mince, oh non… huit vertical… au secours…"

Il se tourna vers son compagnon. "Vous avez fait des études, chanoine Chambers. Vous pourriez peut-être m'aider à trouver cette définition ? « Pas un juge terne pour Bacon » : en deux mots. Le premier mot a quatre lettres, le deuxième en a sept. La première lettre du premier mot est probablement W."

Sidney observa une pause alors que le train entrait en gare de Stevenage. Une ville vraiment peu prometteuse, pensa-t-il. "Excusez-moi, que disiez-vous ?

— « Pas de juge terne pour Bacon. » En deux mots."

Sidney s'immobilisa. Un frisson parcourut son corps. "Juste ciel, fit-il. C'est ça.

— C'est ça quoi ?

— Il faut que je descende…

— Pourquoi ? Je croyais que vous rentriez à Cambridge ?"

Sidney rassembla ses papiers et prit sa valise. "Il faut que je téléphone immédiatement à la police et que je retourne à Londres.

— Mais vous venez tout juste de partir.

— Amanda est peut-être en danger. Comment ai-je pu être aussi bouché ? Je savais bien que quelque chose clochait…

— Ma définition !" s'exclama Mike Standing, mais, déjà sur le quai, Sidney se dirigeait d'un pas résolu vers le bureau du chef de gare.

Il était convaincu que l'assassin avait agi sous un nom d'emprunt. Il téléphona à Amanda pour tester sa théorie et l'assortit d'un article de journal de Colindale qu'il avait recopié, vérifiant que les dates correspondaient. Puis il appela l'inspecteur Keating et le persuada qu'il fallait procéder à une arrestation. L'endroit où ce serait le plus facile, dit-il à Keating, serait au club de jazz de Phil Johnson à Soho ce soir-là.

L'inspecteur Williams ne fut nullement impressionné qu'un pasteur propose une théorie susceptible de remettre en cause la culpabilité de Sam Morris, mais il se montra suffisamment beau joueur pour faire venir le suspect afin de l'interroger. En conséquence, les forces de l'ordre se rassemblèrent à vingt et une heures. Des policiers en civil se mêlèrent aux clients, des agents de police en uniforme prirent position devant le club ainsi que dans la ruelle derrière l'établissement, tandis que Keating et Sidney dégustaient un soda au gingembre au bar.

Gloria Dee était au milieu de sa première partie. Sidney avait persuadé les hommes d'attendre qu'elle ait fini car il y aurait moins de perturbation et il serait possible, si tout se passait bien, de procéder discrètement à l'arrestation pendant l'entracte. Elle termina la session sur *Ain't No Grave*, soutenue par l'un des meilleurs accompagnements de piano de jazz que Sidney eût jamais entendu.

Quand j'entendrai sonner cette trompette
Je vais ressusciter et sortir de la terre
Car il n'y a pas de tombeau
Capable de garder mon corps

Dans les silences entre les couplets, Jay Jay Lion faisait chanter le piano, tandis que, de temps à autre, Gloria ponctuait ses improvisations d'un *Hey*. Dès qu'ils en eurent terminé, et avant que l'orchestre pût quitter la scène, quatre hommes se dirigèrent vers le foyer des artistes et deux autres bloquèrent l'escalier du fond. Liza avait une main sur une bouteille de bière et une autre sur une serviette prête pour la sortie de Gloria Dee. Justin Wild lisait un numéro de *Melody Maker* et fumait une cigarette roulée à la main. Il n'eut pas l'air étonné devant l'irruption de la police et ne tenta pas de s'enfuir.

L'inspecteur en chef Williams annonça : "Justin Templeton, je vous arrête pour le meurtre de Claudette Johnson perpétré le 7 mai 1954. Vous n'êtes pas obligé de parler maintenant, mais tout ce que vous direz…

— Justin *Templeton* ? s'étonna Liza. Je croyais que tu t'appelais Wild…"

Gloria Dee entra en trombe, prit sa serviette des mains de Liza et s'apprêtait à vider sa bière, mais s'arrêta quand elle s'aperçut qu'il se passait quelque chose. "Mais bon sang, que faites-vous ?"

L'inspecteur Williams expliqua. "J'arrête votre chauffeur, soupçonné de meurtre.

— Vous êtes cinglé ?

— Je n'ai jamais été plus sain d'esprit."

Gloria se tourna vers Justin. "Je pensais que tu venais de faire sa connaissance ? Nom d'un chien, à quoi jouais-tu ?

— Je ne jouais pas, repartit Justin.

— Qu'est-ce que tu racontes ? Comme ça tu tues des gens au hasard.

— Ça n'avait rien à voir avec le hasard", l'interrompit Sidney.

Gloria Dee se retourna pour lui faire face. "Oh là là, c'est vous. Qu'est-ce que vous faites maintenant ?

— J'ai donné un coup de main à la police.

— Vous avez balancé mon chauffeur ? Comment vous êtes remonté jusqu'à lui ?

— Je me suis intéressé au passé, à ce qui aurait pu être un mobile.

— Combien d'années en arrière ?

— Presque dix ans.

— Vous voulez dire que ça fait une décennie que ce crime est programmé ? Je crois rêver.

— Il a fallu que je cherche une raison cachée à ce meurtre."

Gloria Dee réfléchit un moment. "Je vois. En quête des accords plutôt que de la mélodie.

— Je pense que c'est ainsi que procède Charlie Parker, non ? répliqua Sidney, peu sûr de devoir exposer ses maigres connaissances en matière de be-bop. L'improvisation sur les accords de *Cherokee* ?

— Vous avez pigé, mon vieux."

L'inspecteur en chef Williams intervint. "Si je pouvais simplement procéder à cette arrestation ?"

Gloria Dee se tourna vers Justin Wild. “Je t’aurais jamais pris pour un tueur qu’a pas froid aux yeux. C’était qu’une enfant. Honte à toi.”

Justin Wild ne dit rien. La police l’emmena.

Sidney s’attarda pour s’excuser auprès de Gloria. “Je regrette que nous ayons dû intervenir. On l’avait reconnu. Il aurait pu frapper à nouveau.

— Vous voulez dire qu’il aurait pu *me* tuer ?

— Non, une autre femme.

— Cette nana avec qui vous étiez ?

— En effet.

— Vous attirez les ennuis, c’est sûr.

— À mon corps défendant, mademoiselle Dee.

— Vous êtes peut-être un prêcheur, mais je vois pas bien comment une fille pourrait se sentir en sécurité quand vous êtes dans les parages. Et d’abord qu’est-ce qui vous a amené au jazz ?

— C’est une longue histoire.”

Gloria le regarda droit dans les yeux. “J’ai toute la nuit.

— Je ne suis pas sûr de…

— Pourquoi ne me payez-vous pas une bière, Sidney ?

— Vous vous souvenez de mon nom ?

— Certainement. Amusons-nous un peu.”

Il était presque onze heures quand Sidney parvint à s’extirper du club et il se demanda s’il serait en mesure de prendre le dernier train pour rentrer chez lui ou s’il lui faudrait plutôt attendre le premier train du matin. Il avait décidé Mme Redmond à prendre Dickens en son absence mais il ne pouvait pas compter sur elle pour s’occuper du chien beaucoup plus longtemps.

Cependant, Sidney tenait aussi à s’assurer que l’argument qu’il avait présenté était inattaquable. Il demanda donc l’autorisation d’aller voir Justin Wild dans sa cellule. L’inspecteur en chef Williams fut étonné d’une telle requête, mais, reconnaissant le travail qu’il avait accompli, il ne vit aucun mal dans cette visite d’un pasteur en attendant l’arrivée d’un avocat.

“Qu’est-ce que vous voulez ? demanda Justin Wild. Vous n’êtes sûrement pas venu me donner l’extrême-onction. Je n’ai pas été condamné.

— Mais plaiderez-vous coupable ?

— Oui, chanoine Chambers. Je suis fier de ce que j’ai fait.

— Tout ce que je veux savoir c’est pourquoi ? Pas « comment », parce que je sais comment vous avez fait ; mais « pourquoi » ? J’imagine que c’est une forme de revanche.

— C’en est une. Mais vous le savez. Le père de la fille…

— A volé votre mère.

— Le cambriolage eut lieu pendant l’enterrement de mon père. Ça s’est passé en 1944. Les délits ne cessent jamais, même en temps de guerre. Ont été dérobées les choses habituelles : l’argenterie, une vieille horloge, quelques articles de valeur dont nous avions hérité et que personne n’aimait vraiment ; mais, comme vous le savez, chanoine Chambers, Johnson était un voleur de bijoux et il a pris ce que ma mère possédait de plus précieux…

— Je comprends.

— Non.” En jaillissant de la bouche de Justin Wild, le mot claqua comme un coup de canon. “Vous ne « comprenez » pas. Ces bijoux avaient peut-être de la valeur, mais ils étaient beaucoup plus que cela. Ils racontaient l’histoire de la vie de ma mère. La police demanda s’ils étaient assurés ou si elle en avait fait faire des photographies, mais la réponse fut bien sûr négative. Qui avait jamais entendu dire qu’on prenait ses propres bijoux en photo ? Mais savez-vous ce qu’a fait ma mère ?”

Justin n’attendit pas la réponse.

“Elle les a dessinés et elle les a peints : la broche sertie de saphirs, le collier de perles, les boucles d’oreilles en diamant ; tout ce qu’elle avait possédé. Puis, après avoir fini, elle donna ces documents à la police et recommença à tous les dessiner. Elle ne pouvait pas s’empêcher de le faire. À sa mort, j’ai trouvé des centaines de dessins de la même pièce de joaillerie. Ce vol l’avait rendue folle.

— Je suis vraiment désolé, dit doucement Sidney.

— Cela faisait des mois que mon père était mort et elle était toujours dans l’affliction ; non que le chagrin s’arrête jamais. On dit que l’amour dure par-delà la mort, mais il en est bien sûr de même pour le chagrin. Ils avaient été mariés pendant quarante-trois ans.

— Et vous étiez leur unique enfant ?

— C'est exact.

— Et vous ne pouviez parler à personne ?

— J'avais ma mère. Et puis, à cause de cet homme, elle est partie elle aussi.

— Vous attribuez la mort de votre mère à M. Johnson ?

— Oui.

— Pas directement, sans doute ?

— Les gens ne pensent pas assez aux victimes, chanoine Chambers. À la fin de la vie de ma mère, le docteur m'a dit qu'il était possible que le chagrin fasse perdre la raison. C'était une condition. C'est l'expression qu'il a employée. « Folle de chagrin. » La perte de son mari suivie de la disparition de ses bijoux signifiait qu'elle ne pouvait pas continuer à vivre. Elle ne savait plus qui elle était. Ça peut sembler une petite chose, même un luxe, de posséder des bijoux et de se les faire voler, mais ce n'était pas les objets ni leur valeur qui avait de l'importance.

— C'était ce qu'ils représentaient, dit Sidney.

— Ils étaient son passé. Chaque bague, chaque broche, chaque collier était porteur d'un souvenir : l'alliance de sa mère, la croix de la confirmation de son père, les boucles d'oreilles de sa sœur. À leur disparition, ses souvenirs disparurent eux aussi. À la fin, elle me reconnaissait à peine. Assis au bout de son lit, je me disais : je tuerai la personne qui a fait ça. Je consacrerai ma vie à trouver le responsable.

— Comment avez-vous procédé ? demanda Sidney.

— J'ai commencé avec des bijouteries d'occasion et des antiquaires. Je regardais les gens entrer et sortir. Je restais assis dans des salons de thé pendant des heures. Je lisais les journaux en quête d'articles sur des cambriolages où les voleurs avaient pris des bijoux. J'assistais à des procès. Je harcelais la police pour savoir si certains délits ne pouvaient pas avoir un rapport avec l'histoire de ma mère. Et puis, en 1949, je l'ai trouvé. Philip Johnson surnommé le Chat. Il était condamné à cinq ans de prison, même si je savais qu'il n'en ferait que trois. Ce n'était pas une peine suffisante. Ma mère aurait pu vivre encore vingt ans.

Quand cette pensée m'est venue je me suis rendu compte que je pourrais provoquer bien plus de dégâts en *ne* le tuant *pas*. Je voulais lui faire subir ce que ma mère avait enduré. S'il mourait, ce serait terminé trop vite. Je voulais faire durer sa souffrance. J'ai donc pensé à sa famille et alors, quand j'ai vu la façon dont il regardait sa fille, j'ai su que c'était elle qui devait mourir. Si je la tuais, il ne l'oublierait jamais. Ça pourrirait sa vie ; et il vivrait avec le chagrin qu'avait connu ma mère.

— Mais Claudie était une enfant innocente…

— Elle était sa fille. C'est tout ce qui m'importait. Il ne me restait plus alors qu'à trouver le bon moment.

— Vous avez donc découvert qu'il avait engagé Gloria Dee. Vous connaissiez son batteur…

— Je connais plein de batteurs.

— Et vous avez réussi à être pris comme chauffeur de l'orchestre. C'est ça qui vous a trahi. Vous m'avez dit que ce n'était pas vraiment l'argent qui vous intéressait. J'ai tout d'abord pensé que vous vouliez peut-être dire par là que vous receviez des paiements d'une autre nature…

— De la drogue ou des faveurs. Je ne pense pas…

— Moi non plus. Ce qu'elle vous offrait, ce n'était pas de l'argent, mais une occasion.

— Exactement.

— Et un club rempli de criminels, dans lequel chacun d'entre eux pourrait être accusé ? Comment avez-vous fait ? C'était très risqué. On aurait pu vous voir à tout moment.

— Si, en fin de compte, ça vous est égal d'être pris et que vous n'avez pas peur du châtiment, ça vous donne davantage de courage. Vous n'avez pas à vous préoccuper de dissimuler vos traces. Nous avions déjà passé plusieurs soirs au club et j'ai donc mis un numéro au point. Mlle Dee aime bien prendre un peu de came entre les bœufs et nous en cachions une réserve dans le débarras des toilettes pour dames.

— Vous voulez parler de drogue ?

— Vous ne croyez tout de même pas que je ne suis qu'un simple chauffeur ! Je me suis procuré la drogue que nous cachions dans la trousse de premiers secours. Claudette Johnson avait la clé du débarras.

— Savait-elle ce qu'il y avait à l'intérieur ?

— Elle savait ne pas poser de questions. Je crois qu'elle avait vu tout ce qu'il est possible d'imaginer. J'ai bien sûr raconté à Claudette qu'il s'agissait uniquement de médicaments délivrés sur ordonnance et qu'il fallait les tenir éloignés de Mlle Dee au cas où celle-ci en prendrait trop sans le faire exprès. Nous allions donc chercher le magot avant la pause, quand tout le monde était concentré sur la musique. Au bout de trois ou quatre jours c'était devenu une habitude. Claudette savait exactement quand j'allais arriver et ce qu'elle devait faire.

— Elle était donc à l'aise avec vous.

— L'une des meilleures armes d'un assassin est le charme. La fille ne s'attendait absolument à rien. Pourquoi se serait-elle méfiée ? Une fois que nous nous sommes habitués l'un à l'autre, ce fut un jeu d'enfant. Je n'avais plus qu'à attendre qu'une occasion se présente et jouer sur la surprise.

— Vous l'avez étranglée dans le débarras.

— Ça n'a pas pris longtemps ; la conscience disparaît au bout de dix secondes, le cerveau s'arrête de fonctionner après trois ou quatre minutes.

— Pourquoi ne l'avez-vous pas laissée là ?

— Parce que je voulais voir le regard de son père quand on la découvrirait. Je voulais assister à son désespoir public. C'est pourquoi je suis allé à l'enterrement. Plus ça devenait triste et plus les gens étaient peinés, plus mon plaisir augmentait. Il fallait que j'assiste à cette souffrance. J'avais besoin de savoir ce que cet homme ressentait, même si ce n'était qu'une fraction de ce que ma mère avait enduré.

— Phil Johnson n'a pas tué votre mère.

— Je crois que si."

Sidney vit bien qu'il était impossible de l'en dissuader.

"Comment avez-vous découvert que c'était moi ? demanda Justin. Je suppose que c'était Amanda Kendall.

— Vous l'avez reconnue tout de suite ?

— Nous étions enfants, et c'était il y a longtemps, mais elle est difficile à oublier. Elle est plus intelligente que ne le croient les gens.

— Vous avez également pris un nom d'emprunt. C'était une autre petite erreur.

— Je pensais que personne ne le remarquerait."

Sidney regarda l'homme en face de lui. Il semblait à la fois déterminé et insouciant, indifférent à tout ce qui pourrait bien arriver par la suite. "« La vengeance est une sorte de justice sauvage. »

— C'est de Francis Bacon : dans les *Essais*.

— *Just – in – wild*, dit Sidney. Justice sauvage. Revanche.

— Comment avez-vous trouvé ?

— Une combinaison de chance et de souvenir. Mais ce nom avait vraiment quelque chose d'inhabituel.

— Il n'est pas si inhabituel que ça. Il existe plein de « Justin ». Ce sera la peine de mort, n'est-ce pas ?

— Très probablement, dit Sidney. À moins que vous ne plaidiez la folie ou ne manifestiez un degré considérable de remords.

— Je n'ai aucun remords. Je suis content d'avoir fait ce que j'ai fait.

— Alors je suis désolé, dit Sidney.

— Au contraire. Je suppose que c'est moi qui devrais présenter des excuses. Je ne ressens pas de culpabilité. Si je me sentais coupable, ça vous faciliterait les choses.

— Dans mon métier, très rares sont les choses faciles, repartit Sidney. Je suis simplement triste que quelqu'un de votre intelligence ait un sens aussi déformé de la justice.

— Moi aussi je suis triste. Cela fait pas mal d'années que je suis triste.

— Il y a une autre façon d'envisager les choses.

— La manière chrétienne ? Je ne pense pas."

Sidney se leva. Il avait pensé rester et essayer de trouver des traces de repentir chez Justin, mais il savait qu'il faudrait plus d'un soir pour rechercher les vestiges de sa conscience. "Je regrette d'avoir à partir, dit-il. Il est déjà tard.

— Pas trop tard pour un noctambule comme vous…

— Il y a mon travail.

— Je me demande comment vous trouvez le temps.

— Je prierai pour vous, dit Sidney.

— Je pense que vos prières ne changeront pas grand-chose, chanoine Chambers." Justin Wild parut hésiter. "Mais merci quand même." Il eut un sourire nerveux.

Sidney s'inclina légèrement. C'était devenu une habitude, qui signalait la fin de la conversation.

Il traversa Fitzrovia et alla à King's Cross à pied. Il y avait un ciel immaculé bleu nuit et trois quarts de lune. Sidney voulait goûter la tranquillité de la nuit. Il se dit qu'à certains moments de la vie, peut-être aucune guérison n'était possible. Il pouvait arriver qu'une vie soit tout bonnement tachée et alors ni une grande paix ni la prière intense n'était en mesure d'offrir un réconfort durable. Les mots de George Herbert* lui revinrent : "Vivre bien est la meilleure revanche." C'était peut-être un sage conseil, mais pour Justin Wild ça s'était avéré impossible. Il était bien plus ardu, Sidney le savait, de se réconcilier avec le pardon que de sombrer dans la vengeance.

Dès son retour à Grantchester, il se versa un grand whisky et s'allongea sur son point trop confortable canapé. Son labrador vint se blottir contre lui. Sidney lui caressa alors l'échine et commença à lui parler. Dickens bâilla, s'étira et posa sa tête sur le genou de Sidney. Celui-ci lui confia qu'il venait de connaître quelques semaines éprouvantes et que, maintenant, il pouvait sans aucun doute revenir à sa vocation. Il devrait cesser un peu de s'intéresser au jazz et à la criminalité. Il était suffisamment dur de faire son métier dans lequel il était en permanence sur la brèche ; mais mener cela de front avec des enquêtes pour l'inspecteur Keating était une tout autre affaire.

Il décida de se détendre en lisant de la poésie et prit un volume de George Herbert sur l'une de ses étagères. Il commença à lire un extrait du *Temple*, poème dans lequel le Père Temps vient rendre visite au narrateur.

* George Herbert (1593-1633) est un pasteur, poète et orateur anglais, représentatif de la poésie métaphysique. Il est considéré comme saint par l'Église anglicane.

Dans le poème, la faux du vieil homme est émoussée et le rôle qu'il joue dans la vie s'en est trouvé modifié. Depuis la venue du Christ, et la promesse de la vie éternelle, il n'est plus bourreau, mais jardinier :

Un portier qui conduit nos âmes
Par-delà les astres et les pôles les plus éloignés

Sidney se souvint de l'extrême originalité de ce poème. Pour George Herbert, le temps que nous passons sur terre n'est pas trop bref et éphémère, mais trop long : parce qu'il retient les êtres humains en les empêchant de vivre hors du temps et avec Dieu.

Sidney prit la décision de prêcher sur ce sujet. Il exposerait à grands traits les différences entre notre temps et le temps de Dieu. Les humains vivent dans le présent qui est triple : le souvenir du passé, l'attente de l'avenir et un perpétuel "maintenant" qui passe dès qu'on y pense. Cependant, Dieu n'est pas assujetti au temps. Il est en dehors. Et donc notre vie de sujétion se déplace du monde du temps au monde éternel de l'absence de temps.

Sidney mit de côté le recueil de poèmes et souleva la tête de Dickens de ses genoux. Il lui faudrait noter ces pensées sinon, le matin, il les aurait oubliées. Il alla à son bureau. Le téléphone sonna presque aussitôt.

Il était deux heures du matin. Sidney espéra seulement que ce n'était pas une nouvelle mort.

"C'est moi…"

Amanda.

"Tu as un problème ? s'enquit Sidney.

— Pas du tout. Je te téléphone seulement pour te dire une chose tout à fait ridicule…

— Ce n'est rien de grave ?

— Absolument pas. Je regrette qu'il soit si tard. J'ai bien essayé plus tôt, mais tu ne répondais pas. Où étais-tu ?

— Peu importe, Amanda…

— Je te téléphone simplement parce que nous tenions absolument à t'en parler tout de suite. Jennifer et moi, nous avons assisté au concert le plus insensé. Je ne sais vraiment pas pourquoi nous y sommes allées, mais je voulais seulement te dire ce qui s'est passé. À présent nous sommes un peu calmées, mais sur le coup nous écumions de rage.

— Je regrette de l'apprendre.

— En fin de compte ce concert n'était qu'une infâme piquette, un concentré de cette musique moderne que j'ai, tu le sais, en horreur. Nous avons dû boire toute une bouteille de vin rouge après coup…

— La vinasse pour faire passer la lavasse.

— Exactement. J'aurais encore préféré aller à l'un de tes concerts de jazz…

— C'était mauvais à ce point-là, Amanda ?

— Franchement atroce. Dans la deuxième partie un homme s'est contenté de rester assis au piano sans rien faire du tout. C'était extrêmement bizarre. Personne ne savait quoi faire ni quoi dire.

— Rien du tout ? Il a bien dû jouer quelque chose ?

— Non ! Ce que je te disais est à prendre à la lettre. Il n'a rien joué. Il est resté assis devant le piano, un point c'est tout.

— Tu veux dire qu'il n'a même pas caressé le clavier ?

— Pas un effleurement. Le morceau, c'était les toux, les marmonnements et l'embarras du public. Nous étions, apparemment, la musique. Le public. Tu te rends compte ? Quand je pense qu'on a payé cinq shillings à l'entrée.

— C'était de qui ?

— Oh je ne sais pas, d'un Américain : je crois qu'il s'appelle John Cage. Il a même eu le culot de donner un titre à son morceau : *Quatre minutes, trente-trois secondes*. Est-ce que tu te rends compte ? En tout cas, ce n'est pas quatre minutes et trente-trois secondes qu'il a semblé durer, mais une éternité. Je n'avais jamais pris conscience que quatre minutes pouvaient durer aussi longtemps. C'était ridicule. Quatre minutes ! Je n'ai pas arrêté de penser à toutes les autres choses que j'aurais, que tout le monde d'ailleurs en l'occurrence aurait pu faire dans le même laps de temps. Te rends-tu compte, Sidney ? C'était affligeant."

Sidney regarda la nuit noire par la fenêtre et songea à la voix de Gloria Dee, à la vulnérabilité de l'innocente Claudette et au terrible meurtre. Il ne pouvait pas commencer à expliquer à Amanda tout ce qui s'était passé ou ce qu'il avait pensé et ressenti.

"Tu es toujours là ? s'enquit-elle. Je te trouve bien silencieux. Il y a quelque chose qui ne va pas, Sidney, ou essaies-tu de jouer les John Cage ? Parle !

— Je suis toujours là. Je suis toujours là, Amanda…"

Il se souvint de la voix de Gloria Dee dans l'obscurité :

Quatre minutes
Rien que quatre minutes avant minuit
Quatre minutes
Je veux simplement quatre minutes avec toi
Si c'est la fin du monde
Alors qu'il en termine
Mais tout ce qu'il me faut
Ce sont ces quatre minutes
Avec toi…

LE HOLBEIN PERDU

Avec sa magnifique façade en forme de E aux fenêtres à meneaux, Locket Hall, construit au début du XVIe siècle en pierres de Ham Hill, était l'une des plus belles demeures historiques des environs de Cambridge. C'était la résidence officielle des Teversham, famille capable de faire remonter ses origines à la conquête normande, et y être invité à une réception était considéré comme un honneur, et même un droit parmi ces gens du monde dont la bible était le Gotha. Habitué aux abbayes et aux cathédrales, Sidney était moins impressionné par l'aristocratie ou l'architecture que d'aucuns, mais il n'en éprouva pas moins une certaine appréhension lorsque Mackay, le majordome, ouvrit la porte et le pria de monter l'escalier d'honneur menant à la longue galerie où Lord Teversham proposait des rafraîchissements d'été à ses invités.

Sidney avait des sentiments mitigés quant aux membres de la noblesse. Il appréciait les grandes dimensions de leurs demeures et la chaleur de leur hospitalité, mais trouvait énervant leur sentiment d'appartenir à une élite. "Et si ça ne suffisait pas, entendit-il Lord Teversham se plaindre, voilà que le gouvernement veut que nous nous ouvrions au public. C'est ma *demeure*, pour l'amour de Dieu, pas une attraction touristique. Autant bazarder le tout à l'Office de la protection des monuments historiques."

C'était un homme qui, de toute évidence, se préoccupait fort de son apparence. Il avait la taille de Sidney, la mâchoire angulaire d'un acteur idolâtré par les femmes et une profusion de cheveux argentés qui, même s'ils avaient besoin d'être coupés, avaient été coiffés d'une manière propre à faire trembler les chauves. Il portait un costume trois pièces sur mesure, avec cravate et pochette bleu marine assorties ; tandis que son pince-nez à monture d'acier et ses accessoires en argent – boutons de manchette, montre à gousset et épingle de cravate – avaient tous été choisis pour mettre sa coiffure en valeur.

Il accueillit son hôte avec des manières qui avaient tant servi qu'elles avaient le lustre du naturel : "Chanoine Chambers, quel plaisir que vous soyez venu ; vous prendrez un xérès sec, je présume…

— Ce serait très gentil de votre part", répondit Sidney. À quoi bon faire des manières.

"Mackay va s'en occuper. Je ne sais plus si vous avez rencontré ma sœur ?" D'un geste il montra un attroupement non loin de lui où une dame élégante aux cheveux semblables aux siens était entourée d'adorateurs. "Je pense que vous auriez pu la voir l'hiver dernier à King's après les chants de Noël. Il faut que je vous présente."

Sidney savait que la famille fréquentait l'église les jours fériés et pendant les vacances, et ce pour des raisons sociales plutôt que religieuses. Dans ses pires moments d'humeur, il lui arrivait de souhaiter trouver le courage de chasser ces gens.

Il regarda autour de lui. Il y avait plus d'une centaine de personnes présentes, mais Sidney en connaissait fort peu. Il s'apprêtait à recourir à une bonhomie cléricale insipide envers une dame d'âge mûr qui arborait une paire de sandales désagréablement pratiques, quand Ben Blackwood se présenta. "C'est Lord Teversham qui m'envoie", expliqua-t-il.

Ben était un jeune homme d'une pâleur d'esthète qui avait fait ses études à Magdalene. Il se présentait comme un spécialiste de l'histoire de l'architecture et écrivait l'histoire officielle de Locket Hall. "Bien sûr, une fois que le château sera ouvert au public, cela rapportera une fortune à la famille, commença Ben. Architecturalement parlant, c'est l'un des joyaux non reconnus d'Angleterre." Il fixa une Sobranie noire au bout d'un fume-cigarette. "À elle seule, la collection d'art vaut des millions. Avez-vous vu le portrait d'Élisabeth Ire ? Elle l'envoya comme cadeau à la suite de l'une de ses visites…"

Sidney essaya de faire aussi bien : “Je me souviens d’avoir lu que les déplacements royaux coûtaient une fortune. Les hôtes devaient donner des banquets, des bals masqués et organiser des parties de chasse…

Il arrivait que la reine reste pendant des *semaines*! Ceux qui la recevaient étaient presque condamnés à la faillite. Maintenant le gouvernement essaie de faire de même en se focalisant sur les droits de succession. C’est plutôt injuste compte tenu que les œuvres d’art ont déjà été payées.”

En tant qu’invité, le comportement de Sidney était limité par l’étiquette d’un monde dans lequel il n’avait que des droits de visite. Son seul avantage, estimait-il, tenait à ce qu’en tant que prêtre il pouvait se permettre de dire des choses que les autres ne s’autorisaient peut-être pas. Et il s’entendit donc suggérer que le prêt de quelques peintures au musée Fitzwilliam ou à la National Gallery pourrait ne pas être nécessairement une mauvaise chose.

Lord Teversham, qui surprit ses propos, ne fut guère emballé. “Et pourquoi faire une chose pareille, chanoine Chambers ?

— Je crois qu’ainsi vous pouvez compenser les droits de succession tout en demeurant propriétaire des œuvres…

— Mais cela implique que je doive aller dans un musée pour voir des tableaux qui sont dans ma famille depuis des générations…”

Sa sœur, Cicely, intervint. “Ce n’est pas comme si tu les regardais tous les jours. Nous pourrions nous contenter de leur en prêter un ou deux. Je suis sûr qu’ils ne nous manqueraient pas. Et nous avons effectivement quelques difficultés pécuniaires…”

Alors Lord Teversham commença à piquer l’une de ses célèbres crises de rage. “Mais ils voudront les meilleurs !

— Si ça peut vous être utile, poursuivit Sidney, j’ai une excellente amie à la National Gallery.”

Lord Teversham était mal à l’aise. “Je ne veux pas voir débarquer un type en monocle qui viendrait reluquer toute l’argenterie de la famille.

— Il s’agit d’une femme, pas d’un type.”

Cicely Teversham intervint à nouveau. “Je suis convaincue que l’« amie » du chanoine Chambers ferait preuve de tact.

— Je n'aime pas laisser partir mes biens, marmonna Lord Teversham. Une fois que ces gens auront commencé, il n'y aura plus moyen de les arrêter.

Ben Blackwood tenta de trouver un compromis. "Je suppose que vous pourrez leur en laisser un ou deux à titre de divertissements – ou sous forme de prêt qui vous vaudrait un allégement fiscal. Les œuvres moins connues, évidemment..."

Cicely Teversham posa la main sur le bras de son frère. "Que dirais-tu de prêter la dame au menton enflé? Elle ne t'a jamais plu. Je suis sûre qu'une peinture pareille ne te manquerait pas...

— Si, elle me manquerait, grommela Lord Teversham. Il s'agit d'une collection. On ne peut pas la dépareiller."

Sa sœur n'était pas de cet avis. "Tu n'aimes pas cette peinture, Dominic. C'est ce que tu m'as dit quand je l'ai envoyée chez le restaurateur. Tu pensais que ce serait de l'argent perdu et ensuite tu t'es plaint qu'elle était revenue encore plus laide qu'à son départ.

— C'est qu'on voyait tout plus distinctement. Ses verrues et le reste.

— Elle n'a pas de verrues, chéri. Ne sois pas ridicule."

Sidney essaya d'apaiser les esprits. "Je n'aurais peut-être pas dû faire cette suggestion. Je ne voulais nullement créer la discorde..."

Lord Teversham se tourna vers lui. "Au fait, qui est cette femme de vos amies?

— Mlle Amanda Kendall. Elle est la conservatrice des peintures du XVIe siècle. Elle a été formée au Courtauld Institute sous la houlette de Sir Anthony Blunt*."

Lord Teversham fut étonné. "J'étais à Trinity avec lui. Son père était pasteur. Vous le connaissez?

— Je crains que non. Mais Mlle Kendall est une amie de ma sœur.

— Pourquoi n'est-elle pas ici? s'enquit Cicely Teversham. Vous auriez pu l'amener avec vous.

* Sir Anthony Blunt (1907-1983). Historien d'art britannique spécialiste de l'art classique français et du baroque italien, il fut également agent double pour le compte de l'Union soviétique pendant la guerre froide.

— Elle est à Londres."

Lord Teversham n'en fut nullement impressionné. "Il y a des trains toutes les heures pour Cambridge. Ce n'est pas difficile."

Cicely Teversham intervint pour faciliter les négociations. "Je vous en prie, chanoine Chambers, demandez-lui de venir. Je suis sûre que la collection l'intéressera. Fort peu de gens se rendent compte de ce que nous avons ici parce que l'assurance coûte une fortune. Nous devons nous montrer très prudents. Le portrait de la reine Élisabeth est connu, mais il y a aussi une Madone de Raphaël et un portrait de Titien. Certaines de nos peintures sont également anonymes et donc, si Mlle Kendall est experte, peut-être aimerait-elle venir jeter un coup d'œil.

— Je suis sûr qu'elle en serait ravie.

— J'aimerais lui montrer notre dame en noir. Le restaurateur a vraiment fait des merveilles.

— C'est une peinture de qui ?

— Nous ne savons pas au juste, expliqua Lord Teversham. L'école néerlandaise, probablement. Elle était au grenier. Cicely l'a fait descendre."

Sa sœur sourit. "Il faut que vous ameniez votre amie. La prochaine fois, vous devez rester à déjeuner. Ce sera fascinant, j'en suis sûr.

— Fascinant ?

— Vous parlez d'elle avec tant d'affection.

— Oh, ce n'est pas ce que vous pensez", repartit Sidney du tac au tac.

Cicely Teversham eut un sourire. "Et comment savez-vous ce que je pense, chanoine Chambers ?"

La peinture en question était une peinture sobre, presque une œuvre de dévotion, un portrait en pied d'une femme d'un peu plus de trente ans aux cheveux tirant sur le roux et aux yeux bruns. Elle portait un corsage noir boutonné très haut qui couvrait un long cou et une coiffe bordée de perles. Elle avait les mains à moitié jointes, mais pas franchement pour prier, et l'ébauche d'un sourire sur la large bouche de la dame était le seul soupçon de gaieté. Son collier consistait en un simple médaillon au bout d'une chaîne. À l'arrière-plan, et sur la gauche, se trouvait une table avec un vase à moitié rempli d'eau contenant trois œillets et des brins de romarin. Un tableau représentant Adam et Ève était accroché au mur derrière la table : une peinture à l'intérieur d'une peinture.

Amanda Kendall examina le panneau sous tous les angles, l'étudiant de très près puis reculant pour juger de son impact. Vêtue avec élégance, elle portait une robe-chemisier de Coco Chanel qui lui donnait un air résolument français.

"Voyez-vous un inconvénient à ce que je décroche le tableau ?" demanda Amanda.

Ben Blackwood intervint. "Permettez que je vous aide…

— C'est inutile. Je suis parfaitement capable…" Amanda enfila une paire de gants, souleva la peinture, l'enleva du mur et l'approcha de la fenêtre. Après l'avoir placée sur une petite table, elle s'agenouilla, l'examina minutieusement et en inspecta les bords à l'aide d'une loupe.

Elle regarda Lord Teversham. "Pourrais-je la sortir de son cadre ?"

Il se tourna vers Ben qui, résigné, acquiesça d'un signe de tête. "Tant que vous n'abîmez rien. C'est du bois de l'époque des Tudors, vous savez…

— Assurément…" Amanda retira un scalpel de son sac à main et, par un mouvement de levier, retira le panneau du cadre.

C'était la première fois que Sidney la voyait à l'œuvre.

"C'est le cadre d'origine, dit-elle avant de replacer le panneau. Ce serait bien d'apporter le tableau à la Gallery et de faire quelques prélèvements. Je vois que vous l'avez fait restaurer.

— Il y a dix ans."

Amanda raccrocha le tableau au mur, puis rangea sa loupe et son scalpel dans son sac à main. "Une œuvre très singulière, dit-elle.

— C'est tout ce que vous avez à dire ? demanda Ben.

— Pas du tout. Ce portrait a-t-il toujours été en votre possession ? demanda-t-elle.

— Oui, bien sûr, répondit Lord Teversham. C'est un héritage. Il doit être dans la famille depuis le XVIe siècle.

— Non, je regrette d'avoir à me répéter. Il faut que je sois sûre de la provenance. Ce portrait a-t-il toujours été en votre possession ? Il n'a jamais quitté le bâtiment ?

— Jamais, sauf la fois où il a été restauré.

— Et qui a procédé à la restauration ?

— Un type de Saffron Walden. Un excellent rapport qualité prix.

— Je n'ai pas de mal à le croire. Quelles différences avez-vous remarquées quand le tableau est revenu ?"

Lord Teversham ne comprenait pas pourquoi Amanda posait une question aussi évidente. "Eh bien, il était plus propre et plus lumineux. On distinguait bien tous les détails…

— Et il a éliminé les vers du bois, ajouta Cicely Teversham. J'étais inquiète car le bois était un peu pourri et je craignais que ça n'empire.

— Eh bien, dit Amanda. Il n'y a assurément plus trace de vers dans le bois ; juste quelques restes dans le cadre.

— On dirait que le panneau est neuf…

— Dites-moi, est-ce que le panneau a eu autrefois un cartel ?"

Lord Teversham ne comprenait pas. "Un cartel ?

— Une inscription peinte, qui indique souvent le nom de la personne représentée.

— Je ne crois pas.

— Aucune trace d'ajout de peinture ?

— Je serais incapable de vous le dire. Pourquoi me demandez-vous ça ?"

Amanda expliqua. "Le cartel était une caractéristique commune à toutes les pièces de la collection Lumley, un groupe de tableaux dispersés en 1785. Il est possible que l'œuvre vienne de cette collection. Avez-vous une bibliothèque ?

— Nos livres de comptes domestiques ne remontent sûrement pas aussi loin dans le temps.

— Il est indispensable de savoir d'où provient cette peinture. Nous possédons un exemplaire de l'inventaire Lumley à la Gallery.

— Pourquoi posez-vous toutes ces questions ?

— Avez-vous toujours l'adresse du restaurateur ? demanda Amanda.

— Je crois que oui."

Cicely Teversham se souvint : “Il s’appelait Frederic Wyatt…

— Mais, s’il a reconnu le tableau, je doute fort qu’il habite toujours à la même adresse.

— Reconnu ? Y a-t-il un problème ? demanda Sidney.

— J’en ai bien peur”, répondit Amanda. Elle se tourna vers Lord et Lady Teversham. “Je pense qu’il faudrait que nous nous asseyions tous devant une tasse de thé. Ou quelque chose de plus fort.

— Très bien ; pourquoi avez-vous l’air si inquiète ?”

Amanda se montrait encore circonspecte. “Le cadre est le cadre d’origine qui date du XVIe siècle, mais le panneau lui-même a été remplacé.

— Remplacé ? s’étonna Ben Blackwood. Impossible.

— C’est une copie ; d’excellente facture, mais néanmoins une copie. La peinture présente une surface lisse ; le bois est neuf. J’aurais besoin d’effectuer un prélèvement pour être sûre…

— Juste ciel…

— Ce qui n’aurait guère d’importance s’il s’agissait à l’origine d’un maître hollandais mineur…”

Lord Teversham n’en croyait pas ses oreilles. “Je pensais que c’était…”

Amanda poursuivit. “Moi aussi. Mais regardez les bijoux que porte la dame. Je suis sûre qu’ils ont été fabriqués par Cornelius Hayes ou Jean d’Anvers. Il s’agit de la réplique exacte d’une médaille du couronnement qui se trouve au British Museum.

— Une médaille du couronnement ?

— Les œillets à l’arrière-plan sont un symbole de fiançailles ; le portrait d’Adam et Ève représente l’espoir d’enfants dans un mariage. L’original de cette peinture peut dater de 1533.

— Alors, qui est cette femme ?” demanda Cicely Teversham.

Ben avait deviné. “Vous ne le dites pas ?”

Amanda observa un temps de silence. “Il n’y a qu’une des six épouses d’Henri VIII dont le portrait exécuté à l’époque ne soit pas parvenu jusqu’à nous. Si, par le passé, vous avez possédé cette peinture originale, et je dis bien « si », alors vous étiez en possession d’un des tableaux les plus chers au monde ; un portrait perdu, exécuté par Hans Holbein le Jeune, de la seconde femme d’Henri VIII, la reine Anne Boleyn.

— Un dormeur ! dit Ben.

— Exactement, fit Amanda. Une œuvre d'art qui n'a pas été attribuée à son véritable auteur mais qui s'avère avoir beaucoup plus de valeur qu'on ne pensait. Pas plus tard que l'autre jour, j'ai découvert un Van Dyck dans une situation semblable…"

Cicely Teversham voulut plus de précisions. "Nous avions un Holbein d'une valeur inestimable ?

— Ce n'est pas impossible…

— Et maintenant nous l'avons perdu ? Ce portrait aurait pu sauver notre propriété tout entière. Comment faire pour le récupérer ?

— Eh bien, de toute évidence ça ne va pas être facile, répondit Amanda. Et une chose est sûre, il va falloir retrouver la trace de votre restaurateur."

Sidney décida d'intervenir. "Qui d'autre savait que vous possédiez cette peinture, Lord Teversham ?"

Son hôte fut dérouté par cette question. "La plupart des membres de notre famille, bien sûr, et les domestiques. Mackay avait toujours vu ce tableau d'un mauvais œil, mais je pense que c'est parce qu'il lui rappelait sa femme qui s'était enfuie. Et puis il y a Ben, évidemment, bien que les portraits de dames pieuses soient loin d'être votre tasse de thé, non ?"

Ben Blackwood eut l'air gêné. "Assurément.

— Des visiteurs et des amis, même si la plupart préfèrent les chevaux ou les chiens.

— Personne en rapport avec le monde de l'art ?" s'enquit Amanda.

Cicely Teversham prit la parole. "Il y avait aussi l'homme de l'assurance. Il est venu estimer la collection. En fait, si mes souvenirs sont bons, c'est lui qui a suggéré que le tableau avait besoin d'être restauré.

— Vous ne trouvez pas ça bizarre ? dit Lord Teversham. Si nous sommes effectivement en présence d'un délit, ça semble plutôt un choix singulier – pourquoi n'ont-ils pas pris un Titien ?

— Ça serait beaucoup plus dur à revendre", repartit Amanda.

Lord Teversham avait du mal à avaler ce qu'elle venait de leur dire. "J'avais toujours pris cette œuvre pour une peinture de bonne facture, sans plus. Une dame inconnue, école néerlandaise : ne vaut guère la peine d'être restaurée. Ce n'est pas vraiment une beauté, vous ne trouvez pas?"

Amanda réussit à placer : "Les goûts changent, Lord Teversham, mais si votre portrait original est effectivement ce que je crois, alors il comble une des plus grandes lacunes de l'art britannique. Holbein était actif à l'époque du mariage entre Henri VIII et Anne Boleyn. Nous savons qu'il conçut une fontaine de table comme cadeau de Nouvel An pour le roi en 1534 et même, probablement, un berceau pour Élisabeth Ire nouveau-née. On pense que si un tel portrait a bien existé, il a été détruit ou caché après son exécution et le nom Boleyn fut changé en Bullen ou même en Butler…

— Et pourquoi auraient-ils fait une chose pareille? interrogea Cicely.

— Par peur. Anne Boleyn avait été la femme la plus puissante d'Angleterre. Elle mit au monde la future reine Élisabeth, mais elle ne put pas donner un fils au roi. Ce qui à mon avis est intéressant c'est qu'elle n'avait absolument pas conscience du danger qu'elle courait. Après avoir accouché d'une fille, elle pensait retomber enceinte ; ce qui se produisit effectivement en janvier 1536. Puis, le 20 janvier, elle fit une fausse couche. Les mois qui suivirent, ses ennemis s'unirent et, alors qu'elle venait de perdre un enfant, elle fut accusée de multiples infidélités avec une demi-douzaine d'hommes y compris son propre frère.

— Ça semble un peu gros, l'interrompit Lord Teversham.

— Une demi-douzaine d'hommes, et elle venait de perdre un bébé. Elle fut jugée et condamnée à mort mais, alors qu'on lui administrait les derniers sacrements, elle jura sur son âme qu'elle n'avait jamais trompé son époux. Le 19 mai, elle fut décapitée. En moins de quatre mois, sa réputation fut anéantie. En janvier elle avait été la reine d'Angleterre. En mai elle était morte. C'est l'une des chutes les plus rapides de l'histoire anglaise. Onze jours après sa mort, le roi épousa Jane Seymour. Anne Boleyn était passée aux oubliettes. On décrocha les portraits le plus vite possible. Ils furent dispersés, camouflés et attribués à des peintres qui n'en étaient pas les auteurs.

— Comme le mien… la coupa Lord Teversham.

— Il faut absolument que nous le récupérions, s'exclama Cicely Teversham. Pour le bien du domaine et dans l'intérêt de la collection.

— Non, rectifia Amanda. Il faut le récupérer pour la nation."

Après le déjeuner, Amanda retourna à Londres et rapporta le portrait à la National Gallery. Il y fut examiné, photographié, et soumis à une série d'analyses chimiques. En attendant les résultats, Amanda étudia l'inventaire de M. John Lampton, "régisseur de la maison de John Lord Lumley", qui avait été établi en 1590. Au-dessus d'une entrée concernant des propres peintures de la National Gallery, "La statuaire de la duchesse de Myllayne, ensuite duchesse de Lorreyn, fille de Christierne roi du Danmark, exécutée par Haunce Holbeyn", elle avait trouvé la mention suivante : "La statuaire de la reine Anne Bolleyne."

C'était un portrait en pied de l'époque. Il n'en restait aucune trace ; nul ne savait ce qu'il en était advenu après la vente de 1785. Les soupçons d'Amanda étaient bien fondés.

Lord Teversham avait réussi à retrouver l'adresse de celui qui avait restauré le tableau et, début août, peu après son vingt-septième anniversaire, Amanda laissa Sidney l'accompagner lorsqu'elle tenta de lui rendre visite dans la ville provinciale de Saffron Walden.

Elle conduisait la MG TD crème que ses parents lui avaient achetée pour son anniversaire, et portait une écharpe ainsi que des lunettes noires pour se protéger du soleil rasant d'automne qui lui donnaient des airs de Gene Tierney dans *Péché mortel.* En roulant sur les chemins du Cambridgeshire, Sidney lui dit tout le plaisir qu'il avait eu à la présenter à Lord Teversham et lui confia combien il était fier de la connaître. "Je ne comprends vraiment pas comment tu as reconnu cette peinture aussi vite, s'émerveilla-t-il.

— J'aime vraiment penser que je suis une conservatrice compétente, Sidney.

— Je n'en ai jamais douté.

— Certains ne sont pas de cet avis. Ils me trouvent seulement chic.

— Tu es beaucoup plus que ça, Amanda. Mais penses-tu qu'il soit possible de récupérer le portrait ?

— Si le restaurateur savait ce qu'il faisait, alors il l'aura probablement revendu. Mais c'est notre seule piste. J'ai demandé à Lord Teversham de vérifier la provenance. Il serait déjà utile de savoir comment la famille a acquis le tableau."

Sidney essaya d'attirer l'attention d'Amanda, mais elle se concentrait sur la route devant elle. "Tu aurais dû interroger Ben", dit-il.

Amanda eut un sourire et, à son tour, lui jeta un coup d'œil. "Je ne suis pas du tout sûre qu'il soit digne de confiance. Il tient tellement à conserver son travail au château, quelles que soient les fonctions qu'il y exerce.

— Les premières impressions peuvent être trompeuses, repartit Sidney, mais peut-être pas dans ce cas. Il fait vraiment assez décadent. Veux-tu que je regarde la carte ?

— Nous tournons à l'instant dans Chaters Hill. Le numéro 169 fait penser à une espèce de bazar de souvenirs.

— Es-tu sûre que ça soit ouvert ? demanda Sidney. La plupart des magasins semblent fermés.

— J'ai cru apercevoir quelqu'un à travers la vitrine.

— Alors entrons et posons la question."

Ils garèrent la voiture et s'approchèrent d'un magasin qui vendait des jouets, des bibelots et des ours en peluche. Le propriétaire était un homme large d'épaules doté d'une moustache à la gauloise et d'yeux marron pétillants. "Que puis-je faire pour vous deux par une matinée aussi splendide ? dit-il.

— Nous ne sommes pas sûrs d'être à la bonne adresse…" commença Sidney.

Le commerçant n'en fut nullement troublé. "Demandez-moi absolument tout ce que vous voulez !

— Je pense que la personne que nous cherchons doit être le propriétaire qui était là avant vous, poursuivit Amanda. Cet endroit appartenait-il naguère à un homme dans le domaine de l'art, un peintre ou un restaurateur, peut-être ?

— C'est tout à fait exact : Freddie Wyatt ; le plus affable des hommes.

— Mais il n'est plus ici ?

— Hélas, non.

— Il a pris sa retraite ?

— Il est parti en Hollande, je crois. De façon plutôt précipitée. Il disait qu'il lui tardait de quitter l'Angleterre au plus vite et il m'a juste laissé une adresse pour lui faire suivre son courrier.

— Quand était-ce ?

— Ça date de quelques années, maintenant. Le magasin était un vrai capharnaüm quand je l'ai acheté. J'ai trouvé des flacons de pigments, de sucre, de thé et d'alcool absolument partout sans qu'il soit possible de savoir ce qui était quoi ; aucune étiquette, aucun ordre. C'était le chaos. Je me suis proposé de lui envoyer l'argent que je recevrais si des gens ne l'avaient pas encore payé pour une commande, en précisant toutefois qu'au bout de trois mois j'arrêterais. Mais vous n'êtes pas venus pour entendre parler de ça, j'en suis sûr. Vous êtes venus pour un ours, j'espère, ou un souvenir ; un objet qui vous rappelle votre visite."

Amanda n'abandonna pas le sujet. "Nous envisagions de faire restaurer un tableau, mais j'ai l'impression que nous ne sommes pas venus au bon endroit.

— Je vends des cartes postales, ma chère, pas des tableaux.

— Vous connaissiez ce Freddie Wyatt ? demanda Sidney.

— Nous allions boire un verre ensemble au Swan Hotel. Vous le connaissez ?

— Non, malheureusement.

— Ils proposent un excellent civet de lièvre."

Amanda insista. "Et savez-vous ce qui est arrivé aux travaux qui restaient ici ?

— Les peintures ? J'ai mis un écriteau sur la porte. Il fallait récupérer et payer toutes les commandes dans les trois mois. J'ai fait cadeau du reste à la fête paroissiale.

— Combien de tableaux avez-vous donnés ?

— Une dizaine, je suppose.

— Est-ce que vous vous en souvenez ?"

Le commerçant essaya de se concentrer. "Il y avait des scènes de chasse, des marines, quelques portraits lugubres ; certains étaient même des portraits de pasteurs.

— Des dames dans le lot ?

— Une ou deux…"

Amanda lui montra une photographie. “Aucune qui ressemblait à celle-ci ?

— Elle a l’air plutôt sentimentale, non ? S’agit-il d’une veuve ?”

Sidney essaya de lui venir en aide. “Vous souvenez-vous de l’avoir vue ?

— Je ne saurais dire au juste, poursuivit le propriétaire. La plupart des peintures qu’on est venu chercher à temps ont été récupérées parce qu’une femme est venue les prendre de la part de quelqu’un d’autre. Elle a payé six ou sept restaurations et encadrements. Je m’en souviens car nous avons arrondi à cinq guinées pour l’ensemble.

— Pensez-vous que cette peinture aurait pu en faire partie ?

— Ce n’est pas impossible.

— Vous n’avez rien noté dans un registre ?

— Non, j’ai juste envoyé l’argent.

— Vous souvenez-vous du nom de la dame ?

— Je crains que non. Mais elle venait de la part d’un M. Phillips.

— Auriez-vous, par hasard, son adresse ?

— Hélas, non. Tout ça a été fait à la va-vite, et la comptabilité de ce pauvre Freddie était un cauchemar. Vous êtes sûrs que je ne peux pas vous intéresser à un ours ou deux ? Nous avons deux très beaux spécimens de chez Stieff.

— Je ne pense pas…”

Amanda sourit. “Oh Sidney. Ne sois pas idiot. Laisse-moi t’acheter un ours. Ensuite tu pourras m’emmener déjeuner.

— Tu n’es pas obligée.” Sidney s’interrogea sur les cadeaux d’Amanda : d’abord un chien, puis un ours en peluche. Il faudrait vraiment qu’il lui fasse lui-même un cadeau.

“Je sais que je ne suis pas obligée. Mais je veux t’offrir quelque chose. Laisse-moi t’en choisir un.

— Quelle excellente idée, s’exclama le commerçant. Il m’arrive de penser que tout ce qu’il nous faut pour être heureux, c’est un bel ours et une bonne bouillotte.

— Si seulement c’était aussi simple”, dit Amanda en réglant son achat.

Ils restèrent à déjeuner à Saffron Walden. Sidney avait suggéré la possibilité d'un retour à Grantchester, mais Amanda ne voulut pas en entendre parler. Elle voulait faire un tour et y consacrer la journée, visiter le château en ruine, les bâtiments du Moyen Âge et examiner les ornements en plâtre sur les maisons de Bridge Street. "En outre, ajouta-t-elle, je crois que je ne supporterais pas une seule des saucisses cuites dans la pâte à crêpes de Mme Maguire."

Sidney sentit qu'il lui fallait prendre la défense de sa gouvernante. Tout le monde ne pouvait pas habiter Hampstead*. "Mme Maguire fait de son mieux avec des moyens limités, Amanda."

Il allait bientôt être deux heures de l'après-midi et Sidney craignait que le Swan Hotel ne serve plus à manger. Il promit à la serveuse qu'ils se satisferaient de n'importe quoi, étant donné que c'était vendredi, et que de la soupe et du poisson seraient parfaits. Toutefois Amanda avait d'autres idées.

"Auriez-vous l'obligeance de nous apporter un gin tonic avec de la glace et du citron, ainsi que des petits pains chauds le temps que nous regardions le menu…" demanda-t-elle.

La serveuse n'apprécia guère. "Le chef s'en va dans une minute, et monsieur a commandé."

Amanda regarda le menu relié en cuir. "Je ne crois pas. Il a exprimé le désir de ne pas déranger. Ce n'est pas la même chose. Est-il possible de commander tout ce qui figure sur cette liste ?

— Façon de parler…"

Sidney tenta d'apaiser les esprits. "Amanda, s'il te plaît, ne fais pas une scène…

— Que recommanderiez-vous ?" demanda-t-elle.

La serveuse regarda Sidney. "Je prendrais la soupe et le poisson, madame.

— Et quel genre de soupe est-ce ?

— Il faut que je voie ça avec le chef…

— Ne prenez pas cette peine, dit Sidney. Qu'il nous étonne.

— Je pense que c'est aux champignons…

— Je ne supporte pas les champignons, dit Amanda.

* Un des quartiers les plus cossus de Londres.

— Nous proposons une excellente soupe à la tomate.

— Très bien pour la tomate ; et ensuite le poisson, je suppose. Merci beaucoup." Amanda tendit le menu à la serveuse. "Franchement, Sidney. Que d'histoires !"

Deux bols de soupe à la tomate tiède sortie tout droit d'une boîte de conserve arrivèrent sur la table. Un brin de persil avait été ajouté, mais la tombée de crème en sus ne faisait que refroidir un peu plus sa température.

"Autant me réchauffer avec un nouveau gin, dit Amanda, ou je pourrais l'ajouter à la soupe, histoire de la pimenter. J'ai du mal à croire qu'on puisse nous demander six shillings pour une chose pareille.

— Ne nous inquiétons pas, dit Sidney. Je suis sûr que le poisson sera délicieux. Alors nous pourrons nous concentrer sur les complexités de cette affaire.

— Ce ne sont pas vraiment les complexités qui caractérisent le repas !" rumina Amanda.

Il restait trois autres clients dans le restaurant : un couple de touristes silencieux et un homme à la barbe prodigieuse dont la réaction à la médiocrité du repas lui faisait porter la nourriture sur lui plutôt que la manger.

"Extraordinaire, marmonna Amanda, qu'on puisse manger avec aussi peu de soin…"

Sidney sortit les photographies du portrait d'Anne Boleyn et les observa à nouveau. "Nous devons retrouver ce Phillips…

— Tu penses qu'il travaillait en association avec le restaurateur de tableaux ?

— Ce n'est pas impossible. Ou peut-être que le restaurateur n'a jamais rien su. En tout cas c'est forcément quelqu'un qui avait reconnu le tableau.

— Un coup monté de l'intérieur ? Le majordome, peut-être. Ou l'un des amis de Lord Teversham ?"

Sidney considéra la situation. "Je pensais à l'homme qui est venu estimer la collection pour l'assurance. Le portrait a été restauré peu après, et c'est lui qui a suggéré qu'il fallait le remettre en état. À combien penses-tu pouvoir l'estimer ?

— J'ai fait des recherches. Un Holbein s'est vendu juste un peu moins de quatre mille livres en 1946. Le portrait d'Anne

Boleyn vaudrait beaucoup plus ; certainement de quoi s'acheter une belle demeure à la campagne."

Sidney regarda à nouveau la photographie. "C'est une image moins flatteuse que je n'aurais imaginé, observa-t-il.

— C'était le début de l'époque de la peinture de portraits réaliste, commença Amanda. Holbein s'attachait à rendre la psychologie autant que la fidélité figurative."

Le poisson qui arriva avait l'air plus prometteur que la soupe. Sidney réfléchit un moment avant de poursuivre. "Bien sûr, Anne Boleyn est l'une des principales responsables de ma profession actuelle. Sans elle il n'y aurait pas eu d'Église d'Angleterre ; pas d'archevêque Parker au collège où j'ai suivi mes études*, et pas de Livre de la prière commune de Cranmer**.

— Mais tu serais quand même probablement prêtre.

— Je n'en suis pas si sûr. Mais c'est sans doute le moment de l'histoire où l'Angleterre s'est définie elle-même pour la première fois, tu ne penses pas ? Il est intéressant de savoir que le restaurateur du tableau s'appelait Wyatt. Thomas Wyatt*** n'aimait-il pas Anne Boleyn – son grand poème *Qui souhaite chasser* et tout ça ?

— Probablement, Sidney.

— Donc, finalement, il n'est pas impossible qu'Anne Boleyn ait été à la fois l'instigatrice du Livre de la prière mais aussi de l'introduction du sonnet dans la langue anglaise.

— Tu crois ?

— « Qui souhaite chasser, je sais où gît la biche,
Mais quant à moi, hélas, ne le puis plus jamais… »

— Sidney, ne te laisse pas griser !

— « De la poursuivre en vain m'a rompu l'échine,
Je suis de ceux qui sont loin à la traîne.
Pourtant je n'en puis détacher mon esprit las,

* Matthew Parker (1504-1575), nommé aumônier de Corpus Christi par Henri VIII, devint en 1559 le premier archevêque anglican de Cantorbéry. La bibliothèque de Corpus Christi porte le nom de "bibliothèque Parker".

** Thomas Cranmer (1489-1556) fut l'un des principaux artisans de la Réforme anglaise.

*** Le poète Thomas Wyatt (1503-1542) fut amoureux d'Anne Boleyn avant que le roi Henri VIII la remarque à son tour.

Mais tandis qu'elle fuit et fonce droit devant,
Je la suis, défaillant… »

— Arrête. Les gens nous regardent d'un air bizarre.

— Je me faisais plaisir.

— Tu veux dire que tu prenais plaisir à ma gêne ?

— Un peu de taquinerie ne devrait pas t'incommoder, Amanda.

— Je n'aime pas qu'on me taquine. C'est embarrassant." La compagne de Sidney finit son poisson. "Tu penses donc que nous devrions trouver ce Phillips ? Peut-être pourrions-nous demander à ton ami l'inspecteur de nous aider ?

— Je pense que ce serait à toi de le lui demander, Amanda.

— Moi ?

— Oui… toi… Je préfère ne pas imaginer sa tête si je lui posais la question.

— Sinon, bien sûr, je pourrais téléphoner à Lord Teversham pour savoir le nom de sa compagnie d'assurances. Si l'homme qui est venu faire l'estimation s'appelle aussi Phillips, et s'il travaille pour une compagnie spécialisée, alors il devrait être assez simple de le retrouver.

— Tu penses pouvoir faire ça ?

— Nous avons une liste d'assureurs d'œuvres d'art au travail. Je suis employée par la National Gallery. C'est presque mon travail.

— Mais ce n'est probablement pas le travail pour lequel on t'emploie.

— Sidney, c'est l'hôpital qui se moque de la charité ; je n'en ai jamais vu un exemple plus frappant. Laisse-moi te reconduire chez toi."

Wilkie Phillips habitait l'une des bicoques délabrées qui bordaient une ferme tout près d'Ely. La terre alentour était clôturée de barbelés, le jardin était à l'abandon depuis des années et la maison semblait autant manquer d'amour qu'elle était éloignée de tout. Pourtant, en approchant, Amanda remarqua que la structure de la maison était saine. C'était une maison où le propriétaire passait la plupart de son temps à l'intérieur.

Un coup de fil à Lord Teversham, suivi d'une visite aux bureaux de London Assurance, où avait opéré son considérable charme, lui avait permis d'obtenir l'adresse. Elle avait décidé de poursuivre l'enquête seule, pour le compte de la National Gallery, et sans déranger Sidney ou son ami l'inspecteur Keating. Elle rendrait sa visite à Wilkie Phillips aussi peu officielle que possible, afin de ne pas éveiller ses soupçons, puis, si elle découvrait que le tableau était en sa possession, ou si elle avait le moindre doute sur son honnêteté, elle ferait appel à quelqu'un. En attendant, Amanda se sentait parfaitement capable de mener sa petite enquête elle-même.

En pénétrant à l'intérieur de la maison, elle se trouva dans le vestibule d'une des plus singulières maisons qu'elle eût jamais vues. Elle avait été autorisée à entrer par un petit homme barbu qui ressemblait à une version âgée de Van Gogh. Il ne se souciait apparemment ni de son apparence ni de l'hygiène. De toute évidence, la veste de tweed Harris et le chandail en jacquard qu'il portait sur une chemise de coton à carreaux n'étaient jamais passés chez le teinturier, et son ample pantalon de velours brun roux tenait avec de la ficelle. Bien qu'il eût la soixantaine, on avait l'impression que sa voix venait tout juste de muer.

"Je ne sais pas ce que je peux faire pour vous, protesta Wilkie Phillips. Il n'y a rien de valeur ici.

— Je me suis laissé dire que vous aviez une merveilleuse collection.

— J'ignore qui a pu vous dire une chose pareille. Je n'ai aucun ami.

— Je suis sûre que si.

— Croyez-moi, mademoiselle Kendall. Je n'ai pas d'amis."

Le vestibule était rempli de tableaux de nus débraillés de Renoir et de Degas. Même s'il s'agissait clairement de faux, et si tous n'étaient pas à l'échelle, la quantité de chair féminine exposée fit s'interroger Amanda sur l'état d'esprit du propriétaire.

"Je n'ai pas de visiteurs. Du vivant de ma mère, des gens venaient tout le temps, mais je n'aime guère recevoir. De plus, j'aime garder les peintures pour moi.

— Elles sont très bonnes.

— Toutes des copies, bien entendu.

— Je vois ça. Qui les a faites pour vous ?

— Un ami. Malheureusement il a pris sa retraite et a déménagé si bien que la collection ne s'enrichit plus de nouvelles pièces. Mais je trouve que je n'ai pas besoin d'amis si j'ai des tableaux…"

Amanda constata que l'accrochage avait été réalisé avec beaucoup de soin, même si les murs avaient besoin d'être replâtrés. Chaque tableau avait son propre éclairage, et les portraits accrochés dans l'entrée étaient suffisamment grands pour donner l'impression d'un manoir tentaculaire, mais négligé. C'était un Locket Hall du pauvre ; et, comme nombre de demeures d'époque, il y faisait trop froid et humide pour des œuvres d'art. Toutefois, Amanda remarqua un feu dans une cheminée au loin.

"Redites-moi ce que vous faites ? demanda Phillips.

— Comme je vous l'ai expliqué à la porte, nous effectuons un recensement des grandes peintures de la nation afin de pouvoir toutes les localiser…

— Alors je ne sais pas pourquoi vous êtes venue ici.

— Effectivement, j'ai bien peur d'avoir été induite en erreur.

— Des racontars, dans le village ou en ville, peut-être ?"

Amanda n'allait pas renoncer aussi facilement. "Je crois savoir que vous travaillez dans les assurances ?

— Je suis à la retraite depuis deux ans. J'ai une modeste pension et je vis frugalement. Je n'aurais certainement pas les moyens de m'offrir des œuvres originales. Même ces copies m'ont coûté une fortune.

— Vous devriez venir à la National Gallery pour voir les originaux.

— C'est très gentil à vous, mademoiselle Kendall, mais j'aime avoir tout sous la main. Ces temps-ci, je n'aime pas être perturbé par le monde.

— Dans ce cas, je regrette de vous avoir dérangé.

— Pas du tout. Je vous offrirais bien du thé mais, malheureusement, je ne bois que du lait. Je l'aime, concentré.

— Oh…

— Ce n'est pas de l'affectation…

— Je n'ai pas pensé que ça en était…

— C'est seulement que la vie peut être tellement difficile." Wilkie Phillips s'essuya l'œil. "Je porte les mêmes vêtements et mange la même nourriture tous les jours. Alors je n'ai pas à penser à ce genre de choses. Je peux me contenter de contempler mes peintures.

— Est-ce ainsi que vous passez votre retraite ?

— Je passe chaque jour dans une pièce différente. Il y a sept pièces et je dispose de sept jours. Tout est organisé.

— Et, aujourd'hui, où êtes-vous ?

— Dans la petite arrière-salle.

— Là où il y a le feu ?

— Vous êtes observatrice.

— Puis-je voir ?

— Il ne s'y trouve rien, vraiment. Seulement quelques portraits, ils ne sont pas très passionnants.

— Je suis sûre que je vais les trouver fascinants. C'est votre National Gallery personnelle, n'est-ce pas ?"

Phillips fit un pas en arrière. "Je n'irais pas jusque-là. Mais je crois que les pièces devraient avoir leurs propres thèmes. Renaissance italienne, natures mortes hollandaises, vues de Venise, et un salon de Vermeer. C'est ma préférée.

— Et l'arrière-salle ?

— Ma pièce consacrée à la Réforme : l'*Adam et Ève* de Cranach, Quentin Metsys et un ou deux Holbein. J'ai évité Henri VIII parce qu'il est trop intimidant et, comme vous l'avez sans doute remarqué, je préfère les portraits de femmes.

— Pourrions-nous faire le tour ?

— Dites-moi, vous n'allez pas rester longtemps ? demanda Phillips. Parce que, aujourd'hui, je n'ai pas fini de regarder et que j'aime vraiment voir les peintures à la lumière du jour.

— Non, je ne vais pas m'attarder, dit Amanda. Je m'intéresse particulièrement à la Renaissance nordique.

— Vous voulez parler de la Réforme. Je trouve un tel réalisme psychologique…"

Ils entrèrent dans la pièce. Sur le mur d'en face était accrochée une copie de *La Charité* de Lucas Cranach, qu'ils avaient à la National Gallery. Elle reconnut un portrait de Lady Guildford et puis là-bas, au-dessus de la cheminée, se trouvait le portrait d'Anne Boleyn de Locket Hall.

"Oh, fit Amanda, essayant de ne rien laisser percer dans sa voix. Je ne crois pas connaître celui-là.

— Effectivement, repartit Wilkie Phillips. Il est assez peu connu.

— S'agit-il d'une copie ?

— Tous ces tableaux sont des copies, comme vous l'avez remarqué.

— Alors, où se trouve l'original ?

— Je ne m'en souviens pas…

— J'aurais pensé que vous connaissiez la provenance de toutes vos peintures.

— Ce sont des copies. Cela n'a guère d'importance…

— Mais ce portrait-là est particulièrement remarquable. Il a une meilleure patine. Le rendu de l'ancien est plus convaincant. Qui est-ce ?

— Une personne sans grande importance.

— C'est ce que vous pensez ? Il semble avoir un cartel.

— Je crois que ça ne signifie pas grand-chose.

— Au contraire. Je pense que c'est très important. Pourrais-je regarder de plus près ?"

Le portrait était accroché trop haut, mais Amanda fut convaincue de lire "Reine Anne Bulleyene" sur le cartel.

Wilkie Phillips se mit à osciller d'un pied sur l'autre. "Ne vaudrait-il pas mieux que vous y alliez maintenant ?

— Oui, bien sûr. N'empêche, c'est extraordinaire…

— Oui, oui, j'imagine que ce doit être très bizarre de venir dans un endroit comme celui-ci. Je regrette seulement que vous ayez fait ce voyage en vain.

— Non pas du tout…" Amanda hésita. "Vous ne pensez pas qu'il pourrait s'agir de quelqu'un d'important ? dit-elle.

— Je n'en sais trop rien. Tout ce que je sais, c'est que j'ai aimé ce portrait quand je l'ai vu.

— Vous ne vous souvenez pourtant pas de l'endroit où vous l'avez vu pour la première fois ?

— J'imagine que c'est un peu curieux…

— Et il est accroché de façon à le mettre vraiment en valeur.

— Enfin, comme je vous le disais, cette femme me plaît plutôt.

— Vous n'avez pas eu la curiosité de faire des recherches ?

— Vous posez beaucoup de questions, mademoiselle Kendall." Wilkie Phillips eut un rire nerveux.

Amanda voulait examiner le portrait de plus près, mais elle se rendit compte qu'elle avait abusé de l'accueil qui lui avait été réservé. Elle avait besoin de temps pour réfléchir. "Serait-il possible d'utiliser vos toilettes ? demanda-t-elle.

— C'est vraiment indispensable ?

— Je pourrais m'en passer.

— Non, pardonnez-moi. Je ne suis pas raisonnable. Je… Je n'ai pas l'habitude de recevoir des invités… et je n'aime pas que d'autres personnes regardent ce portrait-là. C'est une chose bizarre… mais je vous en prie… c'est dans ce couloir."

De son bras gauche, Wilkie Phillips fit un geste en direction du vestibule qui était resté ouvert. "Je vais vous montrer…"

Amanda ne put s'empêcher de faire un pas de plus vers le portrait. "À mon avis, c'est la plus belle pièce de votre collection ; la plus convaincante…

— Vous le pensez vraiment ? Comme je disais, les toilettes sont au bout du couloir…"

Amanda passa devant Wilkie Phillips dans le vestibule, mais elle s'énerva quand il se mit à la suivre.

"C'est très bien", dit-elle, tentant de maintenir une certaine distance entre eux.

Son hôte partit à nouveau à rire. "Je ne veux pas que vous vous perdiez."

Ils tournèrent à gauche juste avant la cuisine et Amanda se trouva dans un petit couloir sans fenêtre rajouté au bâtiment principal. Les toilettes étaient au bout, avec un lavabo et une petite fenêtre à barreaux. Il n'y avait pas de clé dans la serrure, mais elle ferma la porte et prit le temps de rassembler ses pensées.

C'était très simple, se dit-elle. Elle serait aussi polie que possible, prendrait congé, et ensuite informerait Sidney et Lord Teversham. L'un d'eux mettrait l'inspecteur Keating au courant et alors commencerait le processus de l'enquête. Ils réquisitionneraient la peinture, les restaurateurs de la Gallery mettraient ses soupçons à l'épreuve – car ce n'était encore qu'une simple théorie – et puis, s'il y avait eu délit, le reste suivrait.

Amanda se lava les mains et les essuya, rectifia son rouge à lèvres et se recoiffa rapidement. Elle s'engagea dans l'étroit couloir qui menait à la cuisine, en s'imaginant déjà sur la route du retour vers Londres. Il y avait tant à penser que lorsqu'elle essaya pour la première fois de tourner la poignée de la porte extérieure, elle remarqua à peine qu'elle était coincée. Elle essaya à nouveau la poignée. Elle tourna, mais quand elle tenta de pousser la porte, puis de la tirer vers elle, elle s'aperçut qu'elle tenait bon. Il lui apparut qu'elle était enfermée à clé.

Zut alors, pensa-t-elle.

"Monsieur Phillips !" appela-t-elle.

Pas de réponse.

Elle donna de grands coups dans la porte.

"Monsieur Phillips !" Elle regarda dans son dos en direction des toilettes ; la seule ouverture sur l'extérieur était la petite fenêtre à barreaux. Le couloir n'avait pas de fenêtres.

Elle frappa à nouveau du poing. Puis regarda dans son sac à main. Peut-être avait-elle une pince à épiler ou quelque chose qui lui permettrait de crocheter la serrure ? Elle se rendit compte qu'elle ne savait pas comment faire une chose pareille et, de toute façon, c'était une erreur de s'affoler si tôt. Wilkie Phillips était simplement un homme très bizarre. Il ne pouvait pas l'avoir enfermée exprès.

Elle martela à nouveau la porte.

Comment s'était-elle fourrée dans pareil pétrin et, surtout, comment allait-elle pouvoir s'en tirer ? "Quelle imbécile je fais !" se dit-elle.

Elle se relança à l'attaque, martelant la porte, puis frappant et appelant pendant une bonne demi-minute. Après quoi elle s'arrêta.

Dans le silence qui s'ensuivit, elle entendit Wilkie Phillips. "Ma parole, on dirait un vrai pivert ! Tap, tap, tap…"

Il parlait à voix basse, tout près, et elle n'avait pas entendu de bruits de pas. Amanda se rendit compte que, depuis le début, son hôte devait se trouver de l'autre côté de la porte. "Monsieur Phillips, j'ai l'impression que je suis enfermée à l'intérieur…

— Ça semble effectivement être le cas.

— Avez-vous une clé ?”

Il y eut un temps de silence au cours duquel il sembla peser la complexité de la question. “J'ai bien une clé.

— Alors pouvez-vous, je vous prie, me laisser sortir ?

— Je crains que ça ne soit pas possible, mademoiselle Kendall.

— Pourquoi ?

— Je vous ai vue regarder cette peinture.

— Il n'y a rien de mal à regarder une peinture.

— Mais c'est bien ce portrait-*là* que vous regardiez ?

— Et alors ?

— Vous savez ce qu'est ce tableau, n'est-ce pas ?

— Je n'en suis pas sûre.

— Voudriez-vous me le dire ?” Phillips s'exprimait d'un ton faussement paternel. “Je suis sûr que vous le savez.”

Amanda soupira. Peut-être devrait-elle mettre un terme à tout ça et en finir une bonne fois. “C'est Anne Boleyn, dit-elle.

— Très bien.

— Elle vient de la collection Lumley. L'original était à Locket Hall.

— Il y était…

— Et maintenant il n'y est plus.”

Wilkie Phillips parlait toujours d'une voix insidieusement calme. “Lord Teversham est un fieffé imbécile. Dès que j'ai vu cette peinture, j'ai su qu'il fallait que je l'aie. Et il n'en a même jamais rien su.

— Voulez-vous bien me laisser sortir ?

— Je crains que ça ne soit pas possible, mademoiselle Kendall.

— Et si je promets de ne parler du portrait à personne ?

— Je ne vous crois pas…

— La police sait que je suis ici.

— Je ne crains pas les hommes en uniforme.”

Amanda regrettait de ne pas avoir amené Sidney. “Je suis sûre qu'ils sont en route à l'instant même où je vous parle”, dit-elle.

La réponse de Wilkie Phillips fut à la fois calme et enjôleuse. “Eh bien, il ne nous restera donc plus qu'à les attendre. Je crois que je ne laisserai plus jamais personne entrer à l'intérieur du bâtiment. Ce serait une erreur aussi considérable que de vous avoir laissée franchir le seuil de cette porte pour commencer. En fait, je suis plutôt contrarié. J'ai été égaré par votre beauté.

— Je ne le crois guère…

— Si je pouvais voir davantage de votre personne, bien sûr, je pourrais être mieux à même de juger. Je pourrais me montrer plus gentil.

— Ne soyez pas idiot.

— Votre situation ne vous permet pas de me traiter d'idiot, mademoiselle Kendall…

— Qu'allez-vous faire ?"

Wilkie Phillips avait toujours la bouche collée à la porte. "Je ne sais pas encore au juste. Je n'ai pas pris de décision. Passionnant, non ?"

Le jeudi soir suivant, 26 août 1954, Geordie Keating et Sidney Chambers s'apprêtaient à commencer leur habituelle partie de backgammon dans le bar de la RAF de l'Eagle. L'inspecteur était de bonne humeur : les enfants avaient repris le chemin de l'école, la saison de football avait commencé – sa chère équipe de Newcastle United l'avait même emporté 3-1 à Arsenal – et Scotland Yard l'avait félicité de son aide dans l'affaire Templeton. Il en profita donc pour mettre Sidney en boîte à propos de ses futurs projets de mariage, en lui parlant explicitement d'Amanda.

"Si vous voulez mon avis, vous devriez arrêter tous ces atermoiements et faire votre demande.

— Je pense que personne ne verrait jamais Amanda en femme de pasteur.

— Elle pourrait rompre avec la tradition."

Sidney jeta les dés le premier : un six et un as. "En outre, j'aime les choses telles qu'elles sont. Nous sommes de bons amis. Je ne veux pas tout gâcher avec une histoire d'amour même si l'occasion m'en était donnée. Le célibat a du bon, vous savez. On a plus de temps pour Dieu."

L'inspecteur Keating répondit par un quatre et un trois. Ils étaient à égalité. "Ça ne vous ressemble pas d'être aussi réservé.

— Je suis réaliste. Ce n'est pas la même chose." Sidney s'arrêta avant de jeter les dés à son tour. "Mais c'est curieux, Geordie. Ça fait plusieurs jours que je n'ai pas de ses nouvelles. J'ai laissé un message pour elle à ma sœur, et Amanda n'a pas répondu. Ce n'est vraiment pas dans ses habitudes.

— Elle a probablement trouvé quelqu'un d'autre à l'heure qu'il est.

— Il y a toujours quelqu'un d'autre, Geordie. Je le sais pertinemment."

Keating posa sa pinte et adressa à Sidney un de ses regards "inquiets" qui avaient le don de l'irriter. "C'est bizarre qu'elle ne vous ait pas rappelé. Pourquoi n'essayez-vous pas à nouveau ?

— Je ne tiens pas à la harceler." Sidney lança les dés d'un geste trop agressif. Ils sautèrent par-dessus le plateau, dérapèrent sur la table et tombèrent par terre. Il était tout à fait incapable de se concentrer.

Enfermée dans les toilettes d'une ferme isolée à l'extérieur d'Ely, Amanda commençait à perdre la notion du temps. Dès qu'elle fut persuadée que Wilkie Phillips était allé se coucher, elle en profita pour faire un brin de toilette et se rafraîchir. Il n'y avait pas d'eau chaude et seulement un mince morceau de savon Cidal. Puis elle fit quelques exercices qu'elle se rappelait avoir vus dans le guide des jeannettes : courir sur place, toucher ses orteils, et trois ou quatre sauts avec extension des bras et des jambes. La devise "Toujours prête" lui revint en mémoire et elle s'en voulut à nouveau énormément ; toujours si fière de son intelligence, elle s'était fait avoir comme une gamine !

Elle s'aperçut qu'il était presque impossible de dormir sur le lino glacé des toilettes. Elle finit par se laisser gagner par le sommeil en essayant de se souvenir des bonnes choses de son existence, mais l'aube arriva bien trop tôt. Puis ce qu'elle prit d'abord pour un singulier chant d'oiseau s'avéra être la voix de Wilkie Phillips susurrant d'une voix aiguë une chanson à travers la fenêtre aux barreaux.

— « Oh là là, que s'est-il donc passé ?

Deux vieilles dames coincées aux toilettes.

Elles y ont passé la nuit de vendredi à samedi.
Personne ne savait qu'elles s'y trouvaient*. »

— S'il vous plaît, laissez-moi sortir."

Les yeux de lapin de Wilkie Phillips étaient visibles à travers les barreaux. "Je ne pense pas que vous soyez en état d'avoir des exigences.

— J'ai faim.

— Je vous ai laissé un sandwich.

— Je ne peux pas le manger.

— C'est de la pâte de saumon. Je l'ai préparé spécialement pour vous.

— Je n'en veux pas."

La voix de Wilkie Phillips se fit moins chaleureuse. "Je pense qu'il va falloir que vous preniez soin de vous si vous voulez survivre.

— Vous me menacez ?

— Peut-être bien que oui. Et, encore une fois, peut-être bien que non. Que la vie est imprévisible !

— C'est ridicule. Mon ami sait que je suis ici. Il va amener la police.

— À ma connaissance, il ne s'est pourtant toujours pas manifesté.

— J'ai confiance en lui. Il viendra, repartit Amanda.

— C'est qui, « il » ?

— Un homme bon. Beaucoup trop bon pour moi.

— Vous avez de la chance que quelqu'un vous aime. Je n'ai eu que ma mère.

— Pourquoi faites-vous ça ? Ce n'est pas ça qui va m'aider à vous comprendre, monsieur Phillips.

— Vous pouvez m'appeler Wilkie.

— Pourquoi ne pouvez-vous pas me laisser partir ?

— Parce que le tableau est à moi et que je ne peux pas vous laisser l'emporter.

— Je n'ai pas besoin de l'emporter. Je pourrais simplement m'en aller.

* Début d'une variation grivoise sur une vieille comptine anglaise.

— Mais alors vous en parlerez à vos amis qui viendront et on m'emmènera de cette jolie maison et je ne reverrai plus jamais pareille beauté."

Amanda vit qu'elle piétinait. Elle commençait à comprendre la nature de son obsession. Elle décida d'adopter une autre ligne de conduite. "J'avais l'intention de vous poser une question. Le Holbein semble un choix singulier.

— Ah bon ? Peut-être. Mais c'est parce que la dame du portrait ressemble à s'y méprendre à ma mère. Dès que je l'ai vue, j'ai su qu'il faudrait que je possède cette peinture. Savez-vous l'âge qu'avait Anne Boleyn à son couronnement ?

— Vingt-six ou trente-deux ans. Sa date de naissance fait débat.

— Vous connaissez bien votre histoire. Je suis très impressionné. Nous allons magnifiquement nous entendre. Ma mère était entre ces deux âges à ma naissance, et je pense qu'elle devait beaucoup ressembler à ce portrait. Et à présent elle sera toujours avec moi, préservée dans l'intemporalité de l'art, où la mort ne saurait l'atteindre. Je peux la regarder à ma guise : toute la journée si nécessaire. Je n'ai pas beaucoup de qualités, mais l'une d'elles est une étonnante patience.

— Mais ce portrait n'est pas celui de votre mère.

— Je peux imaginer que c'est elle.

— Et pourquoi faut-il que ce soit l'original ? Ici tous les autres tableaux sont des copies. Vous en avez l'air parfaitement satisfait.

— Parce que maintenant ma mère est la seule chose réelle dans un monde où tout est falsifié, comme elle l'était dans la vie. Voyez-vous ? C'est vraiment plutôt ingénieux de ma part.

— Je le suppose.

— Pensez-vous donc que j'aille renoncer à la seule œuvre d'art originale que je possède ? Ou peut-être que j'en ai deux maintenant : vous-même en êtes une. Une sculpture vivante. Je suis Pygmalion. Ensemble, nous pourrions peut-être avoir un fils : Paphos. Essayez de goûter à votre sandwich…"

Amanda ne savait toujours pas quelle attitude adopter vis-à-vis de son ravisseur : se montrer rebelle ou essayer de l'amadouer. "Vous savez que mon ami viendra me chercher. Je lui ai dit que je venais vous rendre visite.

— Je crains de ne pouvoir vous croire. Vous semblez trop nerveuse quand vous me dites ça. Vous ne savez pas vraiment bien mentir, mademoiselle Kendall. Je pourrais peut-être vous appeler Amanda, puisque nous allons être intimes. Ou Mandy. Voyez-vous un inconvénient à être appelée Mandy ?

— Non.

— Milly-Molly-Mandy. Vous lui ressemblez même un peu. Étiez-vous jolie quand vous étiez petite ? Je le crois volontiers. Je me demande comment vous êtes une fois déshabillée. Je pense que je vais devoir vous observer quand vous ferez votre toilette.

— Je ne me laverai pas.

— Nous devons tous veiller à notre propreté, ma chère. Il y a du savon. Du Cidal. Ma mère s'en servait. Et une serviette. Vous voyez combien je prends soin de vous. Je suis un homme très gentil. Je peux me montrer encore plus délicat si vous êtes gentille avec moi.

— Je me sens mal.

— Alors il faut manger quelque chose.

— Je ne veux pas être empoisonnée.

— Je vous ai laissé une banane. Vous pouvez l'éplucher vous-même.

— Vous avez pu la trafiquer.

— Elle est sur le rebord de la fenêtre. Je suis content d'y avoir mis des barreaux. Encore une semaine et vous pourriez être gracile au point de pouvoir passer à travers.

— Vous ne pouvez pas me laisser tranquille ?

— Vous n'appréciez pas ma compagnie.

— Non.

— Je pensais que vous aimiez nos brins de conversation ?

— Allez-vous-en… dit Amanda. S'il vous plaît. Disparaissez.

— À mon avis, vous ne devriez pas être impolie avec moi. Je ne suis pas très gentil quand je suis en colère.

— Vous n'êtes pas très gentil quelles que soient les circonstances.

— Ce n'est pas très généreux de votre part. Prenez votre banane…

— Je me moque de votre fichue banane.

— Quand j'étais petit, c'était ma friandise du vendredi. Ma mère m'emmenait chez l'épicier et me laissait les choisir. Nous les mangions dans la voiture sur le chemin du retour. Je les aime un peu poisseuses.

— Je ne supporte pas les bananes. Elles me donnent la nausée.

— Quel dommage ! D'autant plus que je vous en ai apporté une en cadeau."

Amanda décida de le calmer. "Je regrette. Je ne veux pas paraître ingrate.

— Bien sûr, il faudrait me donner quelque chose en échange. Je me demande bien ce que ça pourrait être. Vous ne semblez pas être en mesure de pouvoir offrir grand-chose en dehors de vous-même. Mais ça serait très agréable. Je pourrais m'en faire un plaisir à l'avance. En fait, je pourrais vous mettre de côté comme une gâterie.

— Je vous en prie, n'en faites rien.

— Je me demande bien ce que vous allez me laisser faire. Il y a tant de possibilités. Je pense que je vais tout bonnement manger votre banane le temps que je fasse mon choix."

Sidney avait été étonné et touché par l'inquiétude de l'inspecteur Keating vis-à-vis d'Amanda, bien que lui-même ne fût pas soucieux outre mesure. Elle disparaissait souvent pendant plusieurs jours pour aller voir des amis à la campagne, et leurs échanges connaissaient des interruptions sporadiques. Après tout, leur amitié était relativement récente et, comme il l'avait expliqué à Geordie, il ne voulait pas trop la solliciter. De plus, Sidney avait ses propres obligations et sujets d'inquiétude, notamment la fête de l'été qu'on allait très bientôt célébrer à Grantchester et le voyage annuel des scouts à Scarborough.

Il ne s'alarma d'ailleurs même pas quand sa sœur téléphona tout d'abord un mardi matin pour dire qu'Amanda n'était pas rentrée depuis plusieurs jours. Bien que cela n'eût rien d'exceptionnel en soi, Jennifer expliqua ensuite que la National Gallery avait appelé pour demander si Amanda était souffrante.

Sa voiture n'était pas là, ses parents étaient à l'étranger et une adresse bizarre à l'extérieur d'Ely avait été griffonnée sur un bloc-notes à côté du nom "Wilkie Phillips". Est-ce que cela disait quelque chose à Sidney et devrait-elle s'inquiéter ?

Son frère fit comme si tout allait bien et dit à Jennifer que Wilkie Phillips appartenait au monde de l'art et qu'Amanda avait tenu absolument à lui parler de Holbein. Il n'y avait pas lieu de s'inquiéter, mais si elle pouvait simplement lui donner l'adresse, alors il ferait des recherches pour la rassurer. De toute évidence, Jennifer ne fut nullement convaincue par les efforts déployés par son frère pour ne pas l'affoler, mais elle se plia à sa volonté.

Dès qu'il eut raccroché, Sidney fila à la gare de Cambridge, où il prit un train pour Ely. Il emporta son vélo et, une fois arrivé à destination, il se lança à travers les Fens*. Un sentiment d'épouvante l'envahit, aggravé par le fait qu'au fur et à mesure de sa progression, les villages qu'il traversait semblaient de plus en plus éloignés du monde. Il demanda la direction du chemin privé où habitait Wilkie Phillips et tourna pour s'engager dans un sentier étroit. Celui-ci s'élargit ensuite et il découvrit alors la maison délabrée vers laquelle Amanda s'était dirigée trois jours plus tôt. Sa voiture était garée devant. La capote du cabriolet avait été baissée, mais il avait plu et les sièges étaient mouillés. À présent Sidney se faisait encore plus de mauvais sang.

Il alla sonner à la porte d'entrée. Il n'y eut pas de réponse. Il sonna à nouveau. Puis il fit le tour de la maison. Les fenêtres principales étaient condamnées avec des planches. Aucun signe ne donnait à penser qu'elle était habitée. Il sonna à nouveau. Puis martela la porte.

Silence.

Sidney reprit son vélo en direction d'Ely, mais s'arrêta à la première cabine téléphonique qu'il rencontra.

Il appela l'inspecteur Keating.

"Je me fais du souci pour Amanda, dit-il.

— Dites-moi. Qu'est-ce qui se passe ?

* Les plaines marécageuses du Norfolk.

— Ça ne sent pas bon, Geordie. Je pense qu'elle a été kidnappée."

À l'intérieur, Wilkie Phillips était de joyeuse humeur. "Je regrette que vous n'ayez pas entendu la sonnette. Je pense que ça pourrait bien être votre ami. Comment est-il ?

— Il est assez difficile à décrire. Il est très grand, avec un visage bienveillant. Il se tient très droit. Il a les yeux marron. Il porte du noir.

— Ne serait-il pas pasteur, par hasard ?

— Si.

— Oh là là. Alors c'était lui. Et maintenant il est parti. Quel dommage que je ne l'aie pas fait entrer. On aurait tous pu converser un brin. Est-il votre ami particulier ?

— Pas au sens où vous semblez l'entendre.

— Alors il y a de la place pour moi. Peut-être êtes-vous, comme on dit, « sans attaches », mademoiselle Kendall ? À mon avis vous feriez un très bon parti. Et vous vous y connaissez en art. Cela ajoute encore à votre charme. Nous pourrions avoir une série de discussions sur la différence entre le déshabillé et le nu.

— Je ne trouve pas du tout que ça soit une bonne idée.

— Vraiment ? Je pourrais m'essayer au dessin d'après nature. Ou nous pourrions nous y mettre tous les deux. Nous pourrions nous dessiner l'un l'autre. Vous ne trouvez pas que ce serait amusant ?

— Pas vraiment.

— Vous savez pertinemment qu'il va falloir être beaucoup plus gentille avec moi si vous voulez vous en aller.

— Monsieur Phillips, je vois bien que vous n'avez aucune intention de me laisser partir.

— Wilkie, s'il vous plaît. Je vous l'ai déjà dit. Ce serait tellement plus facile si vous coopériez.

— Et que voulez-vous que je fasse ?

— Eh bien, vous déshabiller, évidemment.

— Et si je le fais ?

— Je me contenterai de regarder. Je ne veux pas toucher."

L'inspecteur Keating fit bien comprendre à son ami que c'était la dernière fois qu'il acceptait de prendre le risque de l'aider. C'était seulement parce qu'il appréciait Amanda et qu'il la jugeait potentiellement capable de refréner les plus folles élucubrations de Sidney qu'il avait accepté d'intervenir et de fournir deux voitures et six hommes pour ce qui pourrait s'avérer être une fausse piste des plus embarrassantes.

Sidney s'était déjà renseigné dans la région, et il était reconnu que Wilkie Phillips avait toujours été bizarre, qu'on l'avait rarement vu depuis la mort de sa mère et que le pasteur du coin avait renoncé à lui rendre des visites pastorales étant donné qu'on lui avait fait comprendre qu'elles ne seraient pas bienvenues. L'épicier expliqua que Phillips venait le moins possible mais que, quand il le voyait, il faisait des réserves de lait concentré, de pâte de saumon, de pain et de bananes. Il semblait ne pas manger grand-chose d'autre. Mais de là à faire de lui un être dangereux ou simplement un excentrique, c'était une autre histoire.

Keating demanda à ses hommes de se garer suffisamment loin pour ne pas être vus de la maison, et de se rapprocher en traversant les champs alentour. Sidney devait essayer de se présenter à nouveau comme un visiteur normal et, s'il y avait le moindre problème, alors la police interviendrait aussitôt pour lui porter assistance. Si personne ne répondait à la porte, Keating lancerait un avertissement à l'aide d'un mégaphone. Si Phillips persistait à ne pas répondre, ils pénétreraient dans la maison et récupéreraient Amanda par la force. Il assura Sidney qu'ils ne repartiraient pas sans elle.

Amanda avait réussi à dormir un court moment mais, quand elle se réveilla, elle s'aperçut qu'on lui avait lié les mains et les pieds. Elle se demanda si elle avait été droguée, ou si elle était encore en train de rêver. Wilkie Phillips était dans les toilettes. Assis sur un tabouret, il l'observait depuis un certain temps.

"J'espère que vous vous êtes bien reposée, ma chère. J'ai tellement apprécié la nuit dernière. N'ai-je pas été gentil de vous laisser seule ? J'étais tellement tenté de faire le vilain.

— Qu'est-ce que vous m'avez fait ?

— Je me suis dit que nous pourrions jouer à un petit jeu.

— Comment avez-vous fait ça ?

— Vous étiez fatiguée, et vous tombiez de sommeil, et j'ai seulement trafiqué l'eau de la citerne. Juste un petit peu, mais suffisamment pour vous endormir. Et puis j'ai fait très attention. Vous ne m'avez pas du tout remarqué. Mais peut-être que tout ça est un peu serré pour vous."

Wilkie Phillips s'agenouilla à côté d'Amanda et commença à dégrafer son corsage. Son souffle s'accéléra. Il avait l'haleine chargée de l'odeur de vieilles bananes et de pâte de poisson. Au moment où il atteignit les boutons du bas, Amanda pencha la tête et lui mordit la main. Phillips fit un bond en arrière. Sa main tremblait sous le coup de la douleur. Elle l'avait mordu jusqu'au sang.

Son visage se tordit mais sa voix demeura calme. "C'était une erreur, ma chère."

Amanda remarqua une boîte à outils par terre à côté de la porte. Phillips traversa la pièce et en retira un rouleau de ruban adhésif noir. Il en découpa un bout et revint vers elle. Il tira ses cheveux en arrière et la bâillonna. Il la poussa violemment vers l'avant, souleva son corsage et dégrafa son soutien-gorge dans le dos. Il la retourna et lui enleva le soutien-gorge. Il se pencha par-dessus Amanda, mais, pendant qu'il se mettait en position, elle tordit la tête pour se donner de l'élan et se servit de son front pour le frapper au visage. Le nez de Phillips commença à saigner. Il vérifia l'étendue des dégâts. Il y eut un temps d'arrêt momentané. Puis Amanda vit son visage approcher du sien.

Tout n'était que ténèbres.

Les policiers se mirent en place. Sidney alla à la porte d'entrée et sonna à plusieurs reprises. Pas de réponse. Il fit le tour de la maison en martelant chaque fenêtre et chaque volet. Il était impossible de voir à l'intérieur. Ce n'est que lorsqu'il parvint à la fenêtre aux barreaux à l'arrière de la maison, qu'il découvrit Amanda à moitié dévêtue, ligotée, bâillonnée, gisant inconsciente à l'intérieur des toilettes. Il appela son nom. Il entendit un bruit à l'intérieur et vit l'ombre d'un homme passer devant une porte. Il revint à la porte d'entrée en courant et fit signe à Keating d'avancer. Il lui cria ce qu'il avait vu. Celui-ci fit intervenir ses hommes. La porte fut brisée. Deux hommes coururent à l'arrière de la maison. Les toilettes n'étaient pas fermées à clé. Ils s'agenouillèrent à côté d'Amanda. Elle respirait encore.

Les policiers fouillèrent la maison. Quand ils parvinrent à l'arrière-salle, ils trouvèrent Wilkie Phillips debout devant le portrait d'Anne Boleyn. Il criait, jurait et accusait sa mère de l'avoir rendu impuissant.

Il était également nu.

Assis au chevet d'Amanda à l'hôpital Addenbrooke, Sidney prit conscience qu'il ne l'avait jamais vue sans maquillage. Il savait qu'elle n'aimerait pas qu'il la voie ainsi, contusionnée et vulnérable, qu'elle tenait toujours à être à son avantage ; mais maintenant qu'elle dormait, inconsciente de l'image qu'elle présentait au monde, il n'avait jamais éprouvé autant d'affection pour elle.

Il commença à prier.

"Ô Seigneur qui es aux cieux, considère Ta servante, viens lui rendre visite et la soulager. Porte sur elle les yeux de Ta miséricorde, donne-lui réconfort et foi inébranlable en Toi, protège-la des dangers de l'ennemi, et maintiens-la dans la paix perpétuelle et en sécurité, par l'entremise de Jésus-Christ Notre-Seigneur, amen."

Il priait dans la certitude d'obtenir une réponse. La prière était un acte de la volonté, pensait Sidney ; une discipline qui devait être apprise et pratiquée.

Il posa sa main sur celle d'Amanda.

Elle était si fine.

Il exerça une légère pression en espérant une réaction, mais il n'y en eut aucune.

Il regarda son pâle visage.

Il parla tout haut. "Que le Seigneur te bénisse et te garde. Que le Seigneur fasse resplendir Son visage sur le tien, et qu'il te soit gracieux et t'accorde la paix, maintenant et à jamais. Amen."

Il lui embrassa le front. Il déposa un baiser sur sa joue meurtrie. Il mit à nouveau sa main sur la sienne.

Puis il se leva et se dirigea vers la porte.

Il la regarda une dernière fois et la laissa dormir.

En quittant le bâtiment, il vit l'inspecteur Keating venir à sa rencontre en tenant à la main un bouquet d'asters.

"Cathy se promenait avec les enfants, et ils les ont cueillis pour Mlle Kendall. Mais je parie que vous lui avez déjà apporté des roses.

— Je me suis dit que le moment n'était pas venu.

— Alors je lui dirai que c'est de notre part à tous les deux.

— Elle dort.

— Je les laisserai simplement à l'infirmière.

— Il faut que je parte pour les vêpres, Geordie. J'imagine que ça ne vous dirait rien de me retrouver ensuite ?

— Il faut que je retourne au commissariat.

— Je comprends."

Quand Keating arriva dans la chambre, il s'aperçut qu'Amanda commençait à bouger. "Ces fleurs sont-elles pour moi ? demanda-t-elle.

— Bien sûr…

— J'ai dormi combien de temps ?

— Je l'ignore.

— Pourrais-je avoir de l'eau, s'il vous plaît ?

— Je vais vous en chercher, répondit l'inspecteur Keating. Et je vais trouver un vase pour les fleurs.

— Sidney est-il passé ? dit Amanda.

— Il vient de partir.

— J'ai cru entendre sa voix. J'ai rêvé qu'il me tenait la main et qu'il priait pour moi…

— Je suis sûr qu'il l'a vraiment fait.

— Vous le croyez vraiment ?

— Il prie pour nous tous.

— Même pour l'homme qui m'a kidnappée ?

— Probablement.

— Que lui est-il arrivé ?"

L'inspecteur Keating s'assit au bout du lit. "Il est entre nos mains.

— Faudra-t-il que je vous raconte tout ce qu'il a fait ?

— Pas maintenant.

— Mais il faudra que je finisse par vous le dire ?

— Vous pourrez me dire tout ce que vous vous sentirez capable de me dire. Ou nous pourrons mettre à votre disposition une femme policier. Ce sera confidentiel.

— Ça aurait pu être tellement pire, je suppose.

— Oui, confirma l'inspecteur Keating d'une voix calme. Effectivement.

— Devrais-je en parler à Sidney ?

— Si vous le souhaitez. Il vous a bel et bien vue dans la maison. Et il sait qu'au moins…

— Je n'ai pas été violée ou assassinée ?

— Oui.

— Alors peut-être que ça suffit. N'en parlons pas.

— Vous avez fait preuve d'un courage incroyable.

— Et d'une grande bêtise. Qu'est-il arrivé au portrait ?

— Nous avons rendu la peinture à Lord Teversham.

— Était-il content ?

— Il était ravi. Il m'a dit qu'il allait vous inviter à déjeuner dès que vous iriez mieux. Je crois qu'il vous réserve une surprise ; un petit cadeau de remerciement. Mais il est inutile d'y penser pour le moment.

— Et mes parents…

— Ils viennent vous voir.

— Que leur avez-vous dit ?

— Rien de plus que le nécessaire.

— Je suis si fatiguée.

— Il faut vous reposer. Cathy va vous apporter quelque chose qu'elle a préparé. Elle pense que la nourriture de l'hôpital n'est peut-être pas à la hauteur de ce à quoi vous êtes habituée. Sidney m'a confié que vous avez une piètre opinion de ce que proposent les restaurants de Cambridge.

— C'est parce que je suis gâtée.

— Ou peut-être parce que vous êtes très exigeante.

— Disons simplement que je suis gâtée.

— Sidney s'est fait du mauvais sang pour vous. Comme nous tous.

— C'est un homme adorable.

— C'est vrai, et je sais qu'il vous estime énormément."

Amanda détourna son visage meurtri. "Je pense que ça doit être dur d'être pasteur. On ne peut jamais en faire suffisamment pour les gens. Mais on a une vocation et on ne peut y échapper. Un jour Sidney m'a dit : « Je n'ai pas choisi. J'ai été choisi. » C'est très difficile d'aimer un homme qui aimera toujours Dieu davantage.

— Peut-être que c'est un amour différent…

— Je ne sais pas ce que c'est, inspecteur. J'essaie de ne pas y penser.

— Il y a des choses dont il vaut mieux ne rien dire.

— C'est de l'amitié qu'il y a entre nous et je ne veux rien faire pour mettre ça en danger. Je sais qu'un jour il présidera mon mariage et qu'il sera le parrain de mes enfants.

— Un jour…

— Oui, inspecteur, un jour. Mais pas bientôt. Je ne suis pas prête.

— Et après ce jour-là, Keating enfonça le clou, ça ne vous gênerait pas que Sidney épouse quelqu'un d'autre ?

— Ah ça… oui… c'est différent, reconnut Amanda, avant de se retourner pour dormir. Je pense qu'il se pourrait que ça me gêne énormément."

Ce n'est qu'au bout de trois semaines qu'Amanda se sentit en état de retourner à Locket Hall. Son épreuve l'avait affaiblie et elle avait du mal à se réadapter à la vie de tous les jours, mais elle dit à Sidney qu'elle voulait reprendre son travail et revoir ses amis le plus vite possible. Elle ne voulait pas être vaincue par les événements. "S'il me faut changer de vie, alors cet homme a gagné. Je ne veux pas vivre dans la crainte."

Lord Teversham organisa le déjeuner qu'il avait promis et s'assura que Sidney y assiste. Il était ravi de voir qu'Amanda se sentait capable de revenir si tôt et il l'embrassa à son arrivée.

"Voici le retour de la reine de beauté, déclara-t-il avec un geste triomphant et généreux qui donnait à penser que son invitée apparaissait sur la scène de Londres. Aphrodite est à nouveau parmi nous.

— Vous me flattez, Lord Teversham.

— Je ne fais que dire la vérité. Et il *faut* m'appeler Dominic."

Cicely Teversham la pressa contre sa poitrine, et Ben Blackwood l'embrassa pour la première fois. "Bon retour parmi nous !

— Champagne ! Je pense..." Lord Teversham lança à son majordome : "Nous ne pouvons pas nous contenter d'une boisson aussi prosaïque que du xérès par une journée comme celle-ci." Il secoua Sidney par la main. "J'imagine que la vue du xérès ne doit pas vous enchanter, hein ?"

Sidney sourit. Enfin le message commençait à bien passer. "Il a effectivement ses limites.

— Alors, pourquoi ne le dites-vous jamais ?

— Je ne veux pas paraître impoli."

Amanda lui toucha l'épaule. "Oh, Sidney, ne joue pas les saints. Passons au champagne !"

Mackay remplit les verres et Lord Teversham fit une petite déclaration. "Mademoiselle Kendall, avant de passer au déjeuner nous avons une petite surprise pour vous.

— Je crains de ne plus apprécier les surprises.

— Je pense que celle-ci vous amusera. Venez dans la grande galerie. Vous aussi, chanoine Chambers. Apportez vos verres. Ben vous expliquera."

Ils pénétrèrent dans la grande galerie et s'arrêtèrent devant le portrait d'Anne Boleyn. Elle paraissait plus sombre que dans le souvenir qu'en avait Amanda. Peut-être était-ce parce que le temps s'était dégradé. C'était une journée grise et maussade et la peinture n'était éclairée que par les fenêtres.

Amanda fit un pas en avant.

"Qu'en pensez-vous ?" demanda Lord Teversham.

Amanda observa un temps de silence. "N'est-ce pas toujours le faux ?

— Effectivement. Je savais que vous vous en apercevriez. Vous êtes forte.

— Alors où est l'original ?"

Lord Teversham ouvrit la porte à côté de lui qui donnait sur une petite antichambre. "Venez par ici." Il montra du doigt une grande caisse d'emballage. "Il est ici.

— Je ne comprends pas."

Lord Teversham posa doucement la main sur l'épaule d'Amanda. "J'ai eu au téléphone le directeur de la National Gallery. Il sait ce que vous avez fait. Il m'a rappelé que ce portrait était inestimable. Après quoi il a commencé à me parler des avantages fiscaux qu'il y aurait pour moi à donner cette peinture à la nation. Il pourrait s'en occuper, la prendre sous forme de prêt permanent tant que je serais en vie, et garantir que le tableau ne courrait plus jamais aucun danger. Je l'ai écouté avec la plus grande attention…" Lord Teversham sourit.

"Et alors ?

— J'ai pensé à vous et à tout ce que vous avez enduré. Et j'ai pensé à ce que je fais. Il ne se passe jamais grand-chose à Locket Hall, vous savez. J'ai ma charmante sœur, et j'ai Ben. Je chasse, et je donne des réceptions, mais qu'ai-je vraiment fait de ma vie ? Rien. Voici une petite chose que je peux faire. Je vous offre le portrait, mademoiselle Kendall, ou plutôt j'en fais don à votre employeur.

— Oh…" dit Amanda. Elle prit la main de Sidney sans y prendre garde, et celui-ci la pressa dans la sienne. Puis elle se mit à pleurer. "C'est tellement gentil.

— Ce n'est rien, ma chère.

— C'est énorme. Je suis désolée. Je pleure si souvent ces temps-ci. Je ne peux pas m'en empêcher.

— Il n'y a rien de mal à pleurer."

Elle lâcha la main de Sidney.

Il la revit sur son lit d'hôpital, puis lui revint l'image de son corps meurtri, brisé, sur le sol des toilettes. Il n'avait jamais autant éprouvé le besoin de protéger quelqu'un.

Amanda embrassa Lord Teversham sur les deux joues. Puis elle prit la main de Ben. "Y êtes-vous pour quelque chose ? lui demanda-t-elle.

— Nous avons tous décidé que c'était pour le mieux", dit Cicely en lui ouvrant les bras.

Amanda s'effondra dans ses bras.

"Voyons, voyons, dit Lord Teversham. Nous ne pouvons pas continuer comme ça, sinon nous allons tous nous mettre à pleurer comme des veaux. Il nous faut un bon morceau de rôti de bœuf, accompagné de Yorkshire pudding et d'un bon vin rouge capiteux. J'ai un mouton-rothschild de 1949 qui devrait faire l'affaire. Connaissez-vous ce millésime, chanoine Chambers ?

— Je pense que rien ne saurait mieux convenir", repartit Sidney, avec l'audace d'un ignorant.

Ils gagnèrent la salle à manger où les attendait Mackay. Il plaça Amanda à la droite de Lord Teversham et le déjeuner fut servi.

L'hôte tenait à entendre toute l'histoire de la séquestration. "Ça a dû être vraiment effrayant, mademoiselle Kendall. Phillips a-t-il reconnu les faits ?

— Je crois que oui.

— Il donne l'impression d'être quelqu'un de très perturbé, ajouta Cicely. Il a dû recevoir une éducation très bizarre.

— Oui, dit Amanda d'une voix calme. Mais ça ne vous gênerait pas que nous n'en parlions pas ? Je trouve cette histoire toujours assez pénible.

— Évidemment." Lord Teversham se tourna vers Ben. "C'est étonnant que nous n'ayons pas remarqué tout de suite que l'homme était fou. Peut-être parce que nous passons tant de temps avec des excentriques dans notre propre famille. Mon oncle pensait que les pignons de pin vous rendaient invisibles. Il descendait prendre le petit-déjeuner complètement nu.

— Je pense que ce n'est pas la même chose, dit Cicely. Avec M. Phillips, c'est une tout autre paire de manches.

— Mais ça ne signifie pas qu'il faille le prendre en pitié, poursuivit Lord Teversham. Qu'en dites-vous, chanoine Chambers ? Même les fous méritent notre indulgence ? Sûrement dans certains cas, les gens sont au-delà de la miséricorde ? Il y a tant de mal dans le monde.

— C'est vrai, bien sûr, répondit Sidney.

— Je vois que vous êtes songeur.

— Ce n'est pas le bon moment pour discuter des pensées qui m'habitent.

— Allez. Vas-y."

Sidney regarda Amanda qui lui adressa un sourire d'encouragement. "Il a toujours quelque chose d'intéressant à dire.

— Je n'en sais rien, commença son ami, mais il reconnut qu'il lui fallait éloigner la conversation du supplice qu'avait subi

Amanda. Les gens m'interrogent souvent sur le problème du mal, commença-t-il, mais il existe, bien sûr, une autre façon d'envisager le problème.

— Qui est ? demanda Lord Teversham.

— Le problème du bien. Si nous sommes tous des animaux, comment expliquer que certains d'entre nous soient bons, bienveillants, altruistes quand ce n'est pas indispensable ? La capacité à se comporter de façon morale est aussi intéressante que la volonté de se comporter mal.

— Ah, la question du bien égoïste, intervint Ben.

— Mais ce n'est pas toujours le cas, poursuivit Sidney. Certaines personnes sont désintéressées. Elles sont bonnes sans attendre un quelconque retour. Ça leur est presque naturel, ou peut-être que ça l'est vraiment.

— Tu vois immanquablement ce qu'il y a de meilleur chez les gens, répliqua Amanda. Si tu avais été séquestré par un individu aussi ignoble que cet homme peut-être aurais-tu un sentiment un peu différent. Rien que de penser à lui me donne la nausée.

— Alors changeons de sujet", dit Lord Teversham.

Sidney expliqua. "Amanda a plutôt perdu l'appétit depuis. Je me dis simplement que c'est un dilemme intéressant que les gens négligent…"

Cicely Teversham commença à débarrasser les assiettes. "Je vois que vous avez fait honneur au bœuf, Amanda.

— Il était délicieux, merci, et c'est si gentil à vous deux de prêter le portrait. Vous savez que vous pouvez venir le voir à la National Gallery absolument quand vous voulez ?"

Lord Teversham tendit son assiette à sa sœur. On ne savait pas au juste où était passé le majordome. "Peut-être pourrions-nous passer au pudding, poursuivit-il. Je pense que la cuisinière a préparé l'un des desserts qu'elle réserve aux grandes occasions. C'est l'une des douceurs préférées de mon enfance et maintenant que nous en avons terminé avec le pénible épisode du rationnement nous en profitons au maximum. J'espère que vous allez apprécier cette petite gâterie. Je pense que nous avons également un vin de dessert plutôt agréable pour l'accompagner." Il se leva pour aller le chercher. "Permettez que je voie s'il est ici ; un petit gaillac assez fruité, je crois."

Cicely se leva en même temps et se dirigea vers un plat de service en argent sur la desserte. Elle enleva le couvercle. “Beignets aux bananes!” annonça-t-elle. “Une vraie merveille. Puis-je vous en servir deux, mademoiselle Kendall ?

— Vous voudrez bien m’excuser, fit Amanda, mais je pense que je ne prendrai pas de pudding.

— Vraiment ? s’étonna Sidney.

— Qu’est-ce qui ne va pas ? s’enquit Lord Teversham. Vous n’aimez pas les bananes ?”

DES HOMMES HONORABLES

Sidney parlait à nouveau tout seul. "Vanité, vanité, tout est vanité, dit le Prédicateur*", marmonna-t-il en marchant vers l'Arts Theatre pour la première répétition d'une mise en scène en costumes modernes du *Jules César* de Shakespeare.

Pourquoi avait-il accepté d'y participer? se demanda-t-il. Du moins il n'avait qu'un petit rôle, celui d'Artemidorus, "sophiste de Cnidos", qui essaie d'avertir César qu'un groupe de conspirateurs s'apprête à le tuer. Il y avait deux scènes, très peu de texte et, comme le fit remarquer l'inspecteur Keating, "vous pourrez me retrouver au pub pas plus tard qu'à l'entracte".

Sidney s'était persuadé que sa participation devait plus à la responsabilité civique qu'à l'amour-propre. C'était, après tout, le sujet de la pièce : comment mener une vie honorable et servir l'intérêt commun. Jouer dans une telle pièce, se dit-il, ne relevait que de son sens du devoir. Il était inutile de se mettre dans tous ses états ou de s'inquiéter de ce que les gens pourraient bien penser. En tout cas, se rassura-t-il, son ego était bien plus petit que celui de Jules César : un homme qui avait, en fait, été assassiné précisément à cause de la vanité.

Derek Jarvis, le coroner, était le metteur en scène. Il avait décidé de situer la pièce dans les années 1930 et de jouer abondamment sur les ressemblances entre Jules César et Mussolini. Le rôle de César était tenu par Lord Teversham et sa sœur,

* Ecclésiaste I, 2. La traduction anglaise de la Bible du roi Jacques dit "Prédicateur" ou "Prêcheur" plutôt que "Qohélet" ou "Ecclésiaste".

Cicely Teversham, jouait celui de son épouse, tandis que Ben Blackwood était Marc Antoine.

Dès qu'il apprit qu'il allait être habillé en chemise noire italienne, Sidney interdit à Amanda et à l'inspecteur Keating d'assister à une représentation. Il y avait des limites à ce qu'il était en mesure de supporter en matière de taquineries. Pourquoi n'avaient-ils pas plutôt monté *Pacifique sud*? se demanda-t-il. Alors il aurait pu convaincre Amanda de se joindre au chœur et d'apparaître en jupe hula de vahiné. Ça aurait été beaucoup plus réjouissant que de partager la scène avec une troupe de comédiens amateurs habillés en fascistes.

“À mon avis vous vous êtes déjà suffisamment donné en spectacle à l'église, l'avait taquiné Keating. Il va falloir faire attention. Les gens vont jaser.

— Je pense être sur un terrain sûr.

— C'est comme ça qu'ils vous recrutent, Sidney. L'an prochain on va vous voir dans la pantomime de Noël. Je vous verrais très bien en veuve Twanky dans *Aladdin*.

— Je ne ferai jamais une chose pareille, repartit Sidney, abandonné par son sens de l'humour. Ce sera ma seule apparition sur les planches.”

Mme Maguire s'était montrée tout aussi sceptique. “Les gens penseront que vous avez trop de temps libre, chanoine Chambers. Ou bien alors que vous vous mettez en avant. Personne n'aime les crâneurs.

— Je le fais pour avoir le sentiment d'appartenir à la communauté, c'est tout.

— Vous faites déjà partie de la communauté. C'est dehors que vous devriez être, à sortir le chien plutôt que de frayer avec des gens qui auraient mieux à faire.”

Pour ne rien arranger, Leonard Graham ajouta son grain de sel : “Mais alors, si on montait *Les Deux Gentilshommes de Vérone*, Dickens pourrait figurer en tête d'affiche dans le rôle du chien Crab. Cela ne poserait aucun problème de le voir « compisser » les pieds de la table du duc. Il le fait plus souvent qu'à son tour.

— Vous n'êtes pas obligé d'être vulgaire, dit Mme Maguire.

— Ma chère madame Maguire, je cite Shakespeare. C'est plus grivois que vulgaire.

— Peu importe. C'est quand même grossier. Mais au moins ça sortirait cet affreux animal de la maison et ça épargnerait le lino." Mme Maguire refusait toujours d'appeler Dickens par son nom. De toute évidence il lui faudrait longtemps pour se remettre du dernier incident de l'échelle dans un de ses bas.

Cependant Mme Maguire ne se trompait pas dans son analyse du temps que prendrait la mise en scène. Sidney passait des heures aux répétitions à traîner sans rien faire. Il n'avait jamais pris conscience qu'un acteur passait la plus grande partie de sa vie à attendre. Ça le crispait. Lui revenait l'impatience de la prière – Viens Seigneur, viens sans tarder – et il se disait que cet énervement pourrait s'appliquer au trop séculier Lord Teversham, qui ratait fréquemment ses entrées, et avait tant de mal à se souvenir de son texte que ses scènes duraient beaucoup plus longtemps que celles du reste de la distribution. En fait, l'intolérance des autres membres de la troupe était telle qu'il commença à se demander s'ils ne pourraient aller jusqu'à prendre un tantinet de plaisir à voir leur aristocrate local gisant dans une mare de sang.

Il y eut six semaines de répétitions avant la première fin octobre, et beaucoup de discussions sur les sujets propres à la pièce, comme l'honneur, l'orgueil, la loyauté et l'opportunisme politique. Sidney trouva cela plein d'enseignements étant donné que ces qualités et ces défauts pouvaient également s'avérer utiles pour comprendre les machinations ourdies par plus d'un prêtre de l'Église d'Angleterre.

Lorsque le jour de la première arriva, il était plus que prêt. Il entra sur scène à grandes enjambées, pressa la lettre avertissant Jules César de la conspiration dans les mains de Lord Teversham, et insuffla à son texte le plus de menace possible.

"Ne diffère pas, César, siffla-t-il. Lis immédiatement."

Lord Teversham regarda Sidney, mais répondit ensuite en tournant la tête droit vers le public : "Eh, cet homme est-il fou ?"

Ce temps d'arrêt, qui n'avait pas été prévu lors des répétitions, était plus proche de la pantomime que de la politique. Les spectateurs rirent et, horrifié, Sidney s'aperçut qu'on lui avait volé la vedette. Il avait eu l'intention d'inspirer tout à la fois l'angoisse et la peur, mais il apparaissait à présent qu'il n'était guère qu'un objet de risée. Comment Lord Teversham avait-il pu lui faire une chose pareille ? Avait-il agi de propos délibéré ou était-ce un accident ? Il quitta la scène avec un sentiment d'humiliation et regarda le reste de la scène depuis les coulisses.

Quelques instants plus tard, les conspirateurs entrèrent pour la mise à mort, s'agenouillant autour de l'empereur prétendument âgé. Lord Teversham allongea un bras impérial, et déclara d'une voix incroyablement lente : "Brutus ne s'est-il pas agenouillé en vain ?"

Vêtu d'une tenue noire qui aurait mieux convenu dans une boîte de nuit que sur un champ de bataille, Clive Morton bondit, saisit Lord Teversham au cou par-derrière, et s'écria "Mains, parlez pour moi !" avant de le poignarder dans le dos.

Les autres acteurs qui étaient agenouillés se levèrent comme un seul homme pour parachever le meurtre. Simon Hackford tira par le col l'empereur affalé et, maintenant droit le corps suffocant, plongea à son tour son poignard dans la poitrine de Lord Teversham.

Sa victime lâcha dans un souffle : "Toi aussi, Brutus ? Tombe donc, César !"

Lord Teversham s'étreignit le cœur, tituba jusqu'au-devant de la scène, et tomba sur le côté. Au moment où il s'écroula, les conspirateurs jetèrent leurs poignards par terre. Le cliquetis des lames dispersées heurtant le sol visait à intensifier le côté dramatique de la mort.

Les tenues noires que portaient les acteurs, au lieu des toges traditionnelles blanches, avaient un inconvénient majeur : le sang de César mettait beaucoup plus de temps à apparaître ; et, bien qu'on eût effectivement crevé un sachet de produit pour l'estomac, ce n'est que lorsque les conspirateurs s'avancèrent pour se maculer les mains du sang de César que le public prit conscience de l'énormité de l'effusion de sang.

Chaque acteur retira ses gants et s'agenouilla devant le corps de Lord Teversham gisant face contre terre. Un domestique arriva pour demander qu'Antoine "puisse arriver sain et sauf" et Ben Blackwood entra en scène et prit place à côté du cadavre de César.

"Ô puissant César ! Es-tu donc tombé si bas ?

Toutes tes conquêtes, tes gloires, tes triomphes, tes trophées,
Se sont-ils rétrécis à ce petit espace ?"

Son jeu avait perdu le côté loufoque que Sidney avait remarqué pendant les répétitions et Ben en imposait par sa présence. Il ôta ses gants et serra la main des conspirateurs. Le sang qui les couvrait tacha les siennes également. Il s'agenouilla et se pencha au-dessus du corps de César. Il était au bord des larmes et, la voix étranglée, il eut du mal à dire son texte :

"Tu es la ruine de l'homme le plus noble
Qui jamais ait vécu dans le cours des âges…"

Une fois qu'il eut fini de parler, il demanda au serviteur de l'aider à transporter le corps. Puis, après l'avoir transporté dans les coulisses et l'avoir reposé sur le plancher, il hésita. Lord Teversham ne s'était pas relevé comme un acteur qui a terminé sa scène, mais il gisait inerte. Ben posa la tête contre le cœur de son ami et vérifia à nouveau le sang.

Les plébéiens envahirent la scène, ramassèrent les poignards que les conspirateurs avaient jetés par terre, prêts à se venger.

Ben Blackwood leva la tête et, horrifié, regarda Sidney. "Rideau ! dit-il de toute urgence. Rideau et lumières de la salle. Bon sang !"

"Typique, marmonna l'inspecteur Keating qu'on était venu chercher chez lui et qui avait laissé son épouse et trois enfants endormis. Ça aurait pu être n'importe lequel d'entre eux.

— Ou tous, je suppose", dit Sidney. Il se sentait déjà accablé par les événements de la soirée.

"Du calme. Ce n'est pas *Le Crime de l'Orient-Express*. Une seule lame a frappé.

— Mais qui la portait sur lui ? C'est ce qu'il nous faut savoir. Et où est-elle maintenant ?

— Si elle est dans ce bâtiment, mes hommes la trouveront. Aucune des personnes qui ont participé à la pièce ne sera autorisée à quitter les lieux…"

Sidney se rendit compte que le style des costumes allait gêner l'enquête puisque l'option fasciste choisie par le metteur en scène avait nécessité que chacun des assassins porte une chemise noire, des bottes noires et, ce qui était d'une importance cruciale, des gants en cuir noirs. Le meurtre proprement dit n'avait produit aucune empreinte digitale, et tous les plébéiens avaient manié les poignards dans le tumulte qui s'en était suivi. Les acteurs qui avaient joué les rôles de Marcus Brutus, Cassius, Decius Brutus, Metellus, Cinna, Casca, Ligarius et Trebonius étaient tous des suspects.

La zone de la scène fut bouclée et l'enquête commença. L'inspecteur Keating demanda à Sidney en aparté. "Je présume que je peux compter sur votre aide dans cette affaire ?

— En tant que membre de la distribution, je suis bien sûr un témoin. Et, je suppose également, un suspect.

— Ne jouez pas à l'idiot du village.

— J'espère bien être un des premiers à être lavé de tout soupçon.

— Considérez que c'est acquis. Par où commençons-nous ?

— Par le metteur en scène : Derek Jarvis. Il devrait savoir ce que chacun était censé faire et qui était désigné pour poignarder Lord Teversham et où. Il est très minutieux pour ce genre de chose.

— Je ne peux pas imaginer que le coroner soit enchanté de voir sa soirée de triomphe théâtral gâchée par son devoir professionnel. Dès que nous connaîtrons l'angle de pénétration du coup de poignard décisif, il faudra procéder à une reconstitution.

— Ce soir ?

— Demain. Une fois que nous aurons entendu les déclarations de tout le monde. La soirée va être longue. Vous devez avoir l'habitude de ces procédures maintenant.

— Elles deviennent familières, reconnut Sidney, de façon alarmante."

Des policiers avaient été placés à l'entrée réservée au public ainsi qu'à l'entrée des artistes. On demanda aux acteurs de rester dans la salle le temps qu'on fouille la scène et les coulisses à la recherche de l'arme du crime. Le coroner procéda à un examen préliminaire de Lord Teversham et organisa son départ pour la morgue. Sa sœur éperdue de douleur qui avait été dans le public accompagna le corps. Ben était seul dans le bar. Frank Blackwood lui servit une boisson bien tassée et l'entoura d'un drap. Assis dans un coin, frissonnant, muet, une flasque de cognac à côté de lui, il fut incapable de partir avant que la police prenne sa déposition.

L'inspecteur Keating réquisitionna le bureau du directeur du théâtre et passa en revue la liste des suspects officiels sur un tableau :

Marcus Brutus : Simon Hackford, commissaire-priseur et marchand d'art
Cassius : Frank Blackwood, ingénieur
Decius Brutus : Hector Kirby, boucher
Metellus : Stan Headley, forgeron
Cinna : Michel Morel, *le patron**, Le Bistro Bleu Blanc Rouge, Mill Road
Casca : Clive Morton, notaire
Ligarius : Tom Rogerson, chef de gare, British Rail
Trebonius : Mike Standing, homme d'affaires

L'inspecteur Keating mit ses hommes au courant de la situation : "D'après l'examen préliminaire du coroner, Lord Teversham a été poignardé entre la poitrine et l'estomac d'un seul coup de couteau dont la lame a tourné à gauche, puis à droite. Il suggère une courte lame de sept à dix centimètres de long. Elle devait être tranchante étant donné que la blessure est propre et profonde. Camoufler une dague de théâtre et en cacher la lame acérée demande de l'habileté. Tous les poignards utilisés pour la représentation ont été remis sur la table des accessoires après le meurtre. Il ne manque aucune arme et toutes sont émoussées, rétractables et ne présentent aucun danger. L'arme véritable a disparu. Il faut la retrouver."

L'agent Roger Wilson posa une question : "Un couteau supplémentaire ?

— Peut-être camouflé en arme de théâtre."

Wilson poursuivit. "Nous en concluons donc que l'assassin serait une espèce d'expert…

* En français dans le texte.

— Ça semble probable, mais…
— Ce qui signifie que le boucher, le chef et le forgeron ?
— Ils feraient des suspects évidents. En même temps nous devons établir un mobile. Pourquoi Hector Kirby, par exemple, un boucher, voudrait-il tuer Lord Teversham ? Et pourquoi un chef français voudrait-il faire de même ? C'est ridicule. Il faut demander à chacun où il a plongé la lame, découvrir des contradictions dans les témoignages et s'en servir comme base de départ…
— Pouvons-nous en exclure certains ? demanda Sidney. Nous savons que les acteurs qui jouaient Ligarius et Trebonius n'ont pas du tout poignardé César et qu'ils n'ont pas approché de son corps. En outre, Clive Morton, qui jouait Casca, a poignardé Lord Teversham dans le dos.
— Très bien, mais il avait quand même une arme, Sidney.
— Je pense vraiment qu'après avoir recueilli leurs témoignages nous pourrons probablement écarter Mike Standing et Tom Rogerson."
L'inspecteur Keating sortit sa brosse, et effaça leurs noms sur le tableau. "Très bien. Cela laisserait encore six principaux suspects, qui étaient tous connus de la victime. Clive Morton était son notaire, Simon Hackford s'occupait de ses œuvres d'art, Stan Headley choisissait ses chevaux, Hector Kirby le fournissait en viande, le Bistro Bleu Blanc Rouge était son restaurant préféré, et Frank Blackwood était le père de son assistant. Tous connaissaient la victime, et chacun aurait pu lui en vouloir. Il nous faut découvrir pour quelle raison, et qui a eu le culot de prendre le risque de commettre un crime aussi public."
Ils convinrent qu'il était judicieux d'interroger les uns et les autres. Les tâches furent assignées et il fut demandé aux acteurs de faire leurs dépositions. Ceux qui ne s'étaient pas trouvés en scène au moment du crime furent interrogés les premiers et autorisés à partir. Les acteurs qui jouaient les conspirateurs furent interrogés plus à fond.
La police commença avec Derek Jarvis. Celui-ci tenta de conserver son calme. "Si j'avais su qu'ils allaient se mettre à se massacrer, je les aurais tous mis en toges, se plaignit-il. Il y aurait

beaucoup plus de preuves. J'aurais dû y songer, je suppose, mais on ne peut guère envisager ce genre d'événement.

— Avez-vous senti de la tension entre les acteurs pendant les répétitions ? demanda l'inspecteur Keating.

— Il y a toujours de la tension. Il est certain que Lord Teversham montait les moindres choses en épingle et qu'il n'écoutait jamais ce que disaient les autres. Je regrette de l'avoir choisi, mais je trouvais qu'il avait la dignité qui convenait au rôle.

— Avez-vous assisté à la mort ?

— Bien sûr. J'étais au premier rang. C'était comme si j'avais moi-même tout orchestré.

— Et vous n'avez rien remarqué d'inhabituel ?

— Non. Ça a viré au cauchemar.

« Entre l'accomplissement d'un acte terrible
Et la première impulsion, tout l'intérim
Est une vision fantastique ou un rêve hideux… »

Qui aurait pensé que la pièce serait un terrain si propice ? On pourrait presque se dire que je l'avais choisie à dessein.

— Je suis sûr que vous n'y êtes pour rien.

— J'ai fourni une occasion. Ça me restera sur la conscience.

— Alors aidons à la soulager en trouvant le coupable. Pour ce faire, je vais avoir besoin de toute votre aide, Jarvis.

— Il va falloir s'entraider, repartit le coroner en regardant Sidney. Et nous allons devoir donner le meilleur de nous-mêmes parce qu'à mon avis la personne qui a perpétré le crime a dû préparer son coup pendant des semaines."

Keating se pencha en avant, ses deux mains posées sur la table. "Vous voulez dire qu'il aurait pu demander à faire partie de la distribution dans le seul but d'assassiner Lord Teversham ?

— C'est une possibilité."

Sidney réfléchit à la question. "Quelqu'un qui n'avait encore jamais fait de théâtre amateur ?"

Keating l'interrompit d'un ton sec. "Je ne pense pas qu'il veuille parler de vous."

Le coroner partit faire des préparatifs pour l'autopsie et les enquêteurs s'intéressèrent à Clive Morton, le notaire, qui avait joué Casca. Il s'était changé et portait son blazer et son pantalon de flanelle habituels. "Je ne vois pas pourquoi vous voulez m'interroger, commença-t-il. Je l'ai poignardé dans le dos. Lord Teversham est tombé en avant et les autres ont fait le reste. On ne peut guère me soupçonner.

— Nous ne disons pas que vous faites partie des suspects, répondit Keating. Mais vous avez peut-être vu quelque chose d'autre ?

— Il est difficile de penser. Nous sommes tous sous le choc. Ça a dû se passer si vite. Nous nous donnions tous sans retenue. Derek Jarvis nous disait que pour nous mettre dans l'ambiance il fallait nous souvenir de la guerre et imaginer que Lord Teversham était un nazi qui avait tué nos enfants. Ça a été d'une efficacité redoutable.

— Vous êtes-vous laissé emporter ?

— Je reconnais l'avoir poignardé deux fois de plus pour donner l'impression recherchée. Je voulais qu'on me voie faire quelque chose.

— Et avez-vous remarqué autre chose ? Une vraie lame, du sang, un comportement louche ?

— Nous agissions tous de manière suspecte, inspecteur, si on peut parler d'action. C'était le but recherché.

— Et pouvez-vous penser à quelqu'un qui aurait pu vouloir tuer Lord Teversham ?

— Non, je ne vois vraiment personne.

— Vous étiez son notaire ?

— En effet.

— Et avez-vous entendu ou vu quoi que ce soit de fâcheux ; sur scène ou en dehors de la scène ?

— Je crains que non. Je suppose que, quand ce sera le moment, vous voudrez probablement voir le testament.

— Ce moment *est* venu, monsieur Morton.

— Je vous l'apporterai donc demain matin à la première heure, qui ne saurait tarder maintenant. Pensez-vous que je puisse partir ?

— À condition que vous veniez au commissariat dans la matinée.

— Je suis à votre service."

L'inspecteur Keating fit venir Michel Morel, le chef cuisinier français, un homme maigre et vaniteux qui portait un pull-over noir à col roulé sous la veste de son costume. “En France ce genre de chose n’arrive pas, commença-t-il. Nous sommes prudents dans nos passions. Quand les gens sont fâchés ils boivent du vin et ils se trouvent une autre femme. Nous ne nous tuons pas comme ça. Ce n’est pas bien. Avez-vous découvert le couteau qui a été utilisé ?

— Toutes les armes qui ont servi pendant la scène ont été rendues. Elles sont toutes émoussées.”

Le chef n’en fut pas autrement étonné. “Bien sûr. Elles ne serviraient à rien dans un meurtre.

— L’une d’entre elles aurait-elle pu être modifiée ou remplacée ?

— Pourquoi posez-vous cette question ?

— Parce que vous vous servez de couteaux tous les jours. Avez-vous remarqué qu’il vous en manquait un ces derniers temps ?

— Je ne pense pas.

— Avez-vous appris à quelqu’un à se servir de couteaux ? demanda l’inspecteur Keating.

— À personne qui jouait dans la pièce. J’ai un chef en second, Gavin, mais c’est un Écossais qui déteste le théâtre. Il était aux fourneaux ce soir-là. Nous avions beaucoup de clients. Mais, bien sûr, il nous en faut toujours plus. C’est l’une des raisons qui m’ont poussé à participer à la pièce. Je dois persuader davantage de gens de venir manger dans mon restaurant.

— Qu’avez-vous pensé des couteaux qu’on vous a donnés pour jouer cette scène ?

— C’était des jouets. Ils étaient courts et de mauvaise qualité. Nous les avons peints en noir.

— Vous n’avez pas vu l’éclat de la lame à la lueur des projecteurs ?

— J’ai pris ça pour un reflet ou un miroir.

— Vous auriez donc peut-être vu quelque chose ?

— Au beau milieu de la mêlée je crois avoir aperçu un trait de lumière. Est-ce bien comme ça qu’on dit ?

— Au beau milieu de l’assassinat ? Vous en êtes sûr ? Ni au début ni à la fin ?

— C’était avant mon tour. Pas après.

— Et qui tenait le couteau ?

— Je suis incapable de vous le dire. Ça a duré le temps d'un éclair – comme le dos d'un poisson dans une rivière. Vous l'avez à peine vu qu'il a disparu.

— Mais ce n'était pas au tout début ?

— Non. Je ne pense pas. Pas la première ni la deuxième personne.

— Vous en êtes sûr ?

— Ça s'est fait très vite. Mais je crois que ça a eu lieu à ce moment-là.

— Ça n'aurait pas pu être le fruit de votre imagination ?

— Je dis toujours la vérité. Je suis un homme d'honneur."

L'inspecteur se tourna vers Sidney. "Si ce qu'a dit Michel Morel est exact, alors ça exclurait Clive Morton.

— Connaissiez-vous bien Lord Teversham ? demanda Sidney.

— C'était l'un de mes meilleurs clients.

— Venait-il souvent et qui l'accompagnait ?

— C'était des réunions d'affaires. D'abord avec M. Hackford, mais moins souvent récemment ; ils sont en froid, je pense.

— Vous les avez vus se disputer ?

— Bien sûr.

— À quel sujet ?

— Ils parlent de peintures et d'argent. C'était l'année dernière. Depuis Lord Teversham vient avec un autre homme.

— Ben Blackwood ?

— *Bien sûr**. Maintenant ils me font davantage participer à leurs échanges. Lord Teversham est plus heureux. Ils me parlent d'art. Nous plaisantons un peu. Je dis que les Français sont toujours les meilleurs ; David, pas Gainsborough, Poussin pas Constable, Rodin pas Henry Moore. Ils étaient étonnés que j'en sache autant. Mais la plupart du temps, souvenez-vous-en, je suis à la cuisine. Je dis bonjour et au revoir. Je n'ai pas le temps d'écouter. Un jour M. Blackwood est venu avec votre belle amie, chanoine Chambers.

— Mon amie ? Vous voulez parler de Mlle Kendall ?"

L'inspecteur Keating l'interrompit. "Où avez-vous poignardé Lord Teversham ?

* En français dans le texte.

— Je me trouvais à gauche. Je le poignarde dans les tripes. Je demande si je peux faire comme ça. Plus passionnel.

— Je ne pense pas que ce meurtre soit motivé par la passion.

— Vous ne le pensez pas ?

— Tous les acteurs étaient des hommes.

— Vous ne pensez pas que des hommes puissent éprouver de la passion les uns pour les autres ?

— C'est jugé malséant dans ce pays.

— Il arrive que la passion soit plus profonde qu'on ne pense, inspecteur. Les gens ont des sentiments. Même dans la police, je suis sûr…"

Nullement d'humeur à supporter les insinuations, l'inspecteur Keating abrégea l'interrogatoire. "Ça sera tout, merci beaucoup. Nous ne sommes pas ici pour parler des sentiments de mes hommes."

Après le départ de Michel Morel, Keating se leva de sa chaise et se mit à arpenter la pièce. "À mon avis, ce chef en a vu plus qu'il ne le prétend…

— Oh, je ne sais pas, dit Sidney. Je l'ai trouvé plutôt sympathique.

— Il faudra le sonder une autre fois. Peut-être pourriez-vous aller manger dans son restaurant.

— Il doit se demander ce qui lui a pris de venir en Angleterre.

— Il ne va jamais gagner un maravédis, poursuivit Keating. J'ai regardé le menu affiché dans la vitrine. Qui va manger des escargots ? Ou des artichauts ? Dès qu'on a enlevé les feuilles, il ne reste rien. Nous n'aimons pas le gâchis dans ce pays, et je ne veux pas qu'il me fasse perdre mon temps.

— Il vous taquinait, inspecteur, mais je n'arrive pas à croire qu'il soit un assassin. Qui avons-nous ensuite ?

— Frank Blackwood.

— Le père de Ben ?

— Pas la personne la plus reposante à interroger au cœur de la nuit. Nous aurions intérêt à le faire venir. Proposez-lui donc du thé par la même occasion."

Cette attention ne fut pas du goût de l'intéressé. "J'en ai marre du foutu thé", commença Frank Blackwood. Sidney avait toujours trouvé qu'on lui avait donné un rôle qui ne lui convenait pas. Trop corpulent, il n'avait guère la maigreur famélique qu'exigeait le rôle de Cassius. En fait, s'était dit Sidney, son fils aurait mieux correspondu au profil. "Je n'ai pas arrêté d'ingurgiter du foutu thé toute la soirée, se plaignit Frank. Que faut-il donc faire pour avoir droit à une boisson digne de ce nom dans le coin ?

— Je vous ai vu donner du cognac à votre fils, dit Sidney.

— Il a pris ma flasque et l'a probablement vidée. J'en avais besoin pour puiser un peu de courage dans la bouteille, même si, à ma connaissance, la bouteille n'est pas si courageuse que ça !

— Vous aviez le trac ? s'enquit Sidney.

— Bien sûr. C'est la première fois que je monte sur les planches.

— Alors pourquoi étiez-vous d'accord pour participer ?

— Ben était dedans et je me suis dit que ce serait une partie de rigolade. J'avais vraiment envie de rencontrer une actrice. Mais je ne me suis pas rendu compte qu'il y avait bien peu de rôles féminins. Ils auraient dû monter une comédie musicale.

— C'est ce que j'ai pensé, dit Keating. Ou une pantomime.

— La femme qui joue le rôle de Calpurnia n'est pas mal. J'ai eu l'occasion de bavarder un peu avec elle, même si elle est plus cinglée qu'autre chose. Que voulez-vous savoir ?"

L'inspecteur Keating commença : "Pouvez-vous me dire comment vous avez tué Lord Teversham ?

— Je ne l'ai pas tué. Ou est-ce une question piège ?

— En ce moment nous essayons d'établir qui a poignardé Lord Teversham quand, où et dans quel ordre. Pourriez-vous nous rappeler vos mouvements jusqu'au moment du meurtre ?

— J'étais sur la scène. Lord Teversham était à ma gauche…

— Et vous l'avez poignardé avec votre main droite ? demanda Keating ? À quel endroit ?

— Dans la poitrine. C'est là qu'on m'avait dit de le faire. Je devais agir en second pour que le vieil homme tombe avant qu'Hector porte son coup à l'estomac pour répandre le sang. Puis les autres ont suivi."

Sidney l'interrogea une fois de plus. Il regrettait de ne pas avoir une mémoire plus photographique. "Et, ensuite, qu'avez-vous fait de votre couteau ?

— Je l'ai jeté par terre. Comme tout le monde.

— Et puis vous vous êtes reculé ? demanda Keating.

— C'était ce qu'on était censé faire. C'est terrible qu'il nous ait fallu tout ce temps pour remarquer quelque chose d'anormal, mais c'est ce qui se passe forcément quand tout le monde porte du noir. Quelqu'un aurait peut-être pu le sauver.

— Vous n'avez pas été choqué quand vous vous êtes rendu compte de ce qui s'était passé ?

— Bien sûr que ça a été un choc. C'est un meurtre.

— Et vous n'avez rien vu de louche ?

— Rien. Personne ne peut croire ce qui est arrivé. Ce n'est vraiment pas le genre de chose auquel on s'attend."

L'inspecteur Keating commença à prendre quelques notes, mais Frank Blackwood en avait assez. "Pensez-vous que je puisse partir maintenant ? demanda-t-il. Je commence à sept heures et il faut que je sois à l'usine pour les ouvriers. Vous pouvez toujours me trouver sur place."

Sidney se leva pour ouvrir la porte et se dégourdir les jambes. Il se demanda pour combien de temps ils en avaient encore. Il ne restait plus que quelques personnes à interroger. La situation avait été si confuse et il était difficile d'avoir les idées claires alors que tout le monde était si fatigué. Il avait besoin de dormir, de se réveiller frais et dispos et ensuite de prendre des notes en se rappelant tout ce qu'il avait vu pendant les répétitions. Il ferma les yeux et tâcha de se remémorer les mouvements de chacun de ceux qui étaient en scène pendant la représentation.

"Le dernier pour l'instant, je pense, annonça l'inspecteur Keating. Simon Hackford de Willows Farm. Marchand d'art, commissaire-priseur et ancien associé en affaires de Lord Teversham. J'espère que vous ne vous endormez pas, Sidney ?

— Pas du tout. Je réfléchissais.

— De manière productive, j'espère ?"

Sidney n'en était pas sûr. Ses pensées avaient vagabondé de la question de la dignité et du prestige dans la pièce – "Montrez-moi d'un côté l'honneur, de l'autre la mort..." – à l'idée de réputation en général. Pourrait-il s'y trouver un indice ?

L'éthique aristocratique voulait qu'on se comporte d'une noble façon ; et pourtant, peut-être que dans un domaine de sa vie Lord Teversham avait manqué de noblesse et failli à ce code d'honneur. Mais où ? Dans ses transactions financières, dans ses relations personnelles, ou dans la gestion de sa propriété ? Où ce gentleman si aimable avait-il bien pu se comporter de façon déshonorante ? Il faudrait que Sidney s'entretienne avec ceux qui avaient été ses intimes.

Simon Hackford, l'ancien associé de Lord Teversham, attendait depuis trois heures et n'était pas d'humeur à subir un interrogatoire minutieux. "C'est ridicule, commença-t-il. Comment peut-on penser que j'ai perpétré ce crime ?"

L'inspecteur Keating regarda Sidney pour calmer le jeu. "Vous jouiez le rôle de Brutus. Celui qui a frappé en dernier, dit-il, et donc l'homme le plus important. Vous souvenez-vous de la quantité de sang factice qu'il y avait sur son costume avant que vous portiez le coup ?

— Il y en avait partout sur la scène…

— Vous n'avez donc pas eu à percer le sachet ?

— Effectivement.

— Et où l'avez-vous poignardé ?

— Dans le cœur. J'ai dû me servir de ma main droite pour relever la tête de Dominic qui, poignardé, s'était écroulé par terre. Puis il devait me regarder dans les yeux et dire : « Toi aussi, Brutus ! » Je l'ai poignardé du côté gauche, celui du cœur, et donc le public a pu nous voir tous les deux. Après quoi, il devait dire « Tombe donc, César ! » ; mais lorsque je l'ai soulevé il était déjà flasque et à moitié mort et je n'ai pas pu le maintenir vertical.

— Vous pensez qu'il était déjà blessé ?

— C'est ce que je crois maintenant : mais sur le coup je ne l'ai pas pensé. Je me suis simplement dit qu'il en rajoutait. Le metteur en scène lui disait qu'il devrait être aussi passif que Jésus et que ça devrait être un moment christique. J'étais censé lui agripper les cheveux à la nuque et le tenir debout au milieu de la scène, les conspirateurs formant un demi-cercle autour de lui. C'était une version de la Cène, je suppose, et alors César était censé ouvrir les bras, comme s'il avait les stigmates, et tomber en avant, et seulement se tourner sur le côté à la dernière minute. Mais dès que j'ai lâché son corps, il s'est tout bonnement effondré comme une chiffe.

— Pourquoi les gens ont-ils mis si longtemps à prendre conscience de ce qui s'était passé ?

— Parce que nous pensions que Dominic faisait son grand numéro. Il n'est venu à l'esprit d'aucun d'entre nous qu'il payait cette représentation de sa vie."

L'inspecteur Keating permit un temps de silence. "Bien sûr, ça pourrait quand même être vous qui avez administré le coup fatal. Vous jouiez le rôle de Brutus, le plus noble de tous ces Romains.

— Oui, ça aurait pu être moi, je suppose. Mais je ne l'ai pas tué. J'aimais cet homme. Je ne lui aurais jamais fait du mal ; malgré ce qui s'est passé entre nous. Il était mon ami.

— Qu'entendez-vous par « ce qui s'est passé entre nous » ?

— Il fut un temps où nous travaillions ensemble ; je suis sûr que vous êtes au courant.

— Quel était l'état de votre relation le jour du meurtre ?

— Nous avons toujours entretenu des rapports de grande courtoisie. Il n'y avait aucune animosité, si c'est ce que vous insinuez. Chacun reconnaissait que certaines choses doivent connaître une fin.

— Et vous n'y voyiez aucun inconvénient ?

— À quoi bon ruminer ce qui aurait pu être. Je me passionne pour l'argenterie et les objets d'époque, plutôt que pour les peintures, et j'ai monté une nouvelle affaire après avoir arrêté de travailler avec Lord Teversham. Dominic m'a même prêté de l'argent.

— Puis-je vous demander combien ?

— Mille livres.

— Une somme assez considérable.

— Je la remboursais. Je pense qu'il se sentait coupable de ce que notre relation professionnelle ait pris fin.

— Et pourquoi s'est-elle terminée ?

— Sans raison vraiment précise. Sinon que nous avions le même sentiment à ce sujet. J'avais toujours souhaité créer une affaire à moi et j'avais négligé mon épouse. Je suis sûr que vous savez ce que c'est, inspecteur. Quand un homme travaille trop, sa femme se plaint souvent."

Sidney tourna les yeux vers son ami dans l'attente d'une réponse, mais celui-ci ne dit rien. Il se contenta d'opiner, encourageant Simon Hackford à continuer.

“Maintenant j’ai mon magasin d’antiquaire et je travaille tout le temps avec ma femme. C’est pourquoi j’aimerais rentrer. Je commence à me sentir mal quand nous sommes séparés. C’est presque une sensation physique. Avez-vous jamais eu ce genre d’impression, inspecteur ?”

Keating finit par répondre. “Pour être honnête, la plupart du temps je suis très content de partir de chez moi ; mais je vois bien ce que vous pourriez vouloir dire. Il est inutile de vous retenir plus longtemps, monsieur Hackford.”

Il était trois heures du matin et Sidney était épuisé. S’il avait été moine, il se lèverait pour les premières prières de la journée. Mais il se trouvait sur les lieux d’un crime, en train de prendre une tasse de thé avec un inspecteur de police de plus en plus exaspéré.

“On aurait pu se dire que ça allait être un jeu d’enfant, Sidney. L’un des couteaux de scène est trafiqué, ou remplacé. Il a disparu. Nous le retrouvons, puis nous découvrons l’auteur du crime. Mais, en fait, nous n’avons pas de suspect, pas d’empreintes digitales et, pour l’heure, toujours pas de couteau.

— Je me demandais, finit par dire Sidney, si on n’avait pas choisi exprès une scène de meurtre ?

— Si elle tombait plus qu’à pic ?

— Je veux dire par là qu’il pourrait bien y avoir des indices dans la pièce elle-même. César est tué pour différentes raisons : en partie parce qu’il est vaniteux, et en partie à cause du désir de la populace. Mais Brutus le tue par devoir civique : « Une œuvre qui rendra les hommes malades bien portants. » Tout pourrait peut-être se ramener à une question d’honneur, d’obligation sociale ou de vengeance.”

L’inspecteur poussa l’un de ses soupirs coutumiers. “Je suis tout à fait favorable à la vengeance comme mobile, Sidney, mais vous voulez dire que quelqu’un pourrait aussi accomplir un tel acte pour le bien de la société ?

— C’est une pensée. Le poète allemand Schiller, par exemple, disait du théâtre que c’est une institution morale.

— Avec tout le respect que je vous dois, j’ai bien l’impression que vous avez la berlue, Sidney. Il s’agit d’un meurtre de sang-froid. Ça n’avait rien d’un acte de justice sociale.”

Sidney détestait l'expression "avec tout le respect que je vous dois". Elle signifiait toujours le contraire. "Je pense que nous ne pouvons écarter aucune hypothèse.

— Évidemment.

— Je pense que l'idée d'honneur et de réputation est importante.

— Elle l'est souvent.

— Les gens sont terrifiés à l'idée de perdre la face.

— Des hommes comme Simon Hackford ?

— Assurément."

L'inspecteur Keating ne voulut pas se mouiller. "Un brave homme ; un peu faible, à mon avis.

— Trop faible pour accomplir ce geste ?

— Non, il n'est pas besoin de beaucoup d'énergie pour poignarder un homme, surtout dans ces circonstances.

— Ce serait pour vous le suspect principal ?"

Keating réfléchit un moment. "Je ne voudrais pas me prononcer. Mais il ne me déplairait pas que vous en découvriez un peu plus sur sa relation avec Lord Teversham. Il y a quelque chose qui cloche. Peut-être pourriez-vous aller à Locket Hall jeter un rapide coup d'œil ?

— Très bien.

— Vous hésitez, Sidney.

— C'est vrai ; mais ça n'a rien à voir avec Locket Hall. Une nouvelle pensée me trouble…

— Peut-on savoir ?

— Celui qui tenait le poignard avait-il conscience de commettre le crime ?

— Que voulez-vous dire ?

— Nous devons être sûrs, commença Sidney, que l'homme qui a porté le coup savait qu'on avait changé son poignard. S'il l'ignorait, alors il aurait pu tuer Lord Teversham par accident, laissant du même coup au véritable meurtrier l'alibi parfait. En fait, je serais même étonné que le meurtrier soit l'un des assassins. Je suggérerais qu'il pourrait même s'agir d'un homme – ou d'une femme – qui, après avoir changé les poignards, aurait quitté le lieu du crime, sachant que le coup fatal serait porté en son absence.

— C'est le genre d'idée que je suis censé sortir. Cela signifie que l'assassin pourrait être n'importe qui.

— Pas si nous découvrons un mobile. Il nous faut plonger dans le caractère de Lord Teversham.

— Je suis d'accord. Mais il y a six suspects et il faut d'abord procéder à la reconstitution. Étayez votre théorie par tous les moyens. Tout ce que vous pouvez trouver sur les antécédents de Simon Hackford, et vous me raconterez au pub jeudi. Dans le cas de renseignements de premier plan ou de suspicion évidente, alors venez immédiatement me trouver…"

Sidney rentra à bicyclette à travers champs et sous une pleine lune. Des éclats de lumière scintillaient. Il ne rencontra personne. Tous les habitants de la ville semblaient dormir. Il se demanda combien d'entre eux avaient dit des prières.

"Comme tous les hommes mortels sont sujets à nombre de périls, de maladies et d'infirmités soudaines ; et que le moment de leur départ de cette vie est toujours incertain*…"

Il pédalait vigoureusement car il s'inquiétait d'avoir laissé Dickens si longtemps seul, mais, en ouvrant la porte de la cuisine, il fut rassuré de le trouver endormi dans son panier et de découvrir une note sur la table : "J'ai promené le chien. Pas d'incidents à signaler. Leonard."

Ce fut un soulagement. À l'avenir il allait vraiment devoir essayer d'être plus responsable envers son chien. Sidney se prépara une théière et se demanda pourquoi il était resté et avait participé à l'enquête. Il n'y avait vraiment aucune nécessité. L'inspecteur Keating l'avait bien dit.

Pourquoi donc l'avait-il fait? Était-ce de la vanité, se demanda-t-il, l'idée qu'ils ne pouvaient pas réussir à mener une enquête sans lui? C'était déraisonnable de penser ainsi, mais il lui fallait maintenant reconnaître qu'il n'était jamais loin du péché d'orgueil. Il essaya de se convaincre qu'il était motivé par le désir de comprendre ce qui s'était passé, d'accompagner des gens dans leurs moments difficiles et d'être aussi, pour citer Bunyan, "vaillant pour la vérité". Mais il allait lui falloir longtemps pour

* Le Livre de prières publiques. Début de "La communion des malades".

justifier sa participation ainsi que pour découvrir la vérité derrière ce meurtre-ci.

Bien entendu, le lendemain matin, incapable de se réveiller, Sidney manqua le service de communion de huit heures. Tandis qu'il prenait un petit-déjeuner tardif, Leonard Graham lui dit qu'on lui avait appris ce qui s'était passé, qu'il n'avait pas voulu réveiller son patron et qu'il ne servait à rien d'avoir un vicaire si on ne pouvait pas compter sur lui pour célébrer un office.

L'assemblée des fidèles avait compté quatre personnes : Agatha Redmond, l'éleveuse de labradors ; Isabelle Robinson, l'épouse du docteur ; Gervase Bell, l'historienne locale ; et Frances Kirby, la femme du boucher qui avait joué Decius Brutus, une femme qui confectionnait chaque semaine soixante caramels au beurre pour son mari et sur qui on pouvait compter pour répandre la nouvelle du crime, ainsi que son opinion personnelle quant au coupable le plus probable, d'ici l'heure du déjeuner.

“Nous devons décourager toutes les rumeurs inutiles, conseilla Sidney à Leonard après avoir fini son œuf à la coque. Il ne faut absolument pas que les gens tirent des conclusions hâtives.

— Je crains, repartit son vicaire, qu'il ne soit trop tard pour ça.

— Et que disent-ils ?

— Ils pensent que c'est Simon Hackford.

— C'est ridicule.

— Il jouait effectivement Brutus…

— Mais c'est le plus doux des hommes. Et le coup fatal a très probablement été porté avant que Simon Hackford n'approche de Lord Teversham. Pourquoi disent-ils des choses pareilles ?”

Leonard Graham adressa à son pasteur un regard appuyé. “Je pense que vous pouvez deviner.

— Simon Hackford est un homme marié.

— Mais Lord Teversham ne l'était pas.

— Rien ne prouve qu'ils aient eu une liaison inconvenante.

— Bien sûr, Sidney. S'il y avait la moindre preuve, les deux hommes seraient en prison.

— Je pense vraiment que c'est sévère.

— Vraiment ?

— Certains homosexuels subissent de plus longues condamnations que des cambrioleurs. C'est insensé. Mais il ne s'agit sûrement que de racontars.

— Les gens disent qu'il n'y a pas de fumée sans feu.

— C'est l'une des expressions préférées de Mme Maguire. Je lui ai conseillé d'arrêter de dire ça, mais elle n'écoute jamais. Je ne supporte pas la façon dont notre pays perd son sens de la discrétion. Même s'il y avait quelque chose entre Simon Hackford et Lord Teversham, le fait est que ça ne regarde personne. Chacun devrait avoir sa vie privée protégée.

— J'ignorais que cela vous tenait tant à cœur.

— Nous devons voir les autres sous leur meilleur jour, Leonard, sinon nous sommes perdus. Je pense que je vais prêcher dans ce sens dimanche.

— Ce serait faire preuve de courage.

— Ça n'a rien de courageux, répondit Sidney. C'est nécessaire.

— Matthieu, chapitre VII, vient aussitôt à l'esprit, suggéra Leonard. « Ne jugez point, afin que vous ne soyez point jugés. » Il y a aussi le Livre des Proverbes : « Les paroles du rapporteur sont pareilles à des blessures… »

— C'est une meilleure idée…

— « Et elles percent jusqu'au fond des entrailles. » Ne trouvez-vous pas que ça soit trop d'actualité ? Lord Teversham a été poignardé, après tout.

— J'aimerais le leur donner brut de décoffrage : les secouer un peu.

— Je pense qu'ils sont déjà passablement secoués, Sidney."

Le téléphone sonna. C'était Amanda. Sidney prit de ses nouvelles et lui demanda si elle allait bien.

"Ne t'inquiète pas pour moi, commença-t-elle. J'apprends que Lord Teversham a été assassiné.

— C'est malheureusement vrai.

— Ben a téléphoné. Il avait du mal à parler. C'est une catastrophe.

— Je sais. C'était, semble-t-il, le meurtre parfait.

— Comment un meurtre peut-il jamais être « parfait » ?

— Il y avait de multiples armes et tous les acteurs portaient des gants. Ça aurait pu être n'importe lequel d'entre eux.

— Mais qui pouvait bien vouloir tuer Lord Teversham ? On pourrait difficilement imaginer un homme plus gentil ? C'est si cruel.

— Il est difficile de trouver un mobile qui tienne la route, je dois l'avouer.

— Ben m'a demandé de venir quelque temps au château. Il m'a dit que ce serait un réconfort. Je pourrais alors te voir en même temps. Ça va ?

— Je suppose qu'on pourrait me qualifier de « préoccupé ».

— Je pensais au train de cinq heures. Veux-tu venir boire quelque chose à Locket Hall ? Il faut absolument que je te voie, Sidney. Dans notre intérêt à tous les deux."

Sidney songea au plaisir qu'il aurait à revoir Amanda, mais s'inquiéta de la savoir exposée à nouveau au côté sombre de la vie. Il mit de l'ordre sur son bureau, sortit Dickens faire une promenade qui allait encore s'avérer un tour rapide à travers les Meadows et revint s'occuper de la paperasse qu'il avait négligée. Dès qu'il se plongea dans ses papiers, Mme Maguire en profita pour lui rappeler que la tapisserie se décollait dans la salle de bains.

"J'ai vraiment d'autres sujets de préoccupation que la tapisserie, répliqua Sidney d'un ton tranchant.

— Si vous ne vous mêliez pas de tous ces crimes, alors vous auriez beaucoup de temps.

— Ça ne m'a pas échappé."

Mme Maguire continua à maugréer. "On n'aurait jamais dû mettre une salle de bains et des toilettes à côté de la cuisine. C'est dehors qu'on installe ce genre de choses.

— Nous sommes en 1954, madame Maguire. Les temps changent.

— Certaines choses ne changent jamais, repartit la gouvernante, sur un ton menaçant. Tout comme certaines personnes."

Sidney n'allait pas relever le défi d'une remarque à l'emporte-pièce de plus. Il fit semblant d'écrire un sermon.

"Alors, vous êtes occupé ?

— Je suis toujours occupé, madame Maguire.

— Dans ce cas je suppose qu'il ne faut pas vous déranger. Je vous ai préparé un pudding à la viande de bœuf et aux rognons, ajouta-t-elle. J'espère que vous n'allez pas le laisser brûler.

— Très bien, madame Maguire."

Quand elle finit par le laisser tranquille, Sidney prit son stylo et fit la liste des principaux suspects.

Simon Hackford : lui et Lord Teversham avaient été associés ; il y avait très certainement eu un genre de querelle entre eux et, à en croire des rumeurs, ils auraient eu des rapports intimes. Mais il n'avait vraiment pas un profil d'assassin.

Clive Morton : il faudrait que Sidney voie le testament. Le mobile pourrait être d'ordre financier.

Michel Morel : improbable, pensait Sidney, mais c'était un véritable expert en matière de couteaux.

Frank Blackwood : pour commencer, on comprenait mal ce qu'il faisait dans la distribution de cette pièce. Sa présence détonnait, regretta Sidney. Mais s'il s'était joint aux autres acteurs dans le but explicite d'assassiner Lord Teversham, alors quel était son mobile ?

Ben Blackwood : bien qu'il ne fût pas un conspirateur, Sidney devait reconnaître que, même si c'était peu probable, ce n'était pas impossible. Peut-être comptait-il hériter de la collection d'œuvres d'art ? Il aurait pu dissimuler une arme quand, accroupi, il s'était penché sur le corps, et perpétré le crime tout en feignant de pleurer. Mais son comportement lors du soir en question et son chagrin après la mort étaient sûrement sincères ? Si Sidney devait poursuivre dans cette voie, il lui faudrait se montrer prudent.

Plus tard dans la journée il reposa son stylo, mit son chapeau et son manteau et se mit en route pour Locket Hall qui était à une demi-heure à bicyclette. Après avoir traversé Trumpington et pédalé encore pendant quelques kilomètres il se rendit compte que, plutôt que de brûler le pudding à la viande de bœuf et aux rognons de Mme Maguire, il l'avait complètement oublié. Il n'était pas étonnant qu'il eût faim. Mais il était trop tard pour rebrousser chemin. Peut-être que Leonard Graham en prendrait et le finirait ? Sidney l'espérait de tout cœur car si, quand elle reviendrait le lendemain matin avec ses croque-monsieur, Mme Maguire s'apercevait qu'on n'y avait pas touché, alors ça allait barder.

Mais comment penser à tout ? se dit Sidney. Tout ce qu'il devait garder dans sa tête…

Lorsqu'il arriva à Locket Hall, Forbes Mackay prit son chapeau et son manteau et lui proposa "un p'tit remontant" pour garder son calme "en ces temps aussi noirs que du charbon". Il prévint son invité que l'humeur qui sévissait à l'étage était la plus lugubre qu'il eût jamais connue.

Le majordome tendit le bras vers l'escalier que Sidney monta et il trouva Ben et Amanda assis ensemble sur le canapé.

"Pardonnez-moi de vous avoir emprunté votre amie, mais j'ai eu la trouille, commença Ben. Cicely s'est alitée, les domestiques frappés de stupeur ne disent plus rien et je ne sais pas quoi faire. Je n'arrête pas de penser à Dominic et j'erre dans toute la maison. J'oublie pourquoi je suis entré dans une pièce. Je suis incapable d'écouter ce qu'on me dit ou de répondre quoi que ce soit. Plus rien n'a de sens.

— Il faut vous reposer, dit Sidney. Et dormir.

— J'essaie, mais alors, juste avant de m'endormir, me revient ce qui s'est passé, et je ne peux plus penser qu'à ce crime abominable.

— La police est-elle venue vous voir ?

— Ils voulaient beaucoup de renseignements personnels. Je suppose que c'est compréhensible. Mackay est-il allé vous chercher à boire ?

— Oui…"

Amanda se tourna vers Sidney et lui demanda : "Pourquoi des événements aussi terribles doivent-ils arriver ? Il est certain que ça ébranle la foi ?

— Pas en Dieu. Ça ébranle la foi que j'ai dans les gens.

— La police a-t-elle terminé ses interrogatoires ? demanda Ben.

— Elle va probablement devoir les reprendre. Savez-vous qui bénéficie du testament ?

— La plupart des gens ont droit à quelque chose. Je pense que Clive Morton l'a remis.

— Vous-même ?

— J'ai reçu en legs certains des tableaux de moindre valeur. Un paysage de Palmer que j'ai toujours admiré, un charmant Landseer et un magnifique ensemble de gravures de Bewick. C'était incroyablement gentil de la part de Dominic, mais je préférerais qu'il soit toujours vivant. Sans lui ces œuvres n'ont aucun sens.

— Quelqu'un d'autre ?

— Cicely hérite de toute la collection, mais il y a quelques autres legs : Simon Hackford, par exemple. Je pense que Dominic a modifié son testament récemment pour réduire ses droits de succession. À un moment, il s'apprêtait à donner un Turner à Simon. Ça aurait fait tiquer.

— Je pense que des sourcils s'étaient déjà haussés. Simon Hackford et Lord Teversham travaillaient-ils ensemble ?

— Je croyais que vous étiez au courant ?"

Sidney sourit. "Je ne révèle pas toujours ce que je sais, Ben.

— Ils étaient les meilleurs amis du monde. Ils allaient ensemble aux ventes aux enchères. En fait, c'est à Simon qu'on doit beaucoup de pièces de la collection. Il repérait le tableau, Lord Teversham l'achetait et ensuite ou bien ils le gardaient ou alors ils le revendaient. Simon est vraiment un expert en argenterie, mais il connaît son XVIIIe siècle, bien qu'il ait réussi à laisser passer un Gainsborough qui n'avait pas été attribué au peintre…

— Il n'a pas reconnu ce qu'on pourrait appeler un « dormeur » ?

— Excellent, chanoine Chambers, vous commencez à maîtriser le jargon du métier.

— Pourquoi Simon a-t-il cessé de travailler ici ?

— Dominic m'a dit qu'il commençait à mettre ses compétences en doute. Il sentait qu'il ne pouvait plus lui faire totalement confiance et alors, après mon arrivée, ils se sont vus plutôt moins souvent. Je ne pense pas qu'il y ait eu une grosse brouille : ils se sont simplement éloignés l'un de l'autre. Il arrive que les amitiés s'éteignent peu à peu, n'est-ce pas ?

— Vous êtes un peu jeune pour connaître ça.

— Je l'ai constaté à l'université, chanoine Chambers. Les gens se prennent soudain de sympathie les uns pour les autres et puis, quand ils en arrivent à mieux se connaître, cette connaissance n'est pas aussi passionnante que la promesse initiale…"

Amanda poussa un soupir. "On voit ça à Londres tout le temps. C'est si difficile de savoir si les gens sont authentiques ou pas. Tu n'es pas d'accord, Sidney ?

— Je dois bien sûr accorder aux gens le bénéfice du doute.

— Mais sûrement pas quand tu enquêtes sur un meurtre.

— Effectivement", acquiesça Sidney. Ses pensées prenaient un tour dangereusement familier. "Alors, semble-t-il, je ne peux pas du tout penser comme un prêtre."

Le lendemain, Sidney et Amanda se retrouvèrent pour déjeuner de bonne heure au Bleu Blanc Rouge. Sidney, qui n'était jamais entré dans le restaurant avant, ne fut pas étonné de constater qu'il faisait honneur à son nom. Avec ses murs blancs, ses nappes en vichy rouge et ses serviettes bleues, tous les éléments du décor évoquaient le drapeau tricolore. Des agrandissements photographiques et des exemplaires encadrés de vieux journaux de 1945 célébrant la libération de Paris couvraient les murs et le menu proposait quelques incontournables de la gastronomie française : pâté, tarte à l'oignon, omelettes diverses et *potage Parmentier*, *bœuf bourguignon*, *coq au vin**, lapin et turbot.

"Voudriez-vous un verre de champagne ? leur demanda Michel Morel en prenant leurs manteaux.

— C'est un peu tôt, non ?" s'étonna Sidney, se demandant comment son hôte pouvait se permettre geste aussi onéreux.

Le chef ne tint pas compte de sa remarque. "Là où j'ai été formé, le cuisinier commençait toujours la journée par du champagne. C'est le plus grand chef de France, Fernand Point.

— Je crois avoir entendu parler de lui, repartit Sidney. Des amis sont allés manger dans son restaurant après la guerre. La Pyramide…

— C'est exact. Il partage une bouteille avec le coiffeur qui vient le raser tous les matins."

Amanda sourit. "Il doit être ivre avant de se mettre au travail.

* En français dans le texte.

— Pas du tout. Il est toujours *de bonne humeur. Gardez le sourire, mes amis* !* C'est sa devise. Il m'arrive de penser que tous les repas qu'il a pris sont toujours dans son estomac. Je vais vous apporter les menus."

Une fois qu'ils se furent assis à leur table, Amanda confia à Sidney qu'elle était inquiète. "J'espère que nous ne rebutons pas les gens…

— Pourquoi ça ?

— Les gens penseront que nous parlons du meurtre.

— Toute la ville de Cambridge en parle."

Amanda prit une gorgée de champagne puis reposa son verre. Elle n'était pas d'humeur à la fête. "Je me fais du souci pour Ben, Sidney.

— Je n'en doute pas.

— Hier il m'a dit quelque chose qui m'est resté en travers de la gorge.

— De quoi s'agit-il ?

— Il se parlait presque à lui-même. Je pense qu'il avait pratiquement oublié que j'étais dans la pièce. J'avais l'impression que c'était le chagrin qui le faisait parler et puis, tout à coup, il a dit quelque chose que j'ai trouvé incroyablement émouvant.

— Qu'a-t-il dit ?

— « Dom m'a donné l'amour auquel je n'ai jamais eu droit avec mon père. »

— A-t-il expliqué ce qu'il entendait par là ?

— Pas entièrement. Mais il a été élevé de façon assez brutale. Sa mère est morte quand il était pensionnaire loin de chez lui, et il n'a pas été autorisé à rentrer pour assister à l'enterrement. On le persécutait à cause de sa petite taille et de son manque de force physique et il s'oubliait dans son travail. C'est le premier membre de sa famille à avoir été admis à Oxford, mais son père lui en voulait d'avoir choisi d'étudier l'histoire car il voulait qu'il devienne ingénieur et travaille dans l'entreprise familiale. Quand Ben refusa, son père le jeta comme un malpropre et coupa tout lien avec lui. Ben le craint énormément.

* En français dans le texte.

— Alors pourquoi étaient-ils tous les deux dans la pièce? Ça paraît vraiment très bizarre.

— Tu devrais peut-être aller voir Frank Blackwood?

— J'ai effectivement quelques questions à lui poser."

Amanda poursuivit. "Heureusement, Ben se fit des amis à Oxford et l'un d'eux lui trouva l'emploi qu'il occupait auprès de Lord Teversham. Et alors, juste au moment où il était heureux et avait des perspectives d'avenir, voilà que ça arrive.

— À ton avis, penses-tu qu'il connaissait vraiment bien Lord Teversham?

— Est-ce une question tendancieuse, Sidney?

— Seulement si tu la juges telle.

— Je pense qu'il n'y avait rien de bizarre entre eux, si c'est ce que tu veux dire.

— Mais peut-être que d'autres le pensaient? L'amour qui n'ose pas dire son nom…"

Amanda se pencha en avant. "Tu penses à quelqu'un comme Simon Hackford?

— Je ne sais pas trop.

— Tu suggères que Ben aurait pu remplacer Simon Hackford dans l'affection de Lord Teversham?

— C'est possible.

— Tu penses que Simon Hackford et Lord Teversham étaient plus qu'amis?" demanda Amanda.

Le serveur vint prendre leur commande, mais ils lui dirent d'attendre. Sidney poursuivit. "Tu sais à quel point ce genre de lien doit être tenu secret.

— Dans le monde artistique, la moitié des gens que je rencontre sont des tapettes. Les gens feignent de ne pas en être, mais leurs véritables amis savent qu'ils en sont et chacun évite de poser trop de questions.

— Pas tout le monde, bien sûr. Et dans une petite ville, ou avec une réputation à maintenir, on peut imaginer combien on redoute d'être découvert."

Amanda reposa son menu. "Mais pourquoi l'un ou l'autre voudrait-il trahir son ami? Je ne pense pas que le chantage marche avec les homosexuels. Si vous commettez un adultère et allez vous plaindre à la police que vous avez été menacé alors vous pouvez l'indiquer au maître chanteur sans craindre d'être vous-même puni. Vous n'avez à redouter qu'une seule chose, un scandale. Mais si vous êtes homosexuel et que vous vous plaignez d'être victime de chantage, alors la police peut commencer par vous arrêter et vous mettre en prison sans même s'occuper de la personne qui vous fait chanter.

— Tu ne penses donc pas que Simon Hackford faisait ce genre de chose ?

— S'il l'avait fait, c'est lui qui aurait été tué. Je suppose qu'il a peut-être eu des envies de meurtre après avoir été remplacé par Ben. Il avait tout lieu de se réjouir de sa relation avec Dominic, tout au moins financièrement…

— Il dit être plus heureux maintenant, avec sa femme.

— Un mariage de convenance, peut-être, dit Amanda. Il a dû trouver la vue de Ben insupportable. Mais penses-tu que ce soit un mobile suffisant pour commettre un meurtre ? Ça semble un peu désespéré.

— C'est peut-être ce qu'est souvent un meurtre. Les gens sont désespérés."

Le Bleu Blanc Rouge était situé dans la même rue que l'usine Blackwood et après qu'Amanda eut pris un train pour rentrer à Londres, Sidney décida de rendre visite au père de Ben.

"Dom m'a donné l'amour auquel je n'ai jamais eu droit avec mon père."

L'usine relevait de l'industrie légère plutôt que lourde ; on y fabriquait des pièces détachées et des lampes pour radios, ainsi que des transistors. Occupés à dénuder des fils électriques, à appliquer de la soudure ou à assembler des planches avec des vis, des jeunes gens appliqués en chemise à col ouvert et en pull-over sans manches se tenaient debout devant des établis au sein d'un vaste espace sans cloisons. Une phalange de femmes modestement soignées de leurs personnes tapaient des factures à la machine, préparaient des envois et répondaient au téléphone ; toutes s'étaient fait des mises en plis avec la lotion Amami. L'agencement des lieux, l'éclairage et la méthode de travail souscrivaient tous à l'idée que chaque élément du bâtiment, tant humain que manufacturé, était un composant essentiel d'une machine tout entière vouée à la modernité.

"Ici on ne plaisante pas avec la discipline, commença Frank Blackwood, il n'y a pas de place pour les fainéants. Si cette nouvelle Grande-Bretagne moderne va devoir se mesurer à l'Europe et au reste du monde, alors elle a besoin de tous les ingénieurs qu'elle peut trouver. Nous fonctionnons depuis sept heures trente du matin jusqu'à seize heures trente avec une demi-heure pour le déjeuner. Je fais de moins en moins de composants de radio pour me consacrer aux pièces détachées de téléviseurs. Il faut faire face à la demande.

— Ce serait une sage décision, à mon avis, repartit Sidney. Tout le monde veut une télévision aujourd'hui.

— Alors en avez-vous une, chanoine Chambers ?

— Hélas, étant donné mon traitement de pasteur...

— Elles sont chères, mais le prix va baisser.

— Elles semblent également plutôt encombrantes. Pensez-vous qu'elles vont diminuer de volume ?

— Je l'imagine. Mais il y a beaucoup de pièces, les rayons cathodiques, le tube, la commutation.

— Puis-je voir l'intérieur d'un de ces postes ? demanda Sidney. J'ai toujours voulu savoir comment ils fonctionnaient.

— Bien sûr.

— La touche marche-arrêt est à ressorts, je vois.

— Nous avons beaucoup de mécanismes à ressorts ici. J'ai commencé par fabriquer des billards « bagatelle ». Nous avons bien failli passer aux flippers, mais les Américains ont la mainmise sur le marché et nous avons donc changé d'orientation et nous nous sommes mis à la technologie. Mais je suis sûr que vous n'êtes pas venu pour me parler de ça, chanoine Chambers. Avez-vous progressé dans la recherche du meurtrier ?

— Nous avons quelques idées, mais il est trop tôt pour se prononcer.

— Des gens qui étaient proches de Lord Teversham, par exemple ?

— Nous ne soupçonnons pas votre fils.

— Quel soulagement ! repartit Frank Blackwood. Mais ça ne m'a jamais enchanté que Ben travaille là.

— Pourquoi ?

— Ça ne me plaisait pas de le voir claquemuré à l'écart du monde. Je ne peux pas croire non plus que ce soit un emploi digne de ce nom. Ben semble n'avoir aucun avenir. Est-ce vraiment un métier de regarder des peintures ou d'écrire un livre sur un endroit que personne ne peut visiter ? Il devrait travailler pour moi ou là-bas à Londres. Dieu sait ce qu'il va faire maintenant.

— Que va-t-il se passer à votre avis ?

— Il se pourrait qu'ils lui versent une espèce de prime de licenciement. Il est probable que Simon Hackford prenne la succession. Cela fait des années que lui et Lord Teversham sont amis. Vous devriez aller lui parler. Il y avait quelque chose de louche entre eux, mais je me doute que vous êtes au courant.

— Je n'ai rien vu qui me donne à penser que Simon Hackford n'est pas un homme parfaitement respectable.

— Vous êtes trop chrétien.

— Je n'ai pas le choix.

— Je ne voudrais pas être impoli, chanoine Chambers, mais il suffit de regarder cet homme pour savoir qu'il y a quelque chose de pas très normal."

Sidney coupa court à la suggestion. "Je le vois plus tard aujourd'hui.

— Alors c'est un suspect ?

— Tout le monde l'est, monsieur Blackwood. Même vous, et même moi.

— Je ne peux pas croire une chose pareille.

— La police affirme pourtant que ce sont souvent les gens auxquels on ne penserait jamais…

— Mais vous êtes prêtre.

— Et vous, vous ne plaisantez pas avec la discipline", rétorqua Sidney. Il eut un sourire dans lequel il mit toute l'ambiguïté du monde. "Je ne suis pas un assassin, monsieur Blackwood, mais il arrive que les prêtres soient moins francs du collier que les gens ne s'imaginent.

— Vraiment, chanoine Chambers ?

— Je ne voudrais pas qu'on pense que je suis irréprochable."

Le magasin d'antiquaire de Simon Hackford était situé dans Trumpington Street, presque en face du musée Fitzwilliam. Dans ses quatre vitrines étaient exposés une charmante collection de tableaux du XVIIIe siècle ainsi que des meubles anglais traditionnels. Chaque fois que Sidney décidait de rentrer chez lui à bicyclette *via* Sheep's Green et en traversant le Fen Causeway, il aimait ralentir, jeter un coup d'œil à l'intérieur de ces vitrines et imaginer ce qu'il aurait eu les moyens de s'offrir s'il avait embrassé une profession différente. Le coffre en noyer élisabéthain irait très bien dans son vestibule, se dit-il, et il avait toujours eu envie d'une paire de chandeliers de l'époque de la reine Anne.

"Recherchez-vous un article particulier ? s'enquit Simon Hackford. Nous avons quelques cuillers d'apôtres qui sont arrivées il y a plusieurs jours. Comme vous le savez probablement, chanoine Chambers, il n'en existe que quatre ensembles dans le pays."

En matière d'objets anciens, c'était l'un des rares domaines où Sidney s'y connaissait un peu. Il tint à impressionner. "Le cuilleron est-il marqué d'une tête de léopard ?

— Assurément.

— Et le reste des marques est-il gravé au dos du manche ?

— Tout à fait."

Sidney opina de son air le plus pensif. "Et chaque apôtre est-il reconnaissable, avec son propre halo ?

— Les nimbes sont intacts.

— Puis-je les voir ?

— Je suis sûr que vous n'êtes pas venu dans le seul but de regarder mon argenterie, chanoine Chambers.

— Certainement pas, bien que maintenant que vous vous apprêtez à me montrer ces cuillers…"

Simon Hackford n'était pas dupe. "Vous venez me voir à propos de Lord Teversham, je présume ?

— Je le crains."

L'antiquaire retourna au comptoir et sortit un petit coffret vert. Il le posa sur une table de salle à manger en chêne. "Une chose terrible, dit-il, avant de repartir chercher une paire de gants blancs. Nous étions si amis.

— Bien que peut-être moins proches, ces derniers temps, dit Sidney.

— Pourquoi dites-vous ça ?

— Au théâtre vous nous avez dit que vous n'aimiez pas être trop longtemps éloigné de votre femme. Est-ce parce qu'il vous est arrivé de l'avoir été ?

— Je pense que ça ne vous regarde en rien.

— J'espère que vous ne voyez pas d'inconvénient à ce que je vous pose la question."

Simon Hackford se tourna et changea de ton. Il devint franchement hostile. "En fait si, ça me gêne que vous me posiez cette question. Nous avons connu des moments difficiles, récemment, et Marion n'aime pas que j'aborde ce sujet.

— Désolé.

— Je vois bien en quoi ça pourrait vous intéresser. Lord Teversham et moi étions amis et associés. Je n'avais aucune raison de lui en vouloir. Notre association a simplement pris fin à l'arrivée de Ben Blackwood.

— Je suppose que vous n'avez aucune sympathie pour lui.

— Personne n'aime être remplacé, chanoine Chambers. On pense que personne ne pourra faire le travail aussi bien que soi, et que les arrangements perdureront. Heureusement, j'ai l'œil aiguisé et d'autres clients. Je n'ai besoin d'être soutenu par personne en dehors de ma femme.

— Je suis content de l'entendre.

— Vous pouvez lui parler si vous le souhaitez…

— Je vais peut-être avoir besoin de le faire. Mais, pour l'instant, veuillez me montrer les cuillers."

Simon Hackford enfila ses gants blancs. Ses mains tremblaient légèrement. Sidney se demanda s'il ne buvait pas en cachette.

"Je pense qu'elles ont peut-être besoin d'un peu de produit d'entretien." Simon Hackford défit le fermoir en or et ouvrit le coffret. Puis il s'arrêta. "Oh, mon Dieu." Il recula, horrifié. "Comment c'est arrivé ici ?"

Toutes les cuillers avaient été enlevées. Et à leur place, sur un bout de satin froissé, reposait un court poignard ensanglanté.

“Nous tenons notre homme, dit l’inspecteur Keating.

— Je pense qu’il est innocent”, repartit Sidney.

L’inspecteur Keating soupira. “Vous n’adhérez jamais à une solution simple, pas vrai, Sidney ? Je suppose que vous pensez que l’arme a été apportée à dessein afin d’incriminer Simon Hackford ?

— Oui.

— L’homme est un ancien associé de Lord Teversham. Dieu sait à quel point ils étaient proches. Il cesse d’être un associé. Il n’est plus un ami. Sa propre affaire connaît des difficultés. Il joue le rôle de l’assassin dans la pièce. Il est le dernier homme qui poignarde Lord Teversham. Ça ne pourrait guère être plus évident.

— Trop évident, inspecteur.

— Je suis désolé que vous pensiez ça. Mais tant que vous n’avez rien de mieux à me proposer, Simon Hackford est en état d’arrestation.”

Sidney savait qu’il était probablement le seul habitant de Cambridge capable d’aider l’accusé. “Je crois que vous êtes innocent, dit-il à Simon Hackford. Mais il me faut davantage de renseignements pour découvrir l’auteur du crime. Il me faut le nom de tous ceux et celles qui possèdent une clé de votre magasin et savoir qui y a pénétré depuis l’arrivée des cuillers d’apôtres.”

Simon Hackford était si bouleversé qu’il avait du mal à parler. “Certaines de ces personnes étaient des inconnus ; des clients. Mais ma femme connaît la plupart des habitués qui sont passés nous voir. Vous est-il possible de les interroger sans leur faire comprendre trop clairement ce qui est arrivé ?

— Nous pouvons être discrets, dit Sidney. Il s’agit d’établir des liens. Si vous avez une idée de qui d’autre que vous aurait pu commettre le crime, ce serait utile.

— J’ai besoin d’être sûr que ce que je dirai ne sortira pas d’ici.

— Vous pouvez en être certain.”

Simon Hackford s’arrêta un instant. Il avait l’air de redouter davantage ce qu’il allait dire que toute confession de meurtre. “Je ne suis pas sûr de pouvoir vous faire confiance. Vous êtes de mèche avec la police.

— C'est vrai, mais mon premier devoir est celui de prêtre. Il l'emporte sur toutes les autres considérations.

— Et si jamais je vous disais que je suis coupable d'autre chose ?

— Je vous inciterais à vous montrer discret si ce que je pense que vous allez me dire est exact.

— Vous avez donc deviné ce que ça pourrait bien être ?"

Sidney observa un temps de silence. "J'imagine que vous avez eu une relation intime avec Lord Teversham ?

— C'est exact.

— Alors c'est tout ce que vous avez besoin de me raconter. Vous me laisserez lire entre les lignes ?

— Oui.

— Toutefois, vous vous êtes brouillés ?

— Oui.

— Quand Ben Blackwood est arrivé ?

— Je ne dis pas qu'ils sont aussi intimes que nous l'étions, ni que Blackwood est un assassin. Mais je ne pense pas qu'il soit entièrement innocent. À force de cajoleries il a obtenu l'affection de Dominic et ce sont probablement les peintures qui l'intéressent. Mais si je dis tout ça…

— Alors il pourrait riposter…

— Exactement. Vous savez comment c'est.

— Je ne sais pas comment c'est, mais je peux l'imaginer.

— Bien que la loi puisse changer, nous ne pouvons pas aborder ce sujet de crainte d'un scandale. Cela nous rend vulnérables.

— Vous pensez qu'il est possible que l'assassin soit Ben Blackwood ou peut-être même un autre des amis, tout aussi intimes, de Lord Teversham ?

— Ce n'est pas impossible.

— Mais qui ?

— Ça, chanoine Chambers, c'est ce qu'il vous faut découvrir."

Se sentant dépassé, Sidney décida de demander conseil à son vicaire. Cette affaire était entourée d'un insondable abîme de mystère, de secret, d'allusions et d'insinuations. Il se doutait que Leonard avait un avis sur la question même s'il ne s'exprimait pas sur ce sujet de façon explicite.

Le moment arriva. Assis à la table de la cuisine, les deux hommes partageaient un déjeuner frugal de sardines sur du pain grillé. Sidney avait annoncé la nouvelle de l'arrestation de Simon Hackford en donnant à penser qu'il considérait qu'il s'agissait là d'une erreur. Il fit également remarquer que, ces derniers temps, l'homosexualité faisait de plus en plus murmurer, à Cambridge comme dans les colonnes du *Times*, et il se demanda si son vicaire avait une opinion sur la question.

"L'archevêque de Cantorbéry a, bien entendu, fait connaître de façon extrêmement claire la position de l'Église sur ce sujet, expliqua prudemment Leonard. Il a déclaré publiquement que la pratique homosexuelle est un vice honteux et un grave péché dont il faut chercher à se délivrer par tous les moyens…

— Pensez-vous que cela s'applique tout autant aux adultes consentants âgés de plus de vingt et un ans, agissant en privé, qu'à ceux que l'archevêque pourrait appeler « d'autres déviants » ? demanda Sidney.

— L'archevêque ne fait pas de distinction. Tous les actes de cette nature sont également coupables.

— Et pensez-vous que ça s'applique pareillement à des gestes d'affection – les mains qu'on se tient, les baisers qu'on échange et ainsi de suite – qu'à ce que Lord Samuel qualifiait récemment à la Chambre des lords de « vices de Sodome et Gomorrhe des villes de la plaine* » ?"

Leonard commença la vaisselle. "Là encore, l'archevêque ne fait aucune distinction."

Sidney prit un torchon et poursuivit. "Pourtant beaucoup de ceux qui ont des tendances homosexuelles ont commencé à affirmer que leurs penchants constituent une infortune, ou même un coup de la fortune sur lequel ils n'ont aucun contrôle et auquel, ayant bonne conscience, ils peuvent se laisser aller…

— L'archevêque nous a demandé de penser qu'ils s'abusent et qu'ils devraient consulter leur médecin.

— Êtes-vous d'accord avec l'archevêque, Leonard ?"

* Genèse XIX, 29.

Leonard posa un plat sur l'égouttoir. "Ce n'est pas à moi de faire des déclarations publiques contraires au point de vue de mon archevêque.

— Et que devrait-on faire de ces gens ?

— Il existe, nous informe un récent article du *Times*, « des moyens physiques pour diminuer la pulsion sexuelle ». La principale difficulté, toutefois – laquelle constitue apparemment pour les représentants du corps médical un problème « déconcertant » –, est la fréquente réticence du délinquant à affronter son problème et à coopérer dans la recherche d'une solution.

— Le délinquant a le sentiment que son comportement n'est pas un crime, mais un état naturel ?

— C'est ce que d'aucuns ont suggéré, Sidney. Tandis que Sa Grâce croit fermement que pareil comportement constitue un vice honteux qui doit être puni, s'il le faut, par l'emprisonnement, pour la protection et le bien-être de la société dans son ensemble.

— Et pensez-vous que Sa Grâce croie que le fait d'enfermer ces gens dix-huit heures sur vingt-quatre, en isolement cellulaire, où un criminel coupable d'un tel vice peut réfléchir à son passé et envisager son avenir, a des chances d'aboutir à la réforme de son caractère ?

— Sa Grâce n'a pas condescendu à commenter cet aspect de la question."

Sidney commença à essuyer les verres à eau. "Je me demande également s'il est envisageable de considérer qu'on puisse légiférer sur les sentiments personnels, exprimés en privé ? On pourrait sans doute arguer que plus vous amenez la vie privée d'un individu dans le cadre du droit pénal, moins vous lui laissez la possibilité de vivre sur la base d'un choix moral libre.

— C'est une bonne question, Sidney, mais je ne me sens pas qualifié pour y répondre. J'attirerais toutefois votre attention sur le fait que, sur les dix commandements, on en retrouve seulement trois qui ressortissent au droit pénal : le vol, le faux témoignage et, bien sûr, le meurtre.

— Et vous pensez que c'est sur le meurtre, plutôt que sur une éventuelle perversion morale concomitante, qu'il convient de concentrer nos pensées à présent ?

— Exactement, Sidney. Je ne pense pas qu'une enquête sur la vie privée d'un homme puisse revêtir autant d'importance.

— Alors nous sommes d'accord", conclut Sidney, ne sachant pas au juste s'il avait découvert autre chose que l'implacable capacité de son vicaire à répondre à ses questions sans détour.

Cependant, avant que Sidney puisse poursuivre son enquête sur la mort de Lord Teversham, et pendant qu'il se préparait à écrire l'introduction de son magazine paroissial, Amanda téléphona et insista pour qu'il vienne à Londres dès que possible. Elle avait quelque chose à lui dire et c'était, apparemment, urgent.

Sidney savait qu'il n'avait pas le temps, et que les urgences de son amie existaient dans un univers parallèle étrangement privilégié, mais son affection pour Amanda avait atteint un niveau où il lui était devenu impossible de refuser ses requêtes, et ils se retrouvèrent donc pour prendre un cocktail au Savoy. Sidney se souvenait avec horreur que c'était l'hôtel où Oscar Wilde avait jadis séjourné avec son ami Lord Alfred Douglas.

À l'extérieur, un homme faisait les cent pas avec une pancarte proclamant "LE SALAIRE DU PÉCHÉ EST LA MORT".

"Ce n'est pas la peine de remuer le couteau dans la plaie", déclara Amanda lorsqu'ils passèrent devant lui.

Elle enleva son manteau, révélant une robe de cocktail noire décolletée et un collier de perles qui lui donnait des airs d'Ava Gardner. Sidney se sentait vraiment miteux en sa compagnie et regrettait de ne pas avoir le genre de revenu qui lui permettrait de s'habiller comme Frank Sinatra, ou de ne pas être convenu d'un rendez-vous dans le décor plus confortablement canaille de Soho.

Il regarda nonchalamment une belle blonde chanter avec les Savoy Hotel Orpheans* *I'm a Fool to Want You*, mais s'attarda trop longtemps. Amanda l'éloigna brusquement pour le conduire à un coin réservé et insista pour qu'ils boivent des

* Orchestre de danse britannique très célèbre en résidence au Savoy Hotel à partir de 1927.

cocktails au champagne. Il y avait quelque chose qu'elle voulait lui dire, annonça-t-elle à Sidney. Elle avait besoin de se remonter le moral.

"Mon père estime que je suis trop indépendante, commença Amanda.

— Je pensais que tu aimais être indépendante ?

— Chose extraordinaire, Sidney, il estime également que tu n'as pas une bonne influence sur moi. Il a dit que je devrais cesser de te voir. J'ai refusé catégoriquement bien sûr. Je lui ai dit qu'il racontait des idioties, que ce qui s'est passé aurait pu arriver à n'importe qui, mais il a été difficile de discuter quand il m'a fait remarquer que, à cause de notre amitié, je me suis trouvée mêlée à deux enquêtes criminelles, j'ai été kidnappée et agressée ; le tout en l'espace d'une seule année.

— Je reconnais que ça n'est pas fameux.

— C'est ce qu'il a dit.

— Et qu'est-ce qu'il veut que tu fasses ?

— Que je me marie, bien sûr.

— Je vois." Sidney savait qu'il allait devoir faire attention. "As-tu quelqu'un en vue ? demanda-t-il.

— Il y a toujours des gens dans les parages, mais personne en particulier. Ce serait tellement plus facile si je pouvais t'épouser, mais nous sommes convenus qu'il n'est vraiment pas possible que j'épouse un pasteur.

— Nous nous sommes dit ça ?

— Tu sais que je ferais une bien piètre femme de pasteur et je ne tiens pas à gâcher ce que nous avons déjà. Tu me comprends. N'est-ce pas ?

— Oui, Amanda. Le seul problème, c'est que si tu épouses quelqu'un d'autre, les choses pourraient changer. Ton mari n'aimerait peut-être pas que nous nous voyions.

— Je peux arranger ça. Je ne suis certainement pas préparée à « obéir » si c'est ce que tu veux dire. Et, au fait, si jamais je me marie vraiment, je veux évidemment que ce soit toi qui célèbres la cérémonie.

— Bien sûr. Même si je pourrais trouver ça assez difficile.

— Tu veux dire que tu serais jaloux ?

— J'en ai bien peur."

Amanda réfléchit un moment. “Et, à ton avis, quels seront mes sentiments lorsque tu te marieras ?

— Je ne pense pas que ça soit probable.

— Je n’en suis pas si sûre. Pour ce que j’en sais, je pourrais très bien me retrouver en Allemagne au prochain Noël, sur le premier banc d’une église luthérienne glacée pendant que tu convoleras en justes noces avec Mme Staunton.

— Qu’est-ce qui te fait penser ça ?

— Jennifer m’en a parlé, puis l’inspecteur Keating, et même Leonard Graham. Ils pensent tous qu’il y a anguille sous roche. Tu ne parles jamais d’elle et ça, mon cher ami, c’est plutôt révélateur. J’ai aussi entendu dire qu’une figurine de porcelaine trônait sur ton bureau. Je présume que vous correspondez ?

— Oui.

— Et as-tu l’intention de la revoir ?

— Je ne pense pas qu’elle revienne à Grantchester.

— Mais il n’est pas impossible que tu ailles en Allemagne ?

— J’aimerais la voir ; c’est vrai.

— Eh bien, nous y voilà. Je ne sais pas pourquoi la possibilité que je me marie t’inquiète alors que tu pourrais très bien te marier toi-même.

— C’est une possibilité très éloignée.

— Alors tu reconnais que c’est une possibilité ?

— Je persiste à penser que c’est *improbable*. C’est certainement moins probable que de te voir épouser l’un de tes soupirants. Qui ton père a-t-il en tête ?

— Eddie Harcourt.

— Et qui est-ce ?

— Un ancien élève d’Eton. Son père possède la moitié du Somerset, et ils ont une grande demeure au centre de Bath. Je pense qu’elle est même peut-être dans le Royal Crescent*. La famille a donc de l’argent et Eddie n’est pas un trop mauvais garçon, mais il est d’un ennui mortel. Je ne me vois pas passer

* Le Royal Crescent (“Croissant royal”) est un ensemble résidentiel situé à Bath. Composé de trente maisons disposées en croissant autour d’une esplanade gazonnée, il a été conçu par l’architecte John Wood le Jeune et construit entre 1767 et 1774. C’est l’un des plus beaux exemples d’architecture georgienne au Royaume-Uni.

plus de dix minutes avec lui avant de me précipiter dans les bras du plus proche maréchal-ferrant.

— Ont-ils des maréchaux-ferrants à Bath ?

— J'imagine que oui.

— Et as-tu confié à ton père ce que tu viens de me raconter ?

— En fait, oui, et il m'en a voulu énormément. « Après tout ce que j'ai fait pour toi, » m'a-t-il dit, avant de se lancer dans des considérations à n'en plus finir, tellement longues que j'ai dû arrêter d'écouter. En deux mots, il ne voulait pas que je le déçoive comme mon frère.

— Il n'a pas une bonne opinion de David ?

— Il est furieux contre lui. Comme tu t'en souviens peut-être, David s'est enfui avec une divorcée et maintenant papa pense qu'il a perdu tout contrôle sur nous deux. Il persiste à croire que j'aurais dû épouser Guy Hopkins. Il a dit que nous risquions de ruiner sa réputation ; et que, si ni l'un ni l'autre de ses enfants ne faisaient ce qu'il disait, alors il nous retirerait de son testament avant ou bien d'émigrer ou alors de nous tuer. Manifestement il exagérait et il déblatérait pas mal parce que c'était les trois gins qui s'étaient emparés du micro, mais c'est plutôt contrariant d'entendre son père vous menacer de vous tuer, tu ne trouves pas ?"

Amanda s'arrêta de parler. "Tu m'écoutes, Sidney ?

— Désolé, je…

— Pourquoi as-tu ce drôle d'air ? Je t'ai déjà vu te laisser gagner ainsi par le sommeil. Tu es censé être suspendu à mes lèvres.

— Je t'écoute, Amanda. Je t'assure. C'est juste que je pensais.

— À quoi ? Qu'est-ce qui pourrait être plus important que ce que je suis en train de te dire en ce moment ?

— Un meurtre, dit Sidney.

— Mais comment est-ce possible ? Je parlais d'Eddie Harcourt, de mon frère, de la divorcée et de la consommation d'alcool de mon père. Quel rapport avec des événements qui se produisent à Cambridge ?

— Il faut que j'y retourne le plus tôt possible, Amanda.

— Maintenant ?

— Viens avec moi, si tu veux.

— Je suis supposée dîner avec Eddie.
— Ce soir ?
— Oui, ce soir. Que dois-je faire ?
— Refuse, Amanda.
— Très bien. S'il me demande ma main, je refuserai. Et si papa en fait toute une histoire je lui dirai que j'ai suivi ton conseil.
— Non, ne fais pas ça, répondit Sidney distraitement.
— C'est pourtant la vérité !
— Oui, mais tu n'as pas besoin de lui dire ça."
Sidney pensait déjà au meurtre Teversham. Il savait qu'il n'avait pas écouté correctement son amie. "C'est à toi de prendre ta décision, Amanda. Mais tu peux dire à ton père que tu n'es pas prête à épouser un homme que tu n'aimes pas. C'est, je le crains, l'exigence minimale.
— Peut-on apprendre à aimer quelqu'un ?
— J'aurais tendance à penser qu'il faut qu'il y ait quelque chose au départ.
— Comme ce qu'il y a entre nous ?
— Oui, Amanda, soupira à nouveau Sidney. Comme ce qu'il y a entre nous."

Avant de prendre le train pour rentrer chez lui, Sidney téléphona à l'inspecteur Keating et lui fit part de ses soupçons. Il fut informé qu'étant donné la nature inattendue de la révélation, le suspect ne pouvait guère se douter qu'ils l'avaient dans le collimateur. Tout autre interrogatoire pouvait attendre le lendemain. Ce ne fut donc pas avant neuf heures, le lendemain matin, que les deux hommes pénétrèrent dans une petite usine à l'écart de Mill Road et demandèrent à avoir quelques mots, en privé, avec Frank Blackwood. Deux agents en uniforme attendaient dehors.

Le père de Ben se montra peu accueillant. "Je vous ai déjà dit tout ce que je sais. Que vous faut-il de plus ?
— Nous voulions vous demander si vous aviez déjà fait du théâtre amateur avant l'actuelle mise en scène de *Jules César* ? s'enquit Sidney.

— Quel rapport avec l'affaire ?

— Ça ne semble pas être votre tasse de thé.

— Nous avons parlé de tout ça. Je m'étais entiché de la femme qui jouait Calpurnia. Je vous l'ai déjà dit. Non que ça m'ait valu grand-chose."

L'inspecteur Keating mit son grain de sel. "Est-ce que ça vous faisait quelque chose que votre fils participe à la pièce ? J'aurais pensé que ça aurait pu vous dissuader.

— Ça m'était égal.

— Et ça vous était aussi égal que votre fils ne marche pas sur vos traces ?

— J'ai déjà dit au chanoine Chambers que ça me gênait. Mais que peut-on faire si son fils met les voiles et part à Oxford ? Il a toujours été un petit chéri à sa maman. Il aurait mieux valu qu'il fasse un apprentissage et un peu de service militaire.

— Et qu'avez-vous pensé quand vous l'avez vu travailler pour Lord Teversham ? poursuivit l'inspecteur Keating.

— Ça ne m'enchantait guère. Mais qu'est-ce que tout ça a à voir avec lui ? Vous ne pensez tout de même pas qu'il a tué le vieux pédéraste ?

— Non.

— Je n'imagine même pas Ben tuer une mouche.

— Ça peut, bien sûr, être une bonne chose, commenta Sidney.

— Mais ça ne nous aurait pas menés bien loin pendant la guerre.

— Heureusement, il n'a pas eu à se battre.

— Je suppose que vous non plus, *padre*."

Parlant au nom de son ami, l'inspecteur Keating ne laissa pas passer pareille insinuation. "En fait, le chanoine Chambers s'est bien battu. Il a été décoré de la croix de guerre. Puis-je vous demander où vous vous teniez le soir du meurtre ?

— Nous avons déjà vu tout ça en détail.

— Connaissiez-vous bien Lord Teversham ? demanda Keating.

— Pas bien du tout. C'est un aristocrate et nous n'avions donc rien en commun.

— Votre fils travaillait pour lui."

Frank Blackwood s'irrita d'être interrompu. "Vous voulez que je continue comme ça pendant longtemps ?

— Aussi longtemps que vous voudrez. Nous aimerions savoir ce que vous pensiez de Lord Teversham.

— Eh bien, ce n'était pas vraiment un noceur, hein ? Vous étiez dans la pièce, chanoine Chambers. Vous avez vu le genre d'homme qu'il était. Ce n'était pas vraiment le tombeur de ces dames.

— Vous le soupçonnez d'avoir d'autres attirances ?

— Je ne le soupçonne pas. Je le *sais*. À votre avis, que faisait-il avec mon fils ?

— Il l'employait.

— Il faisait plus que ça. Ils allaient nager ensemble.

— La natation n'a rien d'illégal.

— Ils n'auraient pas dû se comporter comme ils le faisaient.

— Ils étaient amis.

— Ils étaient plus que ça.

— Et quelle preuve avez-vous ?

— J'ai vu comment ils se regardaient."

Sidney tenta de placer "Je ne sais pas ce qu'ils faisaient ou ne faisaient pas ensemble. Ça ne me regarde pas. Je pense que les adultes ont le droit d'avoir une vie privée.

— Vous le pensez vraiment ? Ça ne devrait pas être autorisé. Les choses qu'ils font.

— Pourquoi avoir besoin de savoir ce que les gens font en privé, monsieur Blackwood ?

— C'est un péché, que ce soit en public ou en privé. Vous le savez bien. Et la police ferme les yeux."

Sidney répondit calmement et sévèrement. "Le péché est un mot chargé d'émotion.

— Épargnez-moi le couplet de l'Église d'Angleterre."

Keating ne dit rien, mais son ami ne se laissa pas distraire. "Le péché implique le choix. Il y a péché quand on fait le mauvais choix.

— C'est ce qu'a fait mon fils.

— Et s'il n'avait pas eu le choix ?

— Bien sûr qu'il avait le choix. Ou, plutôt, cet homme l'avait. Il l'a corrompu.

— Mais s'il ne pouvait pas s'empêcher d'être, comme vous dites, « corrompu » ? Et s'il était né avec des sentiments pour les hommes plutôt que pour les femmes ?"

L'inspecteur Keating finit par l'interrompre. "Oh Sidney, ne vous lancez pas là-dedans…"

Frank Blackwood repoussa sa chaise. "Vous voulez vraiment dire qu'il est né ainsi ? Si vous continuez comme ça, je vais vous casser la figure." Il se tourna vers l'inspecteur Keating. "Et puis, de toute façon, qu'est-ce que cet homme fait ici ?

— Il aide dans l'enquête. Il est mon ami.

— Vous n'en êtes pas non plus, Keating ? Je vous croyais marié.

— Je le suis…

— Bien que ça n'en arrête pas certains. Il suffit de soulever le tapis pour voir la vermine dessous. Pourquoi personne ne fait rien contre ça ? C'est contraire à la loi.

— Et que pensez-vous qu'il faudrait faire ? demanda Sidney.

— Nous en débarrasser.

— Est-ce bien ce que vous pensez ?" demanda l'inspecteur Keating.

Frank Blackwood poursuivit. "Les gens comme vous manquent d'estomac pour faire quoi que ce soit. Savez-vous ce que c'est que d'avoir son propre fils qui vit de cette manière ? demanda-t-il. Vous n'arrêtez pas d'y penser. Je sais comment les hommes en parlent à l'usine. Certains ont pitié de moi, d'autres trouvent ça amusant ; le fils du patron incapable de travailler avec de grosses machines parce qu'il est trop occupé à regarder les gravures à l'eau-forte d'un autre homme.

— Et parce que votre fils était l'un d'entre eux, vous avez décidé de vous faire justice vous-même ? demanda Sidney.

— Je ne dis pas ça.

— Je pense que vous venez de le faire, repartit l'inspecteur Keating. Je suis en train de suggérer que vous avez tué un homme parce que vous pensiez qu'il avait des sentiments pour votre fils.

— Et alors, si c'est le cas ?

— C'est un meurtre, dit l'inspecteur Keating.

— Non, pas du tout. C'est la justice."

Sidney intervint. "Lord Teversham et votre fils n'avaient rien fait de mal.

— Vous pensez que la sodomie n'a rien de répréhensible ? Avez-vous lu votre Bible récemment ?"

L'inspecteur Keating lui coupa la parole. "Frank Blackwood, je vous arrête pour le meurtre de Lord Teversham. Vous avez le droit de ne rien dire, mais tout ce que vous direz maintenant pourra être retenu contre vous."

Sidney quitta la pièce et alla chercher les agents de police qui attendaient dehors. Frank Blackwood se plaignit en partant : "On devrait m'être reconnaissant, au lieu de menacer de me coffrer..."

Keating persista. "Voulez-vous faire une déclaration ?

— Je déciderai de ce que je veux dire quand bon me semblera. En attendant, j'en ai ras le bol de cette pantomime. Je m'en vais travailler."

Keating insista. "Je pense que vous n'avez pas compris ce que j'ai dit."

Frank Blackwood était à la porte. "C'est moi qui suis dans la légalité. J'ai fait ce que personne d'autre n'a été capable de faire.

— Ce que vous avez fait est contraire à la loi.

— Ce qu'ils faisaient est illégal.

— Nous n'en savons rien, monsieur Blackwood. Mais tout ce que nous savons, c'est que vous aviez le choix. Vous avez choisi le meurtre. Vous avez fait le mauvais choix."

Tout le monde estima que ce serait mieux que ce soit Sidney qui annonce à Ben Blackwood que son père était coupable. L'inspecteur Keating avait offert d'envoyer deux agents de police, mais sans conviction. Il savait que son ami se proposerait d'en prendre la responsabilité, et le fait est que Sidney avait l'habitude d'être le porteur de mauvaises nouvelles. Pendant la guerre, et peu après, il avait souvent dû sonner à une porte pour annoncer une mort. Parfois une mère s'évanouissait ; un père cognait dans le mur ; une sœur restait longtemps à regarder par la fenêtre. La présence d'un prêtre confirmait le pire, et rien de ce que Sidney pouvait dire ne réconfortait jamais les gens. Après l'annonce de la nouvelle, il ne pouvait que rester assis en silence avec la famille du disparu et laisser le chagrin suivre son cours insidieux.

Et pourtant, à Locket Hall, ce fut différent. Après que Sidney eut appris à Ben ce qui s'était passé, son hôte fut stoïque. C'était à se demander s'il n'avait pas attendu cette information.

"Mon père a toujours essayé de gâcher ma vie, dit-il. Et maintenant il y est parvenu. Il aurait dû m'assassiner. C'est moi qui étais la déception de sa vie, pas Dom.

— Il ne pouvait pas tuer son propre fils.

— Mais Lord Teversham n'a rien fait de mal.

— Il avait retiré un fils à son père.

— J'étais parti depuis longtemps. Je n'aurais jamais voulu travailler dans son usine. Vous ne pouvez pas vouloir le meilleur pour votre enfant, lui faire faire des études qui l'éloignent des siens et ensuite compter sur lui pour revenir inchangé. Nous vivions dans des mondes différents.

— Peut-être que votre père n'était pas prêt pour votre monde.

— Comment a-t-il fait? demanda Ben.

— À l'aide de lanières, il avait fixé un couteau à ressort à l'intérieur de son bras." Sidney mima les mouvements. "Quand il baissait le bras d'un coup, la lame se projetait en avant dans le prolongement de sa paume. S'il levait la main, comme pour faire un salut fasciste, alors la lame se rétractait avec le mouvement vers le haut. L'invention correspondait aux gestes effectués pendant la pièce. C'était ingénieux.

— Papa l'inventeur. Comment avez-vous découvert ça?

— J'ai vu les mécanismes à ressorts à l'usine. J'ai pris conscience de la façon dont ça pouvait fonctionner, mais je n'ai rien pu prouver.

— La lame chez Simon Hackford?

— Un coup monté. Nous ne savons pas au juste comment votre père a procédé. Nous n'avons pu établir sa culpabilité qu'en lui arrachant une confession.

— Vous avez provoqué la colère de mon père?

— Il voulait être fier de vous. C'était une question d'honneur.

— Et je n'étais pas honorable?

— Ça devint une question de honte." Sidney cita *Richard II* : "« Mon honneur, c'est ma vie ; tous deux ne font qu'un. Si vous m'ôtez l'honneur, c'en est fini de la vie. »

— J'aime l'art, chanoine Chambers. J'aime la beauté. Est-ce si mauvais que ça ?

— Bien sûr que non. C'était votre amitié que votre père jugeait mauvaise.

— Et vous ?

— Si je pense qu'elle était mauvaise ? Je crois beaucoup à la vie privée. Ça ne me regarde pas.

— Ce que les gens ne comprennent pas, dit Ben, c'est qu'on peut être intime avec quelqu'un, homme ou femme, sans avoir de rapports physiques. En fait, il arrive parfois que le côté physique gâche toute la relation.

— Êtes-vous sûr de vouloir me parler de ça ?"

Ben poursuivit. "Vous pouvez serrer quelqu'un dans vos bras, embrasser quelqu'un et aller vous promener, pique-niquer ou nager, sans que ce soit sous l'empire de la passion ? C'est régi par l'amitié.

— Je comprends.

— La passion est une émotion si puissante qu'elle domine tout. C'est comme une épice particulièrement forte dans un repas, ou un rouge dominant dans un tableau. Ils attirent vos sens au détriment de tout le reste. Dominic et moi n'étions pas des amis physiques, si je peux m'exprimer ainsi. Mais j'avais vraiment de l'amour pour lui. On ne peut empêcher l'amour qui nous fait aimer des gens, c'est impossible. Mais cet amour peut ne pas être forcément physique. Vous n'en êtes pas moins intimes. Ça n'a pas d'importance. Vous comprenez ce que je veux dire, chanoine Chambers ?"

Sidney réfléchissait à ce que disait Ben. Par la fenêtre il voyait un couple de cygnes qui rasait la surface de la rivière puis prenait son vol. Il se demanda où ils allaient.

Amanda avait accepté de venir le 5 novembre pour la fête annuelle du feu d'artifice de Grantchester. Un grand feu de joie avait été allumé sur les Meadows et le tirage du feu d'artifice était prévu pour dix-huit heures trente. Des pommes de terre enveloppées de papier d'aluminium avaient été placées dans les cendres et des rafraîchissements étaient proposés sous la tente dressée pour l'occasion. La plupart des villageois étaient présents et Sidney espérait en voir autant à son concert de chants de Noël dans un mois. Terrifié par le bruit, Dickens se terrait sous le lit de Sidney.

"C'est gentil à toi d'être venue, Amanda, surtout un jour en semaine.

— Je suis toujours ravie de te voir, Sidney, et je sais que vous avez tous connu une période épouvantable. Pauvre Ben ; et pauvre toi…

— Je ne souhaite qu'une chose : que l'année se termine.

— Elle a été si riche en événements. Mais au moins nous avons eu l'occasion de nous connaître. C'est une consolation, tu ne trouves pas ? fit Amanda. Nous pouvons tout nous dire, j'espère.

— C'est exact.

— Qu'il s'agisse de Dieu, de crime ou de mon nouveau manteau de fourrure, dis-moi, ça n'a pas d'importance ?

— Bien sûr que non, Amanda. Il m'arrive de souhaiter que nous parlions davantage de choses insignifiantes. Au fait, où as-tu trouvé ce manteau ? Eddie Harcourt te l'a-t-il offert ?

— Non.

— Alors…

— Au fait, j'ai refusé sa main.

— C'est bien. Je suis content.

— Mais pas papa, bien qu'il ait déjà quelqu'un d'autre en vue pour moi.

— D'où le manteau de fourrure.

— Effectivement. Mais tu n'as pas besoin de t'en faire à ce sujet. Dès que je rencontrerai quelqu'un de sérieux tu auras le droit de veto et je ne te vois accepter aucun d'entre eux.

— Il y aura forcément quelqu'un au bout du compte.

— Probablement ; mais, dis-moi, nous ne sommes pas tenus d'y penser maintenant ? Y a-t-il de la bière ?

— Je pense qu'il y en a tout un tonneau qui vient du Green Man, répondit Sidney qui se demandait à quel point la liste des soupirants d'Amanda était illimitée.

— Penses-tu qu'on me donnera une pinte entière ? s'enquit-elle. Ce n'est pas très féminin.

— Je vais aller t'en chercher une. Ils vont probablement te l'offrir. Tu commences à être assez célèbre dans le coin.

— À vrai dire, j'espère bien que les gens jasent. J'aime susciter un semblant d'intérêt."

La première fusée exposa dans le ciel. Les deux amis sortirent de la tente avec leurs pintes afin de contempler dans la nuit l'arc-en-ciel cramoisi, argent et or.

"Quel spectacle! s'écria Amanda. Et quel vacarme! J'ai l'impression qu'il y a là suffisamment de bruit pour couvrir les crimes de toutes sortes."

Sidney sourit. "Non, je t'en prie.

— Comment ça, non?

— Voilà qu'à t'écouter j'ai l'impression de m'entendre."

Elle lui prit le bras et la chaude lumière du grand feu de joie éclaira son visage. "Est-ce une bonne, ou une mauvaise chose?

— Une très mauvaise chose, à mon avis. Surtout si tu veux rester en relation avec tes amis."

Amanda tira un peu sur son bras pour le rassurer. "Tu te souviens quand je suis venue déjeuner l'hiver dernier? C'était à l'époque où nous pensions que le docteur zigouillait peut-être les gens…

— C'était la première fois que nous étions seuls tous les deux.

— Alors tu m'as dit quelque chose que je n'ai jamais oublié. Te rappelles-tu ce que c'était?"

Sidney réfléchit un instant. Des enfants fonçaient devant eux en agitant des cierges magiques et en poussant des cris de plaisir. Un soleil pyrotechnique pétillait de façon chaotique à côté d'un chêne. Des fusées explosaient dans le ciel.

"Tu me donnais des conseils à propos du mariage. Tu disais que l'amour était « une amitié inattaquable ». Maintenant, nous ne sommes bien sûr pas mariés, mais penses-tu que nous ayons ça à présent? Qu'il y ait ça entre nous?

— Une amitié inattaquable?"

Amanda lui tira un peu sur le bras. "Qu'en penses-tu?

— J'espère franchement qu'il en est bien ainsi.

— Moi aussi", dit Amanda, en déposant un léger baiser sur sa joue.

Le jeudi suivant, Sidney était assis avec Geordie Keating à leur place habituelle à l'Eagle. Leurs premières pintes de bière étaient à moitié vides et une partie de backgammon était déjà bien entamée. L'inspecteur était convaincu d'être proche de la victoire tandis que Sidney réfléchissait aux implications du crime récent.

"Bien complexe, le phénomène de la réputation, vous ne trouvez pas ? songea-t-il. Si intangible, et si difficile de savoir si on l'entretient bien.

— Est-ce que ça ne revient pas simplement à garder sa conscience nette ? demanda l'inspecteur.

— Je n'en suis pas certain. Je pense qu'il est bon de s'interroger sur la façon dont les gens vous voient. La réputation d'un homme peut être plus fragile que ce qu'il s'imagine.

— Il suffit d'être fidèle à ses principes, non ?" dit l'inspecteur. Il lança les dés et fit un trois et un as. "C'est ce que je tâche de faire, même si parfois, inévitablement, les idées noires rappliquent, l'existence devient une vie de chien, et je ne veux pas parler de votre labrador.

— Tout le monde a ses moments de dépression, Geordie…"

L'inspecteur baissa les yeux sur le plateau. "C'est à vous.

— Désolé." Sidney lança les dés. "Oh excellent. Un double six."

Keating poursuivit. "Et alors, quand ça me tombe dessus, je pense parfois que j'ai beau faire – que ce soit dans le cadre de la police, à la maison, pour l'épouse, les enfants, ou dehors dans les rues – le moindre de mes actes et absolument tout est une perte de temps. Rien de ce que je fais, dans le grand ordre des choses, n'a aucune importance.

— Je peux vous assurer, Geordie, que tout ce que vous faites a de l'importance. Le monde perdrait beaucoup sans vous."

Keating fit un deux et un quatre. "Je ne sais pas, Sidney. Vous réussissez à trouver l'auteur d'un délit et à peine avez-vous terminé qu'il en surgit cent autres pour prendre sa place. C'est une histoire sans fin.

— Il faut garder la foi.

— Je pense que ça vous est plus facile qu'à moi.

— Je ne parle pas de foi religieuse. Je veux parler de la foi dans nos propres capacités. Il faut faire notre possible pour utiliser au mieux les talents que nous possédons, Geordie. L'avenir est trop imprévisible pour que nous nous en inquiétions.

— Et pourtant les inquiétudes arrivent.

— Concentrons-nous sur la partie, Geordie." Sidney fit un cinq et un trois. "Je vois que vous avez besoin de vous remonter le moral.

— Ça ne risque guère d'arriver si vous continuez à gagner tout le temps."

Sidney se pencha en avant au-dessus du plateau. "Voulez-vous que je fasse exprès de perdre ? Je suis sûr que vous trouveriez ça plutôt insultant."

Keating sourit. "Ça m'est égal, Sidney. Il y a des choses plus graves dans la vie.

— Assurément. Et il ne faut pas oublier de se réjouir à la perspective de ce qui vous attend : Noël, par exemple, et votre anniversaire aussi. Une double célébration.

— Je n'en suis pas persuadé. J'aime le raffut que font les enfants et leur excitation, mais Cathy est toujours tendue quand sa mère vient passer les vacances à la maison. Elle se sent jugée tout le temps.

— Ne jugez point et vous ne serez point jugés.

— Dites-moi, Sidney, vous pourriez peut-être passer dire ça à ma belle-mère ? Quand bon vous semble. Vous serez toujours bienvenu.

— C'est très gentil à vous.

— Mais qu'avez-vous prévu, Sidney ? Allez-vous voir Amanda ?

— Je pense que oui. Bien qu'elle soit très demandée à cette époque de l'année.

— J'aurais pensé que vous auriez la primeur.

— Pas forcément. Elle mène une vie sociale très active. Je suis sûr qu'elle va bientôt se marier."

L'inspecteur Keating fit semblant, sans succès, de revenir à la partie. "Je vous ai dit ce que j'en pensais.

— Nous sommes amis ; rien de plus.

— C'est une raison suffisante, non ?

— Je ne crois pas. J'ai réfléchi à la question, comme vous ne le savez que trop bien ; mais je pense que ça ne pourrait absolument pas marcher. Son monde est trop différent ; et, bien sûr, à bien des égards, je suis marié à mon travail.

— Mais vous ne pouvez pas rester indéfiniment célibataire, Sidney. C'est une vie où on est trop seul.

— Peut-être est-ce le prix à payer quand on est prêtre ?

— Ne dites pas de bêtises, mon vieux. Il y a plein d'hommes d'Église qui sont mariés. On en voit partout."

Sidney commençait à se sentir mal à l'aise. Il n'aimait pas parler de lui et il se rendit compte qu'il lui était beaucoup plus facile de poser des questions que d'y répondre. "J'en ai conscience.

— Alors, qu'allez-vous faire ?"

À contrecœur, Sidney prit conscience que le moment était venu de faire une petite confidence. "Enfin, Geordie, pour vous dire la vérité, je pensais qu'après Noël, je pourrais prendre des petites vacances.

— Mais où diable iriez-vous à cette époque de l'année ?

— Je pensais à l'Allemagne.

— Je vois." L'inspecteur Keating adressa à Sidney l'un de ses regards appuyés. "Vous n'en avez jamais parlé. Vous allez voir Hildegard Staunton ?

— Je l'espère.

— Amanda est-elle au courant de vos projets ?

— Pas pour l'instant, non.

— Et allez-vous le lui dire ?

— Je suis sûr que ça ne la dérangera pas.

— Mais moi, je pense que ça ne lui sera *pas du tout* égal." L'inspecteur Keating finit sa pinte. "Tiens, tiens, tiens. Votre secret ne risque rien avec moi.

— Ce n'est pas un secret, Geordie.

— Je pense que ça devrait en être un. Il faut se méfier de l'eau qui dort, pas vrai ?

— Ça fait pas mal de temps que je ne suis pas allé en Allemagne.

— Je pense que vous n'y allez pas pour le paysage ou la bière. Reconnaissez-le, mon vieux.

— Je ne tiens pas vraiment à en parler, Geordie. Je me trompe peut-être complètement. Mais il y a quelque chose chez Hildegard. Je ne sais pas comment dire au juste : mais quand j'étais avec elle, je me sentais chez moi.

— Il faudra me faire un rapport complet ; j'y compte.

— Je ne suis pas sûr de pouvoir vous le promettre, Geordie. Il y a des secrets qu'on doit garder pour soi, c'est certain.

— Je vous l'ai déjà dit, Sidney. Nous ne pouvons pas avoir de secrets l'un pour l'autre, et nous sommes toujours de service."

Le patron du pub ajouta une bûche dans la cheminée et le feu repartit de plus belle. Les flammes qui jaillirent rehaussèrent le visage des deux buveurs d'une lueur réconfortante. Les deux hommes reprirent leur partie de backgammon dans un silence sympathique jusqu'à ce que Sidney fasse un quatre et un trois pour remporter une nouvelle victoire improbable.

"Je ne sais pas comment vous faites, se lamenta son ami.

— Dites-vous que ça fait partie du jeu qu'on appelle la vie.

— Ce n'est pas vraiment un jeu si vous gagnez tout le temps." Acceptant la défaite, Geordie Keating se laissa aller au fond de son fauteuil. "Sidney, il m'arrive vraiment de penser que vous devez avoir Dieu de votre côté.

— J'espère bien, répondit son compagnon pasteur. Une autre tournée, inspecteur ?"

TABLE

Retrouvez les enquêtes de Sidney Chambers
dans la collection “Actes noirs”.

SIDNEY CHAMBERS ET LES PÉRILS DE LA NUIT
traduit de l’anglais par Patrice Repusseau

1955. Le prêtre détective Sidney Chambers est de retour. Cette fois, il enquête sur l’empoisonnement d’un joueur de cricket, l’incendie du studio d’un photographe de charme, et doit élucider deux meurtres perpétrés au sein de l’université de Cambridge. Parallèlement aux intrigues criminelles, les affaires de cœur ne manquent pas de le préoccuper : parviendra-t-il à choisir entre ses deux prétendantes : la sensuelle Amanda et la spirituelle Hildegard ?

SIDNEY CHAMBERS ET LE PROBLÈME DU MAL

traduit de l'anglais par Patrice Repusseau

Les années 1960. Sidney Chambers goûte aux joies de son mariage récent. Mais le calme ne dure jamais longtemps à Grantchester et bientôt le clerc détective tente d'arrêter un serial killer *qui s'en prend au clergé, découvre qu'une noyade accidentelle survenue lors d'un tournage n'était peut-être pas si accidentelle que cela et enquête sur le vol d'un bébé à l'hôpital commis à Noël 1963.*

OUVRAGE RÉALISÉ
PAR L'ATELIER GRAPHIQUE ACTES SUD
REPRODUIT ET ACHEVÉ D'IMPRIMER
EN NOVEMBRE 2018
PAR NORMANDIE ROTO IMPRESSION S.A.S.
À LONRAI
POUR LE COMPTE DES ÉDITIONS
ACTES SUD
LE MÉJAN
PLACE NINA-BERBEROVA
13200 ARLES

DÉPÔT LÉGAL
1re ÉDITION : JUIN 2017
2e ÉDITION : JANVIER 2019

N° impr. : 1804001
(Imprimé en France)